Wettstein, R.v.; Wiesner, J.

Verhandlungen des Internationalen botanischen Kongresses in Wien 1905

Wettstein, R.v.; Wiesner, J.

Verhandlungen des Internationalen botanischen Kongresses in Wien 1905

Inktank publishing, 2018

www.inktank-publishing.com

ISBN/EAN: 9783750146211

VERHANDLUNGEN DES INTERNATIONALEN BOTANISCHEN KONGRESSES IN WIEN 1905.

ACTES DU CONGRÈS INTERNATIONAL DE BOTANIQUE TENU À VIENNE (AUTRICHE) 1905.

HERAUSGEGEBEN

IM NAMEN DES ORGANISATIONS-KOMITEES FÜR DEN KONGRESS

VON

R. v. WETTSTEIN UND **J. WIESNER**

ALS PRÄSIDENTEN

UND

A. ZAHLBRUCKNER

ALS GENERALSEKRETÄR

REDIGIERT VON **J. BRIQUET** (GENF), **A. GINZBERGER** (WIEN), **V. SCHIFFNER** (WIEN), **TH. v. WEINZIERL** (WIEN), **R. v. WETTSTEIN** (WIEN) UND **A. ZAHLBRUCKNER** (WIEN).

VERLAG VON GUSTAV FISCHER IN JENA.

1906.

Einleitung.

In den Sitzungen des internationalen botanischen Kongresses, welcher 1900 in Paris abgehalten wurde[1], wurde beschlossen, fortan in Intervallen von fünf Jahren internationale botanische Kongresse zu veranstalten. Zu gleicher Zeit wurde als Ort für den nächsten Kongress Wien gewählt und der Beschluß gefaßt, die Organisationskommission für den Pariser Kongreß in Funktion zu belassen bis zu dem Momente der Einsetzung des Bureaus für den Wiener Kongreß. Mit der Zusammensetzung eines Organisationskomitees für diesen Kongreß wurden R. v. Wettstein und J. Wiesner betraut.

Die Veranstalter des Wiener Kongresses übernahmen keine kleine Aufgabe, da der Pariser Kongreß festgesetzt hatte, daß die Erörterung und Beschlußfassung über die botanische Nomenklatur auf das Programm jenes Kongresses gesetzt werde; sie hätten sich ihrer Aufgabe nicht mit vollem Erfolge entledigen können, wenn ihnen nicht — dies sei gleich einleitend nachdrücklichst hervorgehoben — die Pariser Commission permanente mit ihrem Generalsekretär Professor É. Perrot und der in Paris zum Rapporteur général der Nomenklaturangelegenheit bestimmte Dr. John Briquet (Genf) auf das werktätigste und freundschaftlichste jederzeit zur Seite gestanden wären.

Das Organisationskomitee für den Wiener Kongreß konstituierte sich am 9. Dezember 1902; die Zusammensetzung desselben ist aus den folgenden Verzeichnissen zu entnehmen. Dasselbe wählte eine Anzahl Subkomitees für die Durchführung spezieller Aufgaben (Ausstellungskomitee, Finanzkomitee, Festkomitee, Nomenklaturkomitee, Ausflugskomitee) und ergänzte sich im Jahre 1904 durch ein Damenkomitee. Die Arbeiten der Pariser Commission permanente bezogen sich insbesondere auf die Drucklegung der Berichte über den Pariser Kongreß und auf die Vorbereitung der Nomenklaturverhandlungen. Sie brachte sechs Zirkulare zur Versendung.

Das erste erschien Ende 1900, enthielt die Anfrage, ob weitere und maßgebende Kreise der Botaniker der Verhandlung der Nomenklaturfrage gelegentlich des Wiener Kongresses zustimmen, und erbat Anträge behufs Zusammensetzung der internationalen Nomenklaturkommission.

1) Vgl. Actes du 1er Congrès international de Botanique tenu à Paris à l'occasion de l'Exposition universelle de 1900. Publ. par É. Perrot. gr. 8°; XXXII et 571 p., 13 pl., 12 similigrav. et 62 zincograv.

1*

Zirkular Nr. 2 kam im März 1902 zur Versendung. Es berichtete über das Ergebnis der gestellten Rundfrage, über die Zusammensetzung und den Wirkungskreis der internationalen Nomenklaturkommission.

In Zirkular Nr. 3 wurde die Organisation des projektierten Nomenklaturkongresses mitgeteilt.

Zirkular Nr. 4 (Dezember 1902) war an die Mitglieder der internationalen Nomenklaturkommission gerichtet und erbat deren Ansicht über einige wichtige Nomenklaturfragen.

Zirkular Nr. 5 wurde zugleich mit Zirkular Nr. 2 des Wiener Komitees verschickt (Oktober 1903) und enthielt eine Darstellung der bisherigen Tätigkeit der Pariser Kommission, während Zirkular Nr. 6 zu Beginn des Wiener Kongresses verteilt wurde und speziell Näheres über die Zusammensetzung der internationalen Nomenklaturkommission mitteilte.

Das Wiener Organisationskomitee brachte drei allgemeine Zirkulare zur Versendung, welche in einer Auflage von je 3000 Exemplaren erschienen. Von diesen berichtete das erste (Januar 1903) über die Konstituierung des Komitees, das zweite (Oktober 1903) berichtete im allgemeinen über das Programm und über die Organisation des Wiener Kongresses, es informierte im speziellen die weiteren Kreise der Botaniker über die Vorbereitungen der Nomenklaturverhandlungen. Zirkular Nr. 3 enthielt die Einladung zum Kongresse und die Details des Programmes (Januar 1905).

Überdies versendete das Wiener Komitee im Frühjahre 1904 an alle Institute, Akademien und Gesellschaften, denen Stimmrecht bei den Nomenklaturberatungen eingeräumt worden war, ein Zirkular, in welchem dieselben ersucht wurden, von ihrem Rechte Gebrauch zu machen, und in welchem ihnen die näheren Bestimmungen über die Nomenklaturverhandlungen mitgeteilt wurden. Im Herbste 1904 wurde an diejenigen Körperschaften, welche bis dahin nicht geantwortet hatten, ein zweites derartiges Zirkular verschickt; im Frühjahre 1905 wurde allen diesen Körperschaften, sowie den stimmberechtigten Einzelpersonen und den wichtigsten botanischen Zeitschriften eine Liste aller stimmberechtigten Korporationen und Einzelpersonen übermittelt.

Zu Beginn des Kongresses brachte das Wiener Komitee einen „Bericht über seine Anteilnahme an der Vorbereitung der Nomenklaturverhandlungen" zur Verteilung.

Herr Dr. J. Briquet als Rapporteur général der Nomenklaturfrage sammelte alle diese Frage betreffenden Anträge und bearbeitete dieselben. Er verschickte an die Mitglieder der internationalen Nomenklaturkommission sieben Zirkulare und brachte zu Beginn des Wiener Kongresses ein „Resumé" über seine Tätigkeit zur Verteilung. Ende 1904 war die Grundlage für die Nomenklaturverhandlungen, der „Texte synoptique", fertiggestellt; er wurde an die Mitglieder der internationalen Nomenklaturkommission zur Abstimmung verschickt. Auf Grund dieser Abstimmung wurde Mitte Februar 1905 mit dem Drucke des definitiven „Texte synoptique", welcher die Basis der Verhandlungen des Kongresses bilden sollte, begonnen. Nach seiner Fertigstellung wurde er an alle Stimmberechtigten verschickt und zugleich zur Information weiterer Kreise in den Buchhandel gebracht[1].

Herr Dr. Briquet hat in den fünf Jahren, welche dem Wiener Kongresse vorangingen, eine Arbeit geleistet, welche nur ein Mann von seiner enormen Arbeitskraft und Sachkenntnis durchführen konnte.

Das Wiener Organisationskomitee hätte seine Aufgabe nicht bewältigen können, wenn es nicht vielseitiger Förderung sich zu erfreuen gehabt hätte. Es ist in erster Linie Sr. Majestät dem Kaiser Franz Josef I. zu größtem Dank verpflichtet, der in munifizenter Weise die Benützung von Räumen des Schönbrunner Schlosses gestattete, und Sr. kaiserl. Hoheit Herrn Erzherzog Franz Ferdinand, der das Protektorat des Kongresses übernahm; es wurde auf das tatkräftigste durch die k. u. k. Hofbehörden, durch die k. u. k. Ministerien des Äußeren und des kaiserlichen Hauses, für Kultus und Unterricht und durch das k. k. Ackerbauministerium gefördert. Durch Gewährung bedeutender Subventionen haben außer den genannten Behörden der Gemeinderat der Stadt Wien und der Landtag von Niederösterreich das Unternehmen unterstützt. Hier sei auch der Ort, um alle jene Privatpersonen und Korporationen dankend zu erwähnen, welche durch Spenden zur Aufbringung der bedeutenden Geldmittel beitrugen, welche die Veranstaltung des Kongresses erforderte. Es sind dies folgende p. t. Herren und Damen, resp. Korporationen: P. Angerer (Kremsmünster), Dr. C. Freiherr Auer v. Welsbach, Oskar Berl, Baronin Ad. Biedermann, Rosine Böhm, Rich. Bolt, Gebr. Boschan, Wilh. Braumüller, Heinr. Braun, Dr. H. Breslauer, Freiherr v. Drasche, Anton Dreher, Dr. M. v. Eichenfeld, Guido Elbogen, Dr. Alb. Figdor, Gust. Figdor, Dr. Wilh. Figdor (Wien), Eduard Figdor (Pottschach), Georg Freytag, Wilh. Frick, Carl Fromme, k. k. Gartenbaugesellschaft, Rosa v. Gerold, Gerold u. Cie., niederösterr. Gewerbeverein, Dr. P. Gottlieb v. Tannenhain, Dr. A. Ginzberger, Dr. V. Grafe, Max Ritter v. Gutmann, Rud. Ritter v. Gutmann, Th. Hämmerle, Handels- und Gewerbekammer, Dr. E. v. Halácsy, Dr. A. v. Hayek, Jos. Hardy, Jos. Edl. v. Hausner, Dr. L. Hecke, Dir. Jul. Herz, Dr. Fr. Höfinger, Jul. Edl. v. Hungerbyehler, Fr. Jasper, Dr. A. Jenčič (Wien), Jos. Em. Kabat (Turnau), Prof. Dr. M. v. Kamienski (Odessa), Jos. Kaufmann, Fr. Kleinickel, Guido Kraskowits, Arn. Klammerth, Dr. K. Kupelwieser, Graf C. Lanckoronski (Wien), Landwirtschaftlicher Bezirksverein (Bruck a. L. und Neunkirchen), Landwirtschaftsgesellschaft (Salzburg), Landwirtschaftliche Gesellschaft (Wien), C. Lang, W. Lauche, Fürst J. Liechtenstein, Just. Lieser, Dr. K. Linsbauer, Dr. L. Linsbauer, Dr. E. v. Marenzeller (Wien), Edm. Mauthner (Budapest), Jul. v. May, Amalie Mayer, Karl Mayerhofer, Dr. Heinr. v. Miller-Aichholz, Vinc. v. Miller-Aichholz, Dr. Vict. v. Miller-Aichholz, Mar. Monti (Wien), Museum Francisco-Carolinum (Linz),

1) Briquet, J., Texte synoptique des Documents destinés a servir de base aux débats du Congrès international de Botanique de Vienne 1905 presenté au nom de la Commission internationale de Nomenclature botanique. Berlin (Friedländer u. Sohn). 4°. 160 p.

H. M. Müller, Wilh. Müller, M. F. Müllner (Wien), Naturwissenschaftlicher Verein für Steiermark (Graz), Nobel (Akt.-Ges.), Freiherr v. Pirquet (Wien), Ed. Ritter v. Portheim (Graz), Leop. Ritter v. Portheim, Dr. Otto Porsch, Charlotte Przibram, Dr. K. Rechinger, Theodor Redlich, C. Reichert, Marie Richter, Franz v. Robert, Rohrbecks Nachf., Dr. Th. Edl. v. Rosmanit, Alb. Freiherr v. Rothschild, Nathan, Freiherr v. Rothschild (Wien), F. Karl Runsperg (Goldegg), P. Schachermaier (Kremsmünster), Heinr. Schmidt, Phil. Schoeller (Wien), P. Schwab (Kremsmünster), Rud. Siebert, Siegfr. Strakosch, Fried. Sueß jun. (Wien), Dr. E. Tangl (Czernowitz), Franz Thonner, Dr. Aug. Tscherning, Joh. Vernay, Dr. Fr. Vierhapper, Ant. v. Waldheim, Isid. Weinberger (Wien), Th. Weinbrenner (Floridsdorf), Phil. Wertheimer, Dr. R. v Wettstein, Dr. J. Wiesner, Johanna Witasek, Ludw. Wittgenstein, Paul Wittgenstein, Ludw. Wollheim, Zoologisch-botanische Gesellschaft (Wien).

Die Regierung der französischen Republik hat speziell zur Förderung der Arbeiten der Nomenklaturkommisson einen Betrag von 500 Francs gewidmet und dadurch die Vollendung eines Unternehmens erleichtert, das unter den Auspizien derselben Regierung begonnen wurde. Die Pariser Commision permanente hat zu den Kosten, welche die Drucklegung des „Texte synoptique" verursachte, den ansehnlichen Betrag von 2000 Francs beigesteuert. Für beide Spenden spricht das Wiener Komitee auch hiermit seinen Dank aus.

Der Dank des Komitees gebührt ferner dem Rektorate der Wiener Universität, welches die Benützung des Festsaales sowie anderer Säle gestattete, sowie dem Wiener wissenschaftlichen Klub, der seine Räumlichkeiten während der ganzen Kongresswoche in uneigennützigster Weise zur Verfügung stellte. Schließlich sei der Dank all den zahlreichen Behörden und Personen abgestattet, welche durch ihr Entgegenkommen Veranstaltungen des Kongresses ermöglichten oder förderten.

Die vorliegende Publikation hat die Aufgabe, über den äußeren Verlauf des Kongresses und der mit demselben verbundenen Veranstaltungen und insbesondere über die Nomenklaturverhandlungen und ihre Ergebnisse zu berichten. Der Inhalt der gelegentlich des Kongresses gehaltenen Vorträge bildet den Gegenstand einer zweiten Veröffentlichung, welche im gleichen Verlage unter dem Titel „Résultats scientifiques du Congrès international de Botanique Vienne 1905"[1]) erschien.

Wien, im November 1905.

1) Im folgenden kurz als „Résult. scientif." zitiert

I. Zusammensetzung des Organisationskomitees für den internationalen botanischen Kongreß Wien 1905[1].

Protektor:

Se. Kaiserl. und Königl. Hoheit Erzherzog **Franz Ferdinand**.

Ehrenpräsidenten:

Exzellenz Dr. **Wilhelm Ritter von Hartel**, k. k. Minister für Kultus und Unterricht;

Exzellenz Dr. **Karl Freiherr von Giovanelli**, k. k. Ackerbauminister i. P.;

Exzellenz **Ferdinand Graf Longueval-Buquoy**, k. k. Ackerbauminister

Professor Dr. **Eduard Sueß**, Präsident der kaiserl. Akademie der Wissenschaften.

Präsidenten[2]:

Dr. **Richard Ritter von Wettstein**, Universitätsprofessor, Wien;

Hofrat Dr. **Julius Wiesner**, Universitätsprofessor, Wien.

Stellvertreter der Präsidenten:

Eduard Hackel, Realschulprofessor i. P., Graz;

Dr. **Hans Molisch**, Universitätsprofessor, Prag.

Generalsekretär:

Dr. **Alexander Zahlbruckner**, Kustos und Abteilungsleiter am k. k. naturhistorischen Hofmuseum, Wien.

Schriftführer:

Dr. **Karl Linsbauer**, Universitätsdozent, Wien;

Dr. **Friedrich Vierhapper**, Universitätsassistent, Wien.

1) Abschnitt I–IV wurde von R. v. Wettstein und A. Zahlbruckner verfaßt und redigiert.

2) Gewählt durch den Pariser Kongreß.

Kassaverwalter:

Dr. Leopold von Portheim, Leiter der biologischen Versuchsanstalt, Wien.

Mitglieder:

Dr. Günther Ritter von Beck, Universitätsprofessor, Prag.

Heinrich Braun, Stadtrat, Wien.

Josef Brunnthaler, Süßwasserbiologe an der biologischen Versuchsanstalt, Wien.

Dr. Alfred Burgerstein, Universitätsprofessor, Wien.

Dr. Theophil Ciesielski, Universitätsprofessor, Lemberg.

Dr. Adolf Cieslar, Professor an der Hochschule für Bodenkultur, Wien.

Dr. Ludwig Cwikliński, Sektionschef im k. k. Ministerium für Kultus und Unterricht, Wien.

Dr. Friedrich Czapek, Professor an der deutschen technischen Hochschule, Prag.

Hofrat Dr. Franz Dafert, Direktor der landwirtschaftlich-chemischen Versuchsanstalt, Wien.

Ignaz Dörfler, Direktor des Wiener botanischen Tauschvereins, Wien.

Dr. Wilhelm Figdor, Universitätsdozent, Wien.

Dr. Viktor Folgner, Assistent an der Hochschule für Bodenkultur, Wien.

Dr. Karl Fritsch, Universitätsprofessor, Graz.

Dr. August Ginzberger, Universitätsadjunkt, Wien.

Dr. Gottlieb Haberlandt, Universitätsprofessor, Graz.

Kaiserlicher Rat Dr. Eugen von Halácsy, Wien.

Dr. August E. von Hayek, städtischer Oberarzt, Wien.

Dr. Ludwig Hecke, Professor an der Hochschule für Bodenkultur, Wien.

Dr. Anton Heimerl, Realschulprofessor, Wien.

Dr. Emil Heinricher, Universitätsprofessor, Innsbruck.

† Hofrat Dr. Ernst Gustav Hempel, Professor an der Hochschule für Bodenkultur, Wien.

Sektionschef Dr. Leo Ritter von Herz, Wien.

Dr. Franz Ritter von Höhnel, Professor an der technischen Hochschule, Wien.

Hofrat Dr. Johann Huemer, Wien.

Dr. Eduard Ritter von Janczewski, Universitätsprofessor, Krakau.

Dr. Alois Jenčič, Universitätsassistent, Wien.

Hofrat Dr. Josef Karabacek, Universitätsprofessor und Direktor der Hofbibliothek, Wien.

Dr. Alois Karpf, Vorstand der k. u. k. Familien-Fideikommißbibliothek, Wien.

Dr. Karl R. von Keißler, Assistent am naturhistorischen Hofmuseum, Wien.

Dr. Karl R. von Kelle, Ministerialrat, Wien.

Dr. Karl Kornauth, Vorstand der landwirtschaftlich-bakteriologischen und Pflanzenschutzstation, Wien.

Dr. Fridolin Krasser, Professor an der önologisch-pomologischen Staatslehranstalt, Klosterneuburg.

Dr. Moritz Kronfeld, Redakteur, Wien

Wilhelm Lauche, Hofgartendirektor, Eisgrub.

Hofrat Dr. Adolf Ritter zu Liebenberg, Professor an der Hochschule für Bodenkultur, Wien.

Dr. Karl Linsbauer, Universitätsdozent, Wien.

Dr. Ludwig Linsbauer, Gymnasialprofessor, Wien.

Regierungsrat Dr. Johannes Lütkemüller, Baden.

Dr. Carlo von Marchesetti, Direktor des naturhistorischen Museums, Triest.

† Dr. Emmerich Meißl, Sektionschef im Ackerbauministerium, Wien.

Dr. Karl Mikosch, Professor an der deutschen technischen Hochschule, Brünn.

Dr. Bohumil Němec, Universitätsprofessor, Prag.

Dr. Franz Ostermeyer, Hof- und Gerichtsadvokat, Wien.

Dr. Eduard Palla, Universitätsprofessor, Graz.

Hofrat Dr. Albrecht Penck, Universitätsprofessor, Wien.

Ferdinand Pfeiffer Ritter von Wellheim, Inspektor der Südbahn, Wien.

Dr. Otto Porsch, Universitätsassistent, Wien.

Dr. Leopold von Portheim, wie oben.

Dr. Maryan Raciborski, Direktor der höheren landwirtschaftlichen Schule, Dublany.

Dr. Karl Rechinger, Assistent am naturhistorischen Hofmuseum, Wien.

Dr. Josef Rostafiński, Universitätsprofessor, Krakau.

† Nathaniel Freiherr von Rothschild, Gutsbesitzer, Wien.

Dr. Viktor Schiffner, Universitätsprofessor, Wien.

Staatsrat Dr. Franz Schindler, Brünn.

Friedrich von Stadler, Sektionschef im Ministerium für Kultus und Unterricht, Wien.

Hofrat Dr. Franz Steindachner, Intendant des naturhistorischen Hofmuseums, Wien.

† Dr. Eduard Tangl, Universitätsprofessor, Czernowitz.

Oberbergrat Dr. Emil Tietze, Direktor der geologischen Reichsanstalt, Wien.

Dr. Erich Tschermak, Professor an der Hochschule für Bodenkultur, Wien.

Anton Umlauft, Hofgartendirektor, Schönbrunn.

Dr. Josef Velenovský, Universitätsprofessor, Prag.

Dr. Friedrich Vierhapper, wie oben.

Hofrat Dr. August Ritter von Vogl, Universitätsprofessor, Wien.

Franz August Vogel, Hofgarteninspektor, Schönbrunn.

Dr. Rudolf Wagner, Assistent am österr. Regional-Bureau für internationale naturwissenschaftliche Bibliographie, Wien.

Hofrat Wilhelm Freiherr von Weckbecker, Wien.

Hofrat Dr. Theodor Ritter von Weinzierl, Direktor der Samenkontrollstation, Wien.

Dr. Karl Wilhelm, Professor an der Hochschule für Bodenkultur, Wien.

Dr. Emmerich Zederbauer, Assistent an der forstlichen Versuchsanstalt, Mariabrunn.

Subkomitees:

I. Finanzkomitee.

A. Burgerstein, W. Figdor, L. von Herz, A. Jenčič, F. Ostermeyer (Obmann), L. von Portheim, Th. von Weinzierl.

II. Festkomitee.

H. Braun, F. Hecke, A. Jenčič, K. Kornauth, E. Tschermak, R. Wagner, Th. von Weinzierl (Obmann).

III. Ausstellungskomitee.

J. Brunnthaler, A. Burgerstein, A. Ginzberger, A. Heimerl, A. Jenčič, J. Karabacek, A. Karpf, K. von Keißler, W. Lauche, L. Linsbauer, A. Umlauft, F. A. Vogel, R. Wagner, Th. von Weinzierl (Obmann), E. Zederbauer.

IV. Ausflugskomitee.

G. von Beck, A. Cieslar, K. Fritsch, A. Ginzberger, A. von Hayek, F. Krasser, E. Palla, K. Rechinger, V. Schiffner (Obmann), E. Tschermak, F. Vierhapper, K. Wilhelm, Th. von Weinzierl.

V. Nomenklaturkomitee.

G. von Beck, K. Fritsch, E. Hackel (Obmann), E. von Halácsy, A. von Hayek, V. Schiffner, J. Vierhapper.

II. Liste der Mitglieder des Damenkomitees für den internationalen botanischen Kongreß, Wien 1905.

Präsidentin:

Frau Rosa von Gerold.

Vizepräsidentinnen:

Frau Hofrätin Hermine von Weinzierl.
Frau Adele von Wettstein.
Frau Hofrätin Agnes Wiesner.

Schriftführerin:

Frau Marie Dörfler.

Mitglieder:

Frl. Anna Brunnthaler.
Frau Josefine Burgerstein.
Frau Hofrätin Dafert.

Frl. Jenny Elbogen.
Frau Kaiserl. Rat M. von Halácsy.
Frau Martha Handlirsch.
Frl. Rosine Handlirsch.
Frau Felizitas von Hayek.
Frau Hungerbyehler Edle von Seestätten.
Frau Florrie Jenčič.
Frau Edith Joseph-Müller.
Frl. Beate von Juraschek.
Frau Hofrätin M. Kerner von Marilaun.
Frl. Arnoldine Klammerth.
Frau Julie von Kreitner.
Frau Emma Lampa.
Frau Emma Linsbauer.
Frau Mizzi Linsbauer.
Frl. Amalie Mayer.
Frau Hofrätin Charly Mojsisovics Edle von Mojsvar.
Frau Marietta Monti.
Frau Constanze Ostermeyer.
Frl. Adele Porsch.
Frau H. Preißmann.
Frau Ella Renniger.
Frau Anna Schiffner.
Frl. Ottilie Vierhapper.
Frau Prof. Louise Wilhelm.
Frl. Johanna Witasek.
Frau Gisela Zahlbruckner.
Frau Henriette Zederbauer.

III. Verzeichnis der Kongreßteilnehmer.

A. Offizielle Vertretungen[1].

Es waren vertreten:

das Kgl. bayerische Staatsministerium des Innern (Delegierter Dr. L. Hiltner);
die Kgl. belgische Regierung (Delegierter Dr. T. Durand);

1) In dieses Verzeichnis sind nur jene Vertreter aufgenommen worden, welche die Aufgabe hatten, die betreffende Regierung oder Korporation bei dem Gesamtkongresse zu vertreten; die Vertreter der bei den Nomenklaturverhandlungen stimmberechtigten Korporationen und Institute sind im Abschnitt VII aufgezählt.

die Kaiserl. chinesische Regierung (Delegierter Tscheng-Fan-Tsching, Sekretär der chinesischen Gesandtschaft in Wien);
die Regierung des Kongostaates (Delegierter Dr. E. de Wildeman);
die Kgl. dänische Regierung (Delegierter Prof. Dr. E. Warming);
die Regierung der französischen Republik (Delegierte Prof. Dr. Ch. Flahault, Dr. H. Hua und Prof. Dr. E. Perrot);
die freie Hansastadt Bremen (Delegierter Dr. W. O. Focke);
die freie Hansastadt Hamburg (Delegierter Prof. Dr. E. Zacharias);
die Kgl. italienische Regierung (Delegierter Prof. Dr. O. Mattirolo);
die Regierung der Republik Nicaragua (Delegierter Graf von Matzenau);
die Kgl. niederländische Regierung (Delegierte Dr. J. W. F. Goethart und Prof. Dr. J. P. Lotsy);
die Kgl. norwegische Regierung (Delegierter Prof. Dr. N. Wille);
die Kgl. schwedische Regierung (Delegierter Prof. Dr. K. F. O. Nordstedt);
der Bundesrat der Schweizer Eidgenossenschaft (Delegierter Prof. Dr. K. Schroeter);
das Kgl. ungarische Ackerbauministerium (Delegierter Dr. J. von Istvánffi);
das Kgl. ungarische Ministerium für Kultus und Unterricht (Delegierter Prof. Dr. A. Mágócsy-Dietz);
die Bundesregierung der Vereinigten Staaten von Nordamerika (Delegierte Prof. J. C. Arthur, Prof. Dr. L. Britton, Fred. C. Coville, Prof. Dr. B. L. Robinson und Dr. A. F. Woods);
die Kaiserl. russische Regierung (Delegierter Dr. A. de Jaczewski);

ferner:

die Handels- und Gewerbekammer für das Erzherzogtum Österreich unter der Enns (Delegierte die Kammerräte W. von Boschan und Dr. E. Medinger);
die Kgl. landwirtschaftliche Hochschule in Berlin (Delegierter Geh. Regierungsrat Prof. Dr. L. Wittmack);
das Museum Francisco-Carolinum in Linz (Delegierter Schulrat F. Wastler);
der Erziehungsrat des Kantons Zürich (Delegierter Prof. Dr. H. Schinz).

B. Mitglieder.

Adam, Viktor, Kommandeur des päpstlichen Gregor-Ordens, Wien.
Adamović, Dr. Lajo, Professor der Botanik und Direktor des botanischen Gartens, Belgrad.
Anders, Frl. Emilie, Wien.
Andersson, Dr. Gunnar, Professor an der Universität Stockholm.
Anger, F., Realschulprofessor, Wien.
Appel, Dr. O., Regierungsrat, Berlin.
Arbost, Jos., Pharmazeut, Nizza.
Arthur, Josef Charles, D. Sc., Professor an der Universität Lafayette, Indiana (U. S. A.).
Ascherson, Dr. Paul, Geheimer Regierungsrat, Universitätsprofessor, Berlin.

Atkinson, George Francis, Ph. B. Professor of Botany, Cornell University, Ithaca, New-York (U. S. A.).
Auersperg, Fürst Karl, Schloß Goldegg.
Bäumler, Johann Andreas, Privatier, Pozsony.
Baier, Emil, Direktor der landwirtschaftlichen Landes-Mittelschule, Czernowitz.
Baldacci, Dr. Antonio, Rom.
Bargagli, Marchese C. Piero, Firenze.
Barnes, Charles Reid, Universitätsprofessor, Chicago.
Barnhart, Dr. John Hendley, Tarryton-on-Hudson, N. Y.
Bartelmus, Rudolf, Regierungsrat, Troppau.
Bartsch, Franz, k. k. Hofrat, Wien.
Beauverd, Gustave, Conversateur de l'Herbier Boissier, Chambésy.
Beck, Dr. Günther, Ritter v. Mannagetta, o. ö. Professor der Botanik und Direktor des botanischen Gartens der Deutschen Universität, Prag.
Behrendsen, Dr. Werner, Oberstabsarzt, Kolberg.
Behrens, J. D., Professor, Göttingen.
Bertaut, René, pharmacien, Paris.
Björkbom, Karl, Oestersund.
Bois, Désiré, Assistant au Musée d'Histoire Naturelle, Professeur à l'École coloniale, Paris.
Bolle, Johann, Direktor der k. k. landwirtschaftlich-chemischen Versuchsanstalt, Görz.
Bolt, Richard, Wien.
Boltzmann, Frl. Joh., Wien.
Boltzmann, Frl. Henriette, Wien.
Bonnet, Dr. med. Edmond, Paris.
Borbás, Vinzenz v., Universitätsprofessor und Direktor des botanischen Gartens, Kolozsvár.
Bornmüller, Josef, Konservator, Weimar.
Borodin, Johann, kaiserl. wirkl. Staatsrat, emer. Professor der Botanik, St. Petersburg.
Borzi, Antonio, Professor, Direktor des botanischen Gartens der Universität Palermo.
Boschan, Dr. Heinrich, Großhändler, Wien.
Boschan, Wilhelm von, kaiserl. Rat, Zensor der österr.-ungar. Bank, Wien.
Braun, Heinrich, Stadtrat, Wien.
Breuer, Frl. Alice, Lehrerin, Wien.
Bretschneider, Dr. Arthur, Wien.
Březina, Paula, Wien.
Brick, Dr. Karl, Leiter der Station für Pflanzenschutz, Hamburg.
Briquet, Dr. John, Direktor des botanischen Gartens, Konservator des Herbier Delessert, Genf.
Britton, N. L., Direktor des botanischen Gartens, New-York.
Brockmann-Jerosch, Dr. Henryk, Zürich.
Brockmann-Jerosch, Frau Dr. Marie, Zürich.

Brown, Edgar, Botanist in Charge of Seed Laboratory, Washington.
Bruijning, F. F., Direktor der botanischen Reichsversuchsstation für Samencontr. in Wageningen, Holland.
Brunnthaler, Josef, Wien.
Bubák, Dr. Franz, Professor an der königlichen landwirtschaftlichen Akademie, Tábor.
Buberl, Dr. med. Leonhard, k. k. Landwehrassistenzarzt i. E., Wien.
Buchholtz, Prof. Fedor, Riga.
Büsgen, Dr. Moritz, Professor der Botanik an der königl. Forstakademie in Hann. Münden.
Burgerstein, Dr. Alfred, a. o. Universitätsprofessor und k. k. Gymnasialprofessor, Wien.
Burnat, Emile, Ingenieur, Nant sur Vevey.
Burr, Bernardo Quijada, Chile.
Campbell, Dr. Douglas H., Professor of Botany, Stanford University, Kalifornien.
Cavara, Dr. Fridiano, Professor der Botanik, Direktor des botanischen Gartens, Catania.
Cavillier, Fr., Conservateur de l'Herbier Burnat, Nant sur Vevey (Schweiz).
Chenevard, Paul, Genf.
Ciesielski, Dr. Theophil, Universitätsprofessor, Lemberg.
Cieslar, Dr. F., Professor an der Hochschule für Bodenkultur, Wien.
Cori, Karl J., Universitätsprofessor, Direktor der k. k. zoologischen Station, Triest.
Coville, Frederik V., Chief Botanist, Curator of U. S. National Herbarium, Washington.
Cowles, Henry C., Universitätsprofessor, Chicago.
Cramer, P., Assistant au Laboratoire de Botanique à l'Université, Amsterdam.
Crawford, F. C., Edinburgh.
Czapek, Dr. Friedrich, Professor an der Deutschen technischen Hochschule, Prag.
Dafert, Dr. Franz, Hofrat, Direktor der k. k. landwirtschaftlichen technischen Versuchsanstalt, Wien.
Dalloz, Paris.
Debski, Br., Warschau.
Degen, Dr. F. Arpád von, Direktor der Samenkontroll-Station, Budapest.
Delfin, Dr. F., Vorstand der botan. Abteilung des naturhist. Museums, Valparaiso.
Demmer, Dr. Fritz, Wien.
De Toni, Dr. Giovanni Battista, Universitätsprofessor und Direktor des botan. Gartens, Modena.
Diels, Ludwig, Assistent am königl. botan. Museum, Privatdozent, Berlin.
Dintzl, Frl. M., Wien.
Domin, Dr. Karl, Privatdozent, Prag.
Dörfler, Ignaz, Direktor der botan. Tauschanstalt, Wien.
Dörfler, Frau Marie, Wien.
Dreher, Arthur, Großgrundbesitzer, Mitglied des Herrenhauses, Wien.
Drude, Dr. Oskar, Hofrat, Professor der Botanik, Direktor des königl. botan. Gartens, Dresden.
Duggar, Benjamin M., Universitätsprofessor, Columbia.
Durand, Théophile, Konservator am botan. Garten, Brüssel.

Eberwein, Richard, Gymnasialsupplent, Wien.
Ebner, Dr. Viktor, Ritter von Rofenstein, k. k. Hofrat, Universitätsprofessor, Wien.
Elbogen, Frau Alice, Wien.
Elbogen, Frl. Jenny, Wien.
Elissejew, Gregor, Stud. phil., St. Petersburg.
Engler, Dr. Adolf, Geh. Regierungsrat, Professor, Direktor des königl. botan. Gartens und Museums, Berlin.
Errera, Dr. Leo, Universitätsprofessor, Direktor des Botanischen Institutes, Brüssel.
Esenwein, Frl. von, München.
Ewert, Dr., Botaniker am königlichen pomologischen Institut, Proskau.
Faille, Dr. C. J. B. de la, Utrecht.
Farlow, Dr. William G., Professor an der Harvard Universität, Cambridge, Massachusetts (U. S. A.).
Fedde, Dr. Friedrich, Herausgeber des „Botan. Jahresber.“, Berlin.
Fediuk, Jaroslaw, Wien.
Ferré, Dr. R., Paris.
Fest, Bernhard, Bezirkstierarzt, Murau.
Fichtner, Karl, General-Auditor i. R., Wien.
Figdor, Gustav, Großgrundbesitzer, Wien.
Figdor, Frau Marie, Wien.
Figdor, Dr. Wilhelm, Dozent an der Universität, Wien.
Filárszky, Dr. Ferdinand, Kustos der Botanischen Abteilung des königl. ungar. Nationalmuseums, Budapest.
Fischer, Dr. Georg, Professor, Vorstand des königl. Naturalienkabinetts, Bamberg.
Fizia, Max, Konzeptspraktikant der Finanzlandesdirektion, Wien.
Flahault, Dr. Charles, Universitätsprofessor und Direktor des botan. Gartens, Montpellier.
Fleischer, Max, Grunewald-Berlin.
Focke, Dr. med. Wilhelm Olbers, Bremen.
Folgner, Dr. Viktor, Assistent an der Hochschule für Bodenkultur, Wien.
Frankel-Hochwart, Lothar von, Universitätsprofessor, Wien.
Fritsch, Dr. Karl, Universitätsprofessor, Graz.
Friedl, Richard, Magistrats-Steueramtsadjunkt, Wien.
Friedrich, Josef, Hofrat, Direktor an der k. k. forstlichen Versuchsanstalt, Mariabrunn.
Fruhwirt, Karl, Professor an der landwirtschaftlichen Akademie, Hohenheim.
Furlani, Dr. Hans, Wien.
Gärtner, Dr. Gustav, Universitätsprofessor, Wien.
Gaiger, Philipp J., Generalvertreter, Wien.
Galvagni, Dr. Egon, Bibliotheksbeamter, Wien.
Gatin, C. L., Préparateur à la Sorbonne, Paris.
Gatto, Alfred C., Malta.
Gerold, Frau Rosa von, Wien.
Gèze, J. B., Professor, Villefranche de Rouergue.

Giard. Alfred. Professeur à la Sorbonne, Paris.
Gilg. Dr. Ernst. Universitätsprofessor, Kustos am königl. botanischen Museum. Berlin.
Gillot. Dr. med. Xavier, Autun.
Ginzberger. Dr. August. Adjunkt am botanischen Institut. Wien.
Goebel. Dr. Karl F., Professor der Botanik an der Universität und Direktor des botanischen Gartens, München.
Goethart. Dr. J. W. C., Konservator am Reichs-Herbarium, Leiden.
Goldscheid, Rudolf, Privatgelehrter. Wien.
Golenkin, Michael, Universitätsprofessor, Moskau.
Gottlieb-Tannenhain, Dr. phil. Paul v., Wien.
Grafe, Dr. Viktor, Wien.
Grecescu. Dr. Demetrius, Universitätsprofessor, Bukarest.
Grevillius. Dr. Anders, Assistent an der landwirtschaftlichen Versuchsstation. Kempen a. Rh.
Grobben. Dr. K., Universitätsprofessor, Wien.
Grosser. Dr. Wilhelm, Direktor der agrikultur-botanischen Versuchsstation, Breslau.
Gugler, Josef, Regierungsrat, Direktor der k. k. Lehrerbildungsanstalt, Wien.
Guttenberg, Dr. Hermann Ritter von, Assistent am botanischen Institut der Universität, Graz.
Haberlandt, Dr. Gottlieb, Universitätsprofessor, Vorstand des botanischen Gartens, Graz.
Hackel, E., Professor, Graz.
Häusler, Josef, Professor, Sekretär der k. k. landwirtschaftlichen Gesellschaft, Wien.
Halácsy, Dr. med. Eugen von, kaiserlicher Rat, Chefarzt der Arbeiter-Unfall-Versicherungs-Anstalt, Wien.
Halácsy, Frau M. von, Wien.
Halpern, Dr. phil. Bernhard, Wien.
Hallier, Dr. Hans, wissenschaftlicher Hilfsarbeiter an den hamburgischen botanischen Staatsinstituten, Hamburg.
Ham, S. P., niederländisch indischer Oberförster, z. Z. Münden.
Hanausek, Dr. Thomas Franz, Direktor, Krems.
Handel-Mazzetti, Baron Heinrich, Assistent am botanischen Institut der k. k. Universität, Wien.
Handlirsch, Anton, Kustosadjunkt am k. k. naturhistorischen Hofmuseum, Wien.
Hansen, Dr. Adolf, Professor der Botanik und Direktor des botanischen Gartens, Gießen.
Harms, Dr. Hermann, Assistent am königl. botanischen Museum, Berlin.
Hatschek, Dr. B., Universitätsprofessor, Wien.
Hayek, Dr. med. et phil. August von, Wien.
Hecke, Dr. Ludwig, Professor an der Hochschule für Bodenkultur, Wien.
Hegi, Dr. G., München.
Heinricher, Dr. Emil, Universitätsprofessor, Direktor des botanischen Gartens, Innsbruck.
Heinz, Dr. A., Universitätsprofessor, Direktor des botanischen Gartens, Agram.
Heller, J., Realitätenbesitzer, Wien.

Heller, Konrad, Photograph, Wien.
Henckel, Alexander, Privatdozent, St. Petersburg.
Herz, Dr. Leo Ritter von, Sektionschef i. P., Wien.
Hess, Josef Anton, Ministerialbeamter, Wien.
Hesselmann, Dr. Henrik, Privatdozent, Stockholm.
Hetschke, Alfred, Teschen.
Hillebrand, Frau Silvia, Professorsgattin, Wien.
Hiltner, Dr. L., Direktor der agrikultur-botanischen Versuchsstation Schwabing bei München.
Hinterberger, Dr. Alexander, Wien.
Hinterberger, Hugo, Lehrer für Photographie an der Universität, Wien.
Hochreutiner, Dr. Georges, Buitenzorg.
Hochwallner, P. Raphael, Seitenstetten.
Hockauf, Dr. phil. et med. Josef, Universitätsdozent, Wien.
Hocke, Frl. F., Wien.
Höfinger, Dr. med. Franz, städt. Bezirksarzt, Wien.
Höhnel, Dr. Franz Ritter von, Professor an der technischen Hochschule, Wien.
Hofherr, Rudolf, Fabriksbesitzer, Wien.
Hojeski, Josef, Adjunkt an der Samenkontrollstation, Wien.
Holzleitner, Frl. M., Wien.
Hryniewiecki, Bohuslav, Privatdozent an der Universität, Dorpat.
Hua, Henri, Direktor des botanischen Laboratoriums, Paris.
Hueppe, Dr. F., Professor, Prag.
Hunger, Dr. F. W., Privatdozent, Utrecht.
Hungerbyehler von Seestetten, Julius, städt. Rechnungsrat, Wien.
Inderka, Stud. phil., Wien.
Issatschenko, Boris, Dozent an der Universität, St. Petersburg.
Istvánffi, Professor Dr. G. von, Direktor des ampelologischen Institutes, Budapest.
Jaczewski, Artur von, St. Petersburg.
Janchen, Erwin, stud. phil., Wien.
Janczewski, Dr. Eduard, Ritter von Glinka, Universitätsprofessor und Direktor des botanischen Gartens, Krakau.
Jenčič, Dr. Alois, Universitätsassistent, Wien.
Jetter, Karl, Beamter der österr. Kredit-Anstalt für Handel und Gewerbe i. P., Wien.
Jonge, A. E. de, Frl., Utrecht.
Joseph, Dr. Heinrich, Privatdozent an der Universität, Wien.
Juel, Dr. H. Oskar, Universitätsprofessor, Upsala.
Jurenz, Hermann, Schöneberg-Berlin.
Kabát, Josef Emil, emer. Zuckerfabriksdirektor, Turnau.
Kambersky, O., Troppau.
Kamieński, Dr. Franz von, Universitätsprofessor, Odessa.
Kammerer, Dr. Paul, Wien.
Karell, Dr. Ludwig, Schriftsteller, Wien.

Karsten, Dr. Georg, Universitätsprofessor, Bonn.
Kaserer, Dr. Hermann, Universitätsassistent, Wien.
Kassowitz, Dr. M., Universitätsprofessor, Wien.
Karpf, Dr. Alois, Vorstand der Fideikommiß-Bibliothek, Wien.
Karzel, Rudolf, Stud. phil., Wien.
Keißler, Dr. Karl von, Assistent am naturhistorischen Hofmuseum, Wien.
Kern, H., Ungar.-Altenburg.
Kerner, Marie von, Hofratswitwe, Wien.
Khek, Eugen, Apotheker, Wien.
Kiesert, Frl. Emmy, Wien.
Kindt, Egon Heinrich, Wien.
Kirsten, Harry, Priv., Charkow, Rußland.
Klammerth, Frl. Arnoldine, Lehrerin, Wien.
Klaus, Matth., St. Pölten.
Klebs, Dr. Georg, Professor an der Universität, Direktor des botanischen Gartens, Halle a. d. S.
Klein, Dr. Julius, Professor am ungarischen Polytechnikum, Budapest.
Klein, Frl. von, Wien.
Klob, Dr. Alois, emer. Advokat, Wien.
Klob, Hans, Cand. ing., Wien.
Kneucker, J. Andreas, Redakteur der „Allgem. Botanischen Zeitschrift“, Karlsruhe.
Knoche, Hermann, San José, Kalifornien.
Kober, Franz, Weinbau-Inspektor, Klosterneuburg.
Koch, Dr. Gustav Adolf, kaiserl. Rat, Professor an der Hochschule für Bodenkultur, Wien.
Koch, Frau Professor, Wien.
König, Dr. Friedrich, Wien.
König, Dr. Oskar, Direktor der Unfallversicherungsgesellschaft der österr. Eisenbahnen, Wien.
Koeßler, Dr. Ludwig, Advokat, Wien.
Kövessi, Dr. Franz, Professor der Botanik, Selmecbánya.
Komarow, Wladimir L., Konservator am kaiserl. botanischen Garten, St. Petersburg.
Komers, Kajetan, Magistratsrat, Wien.
Kostersitz, Dr. Karl, Landesrat, Wien.
Kränzlin, Dr. Fritz, Professor, Berlin.
Krašan, Franz, Schulrat, Graz.
Kraskowits, Guido, stud. phil., Wien.
Krasser, Dr. Fridolin, Professor an der höheren Lehranstalt für Wein- und Obstbau, Klosterneuburg.
Krause, Dr. Ernst, Universitätsdozent, Straßburg.
Krause, Dr., Berlin.
Krauß, Frl. Marie, München.
Kreitner, Frau von, Wien.

Kronfeld, Dr. Ernst, Wien.
Kubart, Bruno, Demonstrator am pflanzenphysiologischen Institut, Wien.
Kryasew, Eugen, Odessa, Rußland.
Kuntze, Albert, Kaufmann, Dresden.
Kuntze, Dr. Otto, Privatgelehrter, San Remo.
Kupffer, Karl Reinhold, Professor am Polytechnikum, Riga.
Kurtz, Dr. Frederico, Universitätsprofessor und Direktor des botanischen Museums, Cordoba (Argentinien).
Landauer, Robert, Apothekenbesitzer, Würzburg.
Lang, Karl, Wien.
Langer, Karl, Direktor, Wien.
Langinowitsch, Josef, Wien.
Larchevêque, Th., Bourges.
Lauterborn, Dr. Robert, Universitätsprofessor, Heidelberg.
Lewitzky, Dr., Kiew, Rußland.
Lieser, Justus, Wien.
Lindberg, Harald, Kustos am botanischen Museum der Universität, Helsingfors.
Linsbauer, Dr. Karl, Universitätsdozent, Wien.
Linsbauer, Dr. Ludwig, Gymnasialprofessor, Wien.
Lippmann, Dr. Eduard, Universitätsprofessor, Wien.
Loesener, Dr. Theodor, Assistent am königl. botanischen Museum, Berlin.
Löwy, Malwine, Lehrerin, Wien.
Löwy, Siegfried, Berlin.
Loitlesberger, Karl, Gymnasialprofessor, Görz.
Lopriore, Dr. Josef, Universitätsprofessor, Catania.
Lotsy, Dr. John P., Chefredakteur des „Botanischen Zentralblattes“, Leiden.
Löstner, Dr. Gustav, Vorstand der pflanzenphysiologischen Versuchsstation der kgl. preußischen Lehranstalt, Geisenheim a. Rh.
Lütkemüller, Dr. Johann, Regierungsrat, Baden (N.-Ö.).
Lutz, Dr. Louis, Chef des Travaux Bactériologiques à l'École Supérieure de Pharmacie, Paris.
Magnus, Dr. Paul, Universitätsprofessor, Berlin.
Mágocsy-Dietz, Dr. Alexander, Universitätsprofessor, Budapest.
Maire, Dr. René, Préparateur de Botanique à la faculté des Sciences, Nancy.
Mantel, Frau, Forsträtin.
Marchesetti, Dr. Karl von, Direktor des naturhistorischen Museums, Triest.
Marenzeller, Dr. Emil von, Kustos am naturhistorischen Hofmuseum, Professor an der technischen Hochschule, Wien.
Mars, E., Le Mans.
Martelli, Dr. Ugolino, Universitätsprofessor, Florenz.
Martinet, G., Lausanne.

Mattirolo, Dr. Oreste, Professor der Botanik an der Universität, Direktor des botanischen Institutes und Gartens, Turin.
Matzenau, Graf von, Minister von Nicaragua.
Manczka, Dr. Viktor, k. k. Hofrat, Wien.
May, Karl von, Wien.
Mayer, Amalie, Lehrerin, Wien.
Mayr, Dr. Gustav, kaiserl. Rat, Wien.
Medinger, Dr. Emil, kaiserl. Rat, Laienrichter am Handelsgerichte, Wien.
Meissner, Hedwig, Frl., Wien.
Mez, Dr. Karl, Universitätsprofessor, Halle a. d. S.
Michiels, R., Marseille.
Mikosch, Dr. Karl, Professor an der technischen Hochschule, Brünn.
Möbius, Dr. Martin, Universitätsprofessor, Direktor des botanischen Gartens, Frankfurt a. M.
Moeller, Dr. Josef, Universitätsprofessor, Graz.
Moll, Rudolf, kaiserl. Rat, Kommerzienrat, Wien.
Molisch, Dr. Hans, Universitätsprofessor, Prag.
Monti, Dr. Alois, Universitätsprofessor, Wien.
Mörth, Dr. K., Wien.
Müller, Dr., Vorstand der Agrikultur- und Kontrollstation, Halle a. d. S.
Müllner, Michael Ferdinand, Privatier, Wien.
Muth, Dr. Fr., Direktor der großherzogl. Weinbauschule, Oppenheim a. Rh.
Nábělek, Franz, stud. phil., Wien.
Návas, P. Longinos H., Zaragoza.
Němec, Dr. Bohumil, Universitätsprofessor, Prag.
Nemetz, Josef, Kommerzialrat, Wien.
Neuendorff, Josef, Wien.
Neumann, Ferdinand, Apotheker, Wien.
Neumayer, Hans, Wien.
Nevole, Johann, Supplent, Wien.
Nordstedt, Dr. C. F. Otto, Universitätsprofessor, Konservator am botanischen Museum, Lund.
Nothhacksberger, G. Franz, Gartenarchitekt, Wien.
Nowoczek, A., Professor, Vorstand der Samenkontrollstation, Kaaden.
Omeis, Dr., Direktor der landwirtschaftl. Kreisversuchsstation, Würzburg.
Ostenfeld, C. H., Inspektor des botanischen Museums, Kopenhagen.
Ostermeyer, Dr. Franz, Hof- und Gerichtsadvokat, Wien.
Ostermeyer, Konstanze, Frau, Wien.
Pabisch, Heinrich, suppl. Lehrer, Wien.
Palacký, Dr. Johann, Universitätsprofessor, Prag.
Pammer, Gustav, Adjunkt an der Samenkontrollstation, Wien.
Pantocsek, Dr. Josef, Sanitätsrat, Direktor des Ungar. Staats-Krankenhauses, Pozsony.
Paszlavszky, Josef, Professor, Budapest.

Patzschke, Dr. Otto, Leipzig.
Peltereau, Ernst, Notar, Vendôme.
Penck, Dr. Albrecht, Hofrat, Universitätsprofessor, Wien.
Penck, Frau Professor, Wien.
Penzig, Dr. Otto, Universitätsprofessor, Direktor des botanischen Gartens und Institutes, Genua.
Perkins, Miß Dr. Janet, z. Z. Berlin.
Perrot, Dr. Emile, Professeur à l'École Supérieure de Pharmacie, Paris.
Pestalozzi, Dr. Anton, Museumskustos, Zürich.
Petermann, Reinh. E., Schriftsteller, Wien.
Petkoff, St., Sophia.
Petraschek, Dr. Wilhelm, Assistent an der geologischen Reichs-Anstalt, Wien.
Pfeffer, Dr. Wilhelm, Geh. Hofrat, Universitätsprofessor, Leipzig.
Pfeiffer von Wellheim, Ferdinand, Inspektor der Südbahngesellschaft, Wien.
Pilger, Dr. Robert, Assistent am kgl. botanischen Museum, Berlin.
Pintner, Dr. Th., Universitätsprofessor, Wien.
Pirquet von Cesenatico, Peter, Freiherr, Wien.
Plant, Bernhard, Wien.
Podpěra, Dr. Josef, Gymnasialprofessor, Olmütz.
Poeverlein, Dr. Hermann, Bezirksassessor, Ludwigshafen a. Rh.
Poletaeff, Frl. Marie, Moskau.
Poletaeff, Frl. Olga, Moskau.
Pollak, Dr. Klara, Wien.
Polgár, S., Professor an der Oberrealschule, Györ.
Porsch, Dr. Otto, Universitätsassistent, Wien.
Porsild, Morton P., Kopenhagen.
Portele, Karl, Hofrat, technischer Konsulent im Ackerbauministerium, Wien.
Porter, Charles E., Professor, Direktor des naturhistorischen Museums, Valparaiso.
Portheim, Leopold, Ritter von, Leiter der biologischen Versuchsanstalt, Wien.
Pósch, Karl, evang. Lehrer, Grinád.
Prain, Dr. David, Surgeon Major, Kalkutta.
Preismann, Ernest, k. k. Aich-Oberinspektor, Vorstand der Aichämter, Wien.
Přerovsky, Richard, Gymnasialprofessor, Wien.
Prianischnikow, Professor.
Przibram, Dr. Hans, Privatdozent an der Universität, Wien.
Przybylski, Dr. med. Jan, Odessa.
Raatz, Dr. Wilhelm, Leiter der Abteilung für Rübensamenzucht der Zuckerfabrik Klein-Wanzleben bei Magdeburg.
Raon, Dr. F. Kolpin, Assistent an der kgl. dänischen landwirtschaftlichen Hochschule, Kopenhagen.
Rheder, Alfred, Jamaica Plain (U. S. A.).
Reich, Dr. Emil, Universitätsprofessor, Wien.
Reichert, Karl, Optiker, Wien.

Reinke, Dr. Johannes, Geheimer Regierungsrat, Universitätsprofessor, Direktor des botanischen Gartens, Kiel.
Reisser, Frl. Helene, Wien.
Remer, Dr. W., Direktor der agrikultur-botanischen Versuchsstation Breslau.
Rendle, Dr. Alfred Barton, Assistent am British Museum, London.
Reyes y Prosper, Dr. Eduardo, Universitätsprofessor, Madrid.
Richter, Dr. Oswald, Prag.
Ridlar, Charles, Eaton, Hartford (U. S. A.).
Rimmer, Dr. Franz, Seminardirektor, Wiener-Neustadt.
Rinaldini, A. Freiherr von, Ministerialsekretär im Ackerbauministerium, Wien.
Ripper, Pater Andreas, Stronsdorf, N.-Ö.
Robert, Franz Edler von, Wien.
Robinson, Dr. Benjamin L., Universitätsprofessor, Kurator des Gray Herbarium, Cambridge (U. S. A.).
Rogenhofer, Dr. Alois, Wien.
Rogenhofer, Dr. Emanuel, Wien.
Roland, Prinz Bonaparte, Paris.
Romieux, Leutnant Henri, Genève.
Ronniger, Karl, Beamter des Finanzministeriums, Wien.
Rosendahl, Dr. Henrik Viktor, Professor, Stockholm.
Rosenberg, Dr. G. Otto, Dozent der Botanik an der Universität, Stockholm.
Rostafinski, Dr. Josef von, Universitätsprofessor, Direktor des botanischen Gartens, Krakau.
Rotarsky, Thaddäus, St. Petersburg.
Rothert, Dr. Wladislaw, Universitätsprofessor, Odessa.
Rubinstein, M., Wien.
Rudolph, Dr. Karl, Wien.
Rübel, Dr. Eduard, Zürich.
Ruff, Dr. Eugen, Realschuldirektor i. R., Troppau.
Rumbold, Karoline, St. Louis.
Sakellario Demeter, Adjunkt an der Samenkontrollstation, Wien.
Samuels, J. A., z. Z. Wien.
Sandany, Franz, Polizeirat, Wien.
Sandhofer, Anton Ed., gräfl. Harrachscher Gartendirektor, Bruck a. d. L.
Schachermaier, P. J., Kremsmünster.
Schenck, Dr. Herm., Professor, Darmstadt.
Scherffel, Aladár, Privatier, Igló.
Schiffner, Dr. Viktor, Universitätsprofessor, Wien.
Schiller-Tietz, Privatgelehrter, Kleinflottbeck.
Schindler, Dr. Franz, Staatsrat, Professor, Brünn.
Schinz, Dr. Hans, Universitätsprofessor, Direktor des botanischen Gartens, Zürich.
Schmula, Siegbert, Landesgerichtsrat a. D., Oppeln, Preuß.-Schlesien.
Schneider, Kamillo Karl, Dendrologe, Wien.

Scholz, Eduard, Gymnasialprofessor, Wien.
Schorler, Dr. Bernhard, Kustos am botanischen Institut der technischen Hochschule, Dresden.
Schreiber, Hans, Direktor, Leiter der Moorkulturstation in Sebastiansberg, Staab.
Schreyvogl, Franz, Gutsverwalter, Loosdorf.
Schrödinger, Rudolf, Privatier, Wien.
Schröter, Dr. Karl, Professor der Botanik und Direktor des botanischen Museums am eidgenössischen Polytechnikum, Zürich.
Schrötter, Dr. phil. et med. Herm. von, Wien.
Schube, Dr. Theodor, Professor, Breslau.
Schuler, Johann, Professor an der k. u. k. Marine-Akademie, Fiume.
Schwerin, Graf Fritz von, Ritter, Gutsbesitzer, Präsident der Deutschen Dendrologischen Gesellschaft, Wendisch-Wilmersdorf (Brandenburg).
Scott, Dr., Dukinfield Henry, Honorary Keeper of the Jodrell Laboratory, Richmond.
Senft, Emanuel, Militärapotheker, Wien.
Shaer, Kornelius L., Agrostologist, U. S. Dept. of Agriculture, Washington.
Spitzer, Dr. Karl, Zürich.
Spitzer, Mór., Gutsbesitzer, Széleskút.
Stadlmann, Josef, stud. phil., Wien.
Stapf, Dr. Otto, Principal Assistent, Royal Gardens, Kew.
Steglich, Dr. Bruno, Direktor der pflanzenphysiologischen Versuchsanstalt, Dresden.
Steindachner, Dr. Franz, Hofrat, Intendant des naturhistorischen Hofmuseums, Wien.
Steiner, Dr. J., Schulrat, Wien.
Stiasny, Frl. Emma, stud. phil., Wien.
Stingl, Georg, Wien.
Stockert, Robert, Ritter von, Baurat, Wien.
Stockmayer, Dr. Siegfried, Distriktsarzt, Unter-Waltersdorf.
Stopes, Frl. Dr., London.
Strakosch, Dr. Siegfried, Industrieller, Wien.
Strasburger, Dr. Eduard, Geheimer Regierungsrat, Professor a. d. Universität, Direktor des botanischen Gartens, Bonn.
Struszkiewicz, Ladislaus, Ritter von, Hofrat, Landeskulturinspektor für Galizien, Wien.
Stuckert, Theodor, Apotheker, Cordoba, Argentinien.
Svedelius, Dr. Nils Eberhard, Upsala.
Svenson, Gustav E., Forstassessor, Malmö.
Szyszylowicz, Dr. Ignaz von, Landesausschußrat, Lemberg.
Tanfiljew, Gawril Iwanowitsch, Privatdozent, Oberbotaniker am kaiserl. botanischen Garten, St. Petersburg.
Therese, Prinzessin von Bayern, München.
Thonner, Franz, Privatgelehrter, Wien.
Thost, Dr. Robert, Verlagsbuchhändler, Berlin.
Terzer, Josef, Hauptkassenbeamter, Wien.
Teyber, Alois, Lehrer, Wien.

Thenen, Dr. Salvator, Advokat, Wien.
Tietze, Dr. Emil, Direktor der geologischen Reichsanstalt, Wien.
Trabut, Dr. med. Louis, Professeur à l'École de Médicine, Directeur du Service Botanique du Gouvernement, Alger-Mustapha.
Trelease, William, Director of the Missouri Botanical Garden, St. Louis (U. S. A.).
Tschermak, Dr. Erich, a. o. Professor an der Hochschule für Bodenkultur, Wien.
Tubeuf, Dr. Karl Freiherr von, Regierungsrat, Vorstand des botanischen Laboratoriums der biologischen Abteilung für Land- und Forstwirtschaft am kaiserl. Gesundheitsamte, Berlin.
Tuzson, Dr. Johann, Professor, Budapest.
Ule, E., Botaniker, Berlin.
Ullrich-Linde, Frau Marie.
Umlauft, Dr. Friedrich, Professor, Wien.
Underwood, Lucien M., Universitätsprofessor, New-York.
Urban, Dr. Ignaz, Geheimer Regierungsrat, Professor, Unterdirektor des königl. botanischen Gartens und Museums, Berlin.
Vadas, Professor Eugen, kgl. ungar. Forstrat, Selmecbánya.
Valeton, Dr. Theodoric, wissenschaftl. Beamter am Museum für Forstbotanik, Buitenzorg (Java).
Vanha, J., Direktor der landwirtsch. Landesversuchsstation für Pflanzenkultur, Brünn.
Van Nerom, Léon Charles, Administrateur de la Société Royale Linnéenne, Bruxelles.
Varga, Dr. Oskar, Mikroskopiker der kgl. ungar. chemischen Reichsanstalt, Budapest.
Vavrovski, Frl. W., Wien.
Vepřek, Frl. Ida, Wien.
Vierhapper, Dr. Friedrich, Universitätsassistent, Wien.
Viesa, Frl. Emmy, Wien.
Vigioir, R., Préparateur au laboratoir Van Tieghem, Paris.
Vilmorin, Maurice-Lévêque de, Paris.
Vilmorin, Philippe-Lévêque de, Licencié ès scienc. nat., Paris.
Voigt, Professor Dr. Alfred, Assistent der Hamburgischen botanischen Staatsinstitute, Vorstand der Samenkontrollstation, Hamburg.
Volkens, Dr. Georg, Universitätsprofessor, Kustos am kgl. botanischen Museum, Berlin.
Vollbracht, Adolf, Sekretär der k. k. Gartenbaugesellschaft, Wien.
Votsch, Dr. phil. Wilhelm, Magdeburg.
Wachtl, Friedrich, Professor an der Hochschule für Bodenkultur, Wien.
Wagner, Dr. Rudolf, Wien.
Wallenberg, Frl. Gisela, Wien.
Wang, Nikolaus, Sekretär am naturhistorischen Hofmuseum, Wien.
Warburg, Dr. Otto, Professor, Berlin.
Ward, Dr. H. Marshall, Professor of Botany, University of Cambridge.
Warming, Dr. Eugenius, Universitätsprofessor, Direktor des botanischen Gartens und Museums, Kopenhagen.
Wastler, Franz, Schulrat, Linz.

Weber, Dr. Karl Albert, Botaniker an der Moorversuchsstation Bremen.
Weigert, Leopold, Direktor der önologisch-pomologischen Lehranstalt, Klosterneuburg.
Wein, Dr., Professor der Akademie, Weihenstephan.
Weinzierl, Dr. Theodor, Ritter von, Hofrat, Direktor der Samenkontrollstation, Wien.
Weismayr, Dr. med. Alexander, Ritter von, Privatdozent, Wien.
Wetschky, Max, Apotheker, Gnadenfeld.
Wettstein, Dr. Richard, Ritter von Westersheim, Universitätsprofessor, Direktor des botanischen Gartens und Museums, Wien.
Wettstein, Frau Adele von, Wien.
Wettstein, Frl. Marie von, Wien.
Wichirev, Waldemar von, Montpellier.
Wiesner, Dr. Julius, Hofrat, Universitätsprofessor, Direktor des pflanzenphysiologischen Institutes, Wien.
Wiesner, Frau Agnes, Wien.
Wiesner, Dr. Fritz, Gerichtsadjunkt, Wien.
Wight, William F., Professor, Washington.
Wilczek, Dr. Ernst, Universitätsprofessor, Direktor des botanischen Gartens, Lausanne.
Wildeman De, Dr. Em., Aide naturaliste au Jardin Botanique de l'État, Bruxelles.
Wilhelm, Dr. Karl, Professor an der Hochschule für Bodenkultur, Wien.
Wille, Dr. Johan Nordal Fischer, Universitätsprofessor, Direktor des botanischen Gartens, Christiania.
Witasek, Frl. Johanna, Bürgerschullehrerin, Wien.
Wittmack, Dr. Ludwig, Geh. Regierungsrat, Universitätsprofessor, Berlin.
Wolff, Hermann, städt. Tierarzt, Berlin.
Woodhead, T. W., Huddersfield, z. Z. Zürich.
Woods, Albert F., Chief of the Division of Vegetable Physiology and Pathology, U. S. Departement of Agriculture, Washington.
Wortmann, Dr. Julius, Direktor der kgl. Lehranstalt für Weinbau, Geisenheim a. R.
Zacharias, Dr. Eduard, Professor der Botanik, Direktor des botanischen Gartens, Hamburg.
Zahlbruckner, Dr. Alexander, Kustos und Leiter der botanischen Abteilung des naturhistorischen Hofmuseums, Wien.
Zahlbruckner, Frau Gisela, Wien.
Zailer, Dr. Viktor, Assistent an der Abteilung für Moorkultur der k. k. landwirtschaftlich-chemischen Versuchsstation, Wien.
Zdrahal, Ella, Frl., Wien.
Zalensky, Vieclac, Kiew.
Zederbauer, Dr. Emmerich, Universitätsassistent, Wien.
Zeller, Hans, Cand. med., Zürich.
Zemann, Dr. Adolf, Wien.
Zemann, Margarete, Frl. stud. phil., Wien.
Zikes, Dr. Heinrich, Dozent, Wien.

Überdies hatten 112 Personen durch Lösung von Gastkarten das Recht erworben, an den Veranstaltungen des Kongresses teilzunehmen.

IV. Bericht über die Gesamtsitzungen und gemeinsamen Veranstaltungen des Kongresses.

12. Juni 1905.

1. Eröffnungssitzung im Festsaale der k. k. Universität um 10 Uhr vorm.[1]

Vorsitzende: J. Wiesner, R. v. Wettstein.

Hofrat Prof. Dr. J. Wiesner eröffnete die Sitzung mit folgender Ansprache:

Messieurs et mesdames!

En qualité de doyen d'âge des deux présidents de notre congrès botanique international j'ai l'honneur de prendre le premier la parole dans cette assemblée.

Mes premières paroles ne peuvent être que des mots de remerciment et de salutation.

J'exprime d'abord au nom des botanistes autrichiens et spécialement des botanistes viennois nos remerciments sincères pour avoir, au dernier congrès à Paris, choisi Vienne comme siège du prochain congrès.

Je salue cordialement les botanistes réunis ici en grand nombre, entre lesquels se trouvent tant d'éminents et célèbres représentants de notre science.

Je salue particulièrement les représentants scientifiques des Etats du monde, de l'Europe, de l'Amérique et ceux de la Chine etc., qui sont venus pour établir avec nous les lois ou les règles de la nomenclature botanique.

En plus de cette tâche importante qui a déjà occupé le congrès précédent, d'autres points de notre science seront traités, et des nouveaux horizons lui seront ouverts.

Des conférences sur l'état actuel de quelques questions fondamentales de la botanique seront particulièrement bien reçues par bon nombre de botanistes. Des communications sur des résultats de nouvelles recherches contribueront au progrès de notre science et notre belle exposition inaugurée hier à Schönbrunn offrira des aperçus instructif, même au delà des cercles scientifiques.

[1] Am Vortage, dem 11. Juni, fand um 11 Uhr vorm. die feierliche Eröffnung der internationalen botanischen Ausstellung statt, über die in dem Abschnitte über die Ausstellung berichtet wird. Der Abend des 11. vereinigte die Kongreßteilnehmer zu einer Begrüßungsfeier im Saale des Kaufmännischen Vereines.

Permettez moi de dire au nom du comité d'organisation:

Nous avons fait tout notre possible dans nos préparatifs, afin que notre congrès soit digne du congrès précédent, et nous espérons que, grâce à votre coopération les résultats ne le céderont en rien à ceux des assemblées antérieures!

Hochansehnliche Versammlung!

Der Boden, auf welchem unser Kongreß sich vollzieht, ist der Pflege der Botanik stets günstig gewesen; ja mit Bezug auf die Entwicklung unserer Wissenschaft dürfen wir vielleicht, ohne zu übertreiben, sagen, daß er ein klassischer gewesen ist.

Es hat ja die beschreibende Botanik hier ihre großen Vertreter gehabt. Ich nenne nur die Namen Clusius, Nicolaus Jacquin, Endlicher.

Ein gleiches gilt auch für die physiologische Botanik. Ich nenne nur die Namen Ingen-Housz und Franz Unger.

Unger war es, welcher zuerst, und zwar hier in Wien, die Fahne der Pflanzenphysiologie aufgerichtet hat. Unger war der erste Botaniker, welcher die große Bedeutung der Pflanzenphysiologie, zumal als Lehrgegenstand, erkannte. Er war in der ganzen Welt der erste Professor der Botanik, welcher sich in seinem Lehramt ganz und gar auf Anatomie und Physiologie beschränkte. Er hat diese Fächer viele Jahre hindurch als Lehrer vertreten, hier, an dieser großen Universität, hat er Tausende in die Physiologie eingeweiht.

So darf man wohl sagen, daß die Pflanzenphysiologie als Lehrgegenstand von Wien aus über die ganze Welt sich verbreitet hat.

Und noch eines erlauben Sie mir zu berühren. Verhältnismäßig groß ist bei uns die Zahl der Personen, welche, ohne dem Berufe nach der Botanik anzugehören, mit Liebe dieses Fach pflegen. Man nennt sie gewöhnlich Dilettanten, Amateure. Aber diese Dilettanten und Amateure haben sehr viel zur botanischen Landeserforschung beigetragen und einzelne von ihnen haben sich zu wissenschaftlicher Bedeutung emporgearbeitet. Als Beispiel nenne ich Ihnen den vor Jahren verstorbenen Wiener Oberlandesgerichtsrat Neilreich, welcher vor etwa einem halben Jahrhundert der gründlichste Kenner und Erforscher der Flora von Wien und Niederösterreich war. Seine wissenschaftlichen Leistungen haben dadurch eine große Anerkennung erhalten, daß die kaiserliche Akademie der Wissenschaften ihn in die Reihe ihrer korrespondierenden Mitglieder aufgenommen hat.

Bei so alter, reicher und vielseitiger Pflege der Botanik auf Wiener Boden darf es nicht wundernehmen, daß sie sich bei uns in den weitesten Kreisen großer Sympathien erfreut. Sollte dies näher zu begründen sein, so brauchte ich wahrhaftig nicht in die Ferne zu schweifen; ein Blick auf die Kongreßleitung, ja selbst diese hochansehnliche Versammlung lehrt, welcher Wertschätzung sich unsere Wissenschaft zu erfreuen hat.

An der Spitze des Kongresses steht als Protektor Se. kaiserliche Hoheit der Thronfolger Erzherzog Franz Ferdinand. Se. kaiserliche Hoheit, ein mächtiger

Förderer unseres Kongreßunternehmens, ist, wie uns gestern schriftlich mitgeteilt wurde, zu seinem lebhaften Bedauern verhindert, der heutigen Eröffnungssitzung beizuwohnen.

In der Leitung des Kongresses befinden sich als Ehrenpräsident Se. Exzellenz der Herr Unterrichtsminister Dr. Wilhelm Ritter von Hartel, Se. Exzellenz der Herr Ackerbauminister Graf Buquoy und der Präsident der kaiserlichen Akademie der Wissenschaften Herr Professor Sueß.

Ich habe die Ehre, den Herrn Ackerbauminister und den Herrn Präsidenten der kaiserlichen Akademie der Wissenschaften in unserer Mitte zu begrüßen.

Se. Exzellenz der Herr Unterrichtsminister ermächtigte mich, der hochansehnlichen Versammlung mitzuteilen, daß er zu seinem lebhaftesten Bedauern verhindert ist, heute hier zu erscheinen, da er in einer unaufschiebbaren wissenschaftlichen Angelegenheit in München weilt, daß er aber hofft, mit den Mitgliedern des Kongresses in den nächsten Tagen in Berührung zu kommen.

Se. Exzellenz der Herr Ministerpräsident Baron von Gautsch hat an das Präsidium ein Schreiben gerichtet, in welchem es heißt:

„Zu meinem lebhaften Bedauern werde ich aus Gesundheitsrücksichten darauf verzichten müssen, der feierlichen Eröffnungssitzung des internationalen botanischen Kongresses beizuwohnen, bitte jedoch, meines warmen Interesses für den Kongreß, dessen Arbeiten ich, gleichwie auch der Ausstellung, den besten Erfolg wünsche, versichert zu sein".

Ich habe die Ehre, zu begrüßen: den Herrn Landmarschallstellvertreter und Bürgermeister der Reichshaupt- und Residenzstadt Wien, Dr. Lueger, Se. Magnifizenz den Herrn Rektor der Wiener Universität, Prof. Schindler, die hier anwesenden Mitglieder der hohen akademischen Senate, Se. Magnifizenz den Herrn Prorektor der technischen Hochschule in Wien, Prof. Krafft. Es würde zuviel Zeit in Anspruch nehmen, wenn ich alle hervorragenden Persönlichkeiten, welche sich hier eingefunden haben, im einzelnen begrüßen wollte.

Und so lassen Sie mich einfach sagen: Ich begrüße Sie alle, unter Ihnen so viele Zierden der Wissenschaft, Spitzen der Gesellschaft und hervorragende Vertreter des öffentlichen Lebens.

So beginnt der Kongreß unter den günstigsten Auspizien und wir dürfen erwarten, daß jene Hoffnungen sich erfüllen werden, welche ich in den einleitenden Worten ausgesprochen habe.

Bevor wir unsere Arbeiten beginnen, wollen wir in tiefster Dankbarkeit und Ehrfurcht gedenken Sr. Majestät des Kaisers (die Versammlung erhebt sich), welcher als oberster Schutzherr der Wissenschaft in Österreich dem Kongresse von Anfang an seine Huld und Gnade zugewendet hat, indem wir ausrufen:

Se. k. und k. apostol. Majestät, Kaiser Franz Josef der Erste lebe hoch, hoch, hoch!

Im Namen der österreichischen Regierung ergriff hierauf Ackerbauminister Graf Ferd. Buquoy das Wort.

„Hochansehnliche Versammlung! Meine hochgeehrten Damen und Herren! Wie Ihnen durch den Herrn Vorsitzenden mitgeteilt wurde, ist Se. Exzellenz Herr Unterrichtsminister Dr. v. Hartel, der berufene Vertreter der Regierung, genötigt gewesen, sich nach München zu begeben, daher nicht imstande, an der heutigen Eröffnungssitzung dieses Kongresses teilzunehmen. Es ist daher mir die überaus ehrenvolle Aufgabe zuteil geworden, namens der Regierung den botanischen Kongreß hier herzlichst zu begrüßen. Und so steht denn an Stelle des Mannes der Wissenschaft nur ein begeisterter Bewunderer derselben vor Ihnen, und ich muß Sie vor allem bitten, Ihrer berechtigten Kritik einen möglichst kleinen, Ihrer wohlwollenden Nachsicht aber einen möglichst großen Raum zu gewähren. Es erfüllt uns mit Stolz und Freude, Sie alle in unserer Mitte begrüßen zu können. Es ist das erstemal, daß die Botaniker der ganzen zivilisierten Welt sich hier bei uns zusammenfinden und daß eine Anzahl derselben sich bereit erklärt hat, hier auf dem Kongreß Vorträge zu halten. Das große Interesse, das von allen Kreisen dem Kongreß entgegengebracht wird, erhellt aus der großen Anzahl seiner Teilnehmer, aus der großen Zahl der offiziellen Vertreter auswärtiger Regierungen, der zahlreichen Akademien der Wissenschaften und gelehrten Korporationen, es erhellt aber auch aus dem Umstande, daß eine Reihe hervorragender botanischer Korporationen örtlich und zeitlich ihre Versammlungen mit dem Kongreß verbindet. Wir können ohne Ruhmredigkeit behaupten, daß Österreich auf dem Gebiete der botanischen Wissenschaft eine achtunggebietende Stellung einnimmt. Wien verfügt über botanische Sammlungen, die sich einen Weltruf erworben haben, und besitzt wissenschaftliche Institute hervorragender Qualität. Wir hoffen, daß die Kongreßteilnehmer in dem Besuche dieser Institute Befriedigung finden. Diese Schöpfungen beweisen aber auch, daß sowohl das Allerhöchste Kaiserhaus als auch die maßgebenden Faktoren jederzeit der botanischen Wissenschaft ihre Würdigung entgegengebracht haben.

Es gibt wohl kaum eine Wissenschaft, die mit dem Leben der Menschen so innig verknüpft ist, wie die Ihrige. Betrachten Sie das Kind, das kaum noch seine Selbstbestimmung erlangt hat, es hält jauchzend die erste Blume in der Hand, und der Greis, der am Abende seines Lebens an die vier Wände gebannt ist, er schmückt seine Fenster mit Blumen und Blattpflanzen, um wenigstens ein Stück der Natur in seine stille Stube zu zaubern. Wir schmücken die Braut mit der Myrthe, die Stirne des Helden umkränzen wir mit dem Lorbeer, und unseren teuren Dahingeschiedenen werfen wir mit der Scholle noch eine Blume ins Grab. So begleiten uns die herrlichsten Kinder der Natur von der Wiege bis zum Grabe, vom Anfang bis zum Ende unseres Lebens. Werfen wir einen Blick auf die bildenden Künste und die Poesie: ihre herrlichsten Werke, ihre prächtigsten Schöpfungen sind entlehnt der Natur. Wie weitet sich jedes Menschen Herz, wenn er hinanstritt in die blühenden Gefilde, und glücklich ist zu preisen, wer die Sprache der Bäume im rauschenden Walde zu deuten weiß, der Gesunde sucht Erquickung, der Kranke Erholung. Sie, meine hochverehrten Herren, suchen und finden den Preis Ihrer Arbeit und die Früchte Ihrer Forschungen in allen Zonen unseres Planeten, von den Gletscherfirnen bis zur blumigen Wiesenflur, von den waldumgrenzten Berghöhen bis an den schäumenden Meeresstrand, vom hohen Norden bis zu den Tropen.

Ungeheuer sind die Verdienste der botanischen Wissenschaft für Land- und Forstwirtschaft. Unsere jetzige moderne, rationelle Volkswirtschaft wäre ohne die Errungenschaften der botanischen Wissenschaft — ich verweise nur auf die Pflanzenphysiologie, -Biologie usw. — einfach undenkbar. Es ist gewiß nicht an mir, der Tätigkeit dieses hervorragenden Kongresses ein Prognostikon zu stellen. Wenn es Ihnen gelingt, eine internationale Einigung auf dem Gebiete der botanischen Namengebung zu erzielen oder diesem Ziele näher zu kommen, so hat dieser Kongreß nicht umsonst getagt.

Wir haben gestern eine botanische Ausstellung eröffnet auf dem Boden, wo einer der ältesten botanischen Gärten gegründet wurde. Es soll übermorgen die Hülle von den Bildnissen zweier Männer fallen, deren Namen in dem Ehrenbuche der botanischen Wissenschaft für alle Zeiten eingezeichnet sein werden: Jacquin und Ingenhouß. Möge der Geist dieser Männer die Verhandlungen dieses Kongresses beseelen!

Unsere altehrwürdige Kaiserstadt hat zu Ihrem würdigen Empfange ihr Festeskleid angezogen und wo das Häusermeer endet, da prangt Wald und Flur, Au und Wald, in frischer, jugendlicher Sommerpracht. So grüßt Sie Österreich und heißt Sie hier herzlichst willkommen."

Es folgten Begrüßungsansprachen des Ehrenpräsidenten Prof. Dr. E. Sueß, Präsidenten der kais. Akademie der Wissenschaften, ferner des Landmarschall-Stellvertreters und Bürgermeisters der Stadt Wien, Dr. K. Lueger, endlich des Rektors der Wiener Universität, Prof. Dr. Schindler.

Prof. Dr. E. Perrot (Paris) erstattete hierauf folgenden Bericht namens der Pariser Commission permanente:

Messieurs!

En 1898, le Gouvernement français voyant s'affirmer la réussite de l'Exposition universelle de 1900, résolut de grouper les savants et les industriels accourus de tous les points du globe pour prendre part à cette grande manifestation internationale. A cet effet, il décréta l'organisation d'une série de Congrès où seraient discutées les questions les plus importantes touchant à l'interêt général soit de la science, soit de l'industrie.

L'occasion était unique et le succès devait s'ensuivre.

C'est ainsi qu'un nombre important de botanistes français et étrangers répondit à l'appel de la Commission d'organisation. Dès la première séance, on s'aperçut bien vite qu'une foule de questions ne pouvaient être résolues qu'après une enquête préalable et l'on vota tout d'abord le principe de la périodicité des Congrès internationaux de botanique. Le Congrès de Paris, en 1900 devenait de la sorte, le premier d'une série d'assises analogues qui se tiendront désormais tous les cinq ans dans les différentes villes du monde[1]).

C'est alors qu'apparut la nécessité de créer un lien constant entre les Congrès successifs et au cours de la séance du 9 Octobre, le Bureau élu à Paris en 1900, fut chargé par une vote unanime, du rôle de Commission permanente des Congrès internationaux de Botanique. Il reçut la mission de veiller dans la mesure du possible à l'exécution des desiderata énoncés sous forme de vœux et qui ont été, pour la plupart, transmis aux Pouvoirs compétents des différentes nations représentées au Congrès.

La ville de Vienne ayant été proposée comme siège du IIe Congrès, le Bureau permanent de Paris fut chargé de se mettre en relations avec la future Commission viennoise d'organisation.

La Commission officiellement désignée en 1898, à Paris, dans le but de préparer le Congrès de 1900, avait bien voulu me confier les fonctions de Secrétaire général et le Congrès de 1900, à son tour, me confirma ses pouvoirs lors de l'élection de son Bureau.

Ce Bureau étant devenu, par le vote du 9 Octobre, la Commission permanente française, c'est donc au nom de cette dernière que j'ai le très grand honneur de prendre la parole au début de nos réunions de 1905, afin de rappeler rapidement le rôle qu'elle a dû jouer pendant le cours de ces cinq dernières années et comment elle comprit sa mission.

Mais, messieurs, avant d'aborder cet exposé, un douloureux devoir m'incombe: l'impitoyable mort nous a enlevé successivement trois des nôtres: Mussat, Gaillard, Drake del Castillo, deux vice-présidents et un secrétaire, également devoués à l'œuvre commune et je suis certain d'être l'interprète de tous en exprimant aujourd'hui les sentiments sincères de notre souvenir ému.

Des notices biographiques publiées dans différents organes ont retracé l'œuvre botanique de chacun d'eux; laissez-moi seulement ajouter que le Bureau de Paris ne saurait oublier les services particuliers rendus par Mussat au cours de la période d'organisation du Congrès de 1900. La collaboration de ce savant nous fut précieuse: son aménité et sa grande connaissance des hommes et des choses en avaient fait l'un de nos meilleurs conseillers. De Gaillard, il me suffira de rappeler que son activité avait contribué puissamment à l'exposition de Champignons qui fut tant admirée pendant le Congrès. Enfin Messieurs, ai-je besoin de parler du savant érudit et distingué qu'était Drake del Castillo, autrement que pour affirmer une fois encore, qui c'est seulement grâce à ses libéralités auxquels vinrent s'ajouter les subsides du Ministère français de l'Instruction publique comme aussi différentes

1) Les chiffres entre crochets indiquent la page du volume des Actes du Ier Congrès international de Botanique, Paris 1900, dans laquelle on trouvera l'énoncé des propositions auxquelles il sera fait allusion dans le cours de ce Rapport. E. P.

La composition de cette Commission était la suivante: Président: M. de Seynes; Vice-présidents: MM. Drake del Castillo, Dutailly, Flahault, Mussat, Bouy; Secrétaire général: M. Em. Perrot; Secrétaires des séances: MM. Guéguen, Guérin, Lutz, Gaillard; Trésorier: M. Hua.

contributions personeles, que le Bureau permanent de Paris put réunir les ressources nécessaires à l'exécution de son mandat.

Je ne saurais oublier non plus que l'originale couverture du volume des Actes du Congrès, publié par nos soins, est entièrement due à la plume de Gallé, l'éminent artiste et le passionné botaniste de Nancy. La mort est venue à son tour le frapper récemment, mais sa mémoire vivra bien longtemps encore dans le cœur de tous ceux qui l'ont pu connaître[1]).

En dehors des communications scientifiques, l'ouvrage publié par le Congrès de Paris, renferme bien nombre de resolutions qu'il nous semble utile de rappeler brièvement, car certaines d'entre elles présentent le plus grand intérêt pour les discussions qui vont s'ouvrir.

Le premier des vœux d'ordre général adopté et déjà mentionné au début de ce Rapport, concerne la périodicité des Congrès internationaux de Botanique [451] et la fixation du plus prochain Congrès à Vienne en 1905, sur la proposition officielle de M. le Conseiller d'Etat Prof. Dr. J. Wiesner et de M. le Prof. Dr. R. von Wettstein.

La question des langues à employer dans la tenue des Congrès retint aussi l'attention des Congressistes qui émirent à ce sujet le vœu suivant:

»Les langues française, anglaise et allemande pourront être indifféremment employées par les membres du Congrès, toute communication, proposition ou discussion étant immédiatement traduite dans les deux autres langues que celle employée par l'auteur ou l'orateur.«

Mais l'un des Congrès pouvant quelque jour avoir son siège dans une ville de nationalité différente, il fut ajouté que la langue du pays où se tiendrait le Congrès, serait évidemment employée dans ce cas au même titre que les trois langues officiellement désignées.

Citons maintenant parmi les questions solutionnées par un vote:

1. Un vœu[2]) concernant les échanges entre les herbiers (Prop. Flahault et Mouillefarine [472])

1) Au moment de l'impression de ces Actes du Congrès de 1905, nous apprenons qu'un deuil nouveau frappe cette Commission: le Dr. Dutailly vient à son tour d'être enlevé par une maladie terrible en pleine maturité scientifique.

2) Proposition Flahault, in Actes du Congrès, p. 172: Le Congrès émet le vœu que les directeurs des grands herbiers et établissements botaniques veuillent publier périodiquement la liste des doubles qui encombrent les collections où l'on travaille activement, pour les mettre gratuitement à la disposition de leurs correspondants, comme les directeurs des jardins mettent chaque année à la disposition de leurs collègues les graines récoltées dans l'établissement qu'ils dirigent.

Proposition Mouillefarine, in Actes du Congrès, p. 173: Le Congrès émet le vœu que tous les Botanistes désireux de faire des échanges, soit généraux, soit régionaux, en fassent faire mention dans la nouvelle édition du Botaniker-Adreßbuch que publie M. Dörfler de Vienne. .

Proposition Flahault, in Actes du Congrès, p. 116: Le Congrès international de Botanique de 1900, partageant le désir exprimé par le Congrès international des Géographes réuni à Berlin en 1899, de voir l'ordre pénétrer dans la Nomenclature phytogéographique et l'entente s'établir sur ces questions:

2. l'extension de l'instruction populaire sur les Champignons (Prop. Rolland [483])
3. tendant à l'adoption d'une unité internationale pour les mensurations micrometriques (Prop. Mussat [424])
4. demandant l'unification des méthodes de culture pour la détermination des Mucedinées (Prop. Lutz [423])
5. chargeant M. Hua, du Museum de Paris, de poursuivre la réalisation de sa proposition sur l'établissement d'un organe périodique international destiné à la publication des noms nouveaux pour la science botanique [485].

Toutes les autres motions ont trait aux questions de nomenclature.

Occupons-nous tout d'abord de la nomenclature phytogéographique qui fut l'object d'un travail remarquable de M. le Prof. Flahault dont les conclusions, formulées avec une compétence unanimement reconnue, furent adoptés sans discussion [446], après une addition de M. Rouy.

Le Congrès à l'unanimité, et sur la proposition de M. le Prof. Guignard chargea M. Flahault de présenter sur ce sujet, un rapport définitif au prochain Congrès de Vienne.

Quant à la question de la Nomenclature botanique, il serait superflu d'en parler longuement ici, des séances spéciales étant réservées pour les discussions dont elle fera l'objet. D'ailleurs, messieurs, les différents circulaires émanants du Bureau parisien ainsi que de la Commission d'organisation de Vienne et du Rapporteur général vous ont successivement montré la continuité de notre effort.

Il nous suffira de dire que nous avons accompli notre tâche de la façon la plus impartiale possible, nous préoccupant uniquement des intérêts généraux de la Botanique et nous inspirant rigoureusement et exclusivement des indications fournies par le précédent Congrès.

C'est un devoir des plus agréables pour le Secrétaire du Bureau permanent parisien, d'être l'interprète de tous ses membres, devant cette Assemblée, pour exprimer à M. le Dr. John Briquet, l'expression de notre profonde gratitude pour l'énergie

1. Invite les personnes s'occupant de Géographie botanique à associer leurs efforts pour mettre de l'ordre dans l'expression générale des lait phytogéographiques, pour établir dans les principales langues la synonymie aussi précise que possible des termes dont il conviendrait de recommander l'usage aux voyageurs et aux géographes;

2. Prend sous ses auspices une consultation générale en vue de laquelle il demande la collaboration: a) de la Commission nommée dans ce but par le Congrès de Berlin; b) de la Commission nommée par le Congrès de Paris, en 1889, pour s'occuper de la cartographie botanique; c) des phytogéographes de toute nationalité, membres du Congrès actuel, qui voudront bien accorder leur concours à cette oeuvre; d) des phytogéographes étrangers au Congrès qui s'intéressent ou s'intéresseront à ces questions,

3. Recommande la publication dans les Revues de caractère international, comme „Englers Jahrbücher" et le „Bulletin de l'herbier Boissier", des travaux consacrés à la démonstration des faits, au développement des exemples et pouvant servir de modèles pour les efforts ultérieurs.

infatigable dont il a fait preuve. Son remarquable Rapport, que vous connaissez tous, est digne de lui inspirer la plus légitime fierté.

Nous ne saurions non plus oublier de remercier les membres de la Commission de nomenclature, qui ont répondu à notre appel, et en général tous les botanistes qui nous ont adressé leurs encouragements au cours de nos travaux.

Il y a lieu de se demander maintenant si les résultats répondront à l'effort considérable qui vient d'être accompli; c'est à vous, messieurs, qu'il appartient de fournir la réponse.

Permettez-moi, enfin, pour terminer et au nom du Bureau de Paris tout entier, de rappeler les relations excellentes qui se sont établies avec nos collègues de la Commission d'organisation de Vienne et de saluer le nouveau Bureau du Congrès de 1905, en lui adressant l'expression de nos sentiments empreints de la cordialité la plus confraternelle et la plus sincère."

Die Sitzung schloß mit einem Vortrage von J. Reinke (Kiel):

„Hypothesen, Voraussetzungen und Probleme in der Biologie". (Vergl. Résultats scientif. d. Congr. intern. de Bot., p. 1.)

Hierauf wurde die Sitzung unterbrochen und es folgte die

2. Geschäftssitzung im Festsaale der k. k. Universität um 12 Uhr mittags.

Vorsitzender: R. v. Wettstein. Beisitzer: J. Briquet (Genf) und J. P. Lotsy (Leiden).

Es wird die Konstituierung der Bureaus vorgenommen.

Es werden für die wissenschaftlichen Sitzungen über Vorschlag des Vorsitzenden einstimmig gewählt:

zu Präsidenten:

J. Borodin (St. Petersburg), O. Drude (Dresden), A. Engler (Berlin), Ch. Flahault (Montpellier), K. Goebel (München), W. Pfeffer (Leipzig), D. H. Scott (Kew), E. Strasburger (Bonn), W. Trelease (St. Louis), E. Warming (Kopenhagen);

zu Vizepräsidenten:

P. Ascherson (Berlin), N. L. Britton (New-York), E. Durand (Brüssel), L. Errera (Brüssel), J. P. Lotsy (Leiden), O. Mattirolo (Turin), C. F. O. Nordstedt (Lund), O. Penzig (Genua), E. Perrot (Paris), D. Prain (Kalkutta), B. L. Robinson (Cambridge-U. S.), K. Schröter (Zürich), H. Marshall-Ward (Cambridge-England), J. N. F. Wille (Christiania);

zum Generalsekretär:

A. Zahlbruckner (Wien);

zu Schriftführern:

K. Linsbauer (Wien), F. Vierhapper (Wien).

Den ersten Punkt der Tagesordnung bildet die Festsetzung des Ortes für den nächsten internationalen Kongreß (1910).

Zu diesem Programmpunkte liegen zwei Anträge vor:

1. Die Association internationale des Botanistes beabsichtigt, ihrer am Mittwoch den 14. Juni stattfindenden Generalversammlung den Antrag vorzulegen, daß die Association unter noch näher zu vereinbarenden Modalitäten die Veranstaltung der künftigen botanischen Kongresse in die Hand nehme. Mit Rücksicht darauf regt sie die Vertagung der Beschlußfassung auf einen späteren Tag der Kongreßwoche an.

2. Dr. Otto Kuntze (San Remo) übersendet eine Reihe gedruckter Anträge (vergl. O. Kuntze, Protest gegen den vollmachtswidrig arrangierten und wegen vieler Unregelmäßigkeiten inkompetenten Nomenklatur-Kongreß auf dem intern. Botaniker-Kongreß in Wien, Leipzig, A. Felix, S. 18—21; ferner zwei diesem beiliegende Blätter, deren eines betitelt ist: „A Monsieur le Président du Congrès des Botanistes à Vienne au 1905", während das andere die Aufschrift „Propositions pour l'élection des Présidents pour la séance extraordinaire du 15. juin 1905" trägt). Diese Anträge betreffen z. T. den Ort des nächsten Kongresses, z. T. die Nomenklaturverhandlungen. Diese letzteren werden der Nomenklaturberatung zugewiesen, die ersteren zur sofortigen Verhandlung zugelassen.

Nach Verlesung der betreffenden Anträge wird über Antrag von Ch. Flahault (Montpellier) einstimmig beschlossen, die Beratung über den Ort des nächsten Kongresses von der Tagesordnung abzusetzen und dieselbe auf das Programm einer zweiten Geschäftssitzung am Samstag den 17. zu setzen. Die Vertagung hat nach den Ausführungen des Antragstellers den Zweck, den Mitgliedern des Kongresses Gelegenheit zu bieten, die vorliegenden Anträge eingehend zu prüfen. Der Vorsitzende macht darauf aufmerksam, daß die Druckschrift, welche die Anträge Kuntzes enthält, von den Kongreßmitgliedern in einer namhaft gemachten Wiener Buchhandlung behoben werden kann.

Nachmittags um 3 Uhr begannen im Saale des alten Museums im botanischen Garten die Beratungen der Nomenklaturangelegenheiten. Vergl. hierüber den Teil VII dieser „Verhandlungen".

Am Abend fand ein vom Damenkomitee veranstalteter Ausflug auf den Kahlenberg statt.

13. Juni 1905.

3. Wissenschaftliche Sitzung um 10 Uhr vormittags im großen Saale des Ingenieur- und Architektenvereins.

Vorsitzende: E. Warming (Kopenhagen) und O. Penzig (Genua).

Thema: Die Entwicklung der Flora Europas seit der Tertiärzeit.

Vorträge: 1. A. Penck (Wien): Die Entwicklung Europas seit der Tertiärzeit. (Vergl. Résult. scientif., p. 12.)

2. A. Engler (Berlin): Grundzüge der Entwicklung der Flora Europas seit der Tertiärzeit. (Vergl. Résult. scientif., p. 25.)

3. G. Andersson (Stockholm): Die Entwicklungsgeschichte der skandinavischen Flora. (Vergl. Résult. scientif., p. 45.)

4. C. A. Weber (Bremen): Die Geschichte der Pflanzenwelt des norddeutschen Tieflandes seit der Tertiärzeit. (Vergl. Résult. scientif., p. 98.)

Mit Rücksicht auf die vorgeschrittene Zeit wird die Sitzung um 2 Uhr abgebrochen und die Fortsetzung der Vorträge auf eine eigene Sitzung am 14. ds. um 8 Uhr morgens vertagt.

Nachmittags 3 Uhr Fortsetzung der Nomenklaturberatungen im Hörsaale des alten Museums im botanischen Garten. (Vergl. Teil VII.)

Für den Abend war offizieller Empfang der Kongreßmitglieder durch Se. Majestät den Kaiser angesagt gewesen, der aber infolge eines Todesfalles im Kaiserhause ausfiel. Den Mitgliedern des Kongresses wurden für diesen Abend Billette für die beiden Hoftheater zur Verfügung gestellt. Aus dem erwähnten Grunde mußte auch der für Donnerstag, den 15., angesetzte Empfang des Kongresses durch den Bürgermeister der Stadt Wien abgesagt werden; die Kongreßteilnehmer versammelten sich an diesem Abend zu einer zwanglosen Zusammenkunft im Rathauskeller.

14. Juni 1905.

4. Wissenschaftliche Sitzung um 8 Uhr morgens im großen Saale des Ingenieur- und Architektenvereins.

Vorsitzende: W. Trelease (S. Louis) und K. Schröter (Zürich).

Thema: Die Entwicklung der Flora Europas seit der Tertiärzeit (Schluß).

Vorträge: 5. O. Drude (Dresden): Entwicklung der Flora des mitteldeutschen Gebirgs- und Hügellandes (vergl. Résult. scient., p. 117).

6. J. Briquet (Genf): Le développement des flores dans les Alpes occidentales, avec aperçu sur les Alpes en général (cf. Résult. scient., p. 130).

Um 9 Uhr vormittags fand im großen Saale des Ingenieur- und Architektenvereins die Generalversammlung der Association internationale des Botanistes unter dem Vorsitze von K. Goebel (München) statt.

Um dieselbe Zeit tagte im botanischen Institut der Universität die „freie Vereinigung der systematischen Botaniker und der Pflanzengeographen" unter dem Vorsitze A. Englers (Berlin).

Im Hörsaale 50 der Universität endlich hielt zur gleichen Zeit die „Vereinigung der Vertreter der angewandten Botanik" ihre Generalversammlung ab.

Um 12 Uhr mittags fand in der Universität die feierliche Enthüllung der Denkmäler für J. N. Jacquin und Jan Ingenhousz statt, welche auf Kosten der österreichischen Regierung errichtet worden waren. Außer den Kongreßteilnehmern wohnten der Feier Vertreter der Universität und anderer Behörden, sowie Angehörige der Familien Jacquin und Ingenhousz bei. Die Festreden hielten R. v. Wettstein (Jacquin) und J. Wiesner (Ingenhousz).

Nachmittags fand im Saale des alten Museums im botanischen Garten die Fortsetzung der Nomenklaturberatungen statt (vergl. Teil VII).

Am Abend vereinigte ein von der k. k. zoologisch-botanischen Gesellschaft veranstalteter Vergnügungsabend die Mitglieder des Kongresses im Prater.

15. Juni 1905.

5. Wissenschaftliche Sitzung um 9 Uhr vormittags im großen Saale des Ingenieur- und Architektenvereins.

Vorsitzende: E. Strasburger (Bonn) und E. Perrot (Paris).

—

Thema: Der gegenwärtige Stand der Lehre von der Kohlensäureassimilation.

Vorträge: 1. H. Molisch (Prag): Zur Lehre von der Kohlensäureassimilation im Chlorophyllkorn. (Vergl. Résult. scientif., p. 179).

2. H. Hueppe (Prag): Über Assimilation der Kohlensäure durch chlorophyllfreie Organismen. (Vergl. Résult. scientif., p. 192).

Hierauf meldet sich Herr M. Kassowitz (Wien) zu einem Vortrage über das Thema zum Wort. Da der Vortrag nicht auf dem Programme steht, befragt der Vorsitzende die Versammlung, die für Zulassung des Vortrages entscheidet. Hierauf spricht

5. M. Kassowitz (Wien) über: „Die Kohlensäureassimilation vom Standpunkte des Metabolismus". (Vergl. Résult. scientif., p. 216).

Hierauf wird die Sitzung unterbrochen. Nach Wiedereröffnung derselben übernimmt L. Errera (Brüssel) statt Perrot die Funktion eines Vizepräsidenten.

Thema: Die Regeneration.

Vorträge: 1. K. Goebel (München): Allgemeine Regenerationsprobleme. (Vergl. Résult. scientif., p. 223).

Der zweite der angemeldeten Vorträge, jener von G. Lopriore, wird infolge der vorgerückten Stunde auf den nächsten Tag verschoben.

6. Wissenschaftliche Sitzung um 3 Uhr nachmittags im großen Saale des Ingenieur- und Architektenvereins.

Vorsitzende: K. Goebel (München) und H. Marshall-Ward (Cambridge).

Vorträge: J. C. Arthur (Lafayette): „Classification of the Uredinales". (Vergl. Résult. scientif., p. 331).

St. Petkoff (Sophia): „Sur la flore algologique de Bulgarie" cf. Résult. scientif., p. 354).

G. Istvánffy (Budapest): „Etudes sur le développement du Botrytis cinerea" (cf. Résult. scientif., p. 349).

An der sich anschließenden Debatte beteiligen sich die Herren P. Magnus (Berlin) und L. Errera (Brüssel).

In der Zeit von 3 Uhr nachmittags bis 8 Uhr abends wurden die Nomenklaturberatungen im Saale des alten Museums im botanischen Garten fortgesetzt. (Vergl. Teil VII).

16. Juni 1905.

7. Wissenschaftliche Sitzung um 8 Uhr morgens im großen Saale des Ingenieur- und Architektenvereins.

(Fortsetzung der 5. Sitzung).

Vorsitzender: J. N. F. Wille (Christiania).

Thema: Die Regeneration (Schluß).

Vortrag: G. Lopriore (Catania): Regeneration von Wurzeln und Stämmen infolge traumatischer Einwirkungen. (Vergl. Résult. scientif., p. 242).

8. Wissenschaftliche Sitzung um 10 Uhr vormittags im großen Saale des Ingenieur- und Architektenvereins.

Vorsitzende: A. Engler (Berlin) und N. L. Britton (New York).

Thema: Über die wichtigsten neueren Ergebnisse der Phytopaläontologie.

Vortrag: H. Scott (Kew): The fern-like seed-plants of the carboniferous flora. (cf. Résult. scientif., p. 279).

Weitere Vorträge:

J. P. Lotsy (Leiden): Über den Einfluß der Cytologie auf die Systematik. (Vergl. Result. scientif., p. 296).

G. Hochreutiner (Genf): Un institut botanique sous les tropiques. (cf. Résult. scientif., p. 313).

Im Laufe der Vormittagsstunden fand in der k. k. Samenkontrollstation über Einladung von Hofrat Th. v. Weinzierl eine Konferenz der Agrikulturbotaniker statt. Gegenstand der Beratungen bildeten folgende Referate: 1. Untersuchungsmethoden der Zuckerrübensamen, 2. Gewichtsmethode bei Keimfähigkeitsbestimmungen, 3. Organisatorische Fragen der Samenkontrolle, 4. Getreideuntersuchung und Getreidezüchtung.

9. Wissenschaftliche Sitzung um 3 Uhr nachmittags im großen Saale des Ingenieur- und Architektenvereins.

Vorsitzende: J. P. Lotsy (Leiden) und O. Mattirolo (Turin).

Vorträge: G. v. Beck (Prag): Die Bedeutung der Karstflora in der Entwicklung der Flora der Ostalpen. (Vergl. Résult. scientif., p. 174).

J. N. F. Wille (Christiania): Über die Theorie von Schübeler über die Veränderungen, die Pflanzen bei ihrer Akklimatisierung unter hohen Breitegraden erleiden. (Vergl. Résult. scientif., p. 389.)

G. J. Tanfiljew (St. Petersburg): Die südrussischen Steppen. (Vergl. Résult. scientif., p. 381).

Nachmittags wurden von 3 Uhr ab die Nomenklaturberatungen im Saale des alten Museums im botanischen Garten fortgesetzt. (Vergl. Teil VII).

Abends vereinigte die Kongreßteilnehmer ein „akademisches Gartenfest", welches ein aus Studenten und Studentinnen der Wiener Universität bestehendes Komitee in Hütteldorf veranstaltet hatte.

17. Juni 1905.

10. Geschäftssitzung um 9 Uhr vormittags im großen Saale des Ingenieur- und Architektenvereins.

Vorsitzender: Ch. Flahault. Beisitzer: J. Briquet (Genf) und J. P. Lotsy (Leiden). Referent: R. v. Wettstein (Wien).

Vor Eingehen in die Tagesordnung erhält das Wort zur Geschäftsordnung Dr. Otto Kuntze (San Remo):

„Ich bitte und beantrage, daß alle Kongressisten heute vom Rednerplatz am Präsidententisch sprechen und alles Sprechen vom Platze aus ungültig sein soll. Ich habe bekanntlich die Abhaltung dieses Kongresses zuerst beantragt, nachdem die botanischen Kongresse eine Reihe von Jahren nicht mehr stattfanden. Ich möchte auch gern jedem, der mir heute opponiert, antworten; aber da ich nur das höre, was bis auf wenige Meter entfernt von mir gesprochen wird, so glaube ich, daß mir der Kongreß diese Rücksicht schuldig ist."

Der Antrag wird, wie alle späteren Anträge, ins Französische und Englische übersetzt, hierauf vom Vorsitzenden zur Annahme empfohlen und einstimmig angenommen.

Hierauf ergreift O. Kuntze das Wort zu einem zweiten Antrage zur Geschäftsordnung:

„Wie Ihnen bekannt sein dürfte, ist gegen die Kompetenz dieses Kongresses ein Protest von mir veröffentlicht worden, den ich auch den zwei Präsidenten, den Herren Professoren R. von Wettstein und Julius Wiesner rechtzeitig zugesandt hatte, der aber vor dem Kongreß nicht verlesen wurde. Da nun auch in der 1. Hauptsitzung vom 12. Juni 1905 nicht einmal trotz schriftlichen Antrages meine daraus resultierenden Vorschläge verlesen, sondern ordnungswidrig unterdrückt wurden; da ferner auch in den inkompetenten Nomenklatursitzungen mein Protest nicht verlesen wurde, beantrage ich, meinen Protest mit beiliegendem Nachtrag vor Wahl des nächsten Kongreßortes vollständig verlesen zu lassen, die vorgeworfenen Inkompetenzen zu widerlegen, falls nicht wenigstens mein Antrag für die Wahl einer 3. internationalen Kommission zum Londoner Kongreß 1907 jetzt angenommen wird, welche 3. Kommission die Grundlage meines auf Ordo evolutionis, d. h. auf rechtlicher Entwicklung und Praxis beruhenden Codex brevis maturus hat.

Dies zu tun ist die heutige Versammlung um so mehr genötigt, als durch die wertlosen inkompetenten und hasardierenden Wiener Nomenklaturabstimmungen der letzten Tage nur eine Lex revolutionis eingeführt würde, wodurch sicher der Zerfall der internationalen Ordnung in der Botanik herbeigeführt wird. Wie sich aus meinen beigelegten „Propositions pour le Congrès des botanistes à Vienne" laut Protest S. 18—21, deren sofortige Vorlesung ich verlange oder auch selbst besorgen will, ergibt, ist keine Möglichkeit vorhanden, daß etwaige, aber kaum vorhandene schädliche

Bestandteile (Deteriorationes) des Codex brevis maturus bestehen bleiben, sondern vom Londoner Kongreß leicht beseitigt werden können.

Ich übergebe dem Präsidium noch ein Exemplar meines Protestes nebst Nachtrag, damit alles in den Kongreßakten abgedruckt werde. — Ich bitte also auch dies, ins Französische und Englische üblicherweise übersetzt, vorzutragen und dann zunächst die Verlesung meiner zitierten, gedruckt beiliegenden Vorschläge für den Wiener Kongreß zu veranlassen."

Dr. J. Briquet übersetzt diesen Antrag ins Französische; von der Übersetzung in das Englische wird abgesehen, da die anwesenden Engländer darauf verzichten und erklären, den Antrag verstanden zu haben.

Prof. Dr. O. Drude (Dresden) ergreift das Wort:

„Ich und viele von Ihnen anerkennen den Eifer und den Opfermut, mit welchen Herr O. Kuntze seine Anschauungen verficht. Die Ideen eines einzelnen können aber doch nicht maßgebend sein gegenüber den großen Strömungen, welche uns hier zusammengeführt haben. Der Protest O. Kuntzes ist ganz gegenstandslos, da heute der letzte Tag eines vortrefflich geleiteten Kongresses ist, der international war, wie keiner je zuvor. Es ist auch alles geschehen, um den Kongreß zu einem wahrhaft internationalen zu machen; die Teilnehmer und Delegierten vertreten alle Kulturstaaten der Erde. Schon aus diesem Grunde ist der Kongreß zweifellos als kompetent zu betrachten, solange nicht der Beweis erbracht wird, daß eine große Lücke in der Vertretung vorhanden ist, was aber in keiner Weise bewiesen werden konnte.

Ich beantrage, über die Anträge Dr. Kuntzes zur Tagesordnung überzugehen und glaube, daß dieser mein Antrag wohl gerechtfertigt ist."

Der Antrag auf Übergang zur Tagesordnung wird mit allen gegen die Stimme O. Kuntzes angenommen.

Den 1. Punkt der Tagesordnung bildet ein Antrag der Association internationale des Botanistes, über den R. v. Wettstein berichtet.

Die Association internationale des Botanistes hat in ihrer am 14. Juni d. J. abgehaltenen Generalversammlung den Beschluß gefaßt, unter folgenden Modalitäten die Fürsorge für die weiteren internationalen botanischen Kongresse zu übernehmen.

1. Die bisherige Organisation der Kongresse, insbesondere ihre Abhaltung in Intervallen von 5 Jahren und Veranstaltung durch lokale Kommissionen bleibt erhalten.
2. Die Assoziation übernimmt die Wahl des neuen Kongreßortes und die der Einberufer des neuen Organisationskomitees in jenen Fällen, in denen der vorhergehende Kongreß nicht selbst eine Entscheidung treffen konnte.
3. In den sub 2 erwähnten Fällen sorgt die Association dafür, daß den nächsten Kongreß betreffende Beschlüsse des vorigen Kongresses dem neuen Organisationskomitee zur Kenntnis gebracht werden.
4. Die Association bewahrt das Archiv der internationalen botanischen Kongresse auf.

5. Die Association übernimmt die Veröffentlichung der wissenschaftlichen Ergebnisse des Wiener Kongresses.
6. Die Association ist berechtigt, eventuelle finanzielle Überschüsse der Kongresse zu übernehmen und ist verpflichtet, solche den Veranstaltern des jeweilig nächsten Kongresses zur Verfügung zu stellen, wenn nicht der Kongreß, welcher den Überschuß erzielte, eine andere Verwendung beschloß.

Zur Motivierung dieses Antrages führt der Referent an, daß derselbe die Sicherstellung der Kontinuität der Kongresse, die Vermeidung der Konkurrenz zwischen den internationalen botanischen Organisationen und die dauernde Sicherstellung des Kongreßarchives bezwecke.

Der Antrag der Association internationale des Botanistes wird einstimmig angenommen.

Den 2. Punkt der Tagesordnung bildet die Beschlußfassung über Ort und Zeit des nächsten Kongresses. R. v. Wettstein berichtet über die vorliegenden Anträge.

Der Zeitpunkt ist durch die Beschlüsse des Pariser Kongresses gegeben. Der nächste Kongreß hat mithin 1910 stattzufinden.

In bezug auf den Ort liegen zwei Anträge vor:

1. Der Antrag O. Kuntzes.

   Derselbe schlägt „einen Kongreß vor für 1907 in London, wo 1866 die Bewegung zur Nomenklaturregelung anfing".

   Zu Präsidenten des Kongresses in London werden vorgeschlagen: der Präsident der Linnean Society in London und der Keeper of the British Museum, department of Botany. (Vergl. O. Kuntze, Protest, S. 21—23).

   In einer dem Präsidenten der Nomenklaturberatung am 15. Juni übergebenen Erklärung macht O. Kuntze den Vorschlag, „daß für 1907 Upsala oder Zürich gewählt werden möchte, falls sich für London Schwierigkeiten ergeben".

2. Der Antrag des Präsidiums des Wiener Organisationskomitees, einer offiziellen Einladung Folge leistend, den nächsten Kongreß 1910 in Brüssel abzuhalten.

Überdies haben die bei dem Kongresse anwesenden Londoner und New-Yorker Botaniker den Wunsch geäußert, möglichst bald den Kongreß in London bzw. in New-York begrüßen zu können.

Der Referent befürwortet die Wahl von Brüssel und spricht gegen die Anträge O. Kuntzes, da dieselben in bezug auf den Zeitpunkt den Pariser Beschlüssen widersprechen und es nicht angehe, einen Kongreßort zu bestimmen, ohne vorher aus der betreffenden Stadt die Erklärung zu erhalten, daß die Wahl erwünscht sei.

Prof. Dr. L. Errera wiederholt hierauf, auf telegraphischem Wege hierzu von der k. belgischen Regierung ermächtigt, die offizielle Einladung nach Brüssel.

Bei der hierauf folgenden Abstimmung werden die Anträge O. Kuntzes einstimmig abgelehnt und es wird einstimmig beschlossen, den nächsten internationalen botanischen Kongreß 1910 in Brüssel zu veranstalten.

Über den Vorschlag des Vorsitzenden ward hierauf einstimmig beschlossen, die Herren Th. Durand und L. Errera[1]) zu bitten, als Präsidenten an die Spitze des neuen Organisationskomitees zu treten. Die beiden Genannten erklären sich unter allgemeinem Beifalle hierzu bereit.

Prof. Dr. R. v. Wettstein beantragt hierauf, es sei die Erledigung jener Spezialfragen der Nomenklatur, welche der in Wien tagende Nomenklaturkongreß unerledigt läßt und ausdrücklich auf den nächsten Kongreß vertagt, auf die Tagesordnung des nächsten Kongresses zu setzen. Einstimmig angenommen.

Prof. Ch. Flahault stellt als Präsident der Nomenklaturberatungen folgende Anträge:

1. Das Referat über die phytogeographische Nomenklatur, welche der Antragsteller nach den Beschlüssen des Pariser Kongresses übernommen hatte, wird vertagt und einer internationalen Kommission überwiesen, welche im Jahre 1910 in Brüssel Bericht zu erstatten hat.
2. Es sind internationale Kommissionen einzusetzen, welche im Anschluß an die Nomenklaturbeschlüsse Anträge zur Regelung der Nomenklatur der Zellkryptogamen und zur Regelung der Nomenklatur der pflanzlichen Fossilien für den nächsten Kongreß auszuarbeiten haben.
3. Die heutige Versammlung ermächtigt die heute nachmittag stattfindende Nomenklaturversammlung, die sub 1 und 2 erwähnten Kommissionen in ihrem Namen einzusetzen.

Alle 3 Anträge werden einstimmig angenommen.

M. Henri Hua (Paris) ergreift sodann das Wort zu nachstehendem Referate, zu dem er 1900 in Paris veranlaßt wurde.

Rapport sommaire sur l'exécution du vœu émis par le Congrès de 1900, concernant l'établissement d'un organe périodique international pour la publication des noms nouveaux pour la Science botanique — par M. Henri Hua.

—

Lors de la réunion du Congrès international de 1900 à Paris, il avait paru désirable d'attirer l'attention du monde botanique sur l'intérêt de la publication d'un organe international destiné à centraliser les nouvelles dénominations.

1) Durch den im August 1905 eingetretenen Tod Prof. Erreras ergab sich leider die Notwendigkeit, einen zweiten Präsidenten des Organisationskomitees zu wählen. Die Association internationale des Botanistes, die nach den Beschlüssen der Sitzung vom 17. Juni diese Wahl vorzunehmen hatte, wählte hierzu Comte Oswald de Kerchove de Denterghem, welcher die Wahl annahm.

Le rapport et le projet présentés à cette époque intéressèrent les botanistes présents. Mais la conclusion principale exprimée dans l'article 3 du projet, à savoir « Le droit de priorité sera pour l'avenir exclusivement réservé aux dénominations inscrites dans cet organe », ne parut pas réalisable dans l'état actuel des choses.

Verrons nous le jour où une entente sera possible à ce sujet? Il est permis de l'espérer devant l'attitude conciliante manifestée au Congrès de Vienne sur des matières non moins délicates et touchant à l'amour propre de chacun. L'habitude de se rencontrer dans des réunions périodiques ne peut manquer de donner aux botanistes de toutes nations un souci plus grand de l'intérêt général de la Science, en tenant de moins en moins compte des intérêts particuliers, nationaux ou personnels.

Quoiqu'il en soit de l'avenir à ce sujet, le Congrès de 1900 donna mission à l'auteur du Rapport d'étudier ce qui pouvait être fait dès à présent pour centraliser les noms nouveaux et les mettre à la partie de tous par un organe international. Ce sont les résultats acquis dans ce sens qu'il convient d'exposer aujourd'hui.

Précisément, dans l'année qui suivit le Congrès, se fondait une Association largement ouverte à tous, placée en dehors de toute école officielle, n'ayant d'autre objet que de servir de lien aux botanistes de tous pays, et de grouper leurs efforts en vue du bien commun. Ce caractère de l'Association internationale des Botanistes la désignait pour publier dans son organe la liste des nouveautés dont il s'agissait dans le rapport de 1900. Des pourparlers furent engagés entre l'auteur du rapport et M. Lotsy l'un des promoteurs de l'Association. Après entente, le projet fut exposé à l'assemblée constitutive de l'association à Genève (Séance du 8 Aout 1901) et pris en sérieuse considération. La fixation des détails concernant la publication fut renvoyée au comité directeur de l'association.

Les négociations continuèrent pendant tout le trimestre suivant. Des objections d'ordre matériel venant principalement de la difficulté de publier les noms nouveaux sur fiches, suivant le vœu exprimé d'abord à Paris en 1900 par M. Perrot, et repris à Genève en 1901 par M. Schröter, firent ajourner la publication par l'association internationale des Botanistes.

D'autre part, la question fut examinée de savoir si le Concilium bibliographicum de Zürich ne pourrait pas entreprendre pour la botanique l'œuvre menée à bien pour la Zoologie.

Entre temps, un homme dont les bienfaits pour la Science botanique ne sont plus à compter, M. William Barbey, propriétaire de l'Herbier Boissier, à Chambésy près Génève, avait de son côté étudié la chose avec le Conservateur de ses Collections, M. Gustave Beauverd et diverses personnalités des plus compétentes en la matière. Il proposa d'annexer au Bulletin de l'Herbier Boissier la publication des noms nouveaux sous le format des fiches données depuis plusieurs années par Miss Clark, de Washington, pour les publications américaines.

Une entente se fit entre l'auteur du projet, le secrétaire général de l'Association des botanistes, le directeur du Concilium Bibliographicum et M. W. Barbey. La publication des fiches au Bulletin de l'Herbier Boissier fut décidée et mise en train dès le début de 1902.

Ces fiches, du même format que les fiches Clark, sont leur complément nécessaire pour les publications de l'ancien monde. Leur disposition, soigneusement étudiée, permet de les classer suivant les familles, ou suivant les pays d'origine des espèces mentionnées. En même temps qu'un répertoire bibliographique, elles sont ainsi un instrument d'étude pour la systématique et pour la géographie botanique. — Une typographie spéciale indique au premier coup d'œil s'il s'agit de types nouveaux, ou de simples modifications de noms pour des espèces déjà connues.

Depuis lors, la publication des fiches se poursuit régulièrement avec une exactitude et une conscience qui font honneur à leur éditeur.

Les fiches du Bulletin de l'Herbier Boissier paraissent la meilleure exécution possible quant à présent du programme défini par le Congrès de 1900 sur le rapport qui lui fut alors présenté. Le caractère absolument indépendant de l'organe dont elles sont l'annexe, est une garantie de son internationalité. On ne peut que souhaiter de voir cet utile instrument de travail se répandre de plus en plus dans le monde botanique. Et il convient de remercier chaleureusement M. Barbey, dont la générosité a permis l'entreprise, et M. Beauverd, dont le travail assidu en assure la continuation.

Après avoir constaté les bons résultats acquis de ce côté, comme suite directe du vœu émis en 1900, on ne peut que se réjouir d'avoir vu naître d'autres tentatives indépendantes conséquences indirectes de ce vœu, et cherchant à arriver au même but. Il est notamment impossible de ne pas citer les améliorations apportées dans ce sens à la publication du „Botanischer Jahresbericht" de Just, aujourd'hui confié à l'activité éclairée de notre confrère le Dr. Fedde.

Tous ces efforts montrent que l'idée émise en 1900 était juste. C'est la principale récompense de celui qui a semé l'idée de la voir germer et se développer. Cela lui donne conscience d'avoir été utile à l'universalité de ses confrères, seul but qu'il poursuive dans sa modeste sphère d'action scientifique.

Der Bericht wird beifälligst zur Kenntnis genommen.

Prof. Dr. Lauterborn (Heidelberg) ergreift das Wort zu folgenden Ausführungen:

Die Teilnehmer der botanischen Exkursion, welche anläßlich des Kongresses nach den illyrischen Ländern unternommen wurde, haben Gelegenheit gehabt, in der weiteren Umgebung von Jajce einen Blick in die dortigen aus Fichten, Tannen, Kiefern, Buchen, Ahornen etc. bestehenden Urwälder zu tun. Wie uns an Ort und Stelle von den Forstbeamten mitgeteilt wurde, ist das Holz dieser Wälder bereits verkauft und muß laut Vertrag in 30 Jahren geschlagen sein.

So selbstverständlich es einerseits auch ist, daß der Fiskus aus den Schätzen des Bodens die höchstmögliche Rente zu erzielen sucht, so bedauerlich wäre es anderseits vom Standpunkte des Botanikers und Naturfreundes, wenn dieses Schicksal allen Urwäldern Bosniens beschieden sein sollte. Dies bedarf an dieser Stelle wohl keiner näheren Begründung.

Ich glaube nun, es wäre für alle Bestrebungen zur teilweisen Erhaltung der bosnischen Urwälder ein mächtiger Rückhalt, wenn eine so imposante Versammlung von Botanikern aus allen Kulturländern, wie sie auf unserem Kongreß vereinigt ist, ihre Stimme zugunsten der gefährdeten Naturdenkmäler erheben wollte. Ich möchte deshalb etwa folgende Resolution vorschlagen:

Resolution.

Der Internationale Botanische Kongreß zu Wien erachtet es als von höchstem Interesse, daß ein Teil der Urwälder Bosniens in seinem Naturzustande erhalten werden möge. Dies ließe sich am einfachsten dadurch erreichen, daß die hohe Landesregierung, die ja den Bestrebungen des Kongresses ihre Sympathien so vielfach bewiesen hat, einen Waldkomplex von einigen Tausend Hektaren als „Schonrevier" oder als „Naturpark" erklärt, wie man dies in Nordamerika schon seit längerem für gefährdete Wälder und Gegenden getan hat. Dadurch würden auch künftigen Generationen Naturdenkmäler erhalten, wie sie in ähnlicher Großartigkeit in West- und Zentraleuropa ihresgleichen suchen, die dann sicherlich von zahlreichen Forschern, Forstmännern und Naturfreunden besucht würden.

Über Vorschlag des Vorsitzenden wird einstimmig der Wortlaut der Resolution zum Beschlusse erhoben und das Präsidium des Kongresses gebeten, die Resolution zur Kenntnis der Landesregierung für Bosnien und die Herzegowina zu bringen.

Herr P. F. Reinsch (Erlangen) übersendet nachstehenden Antrag. Da es in Anbetracht der vorgeschrittenen Zeit und der Abwesenheit des Herrn Antragstellers nicht gut tunlich erscheint, den Antrag in Verhandlung zu nehmen, wird beschlossen, den Antrag in den Kongreßverhandlungen abzudrucken und die Aufmerksamkeit des nächsten Kongresses auf denselben zu lenken.

Der Antrag lautet:

Die Einführung einer einheitlichen Vergrößerungsskala der Abbildungen zu mikroskopischen wissenschaftlichen Arbeiten.

Von P. F. Reinsch (Erlangen, Bayern).

„Fast jeder Mikroskopiker hat seine eigene Vergrößerungsskala für seine Abbildungen. Es sind diese Zahlwerte, welche die absolute Vergrößerung des abgebildeten Gegenstandes als Bruch angeben, sehr verschieden und zumeist willkürlich gewählt. Bisweilen hat man nötig, aus den Abbildungen selbst wirkliche Zahlwerte in μ ausgedrückt zu bestimmen. Dazu ist es nötig, die verlangte Dimension in Millimetern in der Abbildung zu messen, alsdann als Zähler eines Bruches zu setzen, dessen Nenner der angegebene Zahlwert der Vergrößerung ist, und mit 1000 zu multiplizieren. Das Produkt ergibt die Anzahl der μ der gemessenen Dimension. Um diese umständliche Rechnung zu ersparen, ist es einfacher, eine einheitliche Vergrößerungsskala herzustellen. Von jeder beliebigen Vergrößerung an (nehmen wir 3000) bis zu 25 herab ergibt sich folgende Vergrößerungsskala mit zugehörigen Koeffizienten.

Vergrößerungsskala	Koeffizient		
3000	(Dimensionen der Figur)	3	$m\mu$
2500		2,5	$m\mu$
2000		2	$m\mu$
1500		1,5	$m\mu$
1000	multipliziert mit	1	$m\mu$
500		2	$m\mu$
250		4	$m\mu$
200		5	$m\mu$
125		8	$m\mu$
100		10	$m\mu$
50		20	$m\mu$
25		40	$m\mu$

Die einzige Zahl dieser Skala, welche keiner Umsetzung bedarf und direkt die Messung als μ ergibt, ist 1000. Auf dem vorletzten internationalen botanischen Kongreß zu Paris 1889 wurde bereits der Antrag eingebracht[1]), und ich erlaube mir diese kleine Neuerung, ohne Zweifel von großem praktischen Werte, erneut in Vorschlag zu bringen. Nachdem nun der erste Teil des metrischen Systems in die mikroskopische Wissenschaft allgemein eingeführt ist, ist es wünschenswert, daß auch der II. Teil im Anschluß an das Maßsystem: „Einführung einer einheitlichen Vergrößerungsskala" in die Wissenschaft als nützlich eingeführt werde."

Damit erscheint die Tagesordnung erledigt, und es nimmt niemand mehr zu derselben das Wort.

Nun ergreift Hofrat Prof. J. Wiesner das Wort und spricht im Namen des Organisationskomitees für den Wiener Kongreß allen jenen den Dank aus, welche zu dem Erfolge des Kongresses beigetragen haben, vor allem den Mitgliedern der Pariser Commission permanente unter der Führung ihres Generalsekretärs Prof. Dr. E. Perrot und den Herren Ch. Flahault und J. Briquet.

Der Vorsitzende erwidert namens der Gäste und hebt vor allem die großen Verdienste J. Briquets hervor, dessen Name für alle Zeiten mit dem in Wien vollendeten Reformwerke verbunden bleiben wird; er dankt dem Wiener Organisationskomitee, insbesondere den Präsidenten desselben, R. v. Wettstein und J. Wiesner. Dr. J. Briquet dankt für die ihm zuteil gewordene Ehrung. Dr. Hua hält das Schlußwort im Namen der Pariser Commission permanente.

11. Wissenschaftliche Sitzung am 17. Juni um 11 Uhr vormittags im großen Saale des Ingenieur- und Architektenvereins.

Vorsitzender: P. Ascherson (Berlin).

Vorträge: E. Tschermak (Wien): Über Bildung neuer Formen durch Kreuzung. (Vergl. Résult. scientif., p. 323.)

1) In den Berichten des Congrès Internationale. Paris 1889. Bulletin de la Société Botanique de France, Tome XI, p. 207.

L. Adamović (Belgrad): Die pflanzengeographische Stellung und Gliederung der Balkanhalbinsel. (Vergl. Résult. scientif., p. 400.)

O. Drude (Dresden): Über die Kartographie der Formationen und die dabei angewendete Terminologie. (Vergl. Résult. scientif., p. 427.)

12. Wissenschaftliche Sitzung am 17. Juni um 3 Uhr nachmittags im großen Saale des Ingenieur- und Architektenvereins.

Vorsitzender: O. Drude (Dresden).

Der Vorsitzende teilt zunächst notwendig gewordene Programmänderungen mit: von den angekündigten Vorträgen entfallen:

F. Kurtz (Córdoba) „Über die fossile Flora Argentiniens";

V. v. Bórbas (Kolozsvár) „Über die Stipa-Arten Ungarns";

Fr. Schindler (Brünn) „Über regulatorische Vorgänge im Pflanzenkörper und ihre Bedeutung für die Pflanzenzüchtung". (Herr Fr. Schindler hatte trotzdem die Freundlichkeit, das Manuskript dieses Vortrages zur Verfügung zu stellen; vergl. Résult. scientif., p. 377.)

Vorträge: J. Palacký (Prag): „Über die Genesis der afrikanischen Flora". (Vergl. Résult. scientif., p. 369.)

G. Lopriore (Catania): „Über das Vorkommen von zahlreichen Zellkernen im Pollenkorn und Pollenschlauch von Araucaria Bidwillii". (Vergl. Résult. scientif., p. 416.)

M. P. Porsild (Kopenhagen): „Über eine im Entstehen begriffene arktisch-biologische Station in Grönland".

Schließlich widmete G. Lopriore dem vor kurzem verstorbenen italienischen Botaniker F. Delpino einen Nachruf:

Es sind kaum fünf Wochen, sagte der Redner, daß Federico Delpino nach kurzem Leiden und als er sich noch der Lösung einer wichtigen biologischen Frage über Heterochlorie widmete, dahinschied.

Es ist nicht der geeignete Ort und auch nicht die geeignete Zeit, um hier von einem so verdienten Mann in eingehender Weise zu reden. Daß aber ein Landsmann von ihm aus Verehrung für den großen Geist das Wort ergreift, um seiner Trauer, der Trauer seines Vaterlands und der Biologen der ganzen Welt Ausdruck zu geben, wird wohl gestattet werden.

Als vor 30 Jahren Federico Delpino einem deutschen Forscher, Ferdinand Cohn, die Frage über die Begrenzung der Biologie vorlegte, da antwortete der geniale Botaniker von Breslau: „Gewiß ist die von Ihnen vorgeschlagene Unterscheidung zwischen Biologie und Physiologie eine wichtige, wenn ich auch zweifeln möchte, daß die von Ihnen gewählten Bezeichnungen sich einbürgern werden, da man sich gewöhnt hat, beide Worte nahezu synonym anzuwenden, wenigstens bei den Pflanzen, wo die äußeren Lebenserscheinungen, die Sie mit Recht als biologisch unterscheiden, bisher nur wenig beobachtet wurden. Vielleicht wird die reiche Fülle neuer Tatsachen und Ideen die Biologie der Pflanzen zu einer selbständigen Wissenschaft erheben."

Jetzt ist die Fülle neuer Tatsachen und Ideen eine so überreiche geworden, daß die Biologie zu einem der hervorragendsten Zweige der Botanik herangewachsen ist. In 30 Jahren hat Delpino keines der verschiedenartigen Probleme der biologischen Forschung unberührt gelassen. Die zahlreichen Schriften über so viele Gegenstände sind aber leider in vielen Zeitschriften zerstreut und deshalb nicht allen bekannt. Der Gedanke, diese Schriften in einer wohlfeilen und zum Gebrauch nützlichen Ausgabe zu sammeln, scheint jetzt durch Kollegen und Schüler der Verwirklichung sich zu nähern, und es wird gewiß für weite Kreise von Wert sein, dieselben so vollständig wie möglich zu erhalten.

Über Vorschlag des Vorsitzenden erklärt die Versammlung einstimmig, daß sie es für außerordentlich wertvoll hält, wenn eine Ausgabe gesammelter Schriften des Verstorbenen veranstaltet wird, und sie bittet den Vortragenden, in diesem Sinne zu wirken.

Um 3 Uhr nachmittags begann im Saale des botanischen Gartens die Schlußsitzung der Nomenklaturberatungen. (Vergl. Teil VII.)

Sonntag, den 10. Juni, führte ein gemeinsamer Ausflug den größten Teil der Kongreßteilnehmer auf den Schneeberg bei Wien. Die Fahrt wurde um 7 Uhr morgens mit Separatzug der Aspangbahn angetreten. Nach Ankunft bei dem Schneeberg-Hotel unternahm ein Teil der Gesellschaft den Anfstieg auf den Gipfel, ein anderer Teil unternahm einen Ausflug über das Schneebergplateau. Um 4 Uhr nachmittags fand im Schneeberg-Hotel ein Abschiedsmahl statt. Hierbei sprach R. v. Wettstein namens des Organisationskomitees auf die Gäste, J. Briquet auf die Funktionäre des Kongresses; Frau Rosa v. Gerold sprach auf die anwesenden Damen, in deren Namen Frau Engler und Frau Scott antworteten. Schließlich sprach Th. v. Weinzierl im Namen des Wiener Festausschusses einige Abschiedsworte.

Während der ganzen Kongreßwoche standen die Räume und Sammlungen des „Wissenschaftlichen Klub" den Kongreßteilnehmern zur Verfügung. In dessen Räumen war das Kongreßbureau etabliert und dort gelangten u. a. auch die Festgaben zur Verteilung. Dieselben bestanden in einer Biographie Ingenhousz' („Jan Ingenhousz, sein Leben und Wirken als Naturforscher und Arzt"; Wien, Verlag von Konegen), verfaßt von J. Wiesner, in den „Führern zu den wissenschaftlichen Exkursionen des Kongresses" (Wien; Kommissionsverlag von F. Deuticke), welche ein mit 52 Lichtdrucktafeln geziertes pflanzengeographisches Werk darstellten, ferner in einem Album von Wien, welches die Kommune spendete, und schließlich in einem illustrierten Führer durch Wien. Die Verlagsbuchhandlung Gebr. Borntraeger (R. Thost) in Berlin hatte jedem Teilnehmer ein Exemplar des letzterschienenen Bandes der „Botanischen Jahresberichte" gespendet.

Während der Kongreßwoche erschien täglich ein Tageblatt, welches Herr C. K. Schneider redigierte. An allen Tagen fanden Besichtigungen der Wiener botanischen Anstalten unter der Führung der betreffenden Direktoren oder Leiter statt.

Für die anläßlich des Kongresses nach Wien gekommenen Damen sorgte ein Damenkomitee, welches gemeinsame Besichtigungen, Ausflüge u. dgl. veranstaltete.

V. Bericht über die wissenschaftlichen Exkursionen des Kongresses[1]).

Die in Verbindung mit dem Kongreß veranstalteten Exkursionen hatten den Zweck, den Kongreßteilnehmern Gelegenheit zu bieten, botanisch bemerkenswerte Gebiete von Österreich-Ungarn unter fachmännischer Führung kennen zu lernen. Die Exkursionen wurden auf das sorgfältigste vorbereitet, so daß sie bei möglichst kurzem Zeitaufwande und geringen Auslagen möglichst viel boten. Die nachstehenden kurzen Berichte wurden von den Herren Exkursionsleitern erstattet, welche auch die betreffenden Abschnitte des „Führers zu den wissenschaftlichen Exkursionen des internationalen botanischen Kongresses"[2]) verfaßten und denen hiermit für ihre große Mühewaltung der Dank abgestattet sei.

I. Exkursion in die illyrischen Länder.

8. Mai bis 8. Juni 1905.

Leiter: Bis Castelnuovo: Dr. August Ginzberger, Adjunkt am Wiener botanischen Institut; für den zweiten Teil der Exkursion: Otmar Reiser, Kustos am bosnisch-herzegovinischen Landesmuseum in Sarajevo, Karl Maly, Beamter der bosnisch-herzegovinischen Staatsbahn.

Teilnehmer: Fräulein E. Anders[3]) (Wien), die Herren Dr. G. Andersson (Stockholm), Dr. W. Behrendsen[4]) (Kolberg, Preußen), Herr und Frau R. Bertaut (Paris), die Herren C. Björkbom (Östersund, Schweden), Dr. J. Briquet[5]) (Genf), F. Cavillier[5]) (Genf), F. C. Crawford (Edinburgh), Dr. H. Ferré (Paris), H.

1) Abschnitt V wurde von V. Schiffner und A. Ginzberger redigiert.

2) Wien, Kommissionsverlag von F. Deuticke. 8°, 381 p., 52 Lichtdrucktafeln, 1 Titelbild und 12 Textabbildungen.

3) Nur bis Triest.

4) Erst von Gravosa an.

5) Von Triest an.

Jurenz[1]) (Berlin), E. Kindt (Wien), A. Kuntze (Dresden), Dr. R. Lauterborn (Heidelberg), H. Lindberg (Helsingfors), E. Peltereau[2]) (Vendôme, Frankreich), Dr. E. Perrot (Paris), Dr. H. Poeverlein (Ludwigshafen, Bayern), Fräulein J. Rausch[3]) (Wien), Herr Dr. H. Reisser (Wien), Fräulein H. Reisser (Wien), die Herren G. Svenson (Malmö, Schweden), M. Wetschky (Gnadenfeld, Preußen).

8. Mai: Abends Abfahrt von Wien, Südbahnhof.

9. Mai: Ankunft in Adelsberg, botanische Exkursion auf den Schloßberg. Besichtigung der Grotte bei Ermäßigung der Eintrittsgebühr, welche die Grottenkommission gewährt hatte. – Abfahrt nach Triest, wo die Teilnehmer von einem von der „società Adriatica di scienze naturali" eingesetzten Komitee empfangen wurden.

10. Mai: Fahrt nach Divača. Besichtigung der Dolinen und Grotten von St. Canzian unter Führung des Vorstandes der Sektion Küstenland des „Deutschen und österreichischen Alpenvereins", Landesschulinspektors Dr. F. Swida, sowie von Herrn J. Marinitsch, der einen Teil der Kosten trug.

11. Mai: Besichtigung des städtischen botanischen Gartens und des städtischen naturhistorischen Museums unter Führung des Direktors Dr. C. v. Marchesetti; ferner der k. k. zoologischen Station unter Führung des Direktors Prof. Dr. C. J. Cori. – Nachmittags botanische Exkursion nach Obcina. Abends daselbst Bankett, veranstaltet von der società Adriatica auf Kosten der Stadt Triest.

12. Mai: Botanische Exkursion nach Miramar (Führer: Marchesetti). Nachmittags unternahmen einige Teilnehmer eine botanische Exkursion auf den Monte Spaccato.

13. Mai: Seefahrt nach Grado auf einem von der k. k. Seebehörde unentgeltlich beigestellten Dampfer (Führer: Cori). Von Grado drei botanische Exkursionen (Führer: Cori, Ginzberger, Marchesetti).

14. Mai: Seefahrt nach Zara mit Dampfer der „Ungarisch-Kroatischen See-Dampfschiffahrts-Gesellschaft", welche Preisermäßigung zugestanden hatte (auch für die übrigen Strecken). Kurze Besichtigung Zaras unter Führung von Msgre. Prof. Dr. G. Carić und Prof. E. Nikolić. Besichtigung der Insektenpulvermühle von E. Godnig. Bankett, gegeben von einem Ungenannten.

15. Mai: Besichtigung der Maraschino-Fabrik von G. Luxardo. Fahrt nach Sebenico. Botanische Exkursion zu den Kerkafällen unter Führung des Leiters der landwirtschaftlichen Lehr- und Versuchsanstalt in Spalato, J. Slaus-Kantschieder, der auch die meisten der von Spalato ausgehenden Veranstaltungen leitete.

16. Mai: Eisenbahnfahrt von Sebenico nach Perković-Slivno (botanische Exkursion) weiter mit Separatzug, den die k. k. Staatsbahnen zu bedeutend ermäßigtem Preise beigestellt hatten, über Sućurac (botanische Exkursion) nach Salona,

1) Bis Sarajevo.
2) Von Triest an.
3) Nur bis Triest.

1*

wo die Teilnehmer vom Bürgermeister von Spalato empfangen und von Msgre. Dr. Fr. Bulic in den Ruinen herumgeführt wurden; weiter nach Spalato.

17. Mai: Botanische Exkursion auf die Markesina Greda bei Clissa (Führer: Prof. G. Kolombatović).

18. Mai: Besichtigung der Stadt Spalato (Führer: Bulić), der k. k. landwirtschaftlichen Lehr- und Versuchsanstalt (Führer: Slaus) und des Gartens des Herrn P. Katalinić. Nachmittags botanische Exkursion auf den Monte Marian (Führer: Kolombatović). Abends Bankett, gegeben von der Stadt Spalato.

19. Mai: Seefahrt mit Separatdampfer zur Insel Busi. Besichtigung der blauen Grotte und botanische Exkursion. Rückfahrt über Comisa (Empfang durch Gutsbesitzer N. Petrić).

20. Mai: Seefahrt von Spalato nach Gravosa, wo die Teilnehmer von dem Bezirkshauptmann Nasso und dem Polizeikommissär Knego empfangen wurden. Besichtigung der Stadt (Führung: Prof. A. Vučetić und V. Adamović). Abends Seefahrt nach Lacroma, botanische Exkursion (Führer: Prof. Fosco).

21. Mai: Seefahrt nach Cannosa, Besichtigung der Gärten des Grafen V. Bassegli-Gozze. Nachmittags Seefahrt zur Omblaquelle, botanische Exkursion.

22. Mai: Nachts Seefahrt zur Insel Meleda, mit einem Dampfer, den Kapitän F. Goll besorgt hatte. Botanische und forstliche Exkursion (Führer: Forst- und Domänenverwalter K. Budaker, der im Auftrage der k. k. Forst- und Domänen-Direktion in Görz die Teilnehmer empfing, auch die Verproviantierung etc. in umsichtiger Weise besorgte).

23. Mai: Botanische Exkursion auf den Monte Petka.

24. Mai: Seefahrt nach Cattaro, wo die Teilnehmer von Prof. Dr. L. Nettovich de Castel Trinità empfangen wurden. Spaziergang in der Umgebung der Stadt.

25. Mai: Botanische Exkursion nach Cetinje (Führer: Nettovich).

26. Mai: Spaziergänge bei Cetinje und Rückkehr nach Cattaro.

27. Mai: Rundfahrt in den Bocche di Cattaro bis Zelenika, wo die Teilnehmer von Apotheker N. B. Gjonović begrüßt wurden. Spaziergang nach Castelnuovo.

28. Mai: Eisenbahnfahrt[1] über Uskoplje, wo die von der bosnischen Landesregierung mit der Führung betrauten Herren O. Reiser und K. Maly die Leitung der Exkursion übernahmen, nach Čapljina, wo Expositurleiter J. Nikodemović für die Unterkunft gesorgt hatte.

29. Mai: Wagenfahrt über das Dubravaplateau zur Bunaquelle und nach Mostar (Leiter: Forstmeister F. Hillischer).

30. Mai: Botanische Exkursionen auf den Podvelež und zur Radobodjequelle (Führung: Prof. A. Pichler).

1 Für alle Eisenbahnfahrten im Okkupationsgebiet hatten die bosn.-herzegov. Eisenbahnen einen Separatwagen beigestellt.

31. Mai: Eisenbahnfahrt Mostar-Brdjani. Botanische Exkursion auf den Golo brdo (Führer: Hillischer und Oberförster Dostal). Eisenbahnfahrt Bradina—Ilidže, wo Badeinspektor J. Pojman für Unterkunft bestens gesorgt hatte.

1. Juni: Botanische Exkursion auf den Trebević (Führer Maly).

2. Juni: Besichtigung der Stadt Sarajevo und des bosnisch-hercegovinischen Landesmuseums (Führer: die betreffenden Kustoden).

3. Juni: Eisenbahnfahrt nach Dolnji Vakuf. Botanische und forstliche Exkursion in das Urwaldgebiet des Stolovac (Führer: Forstverwalter Jovanović, der auch für die ziemlich schwierige Unterkunft und Verpflegung bestens sorgte).

4. Juni: Rückkehr über die Kaiserbrücke bei Šipovo, wo Bezirksvorsteher Dr. W. Radimsky ein kleines Volksfest arrangiert hatte, nach Jajce.

5. Juni: Aufenthalt in Jajce und kleinere Spaziergänge in der Umgebung der Stadt.

6. Juni: Wagenfahrt von Jajce nach Banjaluka. Hier löste sich die Gesellschaft auf.

Der Verlauf der Exkursion war sehr zufriedenstellend. Das öfter, namentlich während der ersten Hälfte der Exkursion herrschende kühle und regnerische Wetter hatte insofern eine gute Seite, als dadurch die Vegetation der Küstenregion, die in warmen Jahren um diese Zeit oft schon recht stark vorgeschritten ist, in schönster Entwicklung stand. Gesammelt wurde sehr fleißig, im ganzen wurden 80 Postpakete mit ca. 7500 Bogen voll Pflanzen nach Wien geschickt; davon sammelte Herr H. Lindberg ca. 2000, Herr H. Poeverlein ca. 1800, Herr E. Kindt ca. 1000 Bogen. Letzterem gebührt noch ein spezielles Wort des Dankes für den Eifer, mit dem er die Versendung der gesammelten Pflanzen, sowie die Verteilung der großen Papiervorräte, die der Exkursion nachgesandt worden waren, besorgte.

II. Exkursion in das Sandsteingebiet des Wiener Waldes am 14. Juni 1905.

(Purkersdorf—Gablitz—Tullnerbach.)

Leiter: Prof. Dr. A. Cieslar und Dr. F. Vierhapper. Teilnehmerzahl: 25.

Abfahrt von Wien um 1 Uhr nachmittags mittels Stadtbahn nach Purkersdorf—Kellerwiese. Von hier aus Marsch ins Gablitztal, durch die Wälder der Hochramalpe zum Waldorte Loimanshagen. Hier Besichtigung der Versuchsfläche der k. k. forstlichen Versuchsanstalt Mariabrunn. Dann Abstieg ins Tal des Tullnerbaches und in diesem abwärts zur Haltestelle Unter-Tullnerbach, welche um ca. 7 Uhr abends erreicht wurde. Ankunft in Wien mit Stadtbahnzug um 8 Uhr abends. Die Exkursionsteilnehmer hatten Gelegenheit, außer dem forstlichen Versuchsgarten auch die Flora der Buchenwälder und Wiesen des Wiener Sandsteingebietes kennen zu lernen.

III. Exkursion nach Mödling, Donnerstag, den 15. Juni 1905.
Leiter: Dr. A. v. Hayek. Teilnehmerzahl: 24.

Die Gesellschaft fuhr nachmittags von Wien mit der Südbahn nach Mödling und von dort mit der elektrischen Bahn zur Station Vorderbrühl, von wo aus zuerst den rechtsseitigen Hängen des Kalenderberges ein kurzer Besuch abgestattet wurde, dessen reiche pontische Flora das lebhafte Interesse aller Teilnehmer erregte. Sodann wurde der Weg über die Meiereiwiese zur „breiten Föhre“ und von dort zum Richardshof angetreten, bei welcher Gelegenheit ausgedehnte Schwarzföhrenwälder durchquert wurden, welche fremdartige Formation mit ihrer eigentümlichen Flora die volle Aufmerksamkeit aller Exkursionsteilnehmer in Anspruch nahm, während die interessanten pflanzengeographischen Erläuterungen, die Prof. Schröter-Zürich gab, allseitig mit großem Interesse entgegengenommen wurden. Nach einem kleinen im Richardshofe eingenommenen Imbiß wurde der in pflanzengeographischer Beziehung hochinteressante Eichkogel bestiegen, wo zahlreiche seltene Arten, u. a. auch Oxytropis pilosa und Phlomis tuberosa gesammelt wurden. Von der Station Gumpoldskirchen aus wurde dann die Rückfahrt nach Wien angetreten.

IV. Exkursion in die Donau-Auen am 16. Juni 1905, nachmittags.
Leiter: Dr. August Ginzberger.

An der Exkursion nahmen 27 Personen[1] teil. Die Teilnehmer wurden vom k. u. k. Hof-Jagdverwalter L. Seipt mit seinem Personal und dem städtischen Forstverwalter A. Zelinka empfangen. Das Betreten der Auen, die kaiserliches Jagdrevier sind, war vom k. u. k. Oberstjägermeisteramt in zuvorkommendster Weise gestattet worden.

V. Exkursion nach Ungarn.
19. bis 26. Juni 1905.

Einer Einladung der kgl. ungarischen naturforschenden Gesellschaft folgend, unternahm eine große Zahl von Kongreßmitgliedern eine Reise nach Budapest, Herkulesbad und Debreczen. An derselben beteiligten sich die Damen: L. Arbost (Nizza), M. Brockmann-Jerosch (Zürich), M. Dörfler (Wien), E. und J. Errera (Brüssel), F. v. Hayek (Wien), A. E. de Jonge (Utrecht), J. Maire (Nancy), M. und O. Poletajew (Moskau), G. Zahlbruckner (Wien), sowie die Herren Arbost (Nizza), Beauverd (Genf), Brockmann (Zürich), Bubák (Tabor), Campbell (Palo Alto), Crawford (Edinburgh), Domin (Prag), Dörfler (Wien), Errera (Brüssel), de la Faille (Utrecht), Goethart (Leiden), Hallier (Hamburg), v. Hayek (Wien), Hesselmann (Stockholm), Hochreutiner (Genf), Juel (Upsala), Lauterborn (Heidelberg), Lindberg (Helsingfors), Maire (Nancy), Nordstedt (Lund), Ostenfeld (Kopenhagen), Pestalozzi (Zürich), Reichert (Wien), Rosenberg (Stockholm), Rothert

[1] Die Führer nicht mitgerechnet.

(Odessa), Rübel (Zürich), Samuels (Wien), Schmula (Oppeln), Schröter (Zürich), Spitzer (Zürich), Svedelius (Upsala), Tanfiljew (Petersburg), Warming (Kopenhagen), Wille (Christiania), Woodhead (Huddersfield), Zahlbruckner (Wien). Am ersten Teil der Reise, bis nach Budapest, beteiligten sich ferner noch Frau Hillebrand (Wien), die Herren Bonnet (Paris), Durand (Brüssel), Tschermak (Wien), Marshall-Ward (Cambridge), sowie sämtliche Teilnehmer der von Prof. Schiffner geleiteten Exkursion ins österreichische Küstenland, welche direkt von Budapest aus die Reise nach Fiume antraten.

Montag, den 19. Juli, wurde von Wien, wo bereits die für die Kongreßteilnehmer für die ganze Dauer der Exkursion von der Direktion der königl. ungarischen Staatsbahnen in liebenswürdigster Weise zur Verfügung gestellten Sonderwagen bereit standen, die Reise nach Budapest angetreten. Bis Neuhäusl kamen als Delegierte des ungarischen Ausflugskomitees die Herren Dr. Kümmerle und Prof. Tuzson entgegen; in Budapest wurden die Teilnehmer auf dem Bahnhof von den Herren Prof. Magocsy-Dietz, Kustos Filarszky und Thaisz begrüßt. Am Nachmittage wurde der botanische Garten und die Gewächshäuser der Universität unter Führung des Direktors Herrn Prof. Magocsy-Dietz besichtigt und dann im botanischen Garten eine vom Professorenkollegium der philosophischen Fakultät arrangierte Jause eingenommen, wobei Prof. Klein namens der ungarischen Botaniker, der Dekan der philosophischen Fakultät namens des Professorenkollegiums und Prof. Paszlavsky namens der ungarischen naturforschenden Gesellschaft die Gäste bewillkommnete, worauf Kustos Dr. Zahlbruckner namens des Kongreßkomitees und Prof. Schröter namens der ausländischen Teilnehmer dankte. Ein zwangloses Souper im Stadtwäldchen, an dem auch alle Budapester Botaniker teilnahmen, beschloß den Tag. Am folgenden Tage (Dienstag, d. 20.) wurde die botanische Abteilung des ungarischen Nationalmuseums unter der Führung der Herren Kustos Dr. Filarszky und Dr. Kümmerle besichtigt, und nach dem, leider bei strömendem Regen, auf der Margit-Insel eingenommenen Mittagessen eine Exkursion nach Dunakesz-Alag, und von da durch die Sandpußten nach Kaposztás-Megyer unternommen, wo unter der sachkundigen Führung der Herren Prof. Simonkai und Thaisz die hochinteressante Steppenflora des Gebietes studiert wurde. Unter den Klängen einer Zigeunerkapelle wurde in einer kleinen Csárda der Abend in gemütlicher Weise beschlossen, wobei allen Teilnehmern Gelegenheit gegeben war, das ungarische Volksleben kennen zu lernen. Mittwoch, den 21. Juni, besuchten die Teilnehmer unter Führung der Herren Dr. Istvanffy und Dr. Bernatzky das weltbekannte ampelologische Institut, am Nachmittage wurde dann die Reise bis Báziás angetreten. Dortselbst wurde am folgenden Morgen unter Leitung des Herrn Thaisz eine botanische Exkursion auf die benachbarten Berghänge unternommen, die allen Teilnehmern eine Fülle interessanter Eindrücke und reiche Ausbeute seltener Pflanzen brachte. Um 10 Uhr vormittags nahm der Dampfer die Gesellschaft auf, um sie bis Orsova zu bringen. Diese prächtige Donaufahrt durch den Kazanpaß, die herrlichen Landschaftsbilder und die Fülle gewonnener neuer Eindrücke werden allen Teilnehmern in unvergeßlicher Erinnerung bleiben. In Orsova angekommen, teilte sich die Gesellschaft: ein Teil stattete der türkischen Insel Adakalch einen Besuch ab, während der andere unter Leitung der Herren Thaisz und Prof. Wagner (Arad), der hier die Gesellschaft erwartete, einen Ausflug auf den in botanischer Beziehung hochinteressanten Allweberg unternahm. Noch am selben Abend wurde dann die Reise nach Herkulesfürdö angetreten, wo, Dank den Bemühungen der Badeverwaltung, trotz der späten Nachtstunde die Bequartierung der zahlreichen Gäste in rascher und alle Ansprüche zufriedenstellender Weise vor sich ging. Überhaupt war in Herkulesfürdö alles geschehen, um den Aufenthalt in diesem herrlichen Badeorte den Kongreßteilnehmern zu einem äußerst angenehmen zu machen. Freitag, der 23. Juni war als Ruhetag bestimmt, und nur nachmittags wurde ein in botanischer Beziehung äußerst lohnender Spaziergang in das herrliche Cernatal unternommen. Am folgenden Tage wurde dann der pflanzenreiche Vrfu Suskului bestiegen, wobei sich die Führung der Herren Thaisz und Wagner wieder aufs glänzendste bewährte und die Teilnehmer die fremdartige, reiche Voralpenflora der südlichen Karpaten eingehend kennen lernten; ein kleiner Teil der Gesellschaft unternahm dann, angeregt durch die herrliche Tour, noch eine Besteigung des benachbarten Domugled. Nur ungern verließen die Kongreßteilnehmer das schöne Herkulesfürdö, um die über 12 Stunden lange Fahrt nach Debreczen zu unternehmen, bei welcher Gelegenheit die Annehmlichkeit der eigenen, für die Kongreßteilnehmer reservierten Eisenbahnwagen sich besonders geltend machte. In Debreczen wurde die Gesellschaft von einer Deputation mehrerer Stadtväter unter Führung des Unterbürgermeisters I. Vecsey begrüßt. Am anderen Morgen (Sonntag, d. 25.) wurde mit der Bahn nach Hortobágy gefahren, und nach einem in der dortigen Csárda eingenommenen Dejeuner in endloser Wagenreihe die Fahrt durch die Pußta unternommen, die allen Teilnehmern einen unauslöschlichen Eindruck hinterließ. Vom herrlichsten Wetter begünstigt, bei welchem sich die Fata morgana in reinster Schönheit zeigte, und ein weites, sich rings um die Ebene ausdehnendes Meer vortäuschte, wurden nicht nur die botanisch interessanten Punkte besucht, sondern es gab sich auch Gelegenheit, das ganz originelle Hirtenleben auf der Pußta kennen zu lernen und die prächtigen Gestüte zu besichtigen. Ein in der Hortobágyer Csárda von der Stadt Debreczen veranstaltetes Diner vereinte dann alle Teilnehmer, bei welcher Gelegenheit das vortreffliche Arrangement und die sachkundige Führung der Herren G. Királyi, J. Vecsey und Polizeihauptmann Bertalan Farkas allseitig lobend hervorgehoben wurde. Am Nachmittage erfolgte ein Besuch der kgl. ungarischen ökonomischen Lehranstalt, wo Direktor Sztankovics an der Spitze des Lehrkörpers die Führung übernahm. Am Abend vereinigte ein Souper im Restaurant Dobos noch ein letztes Mal die Teilnehmer, bei welcher Gelegenheit Prof. Pasztavszky der Stadt Debreczen für den freundlichen Empfang den Dank aussprach und insbesondere der um das Arrangement so hochverdienten Herren Unterbürgermeister Vecsey und Professor Nagy gedachte, während Dr. v. Hayek namens des Wiener Kongreßkomitees noch einmal der kgl. ungarischen naturforschenden Gesellschaft für die Einladung zu der wunderschönen Exkursion dankte und hierbei allseitige begeisterte Zustimmung fand.

Am nächsten Morgen (Montag, d. 26. Juni) reisten die Kongreßteilnehmer nach Budapest zurück.

VI. Exkursion in das österreichische Küstenland.

Leiter: Prof. Dr. Victor Schiffner.

19. Juni bis 2. Juli 1905.

An der Exkursion beteiligten sich folgende Mitglieder des internationalen botanischen Kongresses:

Dr. C. Brick (Hamburg), P. Chenevard (Genf), Fräulein M. Chenevard (Genf), Direktor O. Kambersky (Troppau), Prof. Dr. Fr. v. Kamienski (Odessa), Herm. Knoche (San José, Californien), Med. Dr. Przybylski (Odessa), H. Romieux (Genf), T. Rotarski (St. Petersburg), Geheimrat Prof. Dr. Jg. Urban (Berlin), Prof. Dr. E. Zacharias (Hamburg).

Die Exkursionsteilnehmer begaben sich am 19. Juni gemeinsam mit einer großen Zahl von Kongreßteilnehmern von Wien nach Budapest, wo sie die Besichtigung der schönen Stadt, des botanischen Gartens und Museums, der Margaretheninsel und den höchst interessanten Ausflug in die Pußta unter der liebenswürdigen Führung der Herren von der königl. ungar. naturwissenschaftlichen Gesellschaft und des königl. ampelologischen Institutes mitmachen konnten. Am 21. verließ die Exkursion um 7 Uhr 20 Min. früh mit dem Schnellzuge Budapest und langte nachmittags in Fiume an, von wo sie sich nach kurzem Aufenthalte mit dem Lokaldampfer nach Abbazia begab. Hier fanden die Teilnehmer im Wiener Hofbräu-Hotel gute Unterkunft.

Der nächste Tag (22. Juni) wurde als nach den ziemlich ermüdenden Besichtigungen und Festlichkeiten von Budapest willkommener Ruhetag betrachtet, der mit Besichtigung von Abbazia, mit Promenaden am Strande und in den prächtigen Parkanlagen und mit kleinen Ausflügen in den Lorbeerhain und in der Nähe des Ortes angenehm ausgefüllt wurde.

Am 23. Juni wurde die Exkursion auf den Monte Maggiore unternommen. Der Aufstieg bis zum Schutzhause war wegen des trüben Wetters nicht sehr heiß und recht angenehm. Leider brachen in den ersten Nachmittagsstunden Gewitter mit starken Regengüssen los, die einander rasch folgten, so daß der Aufstieg auf den Gipfel unmöglich gemacht wurde. Trotz Gewitter und Regen machte sich aber ein Teil der Mitglieder erbötig, mit dem Leiter der Exkursion eine von den prachtvollen Hochwiesen etwa 1 km vom Schutzhause entfernt zu besuchen und war sehr befriedigt von dem unvergleichlichen Blüten- und Pflanzenreichtum daselbst. Am Abende wurde das Wetter etwas freundlicher, so daß der Rückweg nach Abbazia angenehm verlief.

In den ersten Morgenstunden des 24. begab sich die Gesellschaft mittels Dampfers nach Pola. Nachmittags langte man in Pola an; es wurde die Stadt mit ihren schönen altrömischen Bauten besichtigt, und gegen Abend konnte bereits die Überfahrt nach der Insel Brioni bewerkstelligt werden, da die Direktion der Herrschaft Brioni eine Dampfbarkasse herübergesandt hatte.

Der 25. und 26. Juni wurde auf dem herrlichen Eilande Brioni verbracht und gestaltete sich ebenso genuß- als lehrreich. Der ortskundige und liebenswürdige Güterdirektor Zufar geleitete die Exkursionisten kreuz und quer durch die Macchien und Kulturen der Insel und gab dabei interessante Aufschlüsse über die Vergangenheit und die gegenwärtigen Verhältnisse derselben. Außer den botanischen Studien, zu denen die interessante Vegetation der Insel reichlichst Gelegenheit bot, konnte die Gesellschaft unter der sachkundigen Leitung eines dort weilenden tüchtigen Archäologen die Ausgrabungen einer großen Villenanlage aus der römischen Kaiserzeit in der Bucht „Val Catena" besichtigen.

Am Morgen des 27. Juni ließ Direktor Zufar die Exkursionisten mit einem Motorboote nach Fasana übersetzen, von wo die Fahrt mit dem Dampfschiffe nach Triest fortgesetzt wurde. Vom schönsten Wetter begünstigt, gestaltete sich diese an Abwechselung reiche Fahrt höchst angenehm. Bei der Ankunft in Triest wurde die Exkursion von Prof. Dr. C. J. Cori, Direktor der k. k. zoologischen Station, dem Direktor des Civico Museo und des botanischen Gartens, Dr. Carlo von Marchesetti und dem Konservator Antonio Valle begrüßt. Die genannten Herren widmeten sich an den folgenden Tagen in der aufopferndsten und liebenswürdigsten Weise der Exkursion und ihnen gebührt der größte Dank, da ihre Bemühungen wesentlich dazu beitrugen, daß der Aufenthalt in Triest und die von dort aus unternommenen Ausflüge ebenso angenehm als lehrreich verliefen. Noch am selben Nachmittage wurde mit dem Dampfboote ein Ausflug nach dem herrlichen Schlosse Miramare mit seinem berühmten Parke unternommen. Dr. v. Marchesetti war mit von der Partie. Der Rückweg wurde in der Abendkühle zu Fuß angetreten, und in dem Vergnügungslokale „Excelsior" in Barcola wurde der Abend sehr angenehm verbracht. Es hatten sich hier auch Prof. Cori und Konservator Valle mit ihren Gemahlinnen eingefunden.

Der nächste Tag brachte einen Ausflug nach St. Canzian, der in zuvorkommendster Weise von der Sektion „Küstenland" des Deutschen und Österr. Alpenvereines arrangiert wurde. Der Präsident der Sektion, Regierungsrat Dr. Swida und der bekannte Höhlenforscher Müller hatten selbst die Leitung übernommen, und auch der ausgezeichnete Florist des Küstenlandes, Dr. v. Marchesetti, beteiligte sich an der Exkursion. Vom schönsten Wetter begünstigt verlief dieser Ausflug, der in pflanzengeographischer Hinsicht ebenso interessant als touristisch anregend ist, in der prächtigsten Weise, und alle Teilnehmer kehrten in später Abendstunde höchst befriedigt nach Triest zurück. Anstatt des geplanten Ausfluges nach Zaule wurde am 29. Juni eine Exkursion nach dem interessanten Städtchen Capodistria unternommen, da die Strandwiesen bei Zaule nach der Mitteilung des Herrn Dr. v. Marchesetti, der auch die Tour nach Capodistria mitmachte, schon gemäht waren und Capodistria außer einer schönen Salzsumpfflora auch noch die für fast alle Teilnehmer neue und interessante Besichtigung des Salinenbetriebes bot. Die k. k. Salinendirektion erlaubte in zuvorkommender Weise die Besichtigung der Salinen und delegierte einen ihrer Beamten als sachkundigen Interpreten und Führer. Prof. Cori hatte sich ebenfalls dieser Exkursion in freundlicher Weise angeschlossen. Schon in früher Nachmittagsstunde kehrte man nach Triest zurück. Gegen Abend folgten die Exkursionsteilnehmer der liebenswürdigen Einladung der „Società Adriatica" zu einer Fahrt nach Opcina, wo man sich an der bezaubernden Aussicht auf Triest und das Karstgebiet erlabte und kleine Spaziergänge unternahm, um die Karstaufforstung zu besichtigen. Abends vereinigte ein von der „Società Adriatica" veranstaltetes Diner beim „Obelisk" die Exkursionsteilnehmer und zahlreiche Mitglieder der „Società Adriatica", die zum großen Teile mit ihren Damen erschienen waren, bis in die späte Nachtstunde.

Der 30. Juni wurde unter Führung von Prof. Cori und Dr. v. Marchesetti in Grado verbracht. Die Dampferfahrt verlief bei ruhigem Wetter sehr angenehm. Nachdem das interessante Lagunenstädtchen mit seinem aufblühenden Seebade besichtigt war, teilten sich die Exkursionsteilnehmer in zwei Partien. Die eine ging unter Führung von Prof. Schiffner und Dr. v. Marchesetti hinaus nach dem Finanzwachhause Rotta, wo sich vorzügliche Gelegenheit bot, die Dünenflora zu studieren; die andere Partie führte Herr Prof. Cori mittels Fischerbarken nach dem Pinienhaine von Belvedere. Des Nachmittags vereinigten sich beide Partien wieder in Grado, und in ziemlich später Nachtstunde brachte der Dampfer die ganze Gesellschaft nach Triest zurück.

Am 1. Juli, dem letzten Tage des Aufenthaltes in Triest, mußten einige Teilnehmer der Exkursion sich schon trennen, da ihr Urlaub ablief oder sie aus anderen Gründen ihre Heimreise zu beschleunigen genötigt waren. Der Tag wurde der Besichtigung der wissenschaftlichen Anstalten Triests gewidmet. Unter Führung des Direktors dieser Anstalten, Dr. v. Marchesetti, wurde der botanische Garten und das „Civico Museo di Storia naturale" besichtigt. In der k. k. zoologischen Station empfingen der Direktor Prof. Dr. C. J. Cori und Assistent Techet die Exkursionsteilnehmer. In zahlreichen Gefäßen hatte Prof. Cori lebende Meeresalgen aufstellen lassen, von denen sich die Besucher nach Belieben einlegen oder mitnehmen konnten.

Gegen Abend wurde ein Spaziergang nach dem schön gelegenen „Cacciatore" unternommen.

Am 2. Juli verabschiedeten sich die Exkursionsteilnehmer am Südbahnhofe von den Triestiner Herren, die ihnen während des Aufenthaltes in der schönen Stadt so viel Freundschaft und Liebenswürdigkeit bewiesen hatten, und fuhren nach Adelsberg, wo man eben noch rechtzeitig zum Besuche der weltberühmten Grotte ankam. Trotz der drückenden Hitze wurde nachmittags die botanisch hochinteressante Exkursion auf den Schloßberg unternommen und des Nachts die Rückreise nach Wien angetreten.

VII. Exkursion in die niederösterreichischen Alpen und das Donautal.

Leiter: Dr. Emmerich Zederbauer (Wien). Teilnehmerzahl: 10.

Die Exkursion wurde am 22. Juni angetreten und dauerte 10 Tage.

Die Teilnehmer begaben sich von Wien mit der Südbahn nach Payerbach, von wo die Besteigung der Raxalpe unternommen wurde. Auf der Raxalpe wurde der vom niederösterreichischen Gebirgsvereine in Verbindung mit dem Bamberger

Vereine zum Schutze und zur Pflege der Alpenpflanzen begründete, unter der Leitung Prof. Dr. R. v. Wettsteins stehende Alpengarten besichtigt. In dem benachbarten Habsburghause wurde die Gesellschaft von einer Abordnung des niederösterreichischen Gebirgsvereins begrüßt. Am nächsten Tage ging die Exkursion über Naßwald nach Mariazell. Es folgte der Besuch des Oetschers, bei dem Prof. J. Nevole in freundlicher Weise die Führung übernahm, und der Besuch des Lunzersees. Von Lunz begab sich die Gesellschaft mit Bahn ins Donautal, wo die an pontischen Pflanzen reichen Gehänge zwischen Melk und Krems besucht wurden. Den Abschluß bildete eine Besteigung des Jauerling.

VIII. Exkursion in die Ostalpen.

Leiter: Dr. Fritz Vierhapper (Wien) und Heinrich Freih. v. Handel-Mazzetti (Wien).

22. Juni bis 22. Juli 1905.

Teilnehmer: H. Brockmann (Zürich), Frau M. Ch. Brockmann-Jerosch (Zürich), J. Crawford (Edinburgh), B. Fest (Murau), B. Hryniewiecki (Dorpat), K. R. Kupffer (Riga), G. Lewicki (Kiew), R. Maire (Nancy), Frl. H. Reisser (Wien), W. Rothert (Odessa), K. Schröter (Zürich), J. W. Woodhead (Huddersfield).

Am 22. Juni fuhren Hryniewiecki, Kupffer, Lewicki und Vierhapper vom Wiener Südbahnhofe nach Kapfenberg und erreichten noch am selben Tage das Fölzhotel. Am 23. Juni erfolgte der Aufstieg auf den Hochschwab, am 24. die Plateauwanderung und der Abstieg nach Eisenerz. Von der Grohlalpe an wurde ein von Bergbaudirektor Sedlaczek (Alpine Montangesellschaft) beigestellter Wagen benützt. Direktor Sedlaczek hatte auch Quartiere besorgt und kam der Reisegesellschaft bei der Besichtigung des Erzberges, indem er einen Angestellten des Bergbaues mit der Führung beauftragte, in zuvorkommendster Weise entgegen. Der 25. Juni war außer dem Besuche des Erzberges einem Spaziergange zum Leopoldsteinersee und der Fahrt nach Leoben gewidmet. Am 26. Weiterfahrt nach Kraubath. Hier schloß sich Fest an, der die Tour über den Serpentinstock nach Sekkau und die Besteigung des Sekkauer Zinken (27. Juni) mitmachte. In Admont, wo Crawford zur Reisegesellschaft stieß, wurde am 28. der von Dr. W. Bersch geleiteten, dem k. k. Ackerbau-Ministerium unterstehenden Moorwirtschaft der Abteilung für Moorkultur und Torfverwertung der k. k. landwirtschaftlich-chemischen Versuchsanstalt in Wien ein Besuch abgestattet. Mittags wurden die berühmte Stiftsbibliothek und die prächtigen Sammlungen des Pater G. Strobl (unter dessen eigener Führung) besichtigt. Nachmittags Weiterfahrt nach Aussee und Spaziergang zum Grundlsee. Der 29. Juni galt der Besichtigung der von Hofrat Dr. R. v. Weinzierl angelegten und geleiteten landwirtschaftlichen Versuchsstation auf der Sandlingalpe. Weinzierl hatte Träger zur Verfügung gestellt und den auf der Sandlingalpe stationierten Förster von der Ankunft der Gesellschaft verständigt. Nachmittags Abstieg nach Goisern und Weiterfahrt nach Ischl. An der Exkursion am 29. Juni beteiligte sich auch Dr. Favarger (Wien) mit Töchtern. Am 30. Juni Besteigung des Schafberges und

Fahrt nach Salzburg. In Scharfling traf man mit Rothert zusammen. Am 1. Juli wurde vormittags Salzburg besichtigt und nachmittags unter Führung Dr. C. Mells, Supplenten am Staatsgymnasium in Salzburg, ein Ausflug auf die Glanwiesen unternommen. Am 2. Juni Partie zum Königsee und, gleichfalls mit Mell, Besichtigung der Almbachklamm. Maire schloß sich in Salzburg der Reisegesellschaft an, Crawford und Lewicki trennten sich von derselben. Am 3. erfolgte die Besichtigung der Liechtensteinklamm und die Weiterfahrt nach Zell am See, von wo aus am 4. die Schmittenhöhe bestiegen und abends nach Kitzbühel weitergereist wurde. Am 5. wurde das Hochmoor am Schwarzsee besucht und noch vormittags nach Jenbach gefahren. In Wörgl vereinigte sich die erste Gruppe der Exkursion mit der von Handel-Mazetti geführten zweiten, bestehend aus Brockmann und Gemahlin, welche leider schon von hier aus nach Zürich zurückkehren mußte, Schröter und Woodhead. Gruppe II hatte am 30. Juni Wien verlassen, um noch am selben Tage von Prebühel aus die Flora des Reichenstein kennen zu lernen, am 1. Juli den Eisenerzer Erzberg besichtigt, am 2. den Sekkauer Zinken bestiegen und war am 3. nach Salzburg gelangt. — Von Jenbach aus fand am 5. und 6. Juli die erste gemeinsame Tour, und zwar ins Sonnwendgebirge (Hochiss), statt. Am 6. abends Ankunft in Innsbruck. Der 7. Juli galt der Besichtigung der Stadt und — unter Führung Professor Heinrichers — des botanischen Gartens und Institutes der Universität. Nachmittags fand ein Ausflug ins nördliche Mittelgebirge und zur Höttinger Breccie statt. Abends folgten die Exkursionsteilnehmer einer Einladung des naturwissenschaftlich-medizinischen Vereins in den Stadtsaal (Konzert des städtischen Orchesters und Produktion der Gesellschaft Höpperger) und wurden hier vom Rektor der Universität Prof. Heider, den Professoren J. Blaas, E. Heinricher, J. Nevinny, Statthaltereirat F. Sauter, Bezirkskommissär Graf L. Sarnthein, Universitätsassistent Dr. Steuer und Postassistenten F. Hofer begrüßt. Prof. v. Dalla Torre, der sich um das Arrangement des schönen Abends große Verdienste erworben hat, war leider am Erscheinen verhindert. Am 8. Juli vormittags Ausflug in das südliche Mittelgebirge (Villermoor und Lanserköpfe), nachmittags Fahrt nach Brennerbad und Aufstieg zur Amthorhütte; Hotelier Gröbner (Gossensaß) hatte für Nachtlager Vorsorge getroffen. Am 9. Besteigung des Hühnerspiels und der Rollspitze und Abstieg nach Gossensaß. Hier trennte sich Hryniewiecki von der Gesellschaft. Die Tour von Innsbruck bis Gossensaß wurde auch von den Damen G. und H. Reisser (Wien) mitgemacht. Am 10. vormittags erfolgte die Weiterreise nach Bozen. Noch am selben Nachmittage wurde die Erzherzog Heinrichs-Promenade, am 11. vormittags Schloß Runkelstein, nachmittags Siegmundskron samt den Etschmösern besucht. Das Hotel Stiegl in Bozen gewährte den Exkursionsteilnehmern ermäßigte Preise. Am 12. morgens Aufbruch zur Tour in die Dolomiten. Diese dauerte bis zum 16. Juli. Am 12. wurde über Atzwang und Ratzes der Schlern erstiegen, am 13. erfolgte der Abstieg durchs Durontal nach Campitello, am 14. nachmittags der Weitermarsch zum Fedajapaß, am 15. die Tour über die Porta vescovo im Padonzuge nach Pieve und Andraz, am 16. die Besteigung des Nuvolau und der Abstieg nach Cortina, am 17. der Marsch über Tre Croci, den Misurinasee und Landro nach Toblach. Dr. Mumelter, der Vorstandsstellvertreter der Alpenvereinssektion Bozen, hatte die Quartiere im Schlernhause vorausbestellt und zur Weiterbeförderung des Gepäckes zwei Träger beordert, in Ratzes war eine Ermäßigung der Table d'hôte-Preise gewährt worden. Beim Seiseralpenhause wurde der vom Bewirtschafter, Herrn Dialer, angelegte Alpenpflanzengarten besichtigt. In der Bambergerhütte auf dem Fedajapasse waren die Teilnehmer durch die Sektion Bamberg des D.-Ö. Alpenvereines angemeldet worden. Der Tour auf die Porta vescovo hatte sich auch Herr A. Lezno, Bezirksschulinspektor in Pieve, angeschlossen. Von Toblach aus kehrten Brockmann, Schröter und Woodhead nach Zürich zurück. Die übrigen Teilnehmer begaben sich am 18. nach Kals, von wo aus Kupffer und Vierhapper am 19. und 20. den Großglockner bestiegen und durchs Leitertal zum Glocknerhause gelangten, während Handel-Mazzetti, Maire und Rothert über das Bergertörl zum Glocknerhause wanderten. Von hier aus begaben sich Maire und Rothert über Heiligenblut nach Dölsach, Handel-Mazzetti, Kupffer und Vierhapper über die Pfandlscharte und das Fuschertal nach Fusch im Pinzgau, woselbst die Exkursion am 22. Juli ihr Ende nahm.

VI. Bericht über die anläßlich des botanischen Kongresses gemeinsam mit der Association internationale des Botanistes veranstaltete internationale botanische Ausstellung

(11. bis 25. Juni 1905).

Erstattet von dem Präsidenten der Ausstellungskommission

Dr. Th. Ritter von Weinzierl,

k. k. Hofrat und Direktor der k. k. Samen-Kontrollstation in Wien.

(Mit 7 Textabbildungen.)

Sofort nach Konstituierung des Organisationskomitees für den Wiener internationalen botanischen Kongreß wurde der Beschluß gefaßt, mit dem Kongresse eine internationale botanische Ausstellung zu verbinden. Unabhängig davon beschloß auch die Association internationale des Botanistes die Veranstaltung einer solchen Ausstellung. Als diese Beschlüsse zur gegenseitigen Kenntnis gelangten, wurde eine Vereinigung der beiden Unternehmungen festgestellt. Nachdem zunächst ein Ausstellungskomitee (vergl. S. 4) die Vorarbeiten ausgeführt hatte, wurde die Durchführung der ganzen Angelegenheit in die Hand einer Ausstellungskommission gelegt, der der Referent als Präsident, die Herren Josef Brunnthaler und Wilhelm Klenert als Kommissäre angehörten. Namentlich der geradezu aufopfernden Tätigkeit und seltenen Arbeitskraft des Herrn Brunnthaler ist es zu danken, daß den enormen Anforderungen, welche diese Ausstellung an die Kommission stellten, in befriedigender Weise entsprochen werden konnte.

Die Voraussetzung für die Durchführung der Ausstellung bildete die Möglichkeit, entsprechende Räumlichkeiten zu erhalten. Der Gnade Sr. Majestät des Kaisers verdankte die Kommission die Erlaubnis, die große Orangerie des kaiserl. Lustschlosses Schönbrunn zu benutzen. Diese vorzüglich geeigneten, noch niemals für einen ähnlichen Zweck benutzten Räume bildeten, an den weltberühmten Schönbrunner Park anstoßend, den Rahmen für eine botanische Ausstellung, wie er passender nicht gedacht werden konnte.

Der Ausstellung wurde folgendes Programm zugrunde gelegt.

Sie umfaßte drei Abteilungen, und zwar: eine historische Abteilung, eine Abteilung für moderne Hilfsmittel der Forschung und des Unterrichts und endlich eine gärtnerisch-botanische Abteilung.

Sie sollte auf diese Weise die Entwicklung der Botanik von den ersten primitiven Anfängen bis zum gegenwärtigen Stand der Wissenschaft in bezug auf Forschung und Lehre darstellen und schließlich lebende Pflanzen durch Vorführung besonderer Sehenswürdigkeiten und Seltenheiten nicht nur dem Fachmann, sondern auch dem großen Publikum zur Anschauung bringen. Die geeigneten Objekte zu beschaffen und eine derartige neue Ausstellung zu veranstalten, war keine leichte Aufgabe. Wenn dieselbe in einer befriedigenden Weise gelöst wurde, so ist dies in erster Linie dem Umstande zuzuschreiben, daß die Fachkreise des In- und Auslandes dem Unternehmen das größte Entgegenkommen bewiesen und alle Aussteller bemüht waren, ihr bestes zu leisten.

Die Ausstellung wurde am 11. Juni 1905 um 11 Uhr vormittags in feierlicher Weise eröffnet. In Vertretung des Protektors, Sr. kaiserl. Hoheit Erzherzog Franz-Ferdinand, nahm die Eröffnung Se. Exzellenz der Herr Ackerbauminister Graf Ferdinand Buquoy vor.

Der Eröffnungsfeier wohnten überdies Vertreter des k. k. Unterrichtsministeriums, des k. k. Ackerbauministeriums, der Stadt Wien, zahlreicher anderer Behörden und Korporationen, das Präsidium der Association internationale des Botanistes, vertreten durch Prof. Dr. Goebel (München) und Dr. J. P. Lotsy (Leiden), sowie ein großer Teil der Kongreßteilnehmer bei.

Hofrat Dr. Th. R. v. Weinzierl eröffnete die Feier mit einer Ansprache, in welcher er die Geschichte und Ziele des Unternehmens darlegte. Hierauf antwortete Minister Graf Buquoy und erklärte die Ausstellung für eröffnet. Hieran schloß sich ein Rundgang durch dieselbe. Am Mittwoch, den 14. Juni nachmittags wurde die Ausstellung durch Se. Majestät den Kaiser besucht. Zum Empfange hatte sich die Ausstellungskommission, das Präsidium des Kongresses, die Aussteller und zahlreiche Kongreßteilnehmer eingefunden. Hofrat J. Wiesner hielt an Se. Majestät eine

Ansprache, worauf der Kaiser erwiderte, daß er sich freue, die Ausstellung besichtigen zu können, da er doch so viel über dieselbe gehört und auch vernommen habe, daß sie reich beschickt sei.

Hierauf unternahm der Kaiser einen Rundgang; der Referent übernahm die Führung und stellte in jeder Abteilung die Aussteller vor; der Monarch besichtigte jedes Objekt mit Interesse und großer Aufmerksamkeit und dankte für die von den einzelnen gegebenen Erläuterungen.

In den darauffolgenden Tagen wurde die Ausstellung von dem Protektor Erzherzog Franz Ferdinand, von Erzherzog Rainer und Erzherzog Max besucht.

Am 19. Juni erfolgte die Besichtigung der Ausstellung durch Se. Majestät den Schah von Persien.

Die Ausstellung blieb bis 25. Juni geöffnet; in dieser Zeit wurde sie außer den Kongreßteilnehmern von 12085 zahlenden Personen besucht. In der letzten Woche wurden für Schüler von Mittelschulen Schülerkarten ausgegeben, welche von ca. 700 Personen benutzt wurden.

Beschreibung der Ausstellung[1]).

Die Orangerie, welche einen Bestandteil der Hofgartenbaulichkeiten des Lustschlosses Schönbrunn bildet und für gewöhnlich zur Überwinterung der zahlreichen zur Dekoration verwendeten Orangen-, Lorbeer-, Thujenbäume und anderer Pflanzen dient, ist 180 m lang, $9^{1}/_{2}$ m tief, 8 m hoch und der ganzen Länge nach mit zur vollen Höhe hinaufreichenden Fenstern versehen, so daß die Beleuchtung dieses ganzen imposanten Raumes durch das Tageslicht, selbst an den Rückwänden, eine ganz ausgezeichnete ist. Die Halle besitzt an beiden Enden und in der Mitte Tore, welche auch bei der Ausstellung verwendet wurden.

Die langgestreckte Form der Orangerie war für die Installation der botanischen Ausstellung eine außerordentlich günstige, da der vorhin erwähnte Grundgedanke des Arrangements in einer geraden Richtung zur Durchführung gelangen konnte (siehe Abbildung Nr. 1). Dementsprechend wurde der obere Eingang der Orangerie auch als Haupteingang in die Ausstellung gewählt und der erste, durch eine niedrige Halbquerwand abgeteilte Raum dieser Halle als Empfangsraum ausgestattet.

In der Mitte dieser ersten Abteilung befand sich ein mit Teppichen belegtes Podium, um welches in einem offenen Rechteck drei mit rotem Seidenstoff bekleidete Gestelle angebracht waren, an welchen Pläne und Ansichten der verschiedenen kaiserlichen Hofgärten zur Ausstellung gelangten. Dieses Objekt, welches bereits im Jahre 1900 in der Weltausstellung in Paris ausgestellt war, ist Eigentum des k. u. k. Obersthofmeisteramtes, und es verdankte die Ausstellungskommission die Überlassung dieses Objektes vor allem der gütigen Vermittlung des Herrn Hofrates Franz Wetschl.

1) Inzwischen ist vom Geh. Regierungsrat Prof. Dr. L. Wittmack in Berlin eine Serie von Artikeln über unsere Ausstellung in der Zeitschrift „Gartenflora", Berlin 1905, Heft 16, im Erscheinen; einen kurzen Bericht über die Ausstellung enthält auch der Artikel von Professor Dr. von Wettstein über den Internat. botanischen Kongreß in Wien in der Österr. botanischen Zeitschrift 1905, H. 9.

Abbildung Nr. 1.

Phot. v. d. k. k. Samen-Kontrollstation. Autotypie von Max Jaffé, Wien.

Blick in die Ausstellungshalle (Orangerie).

Die ganze Halle wurde durch niedrige mit Tuch bespannte Querwände in 19 Appartements abgeteilt, welche je nach der Größe der den einzelnen Ausstellern bezw. Gruppen zugewiesenen Tisch- und Wandflächen verschiedene Größe erhielten. Auf den zwischen den Pfeilern angebrachten Tischen an den Fenstern waren solche Objekte ausgestellt, welche besonders viel Licht benötigten, wie z. B. mikroskopische Präparate, Mikrodiapositive, Bakterienkulturen etc. Der unterste Teil der Halle von 55 m Länge mußte durch eine bis zur Decke hinaufragende Querwand abgetrennt werden, da in demselben die gärtnerische Abteilung untergebracht wurde, welche nur während der ersten acht Tage, vom 11. bis 18. Juni, geöffnet war.

I. Die historische Abteilung.

Diese Abteilung enthielt Bücher, Tafelwerke, Herbare, Instrumente, Präparate von historischem Interesse. Die Beteiligung für diese Abteilung war auf Österreich beschränkt; es beteiligten sich daran 12 Aussteller, und zwar:

die k. und k. Familienfideikommiß-Bibliothek in Wien mit vom Vorstande dieses Instituts, Herrn Dr. Alois Karpf, zusammengestellten Porträts österreichischer Botaniker, Werken botanischen Inhalts, ferner Kunstblättern und Illustrationen;

die botanische Abteilung des k. k. Naturhistorischen Hofmuseums in Wien mit den Werken österreichischer und ausländischer Autoren, getrockneten Pflanzen von hervorragenden Sammlern;

Dr. Ernst Moritz Kronfeld in Wien mit Pflanzenbildern und Dokumenten zur Geschichte des Schönbrunner botanischen Gartens;

das Benediktinerstift Braunau in Böhmen mit „Herbarium-vivum oder lebendiges Kräuterbuch“ von Georg Philipp Saurwein in Innsbrugg 1748 und einem Porträt von Opitz (Photographie nach einen Gemälde im königl. böhmischen Landesmuseum);

Dr. Albert Figdor in Wien mit einem Herbarium des „Jeronimus Harderus von Bregentz“, angefangen anno 1562;

das Pflanzenphysiologische Institut der k. k. Universität in Wien mit Mikroskopen von Norbert und Amici, einer Büste Plößls und einer Lithographie derselben von Kriehuber, den Mikroskopiertisch des Botanikers Prof. Dr. Unger mit großem Plößlschem Stativ;

die k. k. Hof- und Staatsdruckerei in Wien mit diversen Werken und Tafeln mit Naturselbstdrucken nebst zugehörigen Platten;

Regierungsrätin Weiß in Wien mit 12 Bänden und 2238 Aquarellen von Schmidt, Reinelli, Strenzel, Buchberger, Drechsler, Lehmayer, Trister u. a., Pilze und Phanerogamen darstellend, ferner Federzeichnungen von Strenzel;

Dr. August Edler von Hayek in Wien mit einem Porträt des Botanikers Portenschlag;

Hofrätin E. Lang in Wien mit Porträts von N. Jacquin und Littrow;

Kustos Dr. A. Zahlbruckner in Wien mit Porträts vom Reichsverweser Erzherzog Johann und von Johann Baptist Zahlbruckner und einem Marmorrelief von Jacquin dem Älteren.

Das Botanische Institut der k. k. Universität in Wien brachte ein altes Mikroskop von Plößl, ein Horizontalmikroskop von Amici, ein altes Reisemikroskop und ein altes Mikroskop von Holz, ferner Präparate aus der Zeit Ungers, ein Herbarium aus Tirol aus dem 16. Jahrhundert und Briefe Linnés an Jacquin den Älteren zur Ausstellung.

Den größten Raum in dieser Abteilung nahmen die Ausstellungen der k. und k. Familienfideikommiß-Bibliothek und der botanischen Abteilung des k. k. Naturhistorischen Hofmuseums ein (siehe Abbildung Nr. 2).

Von den zahlreichen ausgestellten interessanten Objekten der ersteren Bibliothek wäre vor allem die sehr umfangreiche Galerie von Porträts österreichischer Botaniker in chronologischer Anordnung vom Jahre 1500 mit Clusius bis auf die neueste Zeit und die in vollendeter Darstellung vorgeführte Entwicklung der in Österreich ausgeführten mannigfaltigen Illustrationen der Pflanzen hervorzuheben.

Die einzelnen Kunstblätter und die Bilderwerke waren teils in großen Vitrinen, teils auf den Tischen aufgelegt oder an den Wänden placiert. Um nur einzelne von der reichen Fülle dieser literarischen Schätze zu erwähnen, wären in erster Linie folgende zu nennen:

Die naiven interessanten Pflanzenillustrationen Dondis aus der Zeit Kaiser Friedrichs III. (1473), die meisterhaften Originale von Gruber, Jebmayer, Hartinger, Wegmayer und Schmutzer aus der ersten Hälfte des vorigen Jahrhunderts: ferner die bibliographischen Raritäten, wie die Florilegien von Swerth, Frankfurt 1612 und de Bry, Frankfurt 1641, die Phytognomonie von Joh. B. Porta Rothomagi 1650, die Historia plantarum von Marlye, London 1728, Histoire des plantes von Dewille, Lyon 1766 und die Pelargonien von Trattinick, Wien 1825 1843.

Die botanische Abteilung des k. k. Naturhistorischen Hofmuseums hatte ihre reichhaltige Ausstellung nach folgenden Gesichtspunkten gruppiert:

1. Werke österreichischer Autoren. Dieselben sollten den Anteil, welchen Österreich an der Entwicklung der botanischen Wissenschaft genommen hat, zur Anschauung bringen, und zwar aus dem 18. Jahrhundert: Jacquin, Host, Crantz, Scopoli und Vest; aus der ersten Hälfte des 19. Jahrhunderts: F. Bauer, Besser, Corda, Endlicher, Fenzl, C. von Hügel, Krombholz, Leydolt, Opiz, Portenschlag, Preßl, Rochel, Graf Sternberg, Trattinick, Unger und Wulfen; aus der zweiten Hälfte des vorigen Jahrhunderts (mit Ausschluß der lebenden Autoren): Antoine, Ettingshausen, von Hausmann, A. von Kerner, Neilreich, Schott und Willkomm.
2. Werke nicht österreichischer Autoren. Hervorragende oder seltene Prachtwerke mit zum größten Teile handkolorierten Tafeln im Besitze der botanischen Abteilung des k. k. Naturhistorischen Hofmuseums, wie z. B.: Allioni, Bateman, Blanco, Briganti, Duhamel, Haller, Lapeyrouse, Miller, Richard, Salm-Reifferscheid, Saunders, Vaucher, Vittadini u. a.
3. Werke, welche sich auf österreichische botanische Expeditionen beziehen usw.: Kotschy, Allgemeiner Überblick der Nilländer und ihrer

5*

Abbildung Nr. 2.

Phot. v. d. k. k. Samen-Kontrollstation. Autotypie von Max Jaffé, Wien.

Die Ausstellung der k. und k. Familienfideikommiß-Bibliothek und der botanischen Abteilung des k. k. naturhistorischen Hofmuseums in Wien.

Pflanzenbekleidung. Wien 1861; Die Vegetation und der Kanal auf dem Isthmus von Suez. Wien 1858; Plantae Arabiae annis 1836–1838 collectae. Wien 1865; Die Reise der österreichischen Fregatte „Novara" um die Erde in den Jahren 1857, 1858 und 1859, Band I, enthaltend Beiträge von H. Reichardt, A. Grunow, A. Krempelhuber, G. Mettenius und J. Milde. Wien 1870; ferner Pohl, Plantarum Brasiliae icones et descriptiones. Wien 1827; Sieber, Reise nach der Insel Kreta im griechischen Archipelagus im Jahre 1817; R. von Wawra, Botanische Ergebnisse der Reise S. M. des Kaisers von Mexiko, Maximilian I., nach Brasilien anno 1859–1860, Wien 1866.

4. Getrocknete Pflanzen.
   a) Arten österreichischer Autoren oder österreichischer Sammler mit den Originaletiketten und handschriftlichen Bemerkungen, und zwar von Diesing, Endlicher, Host, von Jacquin, Juratzka, Karsten, von Kerner, Kotschy, Neilreich, Portenschlag, Unger, Visiani, Welwitsch, Willkomm u. a.
   b) Arten österreichischer botanischer Expeditionen: enthaltend eine Anzahl von den auf den vorhin angegebenen österreichischen wissenschaftlichen Expeditionen gesammelten seltenen Pflanzen.
5. Nicht edierte Abbildungen, welche den größten Teil der Rückwände dieser Abteilung bedeckten, und zwar: Aquarelle in Großfolioformat von künstlerischer Ausführung, so die einzig dastehenden Aroideenabbildungen, gemalt von Liepoldt, Oberer, Nickeli und Unger; dann die Primulazeen, gemalt von Oberer und Zehner (beide Serien auf Schotts Anregung mit großen Kosten hergestellt); ferner die von Pohl in Brasilien gesammelten Pflanzen, gemalt von Sandler; Bilder zu den Arbeiten Fenzls, gemalt von Quester; Puterlicks Originalzeichnungen zu seiner Monographie der Pittosporeen; dann ein Buch mit Ölgemälden von Hörmann vom Jahre 1760, darstellend die von Wulfen beschriebenen Flechten Krains; eine von K. F. Heckel hergestellte, Sr. M. Kaiser Franz Josef I. gewidmete Alpenflora mit für diese Zeit (1850) prächtigen handkolorierten Photographien der einzelnen Arten; schließlich die ebenfalls einzig dastehenden Aquarelle der in den Jahren 1806–1817 in Wien kultivierten Nelkensorten von J. Soupreis; endlich
6. Briefe hervorragender Botaniker aus dem Briefwechsel Jacquins des Älteren.

2. Die Abteilung für moderne Hilfsmittel der Forschung und des Unterrichtes.

Diese Abteilung war die reichhaltigste der ganzen Ausstellung und durch die im Folgenden genannten 97 Aussteller vertreten.

Ein sowohl für den Fachmann als auch für den Laien interessantes Objekt bildete die Ausstellung der k. k. Samenkontrollstation (k. k. landwirtschaftlich-botanische Versuchsstation) in Wien, welche in einem besonderen großen Appartement untergebracht war (Abbildung Nr. 3). Diese Ausstellung enthielt Apparate und Utensilien zur Samenprüfung nach v. Weinzierl, und zwar Präzisionsseparator zur quantitativen Bestimmung von Spren in Samen und Futtermitteln, Spelzenabschlemmapparat zur Ermittlung des gewichtsprozentischen Spelzenanteiles der Braugerste, nach Behandlung der Körner mit 50%iger Schwefelsäure, die Sprenfege zum Ausblasen von Samen, den verbesserten Sicherheitsbrenner, die Weinzierlsche Samenstativlupe, die Präzisionssamenwage (Patent Nemetz) neuester Konstruktion mit automatischer Gewichtsauflegevorrichtung und den Probeziehungsapparat nach Komers.

In der Mitte der Wand dieser Exposition war hier zum erstenmal die neue Methode der botanischen Analyse von künstlichen Wiesenbeständen nach v. Weinzierl in einem großen Tableau mit drei Diagrammen zur Darstellung gebracht. In dem Tableau waren alle bei der Mischungssaat verwendeten Spezies in der durch die Analyse der Heuprobe konstatierten Anzahl der Individuen nebeneinander aufgespannt, nebst Angaben des Gewichtes einer jeden Spezies, und zwar Halme bezw. Stengel und Blätter und des Gewichtsanteiles am Gesamtertrag in einem bestimmten Erntejahre (und zwar sieben Jahre nach der Aussaat) im Vergleiche zu der durch die Aussaat zu gewärtigenden Anzahl der Individuen. In zwei zu beiden Seiten dieses Tableans angebrachten Diagrammen war die Häufigkeit des gewichtsprozentischen bezw. flächenprozentischen Anteiles einer jeden Mischungsspezies dargestellt. Bekanntlich ermöglicht diese neue Methode die Berechnung des für die richtige Beurteilung eines Wiesenbestandes maßgebenden flächenprozentischen Anteiles einer jeden Spezies des Rasens, während bisher das Vorherrschen der einen oder anderen Pflanzenart, also der sogenannte Wiesentypus, durch den Gewichtsanteil am Heuertrage ausgedrückt wurde.

Ferner waren an der Wand Ansichten vom alpinen Versuchsgarten auf der Sandlingalpe mit Pflanzenproben von einzelnen dort kultivierten Futtergräsern gruppiert und Proben von den geernteten Samen dieser Spezies in Ovoidgläsern auf Stufenaufsätzen aufgestellt. Von den übrigen Objekten dieser reichhaltigen Ausstellung sind noch zu erwähnen: eine Sammlung von verfälschten Samen des Handels und die Fälschungsmittel derselben, darunter die neueste vom Referenten konstatierte künstliche Färbung der Steinkleesamen (Medicago lupulina), wodurch dieser zehnmal billigere Samen das Aussehen des teuren Schotenkleesamens (Lotus corniculatus) erhält, dann die in Formalin konservierten Wurzeln des amerikanischen Gerberampfers (Rumex hymenosepalus L.), kultiviert auf dem Versuchsfeld in Obersiebenbrunn im Marchfeld, dann Photographien von Weizenkreuzungen, Roggentypen und Kornformen, ferner Apparate zur Getreidezüchtung (nach G. Pammer und E. Freudl), Proben von veredeltem Roggen und Arbeiten der Abteilung für Getreidezüchtung, schließlich verschiedene fachwissenschaftliche Publikationen der Samenkontrollstation und eine Mappe mit den Plänen der Versuchsfelder. In der Fensternische waren noch zwei Stereoskopkästen mit 50 Diapositiven, darstellend die Laboratorien im neuen Amtsgebäude im Prater und die Versuchsfelder der Anstalt, aufgestellt.

Abbildung Nr. 3.

Phot. v. d. k. k. Samen-Kontrollstation. Autotypie von Max Jaffé, Wien.

Ausstellung der k. k. Samen-Kontrollstation in Wien (k. k. landwirtschaftl.-botanische Versuchsstation)

In derselben Abteilung befanden sich auch die von der Biologischen Versuchsanstalt im Prater (Leiter: Dr. Figdor und L. von Portheim) ausgestellten verschiedenen seltenen lebenden Meeresalgen, ferner das von Dr. Arpád von Degen in Budapest herausgegebene prachtvolle Herbarium der Gramina hungarica mit einer Mustersamensammlung von ungarischen Unkräutern und Kulturpflanzen, dann die von Prof. Karl Fruwirth in Hohenheim und Prof. Dr. Erich Tschermak in Wien ausgestellten Arbeiten und Versuchsmethoden dieser Forscher über Pflanzenzüchtung. Der erstere hatte zwei Wandtafeln über die technische Durchführung landwirtschaftlicher Pflanzenzüchtung und Farbenvariationen bei Samen und Früchten, sowie ein Album mit Abbildungen von Apparaten und Hilfsmitteln der Pflanzenzüchtung, der letztere Tafeln und Kästchen mit Zeichnungen und aufgeklebten Pflanzen, die Vererbungsgesetze nach Mendel darstellend, sowie Schutzapparate gegen Fremdbestäubungen, ferner Publikationen ausgestellt.

In der Nebenabteilung war die interessante und instruktive Ausstellung der k. k. Forstlichen Versuchsanstalt in Mariabrunn bei Wien untergebracht. Dieselbe umfaßte eine Reihe sinnreicher Präzisionsapparate durchweg nach Hofrat J. Friedrich zur Ermittlung bestimmter technisch-wichtiger Eigenschaften des Holzes und physiologischer Vorgänge in lebenden Bäumen. Von diesen wäre vor allem der Zuwachsautograph nach J. Friedrich hervorzuheben. Dieser sinnreich erdachte und eigentlich so einfach konstruierte Apparat, welcher im Freien an einem lebenden Walnußbaum angebracht war, gibt nicht nur die Veränderungen des Baumumfanges ziffernmäßig an, sondern er registriert dieselben auch graphisch. Diese Diagrammlinie läßt nun nicht nur den während der Wachstumsperiode sich allmählich vergrößernden Zuwachs, sondern auch eine tagsüber eintretende Abschwellung des Baumumfanges erkennen. Zahlreiche Diagramme dieses Zuwachsautographen, gewonnen an Bäumen verschiedener Art im Mariabrunner Versuchsparke, waren, zu einem Album vereinigt, ausgestellt. Hier stand auch ein anderer, denselben Zwecken dienender Apparat, der Präzisionszuwachsmesser mit elektrisch betriebener Registriervorrichtung, der Zuwachs und Abnahme des Baumumfanges auf beliebig weite Entfernungen mit Hilfe des elektrischen Stromes zu übertragen und zu registrieren vermag, dann der Zuwachsmesser für die Änderung im Durchmesser kleiner Stämme und der Zuwachsenergiemesser, ferner das Präzisionsxylometer mit automatischer Nulleinstellung und Meßvorrichtung und die Dendrometertypen.

Außerdem waren noch verschiedene technisch wichtige Methoden zur Ermittlung der mechanischen Eigenschaften der Hölzer mit den dazu gehörigen Präzisionsinstrumenten zur Darstellung gebracht, wie z. B. die vom k. k. Forstverwalter G. Janka für Holz angewandte Härteprüfungsmethode (2 Tableaux mit je 9 Holzproben). Die Methode besteht darin, daß in die Hirnfläche des Holzes, und zwar in verschiedene Partien der Probe eine eiserne Halbkugel von 1,00 cm größtem Kreise mit Hilfe der Festigkeitsmaschine eingedrückt und der Widerstand, ausgedrückt in Kilogrammen, bestimmt wird, den das Holz dem Eindringen dieser Halbkugel entgegensetzt.

In der Fensternische waren in Kübeln acht lebende neunjährige Fichtenbäumchen aufgestellt, welche einen von Prof. Dr. Cieslar durchgeführten Versuch darstellten über den Einfluß des Saatgutes von verschiedener Meereshöhe auf die Entwicklung der Fichte unter gleichen Bedingungen und gleicher Meereshöhe. Die z. B. aus Samen von 1400 m Meereshöhe gezogenen Bäumchen waren nur 0,5 m hoch, während die in 800 m Meereshöhe erwachsenen Bäumchen eine Höhe von 2,4 m erreichten. Viele Diagramme, Photographien, Wandtafeln und wissenschaftliche Werke dieser Versuchsstation vervollständigten diese Exposition.

Daneben befand sich die Ausstellung der k. k. Zoologischen Station in Triest (Direktor Dr. C. J. Cori) mit Plänen und Photographien der Station, statistischen Tabellen, Vegetationsbildern des Golfes und der Algenvegetation beim Leuchtturm von Triest; dann waren ein Schleppnetz, mit Lithothamnien gefüllt, ein Planktonnetz, ein Schließnetz, ein Kratzernetz und eine Steinzange ausgestellt.

Anschließend daran hatte das Zentrale Phytopathologische Laboratorium des kaiserl. russ. Ackerbauministeriums in St. Petersburg (Direktor Dr. Jaczewski) verschiedene Pflanzenkrankheiten teils in Spirituspräparaten, teils in Abbildungen auf Wandtafeln, sowie Broschüren zur Ausstellung gebracht.

Die k. k. Zoologisch-botanische Gesellschaft in Wien stellte ihre Publikationen, ferner Bücher, Bilder und Medaillen von historischem Interesse, dann Herbarfaszikel und einzelne Spannblätter von den an die Schulen unentgeltlich beigestellten Herbarien, sowie die mit Subvention des k. k. Ackerbauministeriums von der Gesellschaft herausgegebenen pflanzengeographischen Karten aus.

Eine besondere Abteilung bildete „die Botanik an den österreichischen Mittelschulen" (zusammengestellt von Prof. Fr. Anger, Prof. H. Lanner und Prof. Dr. L. Linsbauer). (Abbildung Nr. 4.)

Dieser Teil der Ausstellung wurde von dem obengenannten Spezialkomitee über Anregung der Ausstellungskommission veranstaltet. Dem k. k. niederösterr. Landesschulrate gebührt der Dank hierfür, daß er die Kustoden der naturhistorischen Lehrmittelsammlungen der Wiener Mittelschulen zur Exposition geeignet erscheinender Objekte ermächtigt hat.

Diese Ausstellung führte nur solche Lehrmittel vor, welche an den bezeichneten Schulen tatsächlich beim Botanikunterrichte Verwendung finden. Ihr Zweck war, dem Besucher den Aufschwung, den der Botanikunterricht in den letzten Jahrzehnten genommen hat, vor Augen zu führen. Und da nun heute nicht die Erwerbung einer umfangreichen Formenkenntnis oder die Einprägung der äußeren Merkmale der Pflanzen und ihrer Terminologie den wesentlichsten Inhalt des botanischen Unterrichtes bildet, sondern vor allem die Phänomene des Pflanzenlebens dem Interesse und Verständnisse des Schülers näher gebracht werden sollen, so standen im Vordergrunde der Ausstellung pflanzenphysiologische Apparate zur Ausführung von Experimenten, welche die Anbahnung des Verständnisses der biologischen Vorgänge in und an der Pflanze wesentlich fördern. An diese Gruppe schlossen sich dann Präparate und Modelle zur Erläuterung des anatomischen bezw. morphologischen Baues der Pflanzen, ferner eine Auswahl von Pflanzenfamilien mit all den Behelfen, welche zur Auffassung und Einprägung des Familiencharakters erforderlich sind oder die Beziehungen der Pflanzen zum Haushalte des Menschen vorführen. Bei der Auswahl der vorgeführten Wandtafeln

Abbildung Nr. 1

Phot. v. d. k. k. Samen-Kontrollstation. Autotypie von Max Jaffé, Wien.

Kollektivausstellung der Wiener Mittelschulen.

und Modelle wurde angestrebt, möglichst auf denselben Gegenstand sich beziehende Lehrmittel verschiedener Provenienz nebeneinander zur Ausstellung zu bringen, um durch unmittelbaren Vergleich die Brauchbarkeit derselben erkennen zu lassen. Durch Vorführung der Beschaffung des Pflanzenmaterials, von Hilfsmitteln zur Förderung der Anschauung, von Lehrbüchern und Bestimmungsbüchern für Schüler etc., endlich auch von Schülerarbeiten, welche Zeugnis für die freiwillige Beschäftigung der Schüler mit botanischen Studien ablegen, sollte der Einblick in den Betrieb des Botanikunterrichtes ergänzt werden.

An der Ausstellung haben sich folgende Wiener Mittelschulen beteiligt: das k. k. Akademische und das k. k. Franz-Josef-Staatsgymnasium sowie die k. k. Staatsrealschule im 1. Bezirk, das k. k. Staatsgymnasium und die k. k. Staatsrealschule im 2. Bezirk, das k. k. Staatsgymnasium und die k. k. Staatsrealschule im 3. Bezirk, das Gymnasium der k. k. Theresianischen Akademie und die k. k. Staatsrealschule im 4. Bezirk, das k. k. Staatsgymnasium im 6. Bezirk, die k. k. Staatsrealschule im 7. Bezirk, das k. k. Staatsgymnasium im 8. Bezirk, das k. k. Maximilian-Staatsgymnasium im 9. Bezirk, die k. k. Staatsrealschule im 10. Bezirk, das k. k. Staatsgymnasium im 12. Bezirk, das k. k. Staatsgymnasium und die k. k. Staatsrealschule im 13. Bezirk, die k. k. Staatsrealschule im 16. Bezirk, das k. k. Staatsgymnasium im 18. und 19. Bezirk und die k. k. Franz-Josef-Realschule im 20. Bezirk.

Prof. Dr. Ludwig Linsbauer in Wien stellte seine Apparate zur Messung der Lichtstärke in größeren Wassertiefen und zur Ermittelung der Stärke des Ober- und Vorderlichtes in geringeren Wassertiefen aus.

Das Botanische Institut der technischen Hochschule in Dresden brachte Proben des von Hofrat Prof. Dr. Drude zusammengestellten Formationsherbariums der Flora Saxonica, ferner zwei pflanzengeographische Wandkarten von Sachsen und Thüringen, schließlich Photographien und Publikationen zur Ausstellung.

Das Botanische Institut der k. k. deutschen Universität in Prag (Direktor Prof. Dr. Günther Beck von Mannagetta) hatte an zwei verschiedenen Stellen Objekte zur Ausstellung gebracht, und zwar an der Wand eine pflanzengeographische Karte der Erde und die neueste, von Prof. Dr. von Beck entworfene pflanzengeographische Karte von Österreich-Ungarn, ferner die von Prof. Dr. von Beck eigenhändig angefertigten kolorierten botanischen Wandtafeln für den Unterricht an Hochschulen und in der Fensternische kolorierte Diapositive von verschiedenen Pflanzenarten und -formationen (siehe auch S. 71).

Geradezu einen Glanzpunkt der Ausstellung bildeten die mit unübertroffener Technik ausgeführten Mikrophotographien und mikroskopischen Präparate des Herrn Ferdinand Pfeiffer von Wellheim in Wien (Abbildung Nr. 5). Derselbe hatte folgende Objekte ausgestellt: 1. Mikroskopische Präparate (220 Stück), welche teils dem Gesamtgebiete der Pflanzenanatomie angehörten, teils Süßwasseralgen betrafen. Dieselben wurden nach eigenen Methoden hergestellt und im allgemeinen nach Strasburgers „Botanischem Praktikum" geordnet; 2. eine Reihe von Mikrophotographien (Diapositiven) verschiedenen Formates. Außer Einzeldiapositiven

Phot. von Guido Kraskovits, cand. phil., Wien

Autotypie von Max Jaffé, Wien

Mikrodiapositive aus der Ausstellung des Herrn F. Pfeiffer von Wellheim in Wien.

kamen auch solche zur Ausstellung, welche in einem Bilde eine Reihe zusammengehöriger Teilbilder umfaßten. Diese „Gesamtbilder" hatten zum Gegenstande: a) Kernteilung in der Wurzelspitze vom Allium Cepa L. (7 Teilaufnahmen, Vergr. 430 : 1); b) den Bau der Koniferennadel (8 Teilaufnahmen, Vergr. von 35 : 1 bis 102 : 1); c) Süßwasseralgen (9 Teilaufnahmen, Vergr. 53 : 1 bis 140 : 1); d) Diatomaceen (5 Teilaufnahmen, Vergr. 780 : 1, 1100 : 1); 3. eine Anzahl (40 Stück) Stereomikrophotogramme (Diapositive), Vergr. 25 : 1 bis 790 : 1.

Die Stereoaufnahmen erfolgten nach der Methode Dr. Gebhardts, veröffentlicht in der Photographischen Rundschau 1897. Diese Methode wurde durch die Verwendung einer Kassette, welche die Teilaufnahmen auf ein und derselben lichtempfindlichen Platte in richtiger Entfernung und Lage erlaubt, modifiziert und für die Praxis bequemer gestaltet. Eine nähere Beschreibung der Kassette, welche auf dem Prinzip der „Schiebekassette" von Zeiß beruht, wurde einer späteren Veröffentlichung vorbehalten. Unter den ausgestellten Stereoaufnahmen waren Kernteilungsstadien aus der Wurzelspitze von Allium Cepa L. (Vergr. 430 : 1) und eine Reihe von Süßwasseralgen, darunter auch Diatomaceen zu sehen.

Sämtliche Diapositive waren in Eichenholzrahmen an den Fenstertischen gegen das Licht aufgestellt und auf diese Weise sehr bequem und bis ins Detail zu betrachten. Daranschließend hatte der Universitätslektor Hugo Hinterberger in Wien ebenfalls vortrefflich ausgeführte Diapositive für Skioptikon, mikrophotographische Diapositive, ferner einen Apparat zum Photographieren von Samen, endlich Druckproben botanischer Objekte zur Ausstellung gebracht. Von demselben waren noch in einer Seitenabteilung gegenüber den vorhin genannten Objekten sehr schön ausgeführte Mikrophotogramme, Vegetationsbilder und Lichtdrucktafeln ausgestellt.

In der nächsten Fensternische hatte Prof. Dr. Günther Beck von Managetta zahlreiche von ihm verfertigte kolorierte Diapositive, welche bei dem botanischen Unterricht an der Universität in Prag verwendet werden, exponiert.

Prof. K. Kruis und Prof. Dr. B. Nemec in Prag hatten ebenfalls Mikrophotographien, und zwar Aufnahmen in ultraviolettem Lichte, sowie Diapositive ausgestellt.

In einer der nächsten Fensternischen hatte die Zentralstelle für Pilzkulturen der Association internationale des botanistes in Utrecht zahlreiche von der Assistentin Fräulein A. de Jonge hergestellte Reinkulturen von Pilzen und Algen zur Ausstellung gebracht.

Herr A. F. Blakeslee stellte Kulturen als Belege für seine Untersuchungen über „heterothallische" Pilze aus.

In der vorletzten Fensternische waren die von Dr. Richter in Prag ausgestellten Kulturen von Diatomaceen (bes. der Gattung Navicula), sowohl in Schalen mit Schablonen als auch in Epronvetten aufgestellt. Dr. Richter veranschaulichte die Abhängigkeit der Entwicklung vom Lichte dadurch, daß er die Glasschalen mit den Algenkulturen auf Nährgelatine mit Schablonen, in welchen Worte, wie z. B. „Licht", ausgeschnitten waren, bedeckte und dem Tageslichte exponierte. Nach einiger Zeit war auf dem Gelatinekörper das Wort „Licht" deutlich zu lesen, da nur an den für das Licht zugänglichen Stellen der Schablone die Diatomaceen sich üppig entwickelt hatten.

Um dem Publikum auch Gelegenheit zu geben, die verschiedenen ausgestellten mikroskopischen Präparate besehen zu können, wurden täglich von 10—12 Uhr vormittags mikroskopische Demonstrationen, und zwar zumeist von Herrn Josef Brunnthaler, bei täglichem Wechsel der Präparate an den Fensternischen abgehalten. Dieselben wurden auch stets lebhaft besucht.

Eine besonders reichhaltige und durch vorzügliche Leistungen der mikroskopischen Tecknik und Präzisionsmechanik hervorragende Gruppe von Objekten war die Ausstellung der Firmen Carl Zeiss in Jena, Karl Reichert und J. Nemetz in Wien (s. Abb. Nr. 6). Von den zahlreichen hier ausgestellten Mikroskopen, Mikrotomen, Projektions- und photographischen Apparaten, Objektivsystemen wäre das Binocularmikroskop von Zeiss zu erwähnen, welches besondere Aufmerksamkeit erregte; ferner diverse Präzisionswagen für botanische, pflanzenphysiologische und chemische Zwecke, darunter eine Präzisions-Samenwage mit automatischer Gewichtauflegevorrichtung und verschiebbarem Schwerpunkt, und die von J. Nemetz ganz neu konstruierte, hier zum erstenmal ausgestellte automatische Präzisions-Körner- und Ährenwage.

In dieser Abteilung hatten noch die Firmen Karl Fritsch vorm. Prokesch in Wien Reliefluppen, E. Hartnack in Potsdam Mikroskope mit Nebenapparaten, und die k. u. k. Hofmanufaktur Rudolf Lechner (Wilhelm Müller) in Wien photographische Apparate, Skioptikons und photographische Aufnahmen ausgestellt.

Glasgeräte, Glasinstrumente, chemische und bakteriologische Utensilien, Farbstoffe, Reagentien und Apparate für botanische und pflanzenphysiologische Zwecke brachten die Firmen Hermann Dümler, Karl Woytaček, Rudolf Siebert und Paul Haack in Wien in reichhaltiger und schöner Kollektion zur Ausstellung.

In den folgenden sechs kleinen Abteilungen waren an den Wänden reichhaltige Kollektionen von Photographien der verschiedensten interessanten Pflanzenformationen und pflanzengeographische Vegetationsbilder gruppiert, und zwar von Prof. Dr. Lujo Adamović in Belgrad: Phytogeographische Karten und Photographien von Pflanzenformationen aus dem Balkan; vom Botanischen Institut der k. k. Universität zu Innsbruck: Bilder aus den Tropen; von Prof. M. Büsgen in Münden: Photographien eines Tiekwaldes und von Brugmansia Zippelii auf Cissuswurzeln; von Prof. Dr. John Briquet in Genf: Photographien der Pflanzenformationen der Alpes Lemaniennes; von Konrad Heller in Wien: Vegetationsbilder aus Korfu, Türkei und Dalmatien, ferner aus Tirol und Niederösterreich; von Prof. Dr. Ludwig Hecke in Wien: Phytopathologische und mikroskopische Aufnahmen; von Hjalmar Jensen in Buitenzorg auf Java: Photographien; von Prof. Dr. O. Juel in Upsala: Mikrophotographien; von Guido Kraskovits in Wien: Photographische Vegetationsbilder aus Korfu; von Max Leichtlin in Baden-Baden: Photographien; von Amalie Mayer, Lyzeallehrerin in Wien: Pflanzengeographische Photographien aus dem Wienerwald und Prater; von Thekla R. Resvoll in Christiania: Photographische Vegeta-

Abbildung Nr. 6.

Phot. v. d. k. k. Samen-Kontrollstation. Autotypie von Max Jaffé, Wien

Ausstellungsobjekt des Hofoptikers Karl Reichert und des Hofmechanikers Josef Nemetz in Wien.

tionsbilder; von F. Stuckert in Cordoba: Vegetationsbilder aus Argentinien auf Ansichtskarten; von Dr. Johs. Schmidt in Kopenhagen: Photographische Vegetationsbilder; von Prof. Dr. C. Schröter in Zürich: Photographische Vegetationsbilder aus der Schweiz, Japan und Ceylon; von Ernst Ule in Schöneberg bei Berlin: Pflanzenphotographien vom Amazonenstrome; von Prof. Dr. N. Wille in Christiania: Photographien von norwegischen Pflanzen und Pflanzenformationen; von der Kaiserlichen russischen Pomologischen Gesellschaft in St. Petersburg ein Album mit Photographien von Obstsorten.

Künstlerisch ausgeführte Ölgemälde brachten Frau Oberst Kuderna in Wien, darstellend seltene und größtenteils neue Orchideenzüchtungen aus dem Hofgarten in Schönbrunn, dann Mathilde von Mestrovic in Wien und Ludwig Schröter, Pflanzenmaler in Zürich. Universitätslektor A. Kasper stellte eine Kollektion von Originalabbildungen aus, welche die für die verschiedensten Reproduktionsmethoden geeignetste Darstellungsart zeigten.

Die Lichtdruckanstalt Max Jaffé in Wien hatte prächtige farbige Lichtdrucke, unten anderem auch die aus dem Werke von v. Wettstein „Vegetationsbilder aus Südbrasilien", die Firmen Angerer & Göschl, Th. Bannwarth und Friedrich Sperl in Wien lithographische Probedrucke und Buchdruckklischees für wissenschaftliche Zwecke in Schwarz- und Farbendruck ausgestellt.

Die bei dieser Ausstellung zum erstenmal nebeneinander zu sehenden mannigfaltigen neuen Wandtafeln für den botanischen Unterricht an Mittel- und Hochschulen waren zumeist oberhalb der Appartements in einer langen Reihe angebracht. Derartige Objekte hatten ausgestellt: die Amthorsche Verlagsbuchhandlung in Leipzig (S. Schlitzbergers Wandtafeln für den naturgeschichtlichen Unterricht); Fromman & Morian in Darmstadt (Wandtafeln); Gerlach & Wiedling in Wien (Tafeln aus den Verlagswerken: „Die Pflanze in Kunst und Gewerbe" und „Die Formenwelt aus dem Naturreiche"); Carl Gerold's Sohn, Verlag in Wien (Hartingers Wandtafeln für den naturgeschichtlichen Unterricht); A. Henckel in St. Petersburg (Wandtafeln); Kerns Verlag in Breslau (Anatomische Wandtafeln der vegetabilischen Nahrungs- und Genußmittel); A. Pichlers Witwe & Sohn in Wien (Wandtafeln); Wenzl & Fleischmann in Wien (Reproduktionen und transparente Tafeln); die k. k. höhere Lehranstalt für Wein- und Obstbau in Klosterneuburg (Botanische Wandtafeln von Prof. Dr. Krasser); Prof. Dr. Friedrich Reinitzer in Graz und Prof. Dr. Eugen Warming in Kopenhagen (Wandtafeln für den botanischen Unterricht).

Prof. Dr. Ch. Flahault in Montpellier stellte eine pflanzengeographische Karte der Umgebung von Montpellier, ferner Tableaux und Vegetationsbilder aus; Prof. Dr. L. Adamovic (Belgrad) exponierte pflanzengeographische Karten der Balkanhalbinsel.

Erwähnenswert wären noch die vom Botanischen Institute der k. k. Universität in Wien ausgestellten Lianenstämme aus Südbrasilien.

Sehr wertvoll war die Ausstellung von zumeist neuen Exsikkatenwerken, Herbarien und Alkoholpräparaten, an welcher sich folgende Aussteller beteiligten:

Dr. Ernst Bauer in Smichow bei Prag (Musci europaei exsiccati und Bryotheca Bohemica); die königl. Botanische Gesellschaft in Regensburg (Flora exsiccata Bavarica); Dr. August Edler von Hayek in Wien (Flora Styriaca exsiccata); Otto Jaap in Hamburg-Bergfelde (Fungi selecti exsiccati); A. Kneucker in Karlsruhe in Baden (Carices exsiccatae, Gramineae exsiccatae, Cyperaceae et Juncaceae exsiccatae); S. E. Lassimonne in Moulins, Frankreich (Galliae mediae flora exsiccata, Catalogue des Collections botaniques du Massif Central par S. E. Lassimonne et Antoine Lauby); Prof. W. Migula in Karlsruhe in Baden (Kryptogamae Germaniae, Austriae et Helvetiae exsiccatae); Universitätsprofessor Dr. Viktor Schiffner in Wien (Hepaticae europaeae, Serie 1—4) und Ernst Ule in Schöneberg bei Berlin (Mycotheca brasiliensis Centurie 1 mit Appendix und Bryotheca brasiliensis Centurie 3).

Ein großes Objekt hatte Herr Ignaz Dörfler, Botanische Tauschanstalt, gegründet 1845 in Wien, aufgestellt, und zwar ein 10½ m langes Doppeltableau mit 90 gepreßten und auf Kartons aufgenähten Pflanzen aus Kreta, sowie Typen aus dem Herbarium normale. Auf einem kleinen Mitteltischchen hatte dieser Aussteller noch aufgelegt: 1 Band Schedae des Herbarium normale (Cent. 31 - 46), 1 Band Jahreskataloge der Wiener Botanischen Tauschanstalt 1894—1905 und die beiden Auflagen seines Botaniker-Adreßbuches; ferner hatten Eduard Espenschied jr. in Elberfeld ein Herbarium und Präparate, Karl Ortlepp in Gotha ein Herbar von Keimpflanzen und Olga Poletaeff in Moskau ein großes morphologisches Herbarium ausgestellt.

Das Botanische Institut der k. k. Universität in Innsbruck stellte Alkoholpräparate von Rafflesiaceen, Balanophoraceen und Loranthaceen, nach einer verbesserten Methode hergestellt, ferner Photographien von Alectorolophus- und Iriskulturen und von Lathraea clandestina aus. Dr. J. P. Lotsy in Leiden hatte eine Sammlung morphologisch bemerkenswerter Objekte in Spiritus und botanische Wandtafeln, ferner Prof. Dr. Gino Polacci in Pavia Präparate von Pilzen und Pflanzenorganen in einer neuen Konservierungsflüssigkeit ausgestellt.

Reichhaltig waren auch die Expositionen der Lehrmittelhandlungen, vor allem die der Allgemeinen österreichischen Lehrmittelanstalt in Wien, mit botanischen Präparaten, Modellen für Unterrichtszwecke, ferner pflanzenphysiologischen Apparaten, Geräten und Instrumenten für die Pflanzenkultur, Photochromieen und Wandbildern etc.; der Firma Karl Kafka in Wien mit Formalin- und Trockenpräparaten, sowie Modellen für den Unterricht; ferner A. Pichlers Witwe & Sohn in Wien mit pflanzenphysiologischen Apparaten und Holzsammlungen und R. Brendel in Grunewald bei Berlin mit botanischen Modellen für den Unterricht. Orell Füßli in Zürich hatte botanische Demonstrationspräparate für Mittel- und Hochschulen und botanische Photochrom-Reproduktionen, ferner die ganz originellen, getrockneten und nachträglich kolorierten Blüten verschiedener Pflanzen, A. Henckel in St. Petersburg Apparate für pflanzenphysiologische Versuche und eine Kollektion von Meeresalgen, Gustav Herpell in St. Goar a. Rh. eine Sammlung von präparierten Hutpilzen, schließlich Eduard Reiner in Wien eine Sammlung von exotischen Hölzern und Früchten ausgestellt.

In der letzten Fensternische hatte die Firma Guido Findeis in Wien ein Aquarium mit außereuropäischen Wasserpflanzen exponiert.

Die neuere botanische Literatur war, außer den bereits erwähnten Werken, speziell durch Werke folgender Firmen vertreten:

W. Junk in Berlin, Friedrich von Zezschwitz in Gera, Franz Deuticke, Alfred Hölder, Eduard Hölzel in Wien, Albert Raustein in Zürich, R. J. Wyß in Bern, Wilhelm Engelmann in Leipzig und J. U. Kern in Breslau.

E. Boudier stellte die vor kurzem erschienenen schönen Tafeln seiner „Icones mycologicae“ aus.

3. Die gärtnerische Abteilung.

Die Installation dieser Abteilung, an welcher sich 10 Aussteller beteiligten, hat der Ausstellungskommissär Herr Wilhelm Klenert unter der dankenswerten und wirksamen Unterstützung der Herren Hofgartendirektor Anton Umlauft und Hofgarteninspektor Franz A. Vogel durchgeführt.

Gleich beim Eintritt in diese Abteilung zu beiden Seiten in den Nischen hatte die k. und k. Hofgartenverwaltung in Schönbrunn je eine Gruppe seltener Neuholländer- und Kapflanzen, sowie interessante Koniferen aufgestellt, wie z. B. Banksia grandis, Banksia quercifolia, Grevillea Drummondii, Hakea tuberculata, Stenocarpus quercifolius, Leucadendron Lewisianum, Araucaria glauca, Dacrydium cupressinum und Taxodium dacrydioides, ferner in einer weiteren Gruppe seltene Aroideen, wie z. B. Anthurium Brownii, Anthurium Martianum und Anthurium regale, schließlich verschiedene Palmenarten, unter welchen insbesondere ein großes Exemplar von Cocos nucifera hervorragte.

In der Mitte der Halle, und zwar als erstes Objekt, befand sich eine Gruppe von seltenen Rhododendren aus dem Himalaja und Sikkimgebiete, von Farnen, Proteaceen, Ericaceen, Rutaceen u. a., welche die Graf Harrachsche Gartendirektion (Direktor Sandhofer in Schloß Prugg in Niederösterreich ausgestellt hatte.

Ein anziehendes Objekt bildete die vom österreichischen Gebirgsvereine und von der Direktion des botanischen Gartens in Wien ausgestellte „Flora der Raxalpe“, welche eine große Zahl seltener Alpenpflanzen, zumeist in voller Blüte, auf einer künstlich hergestellten Felsengruppe enthielt. Diese Pflanzen entstammten zum größten Teil dem von den beiden genannten Ausstellern mit Unterstützung des Vereins zum Schutze und zur Pflege der Alpenpflanzen in Bamberg angelegten alpinen Garten auf der Raxalpe, um dessen Zustandekommen und Erhaltung sich der Inspektor des Wiener botanischen Gartens, Herr August Wiemann, verdient gemacht hat. Die Aufstellung dieses Ausstellungsobjektes sowie die Herbeischaffung der lebenden Pflanzen besorgte der Gärtner am Wiener botanischen Garten, Herr Polese.

Als Gegenstück zu diesem Objekt hatten die Handelsgärtner Franz De Laet in Contich bei Antwerpen und Anton Zaruba in Prag-Lieban eine große Anzahl der verschiedensten Kakteen, welche auch verkäuflich waren, ausgestellt. Besonders fiel ein 3 m hohes Exemplar von Cereus giganteus, welches die erstgenannte Firma importiert hatte, auf.

Eine besondere Sehenswürdigkeit dieser Abteilung bildete ein von Prof. Dr. von Beck aus dem botanischen Garten der k. k. Universität in Prag in einem Glaskasten ausgestelltes Prachtexemplar von Myrmecodia echinata. Außerdem hatte derselbe Aussteller noch Platycerium-Arten in allen Entwicklungsstadien im lebenden Zustande zur Ausstellung gebracht.

Die größte botanische Seltenheit in dieser Abteilung war jedoch die vom k. und k. Hofgarten in Schönbrunn ausgestellte Fockea capensis, derzeit das einzige bekannte lebende Exemplar einer Art, die auch in ihrer Heimat, dem Kapland, nicht mehr gefunden wurde; sein Alter wird auf 150 Jahre geschätzt. Drei Monate nach Schluß der Ausstellung hat diese Pflanze in Schönbrunn geblüht, und zwar mit grünen, denen von Lycium barbarum ähnlichen Blüten.

Sehenswert war auch ein lebendes Exemplar von Mesembryanthemum Bolusii Marl. aus dem Kapland, welches zwei kugelförmigen Steinen gleicht und als ein Beispiel von Anpassung an die Umgebung vom botanischen Garten der k. k. Wiener Universität ausgestellt wurde. Das Exemplar hatte kurz vorher R. Marloth aus dem Kaplande gesendet.

In dem unteren Teil der Halle hatte die Fürstlich Liechtensteinsche Hofgartendirektion in Eisgrub in Mähren (Direktor Lauche) eine Mittelgruppe von interessanten Pflanzen, namentlich seltenen Cycadeen, Orchideen, Farnen und Palmen mit einem Prachtexemplar von Phönix Rebellini exponiert.

Von Einzelobjekten wären noch die von Herrn Miller von Aichholz in Wien ausgestellten blühenden Orchideen anzuführen, ferner eine Gruppe von Orchideenreliefs von Frl. M. Riesch.

Den Abschluß der gärtnerischen Abteilung bildete die reichhaltige Ausstellung der Reichshaupt- und Residenzstadt Wien (Abbildung Nr. 7), in welcher nicht nur die Pläne sämtlicher Gartenanlagen der Stadt, die bekanntlich in den letzten Jahren eine enorme Entwicklung erlangt haben, sondern auch sämtliche Arten von Sträuchern und Blumen, welche derzeit in den städtischen Gartenanlagen in Verwendung kommen, und zwar im frischen Zustande in Glasvasen ausgestellt waren. Das Arrangement dieses Objektes hat der städtische Gartendirektor Herr Hybler persönlich durchgeführt.

Von dem Wiener Organisationskomitee waren für die botanische Ausstellung keine Preise in Aussicht genommen worden, da kein Wettbewerb der Aussteller beabsichtigt wurde; doch beschloß die Association internationale des botanistes eine Preisverteilung durch eine internationale Jury. Es wurden denn alle Ausstellungsobjekte durch die internationale Jury unter dem Vorsitz von Prof. Dr. Goebel (München) und Dr. Lotsy (Leiden) einer Beurteilung unterzogen und folgenden 74 Ausstellern **Diplome** zuerkannt.

Das Ehrendiplom (1. Preis) erhielten:

Prof. Dr. Lujo Adamovic in Belgrad.

Biologische Versuchsanstalt „Vivarium" in Wien.

Abbildung Nr. 7.

P. *F.*

Phot. von Guido Kraskovits, cand. phil., Wien. Autotypie von Max Jaffé, Wien

Ein Teil der gärtnerischen Abteilung mit der Ausstellung der Stadt Wien.
Im Vordergrund: Platycerium grande (*P.*) und Fockea capensis (*F.*) aus der Ausstellung des k. u. k. Hofgartens in Schönbrunn

Botanische Abteilung d. k. k. Naturhistorischen Hofmuseums,
Botanisches Institut der technischen Hochschule in Dresden,
Botanisches Institut der k. k. deutschen Universität in Prag,
Botanisches Institut der k. k. Universität in Innsbruck,
Botanik an den österreichischen Mittelschulen in Wien,
Direktor Dr. A. von Degen in Budapest,
Ignaz Dörfler in Wien,
k. und k. Familienfideikommißbibliotek in Wien,
k. k. Forstliche Versuchsanstalt in Mariabrunn bei Wien,
Prof. Karl Fruwirth in Hohenheim in Württemberg,
Hugo Hinterberger in Wien,
Josef Nemetz in Wien,
Ferdinand Pfeiffer von Wellheim in Wien,
Karl Reichert in Wien,
Dr. Oswald Richter in Prag,
k. k. Samen-Kontrollstation in Wien,
Prof. Dr. C. Schröter in Zürich,
Prof. Dr. Erich Tschermak in Wien,
Carl Zeiss in Jena-Wien,
Zentralstelle für Pilzkulturen der Association internationale des botanistes in Utrecht (Fräulein A. de Jonge),
Österreichischer Gebirgsverein in Wien,
Erlaucht Graf Harrachsche Gartendirektion Schloß Prugg,
k. und k. Hofgarten in Schönbrunn,
Franz de Laet in Contich bei Antwerpen,
Fürstlich Liechtensteinsche Hofgartendirektion in Eisgrub,
Reichshaupt- und Residenzstadt Wien,
August Wiemann, Garteninspektor des Wiener botanischen Gartens.

Das Diplom (2. Preis) erhielten:

Allgemeine österreichische Lehrmittelanstalt in Wien,
C. Angerer & Göschl in Wien,
Th. Bannwarth in Wien,
R. Brendel in Grunewald bei Berlin,
Prof. Dr. John Briquet in Genf,
Prof. M. Büsgen in Hann. Münden,
Eduard Espenschied jr. in Elberfeld,
Karl Fritsch, vorm. Prokesch in Wien,
Orell Füßli in Zürich,
Gerlach & Wiedling in Wien,
Königl. Botanische Gesellschaft in Regensburg,
Prof. Dr. A. Hansen in Gießen,
E. Hartnack in Potsdam,

Prof. Dr. Ludwig Hecke in Wien.
Konrad Heller in Wien.
A. Henckel in St. Petersburg.
Gustav Herpell in St. Goar am Rhein.
Max Jaffé in Wien.
Hjalmar Jensen in Buitenzorg auf Java.
Prof. Dr. O. Juel in Upsala.
Karl Kafka in Wien.
Adolf Kasper in Wien.
A. Kneucker in Karlsruhe in Baden.
Guido Kraskovits in Wien.
Dr. Moritz Kronfeld in Wien.
Prof. K. Kruis und Prof. Dr. L. Nemec in Prag.
Therese Kuderna in Wien.
S. E. Lassimonne in Moulins.
R. Lechner (Wilhelm Müller) in Wien.
Prof. Dr. Ludwig Linsbauer in Wien.
Amalie Mayer, Lyzeallehrerin in Wien.
A. Pichlers Witwe & Sohn in Wien.
Olga Poletaeff in Moskau.
Eduard Reiner in Wien.
Prof. Dr. Friedrich Reinitzer in Graz.
Thekla Resvoll in Christiania.
Dr. Johs. Schmidt in Kopenhagen.
Ludwig Schröter, Maler in Zürich.
Friedrich Sperl in Wien.
Ernst Ule in Schöneberg bei Berlin.
Prof. Dr. Eugen Warming in Kopenhagen.
Wenzl und Fleischmann in Wien.
Anton Zaruba in Prag-Lieban.
Zentrales Phytopathologisches Laboratorium des kais. russ. Ackerbauministeriums in St. Petersburg.
k. k. Zoologische Station in Triest.

Am 25. Juni wurde die Ausstellung geschlossen.

VII. Compte rendu des débats du Congrès international de Nomenclature botanique.

Rédigé par **John Briquet.**

Introduction.

Le compte rendu détaillé des débats du Congrès spécial de nomenclature botanique tenu à Vienne en 1905, parallèlement avec le Congrès général de Botanique, est le complément indispensable du corps des Règles et Recommandations qui termine ce volume. Il est en effet désirable que chacun puisse à l'avenir se faire une juste idée des circonstances dans lesquelles les Règles et Recommandations de 1905 ont été adoptées. Dans les cas douteux qui viendraient à surgir, il est non moins nécessaire de pouvoir remonter aux éléments de la discussion primitive, afin de préciser le sens et la portée des prescriptions. A ces deux points de vue, un procès-verbal sommaire ne saurait suffire. Il faut un compte rendu détaillé.

C'est en partant de ces considérations que la Commission d'organisation du Congrès de Vienne a demandé au rapporteur général du Congrès de bien vouloir se charger de rédiger le présent compte rendu. Les documents qui ont servi à ce travail sont les suivants:

1° Les procès-verbaux du premier secrétaire du Congrès, M. Henri Romieux, rédigés en français, lus et approuvés au commencement des séances.

2° Le compte rendu sténographique détaillé fourni par le service sténographique qu'avait organisé M. le président R. v. Wettstein.

3° Les procès-verbaux du secrétaire de langue anglaise, M. Knoche.

4° Les pièces écrites déposées au Bureau par divers congressistes à l'occasion de la discussion de points particuliers.

5° Les notes prises au cours des débats par le rapporteur général.

Le document n° 1 a servi de cadre au présent compte rendu. Le document n° 2, de beaucoup le plus détaillé, a été la principale source de renseignement pour tout ce qui a été dit en langue allemande, et pour les discours ou parties de discours dont la traduction allemande a été demandée. Le document n° 3 a servi à élucider quelques points restés douteux dans les discours de langue anglaise; il a d'ailleurs été utilisé par M. Romieux pour son procès-verbal français. Les documents mentionnés sous le n° 4 étaient annexés aux n°s 1 et 2 et les complètent. Enfin les documents mentionnés dans le n° 5 ont été employés pour coordonner les précédents.

L'auteur du présent compte rendu se fait un devoir de remercier les secrétaires pour le travail ingrat, mais extrêmement utile, qu'ils ont accompli. Il doit en particulier une grande reconnaissance à M. Henri Romieux, qui a bien voulu comparer et discuter avec lui les divers documents dans quelques cas où une lacune de détail empêchait leur entière concordance.

Nous ne revenons pas sur la phase préparatoire du Congrès de Vienne, laquelle va de 1900 (Congrès de Paris) à 1905: les trois rapports annexés à ce compte rendu[1]) permettent au lecteur de s'orienter à leur sujet. En revanche, quelques renseignements sur les circonstances matérielles dans lesquelles le Congrès a travaillé sont ici à leur place.

Les séances du Congrès de Nomenclature ont eu lieu dans l'ancien „Museum" du Jardin botanique de l'Université (Wien I. Rennweg 14), aménagé à cet effet. Outre la salle des délibérations, les congressistes disposaient d'une petite salle séparée pour les séances de commissions. Un buffet avait été organisé dans une salle voisine: il a rendu des services incontestables, étant donné la longueur des séances qui ont plusieurs fois dépassé une durée de 4 heures. La Conférence a, pour cette dernière raison, toujours été interrompue chaque fois pendant 15 à 30 minutes.

Tout ce qui concerne les votations avait été excellement prévu par la Commission viennoise d'organisation. Les bulletins de vote portant oui et non ont été distribués dans la première séance, brochés en forme de carnet à souche. Les bulletins étaient de couleur différente selon l'indication du nombre de voix qu'ils portaient et pour lesquels ils étaient comptés.

Le service sténographique allemand a fonctionné sans interruption.

Enfin, la rapidité avec laquelle l'acte préliminaire de la vérification des pouvoirs s'est exécuté doit être attribuée au soin scrupuleux apporté à la préparation des listes d'académies et de sociétés par le secrétaire général du Congrès, M. le Dr. Zahlbruckner.

Le Texte synoptique[2]), contenant l'ensemble des matières à débattre, ainsi que toutes les motions envoyées dans les conditions prévues par le Bureau permanent de Paris, étaient au Bureau à la disposition des congressistes.

Les séances ont été suivies par environ 100 assistants, dont 89 étaient des membres de la conférence ayant droit de vote. Ces chiffres se sont maintenus avec une remarquable constance pendant toute la durée du Congrès, donnant ainsi une preuve, à la fois de l'assiduité des congressistes, et de l'intérêt majeur que ceux-ci attachaient aux décisions à prendre.

Les congressistes ayant droit de vote étaient:

MM. J. C. Arthur, P. Ascherson, G. F. Atkinson, C. R. Barnes, J. H. Barnhart, G. Beauverd, G. von Beck, E. Bonnet, V. de Borbas, J. Borodin, J. Briquet,

1) Voy. plus loin: Annexes nos 4, 5 et 6.

2) Texte synoptique des documents destinés à servir de base aux débats du Congrès international de Nomenclature botanique de Vienne 1905, présenté au nom de la Commission internationale de Nomenclature botanique, par John Briquet, rapporteur général. Vol. in-4° de 5 et 160 pages. Berlin 1905 (Friedländer & Sohn éd.).

N. L. Britton, J. Brunnthaler, E. Burnat, P. Chenevard, F. V. Coville, H. C. Cowles, A. de Degen, L. Diels, K. Domin, O. Drude, B. M. Duggar, Th. Durand, Ad. Engler, Fr. Fedde, J. Filársky, C. Flahault, W. O. Focke, K. Fritsch, K. Goebel, J. W. Goethart, E. Gilg, X. Gillot, E. von Halácsy, Ed. Hackel, H. Hallier, H. Harms, A. von Hayek, G. Hegi, G. Hochreutiner, H. Hua, A. de Jaczewski, J. de Kamienski, O. Kuntze, H. Lindberg, L. Lutz, P. Magnus, A. Mágócsy-Dietz, R. Maire, C. de Marchesetti, G. Martinet, O. Mattirolo, C. Mez, L. Navas, O. Nordstedt, C. H. Ostenfeld, J. Palacky, O. Penzig, E. Perrot, R. Pilger, D. Prain, A. Rehder, A. B. Rendle, B. Robinson, J. Rostafinski, L. K. Shear, H. Schinz, B. Schorler, K. Schroeter, Th. Schube, Comte de Schwerin, W. Trelease, J. Tuzson, L. M. Underwood, I. Urban, F. Valeton, A. Voigt, G. Volkens, O. Warburg, H. M. Ward, E. Warming, R. von Wettstein, F. Wight, E. Wilczek, E. de Wildeman, N. Wille, L. Wittmack, E. Zacharias, A. Zahlbruckner. — Soit un total de 89 congressistes ayant droit de vote.

Ces 89 congressistes disposaient ensemble de 212 voix ainsi réparties:

19 membres de la Commission internationale de Nomenclature botanique	19 voix.
19 auteurs de motions	19
45 instituts botaniques	45
82 sociétés et académies	129

Le total de 212 voix n'a été atteint au scrutin dans aucune votation. Le maximum est celui qui a été obtenu dans la votation du 16 juin, relative à la question des langues à admettre dans les descriptions scientifiques, où il a atteint le chiffre de 193 voix.

Le compte rendu des débats est rédigé intégralement en français, conformément à la décision du Congrès de Paris que le français serait la langue officielle du Congrès de 1905[1]). Il est rappelé une fois pour toutes que la traduction résumée des discours a été faite pendant le Congrès, et séance tenante, en français, en allemand et en anglais. Les deux vice-présidents: MM. le prof. **Mez** et A. B. **Rendle** ont rendu à ce point de vue des services signalés.

Enfin, le compte rendu des débats ne reproduit le texte des motions en discussion que lorsque celui-ci est nouveau. Le **Texte synoptique** était entre toutes les mains: il a été mis en librairie; il est donc accessible à tous les botanistes. La reproduction des motions en discussion aurait énormément allongé le compte rendu des débats; le lecteur voudra bien se reporter au **Texte synoptique** pour tout ce qui les concerne.

1) Actes du Congrès international de Botanique tenu à Paris à l'occasion de l'Exposition universelle de 1900, pag. 463.

1ère Séance. Lundi 12 Juin 1905 à 4 heures après midi dans l'ancien Musée du jardin botanique de l'Université de Vienne.

Ouverture du Congrès; vérification des pouvoirs; élection d'un président d'âge.

A 4 heures 15, quatre-vingts participants se trouvant réunis, M. le professeur R. v. Wettstein déclare la séance ouverte et prononce l'allocution suivante:

Messieurs,

Notre programme étant très chargé, nous ne voulons pas l'inaugurer par de longs discours. Avant de commencer notre travail, et d'élire un président d'âge qui dirigera les délibérations jusqu'à la constitution du Bureau, il convient de procéder à la vérification des pouvoirs des délégués et autres congressistes ayant droit de vote.

Je prie M. le secrétaire général de donner lecture de la liste des botanistes ayant droit de vote. Les personnes présentes voudront bien se lever à l'appel de leur nom et s'annoncer. Elles toucheront leurs bulletins de vote aussitôt que leurs qualités et leurs pouvoirs auront été reconnus.

L'opération est immédiatement exécutée par le secrétaire général, M. le Dr. A. Zahlbruckner, et aboutit à l'établissement d'une liste de votants qui est déposée au Bureau (voy. Annexes n° 1–3). M. le prof. v. Wettstein invite ensuite l'assemblée à désigner un président d'âge pour diriger la discussion jusqu'au moment où le Bureau définitif sera constitué. Il propose, aux acclamations de l'assemblée, le nom de M. Emile Burnat.

Fixation de l'ordre du jour; vote sur les Propositions de M. O. Kuntze; présentation des rapports de gestion; communications du rapporteur général.

M. Burnat prend place au Bureau et adresse quelques paroles de remerciement à l'assemblée. Il invite les orateurs à s'exprimer aussi brièvement que possible pour permettre de liquider l'ordre du jour qui est très chargé. Il annonce ensuite qu'un certain nombre de congressistes de divers pays, réunis le 10 juin en Comité officieux à l'instigation de M. le prof. v. Wettstein, ont élaboré le projet d'ordre du jour suivant, dont il est donné lecture:

Ordre du jour pour la séance d'ouverture des débats sur la Nomenclature botanique le 12 Juin 1905.

1. Appel nominal des délégués et autres botanistes ayant droit de vote; vérification des pouvoirs; élection d'un président d'âge.

2. Lecture des Propositions de M. le Dr. O. Kuntze pour le Congrès des botanistes à Vienne en 1905.

3. Lecture des rapports de gestion: a) du Bureau permanent du Congrès de Paris 1900; b) de la Commission d'organisation du Congrès de Vienne 1905; c) du Rapporteur général.

4. Discussion des propositions et rapports précédents; votation (à main levée, majorité absolue).

5. Election du Bureau (1 président, 2 vice-présidents, 3 secrétaires, 2 ou 3 scrutateurs; votation à main levée et à la majorité absolue).

6. Adoption d'un règlement de séance.

7. Vote sur l'acceptation des propositions tardivement présentées: a) par M. le Dr. Hochreutiner (Texte synoptique, motion préliminaire n° III, p. 18); b) par M. le Dr. Hallier; c) par M. le Dr. O. Kuntze.

8. Vote sur l'acceptation des motions éventuellement arrivées au dernier moment.

9. Vote sur la proposition du groupe belge-suisse relative au titre du recueil des règles de la nomenclature (Texte synoptique, motion préliminaire n° I, p. 18).

10. Vote sur la motion Brunnthaler relative à la nomenclature des Cryptogames cellulaires (Texte synoptique, motion préliminaire n° II, p. 18).

11. Propositions individuelles.

Cet ordre du jour est approuvé.

M. le Dr. Briquet, rapporteur général, a la parole pour donner lecture des Propositions de M. Otto Kuntze et des rapports de gestion. Les propositions de M. Kuntze sont contenues dans une brochure qui ne peut être distribuée aux assistants[1]). M. Briquet donne lecture des propositions contenues aux pages 18—20 de cette brochure. Les rapports de gestion sont distribués imprimés.

M. le rapporteur général annonce encore que, conformément aux prescriptions qui ont été données par le Bureau permanent de Paris dans sa circulaire n° 2, art. 9, il tient à la disposition du Congrès toutes les pièces placées aux Archives du rapporteur depuis son entrée en fonction jusqu'à ce jour. Relativement au Texte synoptique, il se réserve de signaler quelques corrections à l'occasion de la discussion des articles auxquels elles se rapportent. Il dépose au Bureau une explication écrite, plus détaillée, sur diverses omissions graves qui lui ont été reprochées dans une récente brochure[2]).

M. le prof. Mez propose que l'on passe à l'ordre du jour sur la protestation et les propositions de M. O. Kuntze, ainsi que sur les rapports de gestion. Sur la demande de M. le prof. Borodin, le vote sur les rapports de gestion est renvoyé à une autre séance, lorsque les congressistes auront pu en prendre connaissance.

1) O. Kuntze. Protest gegen den vollmachtswidrig arrangierten etc. Nomenklatur-Kongress etc. Leipzig 1905 (A. Felix édit.). Broch. in-8° de 33 pages. — Les Propositions dont il est question figurent aux pages 18, 19 et 20.

2) Voy. Annexe n° 7.

La proposition de M. le prof. Mez est mise aux voix en qui concerne les Propositions de M. Kuntze: elle est adoptée à l'unanimité moins une voix.

Constitution du Bureau.

M. le Dr. Britton propose, aux applaudissement de l'assemblée, que M. le prof. v. Wettstein soit élu président.

M. v. Wettstein décline cet honneur en faisant valoir sa situation spéciale dans le Congrès et les obligations multiples qu'elle lui impose.

M. le président propose M. le Prof. Ch. Flahault (Montpellier), lequel est élu à mains levées par l'unanimité de l'assemblée (Appl.). Sont élus ensuite:

Vice-présidents: M. le prof. Mez (Halle)
M. A. B. Rendle (Londres)
Secrétaires: M. Henri Romieux (Genève)
M. le Dr. H. Harms (Berlin)
M. Knoche (San Francisco).

Comme scrutateurs fonctionnent pendant la présente séance deux membres du Comité de Vienne: trois nouveaux scrutateurs seront désignés pour le reste de la session au cours de la séance de demain.

M. le prof. Flahault prend possession du fauteuil présidentiel et prononce l'allocution suivante:

Messieurs,

Avant de prendre la charge que votre confiance nous impose, permettez que je vous remercie au nom du bureau que vous venez de nommer. Nous sommes très touchés du grand honneur que vous nous faites: nous ferons de notre mieux pour répondre à votre confiance.

En ce qui me concerne, je comprends très bien que je ne dois pas cet honneur à mes mérites scientifiques; je vois dans cette salle toutes les illustrations de la Botanique systématique: vous n'aviez qu'à choisir parmi elles.

Je regrette tout particulièrement que M. le professeur von Wettstein, dominé par un sentiment d'excessive discrétion, n'ait pas cru pouvoir accepter de diriger nos travaux. Je suis l'interprète de nos sentiments unanimes en lui témoignant la peine que nous en éprouvons.

En me confiant la mission dont tant d'autres seraient plus dignes, je pense que vous avez entendu marquer nettement vos intentions.

Nous sommes tous disciples fidèles de la science aimable. Que nous sondions l'étendue et les profondeurs des Océans pour en étudier le plankton, que nous recherchions dans le Bactéries les causes de nos misères physiques, que nous demandions à la cytologie les lois de la biologie générale, que nous préférions etudier les micromorphes et les variations des Phanérogames, nous sommes toujours botanistes.

Or, il faut s'entendre: le langage est un mécanisme nécessaire aux progrès de la Science; la Science a progressé, nous devons perfectionner l'outil qui nous sert, sous peine d'arriver par l'insuffisance du langage, à une confusion babélique.

Je suis certain qu'en m'appelant ici vous avez vu en moi l'ami, l'homme bienveillant, que vous avez voulu ainsi marquer votre volonté de résoudre les difficultés actuelles de la nomenclature avec beaucoup de bienveillance réciproque, pour reprendre ensuite avec plus d'ensemble, viribus unitis, notre effort commun pour les progrès de notre Science.

Je me considère donc ici comme devant répondre à vos intentions. Nous voulons, tous ensemble, établir l'ordre dans nos travaux futurs, nous assurer la paix par l'union de nos bonnes volontés: pax hominibus bonae voluntatis.

Nous ne saurions commencer nos travaux avant que je me sois fait l'interprête de votre vive gratitude à l'égard de M. John Briquet, notre rapporteur général.

M. Briquet a sacrifié cinq des belles années de sa vie scientifique pour faciliter nos travaux; il a abandonné pendant cinq ans des recherches floristiques, systématiques et phytogéographiques qui lui ont valu de grands succès pour se livrer sans réserve à un travail difficile et souvent fastidieux. Le beau volume que nous avons entre les mains en est le résultat. Au nom de tous les membres du Congrès j'adresse à M. John Briquet nos félicitations et les témoignages d'une vive reconnaissance (Appl.).

Discussion du Règlement des séances.

M. le rapporteur général donne lecture d'un projet de règlement, rédigé en français, élaboré le 10 Juin par la comité officieux auquel il a été fait allusion plus haut. Ce projet est immédiatement traduit en allemand et en anglais.

Projet de règlement des séances.

1. Les personnes qui désirent demander la parole sont priées de transmettre au président un billet écrit portant leur nom et leur qualité.

2. Les orateurs disposent, pour développer les arguments à l'appui des motions, au cours de la discussion, de 5 minutes. Exceptionnellement, le président pourra prolonger le délai jusqu'à 10 minutes, sauf opposition de l'assemblée. Passé ces 10 minutes, le président a le droit de reprendre la parole. Les orateurs ne pourront pas prendre la parole plus de deux fois sur le même sujet.

3. L'interruption de la séance devra être mise aux voix par le président dès que celle-ci lui est demandée par 10 membres; l'assemblée fixe elle-même la durée de l'interruption; la décision est prise à main levée et à la majorité absolue des votants.

4. La clôture de la discussion est laissée normalement à l'initiative du président, mais elle devra être mise aux voix dès qu'elle est demandée par 10 membres; la décision est prise à main levée et à la majorité absolue des votants.

5. Les motions nouvelles et les amendements de fond ne pourront être admis que si la prise en considération est décidée à la majorité des $^2/_3$ des suffrages exprimés et ne seront mis aux voix que le lendemain (Circulaire du Bureau de Paris, nº 3, art. 8).

6. Les amendements de pure forme peuvent être présentés en tout temps et seront transmis à titre d'indication à une commission de rédaction définitive nommée à la fin des débats.

7. Dans les cas où il y a doute sur l'interprétation du caractère d'une motion ou d'un amendement, la décision de la discussion immédiate ou du renvoi au lendemain est prise par le Bureau.

8. Les décisions sont prises, dans tous les votes concernant les questions de nomenclature, au scrutin secret et à la majorité absolue des votants. Lorsqu'un scrutin ne donne pas de résultat, il y aura lieu à un second tour de scrutin dans la séance suivante à la majorité absolue des votants. Si le second tour ne donne pas de résultat, il sera procédé dans la même séance, à un troisième tour et la décision sera prise à la majorité relative des votants. Les questions restant ainsi à trancher le dernier jour du Congrès seront liquidées ce jour-là dans une courte séance supplémentaire.

9. Les décisions ne sont valables que si le quart du total des suffrages reconnus par le Congrès est représenté dans l'assemblée.

Ce projet est accepté à l'unanimité. Sur la proposition de M. le prof. Engler, il sera imprimé dans les trois langues et distribué aux membres de Congrès pour la séance du lendemain.

Propositions tardivement présentées au Congrès.

M. le rapporteur général, se basant sur le fait que les propositions de M. Hochreutiner ont pu être soumises encore à temps à la Commission de nomenclature et figurent dans le Texte synoptique, propose qu'elles soient admises à la discussion. Adopté à l'unanimité moins une voix.

Viennent ensuite les propositions distribuées aux congressistes par M. le Dr. Hallier[1]).

M. le rapporteur général constate que ces propositions n'ont pas été portées à la connaissance de la Commission. Comme rapporteur, il n'a d'ailleurs aucune raison de s'opposer à leur admission.

M. le Dr. Hallier fait valoir qu'une absence de 16 mois l'a empêché de présenter ses motions plus tôt et attire l'attention sur l'importance de l'art. 31 des Lois de 1867, tel qu'il en propose la modification.

L'admission à la discussion des propositions de M. le Dr. Hallier est acceptée à la majorité de plus des $^2/_3$ des votants.

En ce qui concerne les propositions de M. le Dr. Kuntze,[2]) contenues dans la brochure dont il a été question plus haut p. 31—33, M. le rapporteur général explique qu'il ne s'agit dans ces propositions que de questions d'orthographe d'une im-

1) Hallier. Neue Vorschläge zur botanischen Nomenklatur (extr. du Jahrbuch der Hamburgischen Wissenschaftlichen Anstalten XXII, Beiheft 3, p. 33–46, ann. 1905).

2) O. Kuntze. Protest etc. l. c. p. 31–33.

portance très secondaire. Il propose l'admission de ces propositions à la discussion, sous réserve cependant que le texte imprimé soit distribué le lendemain au plus tard.

A la votation, l'introduction des propositions Kuntze est repoussée par 29 voix contre 24.

M. le rapporteur général annonce encore une motion de fond de M. le Dr. Ed. Bonnet (Paris), relative au point de départ de la nomenclature générique[1]. Il propose, comme pour les motions précédentes, d'en permettre la mise en discussion. Adopté par 36 oui contre 8 non.

Motion du groupe belge-suisse tendant à remplacer le mot Lois par celui de Règles dans tous les écrits relatifs à la Nomenclature.

Après un exposé sommaire de la portée de cette motion par M. le rapporteur général, la motion, appuyée par M. le président, est acceptée à l'unanimité.

Motion de M. le Dr. Brunnthaler tendant à limiter les décisions prises par le Congrès à la nomenclature des seules plantes vasculaires, à l'exclusion des Cryptogames non vasculaires.

M. de Jaczewski appuie la motion Brunnthaler. Nous n'avons rien de préparé pour les Cryptogames cellulaires, dont la nomenclature soulève des questions extrêmement délicates. Il conviendrait donc de nommer une Commission spéciale qui rapporterait pour le prochain Congrès.

M. le prof. Wille explique que la motion Brunnthaler présente certains inconvénients. Ainsi par ex. MM. Wittrock et Wille ont rédigé une projet d'après lequel (Texte synoptique art. 70) la priorité n'est acquise aux noms des espèces nouvelles parmi les Thallophytes, que si les descriptions sont accompagnées de figures. Si la motion Brunnthaler est acceptée, on va continuer pendant cinq ans à publier des nouveautés sans figures, ce qui est très fâcheux. L'orateur reconnait néanmoins que les questions très difficiles soulevées par la nomenclature des Cryptogames non vasculaires, dont la connaissance scientifique ne remonte guère au delà du XIXme siècle, ne peuvent être utilement discutées dans leur ensemble, faute de préparation suffisante.

M. le prof. Perrot, au nom de la Société mycologique de France, et M. le Dr. Lutz, au nom de la Société botanique de France, déclarent appuyer énergiquement le renvoi de toute discussion sur les règles de nomenclature spéciales aux Cryptogames non vasculaires.

M. le Dr. Hallier craint qu'un renvoi au Congrès suivant de toute discussion sur la nomenclature des Thallophytes, n'entraîne des contradictions entre les règles adoptées pour les plantes supérieures et pour les plantes inférieures, ce qui serait déplorable. Il devrait donc être bien entendu que le renvoi se rapporte exclusivement aux points de nomenclature spéciaux aux Thallophytes.

1) Bonnet, Observations sur le point de départ de la Nomenclature générique présentées au Congrès de Vienne. Paris 1905, 7 p. in 8°.

M. le prof. Magnus se voit contraint, à regret, d'appuyer la motion Brunnthaler: il faut reconnaître que la question n'est pas mûre pour les Thallophytes.

M. le prof. Arthur estime au contraire que des règles uniformes doivent présider à la nomenclature des plantes supérieures et des plantes inférieures, et demande que le Congrès aborde la question dans son ensemble.

M. le Dr. Hallier pense que la question pourrait être plus facilement résolue à la fin de la Conférence. Il proposerait donc de renvoyer le vote sur cette question à la dernière séance.

M. le prof. Atkinson appuie le point de vue énoncé par M. Arthur.

M. le prof. Wille est d'avis que même une commission spéciale travaillant pendant toute la durée de la Conférence ne pourrait rapporter utilement pour la dernière séance. Il propose d'accorder 5 ans à cette Commission pour préparer son rapport.

M. le rapporteur général, pour résumer la discussion, constate que la remise à une Commission de toutes les questions de nomenclature spéciales aux Cryptogames cellulaires s'impose. Cette Commission pourra-t-elle rapporter avant la clôture du présent Congrès ou devra-t-on la nommer seulement à la fin de ce dernier, avec mission de rapporter dans cinq ans. Là est la question! Il suffit de jeter un coup d'œil sur les articles 69 à 75 du Texte synoptique pour comprendre qu'avec la meilleure volonté du monde une Commission serait incapable d'étudier à fond les points litigieux d'ici au 17 Juin.

M. le prof. Wilczek demande que la proposition Brunnthaler soit tout d'abord mise aux voix (motion d'ordre). D'après le règlement des séances, art. 5, la question posée par M. le rapporteur général constitue une proposition nouvelle dont la discussion devrait être remise au lendemain.

M. le rapporteur général explique que la proposition du renvoi à une Commission n'est pas nouvelle et ne tombe pas sous le coup du Règlement: elle figure dans le Texte synoptique p. 18, 2me colonne. Il s'agit seulement, si le renvoi à une Commission est décidé, de savoir quand celle-ci pourra rapporter.

M. le prof. Wilczek retire sa motion d'ordre.

M. le prof. Errera signale l'ambiguïté qui existe lorsqu'on emploie les expressions Cryptogames cellulaires et Thallophytes, qui ne sont pas équivalentes. Il faut préciser.

M. le prof. Perrot propose l'ordre du jour suivant:

« Le Congrès, adoptant la proposition Brunnthaler, décide qu'une Commission spéciale sera chargée d'élaborer, pour le prochain Congrès, un projet de nomenclature concernant les Cryptogames cellulaires, en s'inspirant autant que possible des règles de la nomenclature phanérogamique ».

M. Emile Burnat se déclare d'accord avec la proposition Brunnthaler, mais se demande si le Congrès peut désigner une Commission spéciale puisqu'il s'estime incompétent en matière de nomenclature cryptogamique.

M. le prof. Perrot dit qu'il n'entre pas dans sa pensée de faire acte d'autorité. On laissera aux cryptogamistes le soin de faire des propositions qui seront ratifiées par la Conférence dans sa dernière séance plénière.

M. le prof. Warburg signale encore le fait que la contradiction relevée par M. Errera n'est pas entièrement supprimée par la rédaction soumise par M. Perrot.

M. le président suggère de compléter la rédaction de M. Perrot en faisant suivre les mots „Cryptogames cellulaires" de „Muscinées et Thallophytes" en parenthèse.

Cette proposition est adoptée à l'unanimité moins 3 voix.

En ce qui concerne le fond de la proposition, M. le prof. Wittmack demande le vote à main levée, la grande majorité des assistants paraissant d'accord.

M. le rapporteur général réclame au contraire le vote au bulletin, car plusieurs de nos confrères américains ont parlé contre la proposition Brunnthaler et, d'autre part, plusieurs délégués français ont reçu le mandat impératif de voter cette proposition.

Au scrutin, la proposition Brunnthaler contenue dans l'ordre du jour Perrot, complété ainsi qu'il vient d'être dit, est adoptée par 165 oui contre 17 non.

L'heure étant avancée, 10 membres demandent que la séance soit levée. Adopté.

Sur la proposition de M. Emile Burnat, le Congrès décide que la séance du lendemain s'ouvrira à 3 h. au lieu de 4 heures.

2me Séance. Mardi 13 Juin 1905 à 3 heures après midi.

La séance est ouverte à 3 h. 15 sous la présidence de M. le prof. Ch. Flahault. Le procès-verbal de la dernière séance est lu et adopté.

Sont désignés comme scrutateurs: MM. de Wettstein, de Hayek et Janchen.

L'ordre du jour de la veille n'ayant pas été épuisé, on commence par le no 11 de cet ordre du jour.

Propositions individuelles.

M. le président a reçu deux propositions:

1°. Proposition d'accepter en bloc les articles 1 à 52 (inclus) des règles de la nomenclature tels qu'ils sont proposés par la Commission, et signée par 13 membres du Congrès (MM. Wille, Fritsch, Engler, Nordstedt, Schube, Warming, Goebel, Gilg, Diels, Wettstein, Schinz, comte de Schwerin, Kamienski).

2°. Proposition de M. le Dr. Hallier, tendant à ne pas entreprendre la discussion des articles dans l'ordre du Texte synoptique, mais à liquider en premier lieu les points les plus importants sur lesquels existent des divergences d'opinion graves, et notamment les art. 31 et 38 (propositions Hallier 2—1), art. 15, 57, 60 1°, 17 bis etc.

M. le président met en discussion la première proposition.

M. le prof. Wille explique les raisons qui l'ont amené à signer la proposition n° 1. Le travail que nous avons à faire est colossal. Il s'agit de discuter 94 articles et leurs variantes. Nous ne disposons que de cinq jours, et de quelques heures par jour. Une discussion détaillée nous obligerait à séjourner à Vienne pendant plusieurs semaines! C'est précisément pour éviter cet inconvénient que le Bureau de Paris s'est donné tant de peine pour constituer une Commission de nomenclature formée de botanistes compétents chargés d'abréger notre travail. L'examen du Texte synoptique montre que cette Commission à fait un excellent travail. Personnellement, M. Wille n'aurait de réserves à faire que sur des détails insignifiants relatifs aux art. 1—52. Si chacun demande le mise en discussion d'un point spécial, on sera amené, par la force des choses, à discuter en détail chaque article, ce qui rend illusoire le travail de la Commission, et ne pourra s'exécuter dans les délais dont nous disposons.

M. le Dr. Britton trouverait, au contraire, fâcheux de ne pas fournir aux adversaires de la rédaction proposée par la Commission de Nomenclature l'occasion de défendre leur point de vue.

M. le prof. Ascherson est d'accord en principe pour l'acceptation des 52 premiers articles, mais en exceptant toutefois l'art. 38. Il propose donc de voter en bloc les articles 1 à 37 et 39 à 52, et de discuter séparément l'article 38.

M. le Dr. Fedde appuie le vote global des 52 articles; il demande toutefois le remplacement à la fin de l'art. 52 du mot Règle par Recommandation.

M. le Dr. Hochreutiner, vu les objections présentées, propose de voter en bloc les art. 1 à 17; 17 bis non compris.

M. le prof. Ed. Hackel estime qu'en votant en bloc les 52 premiers articles, on éliminerait les propositions dont la prise en considération a été votée la veille, par ex. la proposition Bonnet. Il appuie la proposition Hochreutiner.

M. le prof. Borodin voudrait réserver l'article 9.

M. le Dr. Palacky demande de restreindre le vote aux art. 1 à 7.

M. Emile Burnat présente une motion d'ordre: Nous sommes en face d'une proposition signée de 13 membres du Congrès, elle a la priorité et doit être mise aux voix tout d'abord.

M. Coville, au nom de plusieurs autres confrères qui ont signé le Code américain, attire l'attention sur le fait que les décisions du Congrès auront d'autant plus de chance d'être admises par le monde scientifique que la discussion aura été plus ample et que les décisions auront été prises par une majorité se rapprochant le plus possible de l'unanimité.

M. le rapporteur général signale le danger d'une acceptation en bloc des 52 premiers articles. Il partage entièrement l'opinion qui vient d'être énoncée par M. Coville. En outre, il estime juste que les botanistes qui sont venus de loin pour défendre leurs idées aient l'occasion de la faire. L'autorité du Congrès serait diminuée si cela ne pouvait avoir lieu. Il est donc opposé à l'adoption en bloc des art. 1—52. Il préférerait voir discuter les articles par petits groupes toutes les fois qu'il ne se manifeste pas d'opposition. On pourrait par exemple mettre d'abord en discussion et soumettre au vote les articles 1—7.

D'autre part il propose, pour simplifier la procédure du vote, de considérer les articles en discussion comme admis par un simple vote à main levée, toutes les fois qu'aucune opposition ne sera annoncée ou que le scrutin ne sera pas réclamé. Enfin, il demande que toutes les questions rédactionnelles soient renvoyées à la Commission spéciale de rédaction, chargée de la coordination et de la publication des décisions prises. Cette Commission sera, selon l'art. 6 du Règlement des séances, composée dans la dernière séance du Congrès.

M. le président met aux voix la proposition des 13 signataires.

Au scrutin, par 137 non contre 54 oui, la proposition de voter en bloc les 52 premiers articles est rejetée.

Les propositions de M. le rapporteur général relatives à la procédure du vote et à la Commission de rédaction sont adoptées.

M. le Dr. Britton propose, pour gagner du temps, d'adopter les articles 1 à 52, à l'exception de ceux que d'autres membres ou lui même pourraient signaler au préalable.

De divers cotés, on demande de réserver les art. 8, 9, 10, 15, 17 bis, 17 ter, 22, 31, 34, 38, 38 bis, 40 bis, 40 quater, 40 quinquies, 43, 46 ter, 51, 52.

M. le prof. Errera, estimant qu'il y a une série d'autres articles sur lesquels les décisions prises auront de la répercussion, propose de s'en tenir tout d'abord au vote des art. 1 à 7, ainsi que l'avait demandé M. le rapporteur général.

Art. 1 7.

A la demande de M. le président, M. le Dr. Hallier renonce provisoirement à sa proposition d'intervertir l'ordre d'examen des articles, ce qui risquerait de rendre la discussion confuse. Les articles 1 7 sont mis aux voix.

M. le Dr. Hochreutiner propose l'insertion à l'art. 3 du mot « simple » dans la caractéristique d'une bonne règle.

Les articles 1 7 sont adoptés, tels que la Commission les propose et avec l'adjonction demandée par M. Hochreutiner, par 191 voix contre 1 non. Le scrutin n'est pas réclamé.

Art. 7 bis.

M. le prof. Perrot et M. le Dr. Hallier estiment que cet article est en contradiction avec la motion Brunnthaler, votée hier, laquelle renvoie la nomenclature des Cryptogames cellulaires au prochain Congrès.

M. le rapporteur général répond qu'il y a là une confusion. L'article 7 bis réserve les points spéciaux à la nomenclature des Cryptogames cellulaires, comme à celle des fossiles. Or ce sont précisément ces points spéciaux qui ont été renvoyés à l'examen d'une Commission. Il n'y a donc pas de contradiction entre l'art. 7 bis et le motion Brunnthaler.

M. le Dr. Britton est opposé à l'adoption de règles spéciales en faveur des fossiles et demande de retrancher la mention des fossiles dans l'art. 7 bis.

Au contraire, M. le Dr. Bonnet voudrait voir traiter à part les questions spéciales que soulève la nomenclature des fossiles.

M. le prof. Engler appuie fortement l'article tel que le propose la Commission. Les fossiles doivent, au même titre que les Cryptogames inférieures, être l'objet d'un examen spécial.

M. le prof. Perrot dit que, dans ces conditions, l'article 7 bis entraîne la constitution d'une Commission spéciale. Il propose, dans ce but, d'ajouter simplement à l'ordre du jour qu'il a présenté la veille les mots: Une Commission spéciale étudiera dans les mêmes conditions les points spéciaux à la nomenclature des plantes fossiles.

M. le Président constatant qu'aucune opposition ne se manifeste, met aux voix l'art. 7 bis et la proposition de M. le prof. Perrot. Ils sont acceptés à main levée et à l'unanimité.

Art. 8.

M. Underwood appuie la minorité de la Commission et propose de remplacer Cohors par Ordo et Divisio par Phylum.

M. l'abbé Navas voudrait supprimer le mot Division et le remplacer par Embranchement.

M. le prof. Engler est aussi d'avis que Ordo, traduit en allemand par Reihe, remplacerait avantageusement le mot Cohors. Il approuve aussi le mot embranchement (Abteilung) de préférence à Division.

M. le prof. Errera critique la synonymie adoptée par la Commission entre les mots Embranchement et Division: selon lui, Division équivaudrait à un fragment d'Embranchement.

M. le prof. Perrot approuve l'emploi du mot Embranchement.

M. le prof. de Wettstein dit que nous n'avons pas à nous préoccuper des traductions allemande et française du mot Divisio. Les désignations des groupes existent officiellement en langue latine; les traductions ont un intérêt international infiniment moindre et n'ont été placées en parenthèse qu'à titre d'indication. Il demande la disjonction de l'article 8 en 3 parties de façon à ce que l'on puisse voter séparément sur les diverses propositions.

La première partie de l'article, jusqu'à familia (inclus) est mise aux voix et adoptée à main levée et à l'unanimité

La proposition de remplacer le mot Cohors par Ordo rencontrant de l'opposition, il est voté au scrutin secret.

Le mot Ordo l'emporte par 162 voix contre 22 données à Cohors.

On arrive à la troisième partie de l'article.

M. le Dr. Britton défend le terme Phylum, qui correspond beaucoup mieux que Divisio à nos conceptions modernes.

M. le rapporteur général s'oppose, au nom de la majorité de la Commission, à l'adoption du mot Phylum. Ce terme a le grave inconvénient d'avoir été souvent utilisé déjà dans un sens différent, celui d'un groupe quelconque dont les membres sont supposés avoir une origine commune. Son emploi introduirait donc dans la nomenclature des notions théoriques qu'il faut se garder absolument d'y placer.

La nomenclature doit être un outil entre les mains des botanistes, quelle que soit l'école à laquelle ils appartiennent. Le mot Familia, auquel on pourrait faire un reproche analogue, ne présente pas les mêmes désavantages, parcequ'il a été introduit et généralement employé sans aucune préoccupation théorique, longtemps avant que les conceptions modernes dont parle M. Britton se soient généralisées. M. le rapporteur insiste donc pour le maintien du mot Divisio.

M. le prof. Warburg, constatant les divergences d'opinion, propose de laisser de côté pour le moment toute cette classification.

M. le prof. Wille voudrait renvoyer toute la question à la Commission de rédaction.

A la votation, 160 voix se prononcent pour le mot Divisio, 20 pour Phylum et 7 pour la suppression des mots Divisio ou Phylum. Le terme Divisio est donc adopté.

Art 8.

L'article 8 (avec les corrections motivées par les décisions précédentes) ne soulève aucune opposition.

Art 9.

M. le prof. Perrot résume une note de M. J. Cardot (note qu'il dépose au Bureau), dans laquelle l'auteur propose la suppression des termes Subspecies, Subvarietas et Subvariatio, expressions qui, à son avis, ne donnent qu'une idée fausse de la hiérarchie des formes.

Cette proposition n'est pas appuyée.

M. le prof. Borodin estime que les mots très semblables de Varietas et Variatio, Subvarietas et Subvariatio risquent de provoquer des erreurs, et cela d'autant plus que, sous la forme abrégée de Var. et Subvar., on ne peut plus les distinguer. Il propose donc de remplacer les mots Variatio et Subvariatio par le mot Forma, attendu que ce terme, à de rares exceptions près, est déjà utilisé depuis fort longtemps par la généralité des botanistes pour désigner les petites subdivisions d'espèces inférieures aux variétés et sous-variétés.

Cette proposition est appuyée par plusieurs orateurs.

M. le Dr. Gillot pense que le terme Subvarietas pourrait comprendre les variations et sous-variations.

M. le prof. Wilczek voudrait voir utiliser le mot Forma, à côté de Varietas et Subvarietas dans le sens qui lui a été attribué par M. le prof. de Wettstein.

M. le rapporteur général reconnait la valeur des arguments présentés par M. le prof. Borodin et, personnellement, accepte le remplacement des mots Variatio et Subvariatio par le mot Forma.

L'article 9 ainsi amendé est mis aux voix et adopté à main levée à l'unanimité moins deux voix. Les deux opposants renonçant à demander le vote au scrutin secret, l'article est définitivement adopté.

Incident relatif au Règlement des séances.

M. Coville demande à ce moment si l'assemblée accepterait d'introduire une modification au Règlement des séances. Lorsque la discussion fait prévoir qu'un vote ne réunira pas la quasi-unanimité, le point litigieux serait renvoyé à une Commission qui rapporterait à la séance suivante. Cette procédure donnerait plus d'autorité aux décisions prises.

M. le rapporteur général répond que cette idée pourra être suivie dans les cas difficiles, et que l'assemblée pourra le cas échéant en décider ainsi, sans que cette procédure soit rendue obligatoire par le Règlement, ce qui risquerait d'allonger énormément et parfois inutilement les débats.

M. le président fait voter sur cette question. L'assemblée décide à une grande majorité (8 oui seulement) de ne pas admettre de modification au Règlement.

Art. 10.

M. le prof. Engler demande l'introduction du mot Series après Subsectio.

M. le prof. Borodin voudrait que l'on introduise dans cet article la notion des espèces collectives.

M. le Dr. Hallier désirerait ajouter à l'article que, si les groupes prévus ne suffisent pas, les auteurs sont libres d'en intercaler d'autres encore.

M. le Dr. de Hayek défend la motion dont il est l'auteur, et qui figure à l'article D 10 du Texte synoptique (p. 25.)

M. le rapporteur général ne voit aucun inconvénient à adopter la proposition de M. de Hayek, qui l'avantage d'être très générale. La Commission de rédaction en revoyant cet article pourrait tenir compte du désir exprimé par M. le prof. Engler relativement au mot Series.

L'article 10 est adopté à l'unanimité avec les amendements de MM. de Hayek et Engler et renvoyé à la Commission de rédaction.

M. le prof. Perrot, au nom de M. G. Rouy, absent du Congrès, reprend l'article 10 bis que la Commission a rejeté; il dépose une note manuscrite de cet auteur, dont il donne l'analyse. La proposition de M. Rouy tend à employer le mot Forma dans un sens différent de celui qui vient d'être admis par le Congrès.

Cette proposition n'est pas appuyée.

Art. 11 13

Sur la proposition de M. le rapporteur général, les articles 11, 12 et 13 sont successivement adoptés sans opposition; le mot recommandation est ajouté à la fin de l'art. 13.

Art. 14.

M. le prof. Errera signale pour la Commission de rédaction une modification à cet article: il s'agit de remplacer les mots espèces cultivées par plantes cultivées .

M. le rapporteur général prend bonne note de l'amendement rédactionnel de M. le prof. Errera, lequel rendra l'article plus clair. Il recommande au Congrès de prendre en sérieuse considération les observations présentées dans le Texte synoptique à propos de cet article et propose formellement la suppression des trois derniers alinéas.

L'article 14 est restreint à son premier alinéa, et adopté à l'unanimité.

Art. 15.

M. le Dr. Hallier estime qu'avant de voter cet article, il conviendrait de se mettre d'accord sur la notion du nom.

M. le rapporteur général répond que la définition du nom telle que l'entend M. le Dr. Hallier pourrait entrainer à des conséquences graves pour plusieurs articles. Il ne peut pas — comme représentant de la Commission dont la majorité ne partage pas les idées de M. Hallier. - appuyer une discussion préalable sur ce point. La Commission de rédaction tiendra compte des désirs de M. Hallier dans la mesure qui sera compatible avec les décisions prises par le Congrès relativement aux articles 57 et 58.

L'article est accepté à l'unanimité, et renvoyé à la Commission de rédaction conformément à la proposition de M. le rapporteur général.

Art. 15 bis.

Adopté à l'unanimité.

Art. 16 et 17.

Adoptés à l'unanimité, moins une voix. Le scrutin n'est pas demandé.

Art. 17 bis.

M. le Dr. Bonnet se réfère à la brochure qu'il a fait distribuer et demande le remplacement du texte de la Commission par celui qu'il a proposé.

M. le Dr. Hochreutiner trouve la proposition de M. le Dr. Bonnet trop compliquée; il rappelle que les Règles doivent être aussi simples que possible.

M. le rapporteur général expose sommairement les motifs qui ont dirigé la Commission. La question du point de départ de la nomenclature des plantes supérieures a donné lieu à de longues polémiques et à une littérature spéciale que tous les congressistes présents connaissent. En adoptant la proposition de M. Bonnet, on serait forcément obligé de tenir compte des publications de Haller, Ludwig, Heister etc. intercalées entre les dates 1737 et 1753, ce qui entrainerait à de nombreux changements dans la nomenclature générique.

M. le Dr. Lutz présente encore quelques observations sur cet article de la part de M. Ernest Malinvaud.

Le scrutin secret étant réclamé, M. le président met l'article 17 bis aux voix, tel que le propose la Commission, avec renvoi à la Commission de rédaction pour la mise au point définitive du texte.

L'article est adopté par 150 voix contre 19.

La séance est levée à 6 h. 30.

3me Séance. Mercredi 14 Juin 1905 à 3 heures après midi.

La séance est ouverte à 3h. 15 sous la présidence de M. le prof. Flahault. Le procès-verbal de la précédente séance est lu et adopté.

Communication diverses; approbation des rapports de gestion.

M. le président annonce que M. de Wettstein, obligé de s'absenter pour recevoir S. M. l'Empereur à l'Exposition botanique de Schoenbrunn, ne peut fonctionner comme scrutateur. Il est remplacé pour cette séance par M. le Dr. Fedde.

M. le président met à la disposition des membres du Congrès un prospectus émanant de M. le Dr. O. Kuntze. Ce prospectus contient des propositions pour l'élection des présidents à une séance extraordinaire du Congrès le 15 Juin à 3 heures après-midi; une lettre au président du Congrès de Vienne 1905; enfin, l'avis que les membres du Congrès peuvent retirer gratuitement la brochure Protest etc. à la librairie Moritz Perles, Wien I, Seilergasse 4.

Enfin, M. le président rappelle que pour arriver cette semaine au bout de sa tâche, le Congrès doit chercher à pousser aujourd'hui la discussion jusqu'à l'article 45. Ce résultat pourra être obtenu si les orateurs s'efforcent d'être aussi brefs que possible.

Avant de reprendre la discussion des règles, M. le président fait voter sur les trois rapports qui ont été soumis au Congrès par la Comité permanent du Congrès de Paris; par la Commission d'organisation du Congrès de Vienne; par le rapporteur général et la Commission internationale de nomenclature botanique. Ces rapports sont approuvés à l'unanimité.

Art. 17 ter.

M. le prof. Hackel fait remarquer que, à côté d'une liste de noms de genre à conserver, on peut fort bien admettre une clause qui élimine, au point de vue de la priorité, les auteurs qui n'ont pas adopté le principe de la nomenclature binaire. Il propose donc que l'on tienne compte de la motion L 17 ter.

M. le Dr. de Hayek soutient le point de vue qu'en adoptant la motion L 17 ter la liste des nomina conservanda pourrait être considérablement abrégée.

M. le Dr. Fedde n'attache pas d'importance à la question de la longueur de la liste. Ce qu'il faut avant tout, c'est que cette liste existe, et qu'elle soit exacte.

M. le Dr. Harms reconnait les grands avantages de la motion de Hayek, mais estime qu'elle ne permettrait pas de conserver un nombre de noms connus suffisant; il faudrait quand même élaborer un Index de noms à conserver. Il parait dès lors plus simple et plus pratique d'adopter une liste élaborée en tenant compte de principe énoncé par M. de Hayek. C'est précisément le cas pour celle qu'il a eu l'honneur de présenter au Congrès.

M. Shear estime que l'adoption de cette liste ne rencontrera pas l'assentiment général, et qu'elle ira à fin contraire du but de stabilité qui est poursuivi.

M. le Dr. Hallier declare que les règles doivent être générales. Or, le procédé proposé est arbitraire et contredit au principe énoncé dans l'art. 2 de nos Règles. Il propose de remplacer, à l'art. 17 ter, la rédaction recommandée par la Commission par la suivante:

Le droit de priorité devient caduc pour les noms génériques lorsque son application irait à fin contraire du principe énoncé par l'art. 3, 2me alinéa, des Règles de la Nomenclature. Par conséquent, lorsqu'on se trouve en présence de plusieurs noms pour un seul et même genre, on doit, après un examen consciencieux, se prononcer pour celui des noms dont l'adoption entrainera le moins de changements dans la nomenclature des espèces.

M. le prof. Borodin dit que, dans cette question, il y a le point de vue théorique et le point de vue pratique. La théorie réprouve les exceptions, et la logique est peu favorable à l'acceptation de l'art. 17 ter tel que la Commission le propose. Mais il y a les nécessités pratiques, dont on ne peut pas ne pas tenir compte. La nomenclature étant un instrument de travail pratique, l'orateur ne peut que conclure en approuvant l'art. 17 ter.

M. le rapporteur général développe le point de vue de la majorité de la Commission qui, comme M. le prof. Borodin l'a bien compris, fait passer les considérations théoriques après les besoins reconnus de la pratique, et s'exprime comme suit:

Les adversaires des propositions de la Commission confondent deux choses différentes: la recherche de la priorité historique en tant que fait à établir, et l'emploi de la priorité comme moyen technique pour amener de la stabilité dans la nomenclature. La priorité historique est absolue. Nous ne pouvons pas faire qu'un nom ou un ouvrage ait été publié ou n'ait pas été publié avant un autre. C'est là une question de fait à laquelle toutes les règles du monde ne changeront rien. Au contraire, le principe de la priorité dans ses applications à la nomenclature n'est pas un principe absolu. C'est tout simplement un moyen, parmi beaucoup d'autres que l'on pourrait imaginer et dont quelques uns ont effectivement été utilisés, pour déterminer le choix entre plusieurs noms successivement appliqués à un même groupe. S'il vient à être établi que l'emploi du principe prioritaire amène dans certains cas d'énormes perturbations de nomenclature, qu'il produit de la confusion au lieu d'amener de la clarté, qu'il provoque une multiplication inutile de noms, qu'il va en un mot à fin contraire du résultat désiré, — le principe pourra être abandonné pour un autre plus pratique et répondant mieux au but. Cette ligne de conduite est non seulement licite, mais tout indiquée, parce que la stabilité est le but, tandis que le principe prioritaire est subordonné au résultat à atteindre.

Voulons-nous appliquer le principe prioritaire d'une façon absolue? Mais les adversaires du projet de la Commission n'y songent pas! Ils viennent d'appuyer la date de 1753 comme point de départ de la nomenclature générique! N'est-ce pas là une grave entorse faite à la priorité historique considérée comme un principe absolu? La nomenclature générique remonte essentiellement à l'année 1694, aux

Eléments de botanique de l'illustre Tournefort! Et hier encore, notre savant confrère M. le Dr. Bonnet rompait une lance en faveur de la 1re édition du Genera Plantarum de Linné pour fixer le point de départ de la nomenclature à l'année 1737! Vous avez néanmoins adopté la date de 1753; vous avez refusé de mettre au bénéfice de la loi de priorité les oeuvres, souvent remarquables, qui ont vu le jour de 1737 à 1753. Pourquoi cela? Pour des raisons d'ordre pratique. Parceque la stabilité de la nomenclature, qui est le but poursuivi, nous interdisait d'appliquer le principe de la priorité au delà d'une certaine limite chronologique.

On a dit et répété que le choix de cette date de 1753 avait été déterminé pas un événement capital dans le domaine des méthodes: l'introduction de la nomenclature binaire. Mais beaucoup de genres ont été décrits après 1753 par des auteurs qui n'avaient pas adopté la nomenclature binaire. Scopoli, lorsqu'il distinguait en 1760 le genre Sesleria, n'avait pas encore adopté la nomenclature binaire. Adanson, lorsqu'il publiait ses Familles des plantes en 1763, avait un système particulier de nomenclature spécifique: ce système était uninominal pour les genres monotypes; dans les genres pléotypes, il était uninominal pour la première espèce du genre, binominal pour les suivantes, avec emploi exclusif de noms substantifs simples. Adanson devrait donc être exclu, même quand ses noms génériques ont été universellement reconnus (ex. Mucuna, Canavalia etc.), d'où une énorme quantité de changements. Que serait-ce si le Congrès adoptait les propositions du Code américain, qui rejettent (art. 19*b*) un nom générique toutes les fois qu'il n'a pas été combiné par son auteur avec un nom spécifique ou rattaché à une espèce décrite?! Depuis les anciens auteurs tels que Schreber, en passant par Endlicher, jusqu'à Bentham et Hooker, tant de genres ont été décrits, et bien décrits, sans remplir ces conditions, qu'il faudrait débaptiser par milliers les espèces à cause des changements de noms génériques auxquels on serait entraîné. Est-ce là la stabilité à laquelle on nous convie?

L'origine de la liste des nomina conservanda remonte d'ailleurs à 1892. Le congrès de Gênes n'a pas voté sans restriction l'application du principe prioritaire aux auteurs admettant une nomenclature binaire. A cette époque, l'examen d'une liste de nomina conservanda a au contraire été remis aux soins d'une Commission spéciale qui devait rapporter ultérieurement. Des circonstances défavorables n'ont pas permis à cette Commission d'exécuter son travail et de rapporter à Paris en 1900, mais la Commission actuelle, en reprenant la question pour 1905, n'a fait que recueillir la succession léguée par le Congrès de Gênes.

Les objections présentées ne sont donc pas convaincantes. On a déjà fait une entorse au principe absolu de la priorité en prenant la date 1753 comme point de départ de la nomenclature. On en fera une seconde en adoptant une liste de nomina conservanda, puisque les circonstances le commandent et qu'il n'y a pas d'autre moyen de sortir de la confusion actuelle. L'un des procédés n'est pas plus arbitraire que l'autre; ou plutôt, ils ne sont arbitraires ni l'un, ni l'autre, puisqu'ils sont légitimés par les besoins pratiques qui, dans ce domaine, occupent la première place. Le rapporteur général recommande donc, au nom de la majorité de la Commission, l'adoption de l'article 17 ter.

Cet exposé est accueilli par les applaudissements de la majorité et des signes de dénégation de la part de la minorité.

M. le Dr. Britton expose les difficultés auxquelles on se heurtera en adoptant la liste élaborée par M. Harms.

1° Elle est arbitraire et, pour cette raison, ne ralliera pas tout le monde.

2° Elle constitue une exception considérable au principe général de la priorité, dont elle sape l'autorité.

3° Le Congrès de Gênes a fixé la date de 1753 comme point de départ de la nomenclature; cette décision ne comportait aucune restriction (Signes de dénégation du rapporteur!) et a été acceptée de bonne foi par beaucoup d'auteurs.

4° La liste pourrait être fortement augmentée en se basant sur le principe même qui a servi à l'établir.

5° Il est plus important de maintenir le principe général de la priorité que de maintenir des noms particuliers, le maintien de ces derniers pouvant bien d'ailleurs n'être que temporaire.

6° L'application de la priorité stricte à partir de 1753 ne rencontre pas de difficultés, si l'on élimine les auteurs n'ayant pas fait emploi de la nomenclature binominale, ainsi que cela a d'ailleurs été décidé à Gênes.

M. Britton propose donc le rejet de l'art. 17 ter et le rétablissement du principe de la priorité en bonne place, avec élimination des ouvrage à nomenclature non binominale, tel qu'il est maintenu dans le Code américain, art. 19 b (Texte synoptique, p. 108, art. J 60).

La clôture du débat est réclamée par écrit par 10 membres du Congrès; elle est mise aux voix et adoptée à l'unanimité moins 3 voix.

Avant la votation, M. le Dr. Hochreutiner réclame la parole comme mandataire du Jardin botanique de Buitenzorg. Cet Etablissement demande que le Congrès se mette d'accord sur les Règles de la Nomenclature. Ce résultat ne pourrait être atteint par une votation dans laquelle la majorité imposera son point de vue à la minorité. Que le Congrès veuille donc bien renvoyer à une Commission restreinte les points sur lesquels des divergences trop considérables se manifestent, et la charger de trouver un texte qui puisse mettre tout le monde d'accord. Ces points ne sont au nombre que de deux ou trois. Il demande que l'assemblée vote tout d'abord sur cette question.

M. le président fait observer que la clôture du débat a été votée; il doit donc mettre l'article aux voix.

M. Coville demande encore la parole dans le même sens, mais l'assemblée consultée décide de ne pas rouvrir le débat et la clôture est maintenue à une grande majorité (12 opposants).

L'article 17 ter (texte de la Commission) est ensuite accepté par 133 oui contre 36 non.

M. le Dr. de Hayek propose une adjonction à l'art. 17 ter, conformément à sa motion L 17 ter du Texte synoptique, et qui tend, dans les questions de priorité, à éliminer les auteurs n'ayant pas admis la nomenclature binaire.

M. le rapporteur général ne peut que rappeler ce qu'a dit M. le Dr. Harms et ce qu'il vient de répéter au sujet de la proposition Hayek: cette proposition est d'une application beaucoup plus difficile qu'il ne semble au premier abord et aurait l'inconvénient de rendre inutilement caducs un bon nombre de genres universellement admis, en particulier plusieurs genres d'Adanson.

L'adjonction de M. de Hayek est repoussée à l'unanimité moins 3 voix.

Art. 18 21.

Une motion signée de 13 membres parvient au Bureau pour demander le vote global sur les articles 18 à 52.

M. le Dr. Fedde développe le point de vue des proposants. Nous venons de liquider des articles sur lesquels des divergences importantes existaient. Il ne parait pas s'en présenter de notables sur les articles 18 à 52; ce n'est qu'après ce dernier article que nous trouverons de nouveau des points controversés. Il engage vivement ceux des assistants qui pourraient avoir quelques amendements à présenter, à en faire la sacrifice pour assurer l'achèvement, dans cette session, de la tâche du Congrès.

MM. Borodin, Lutz et Maire présentent diverses objections à la proposition de M. Fedde.

M. le lieut.-colonel Prain constatant qu'aucune réserve n'a été faite la veille sur les articles 18 à 21, propose qu'on les soumettre d'abord au vote.

La motion relative aux art. 18 à 52 est rejetée à main levée par 32 voix contre 26.

Les articles 18, 19, 20 et 21 sont adoptés à l'unanimité.

Art. 22.

M. le Dr. Britton propose la suppression de l'art. 22 qui consacre des exceptions: une règle ne doit pas souffrir d'exception. Cette proposition est appuyée par M. Th. Durand.

M. le prof. Engler propose le remplacement du mot Règle par Recommandation.

M. le rapporteur général voit des inconvénients à la proposition de M. Engler, car il faudrait tolérer l'existence de deux noms valables pour un même groupe, ce qui est contraire à l'art. 15. Il s'oppose donc, au nom de la Commission, à cette modification.

M. le prof. Engler retire son amendement.

L'article 22 est accepté par 101 voix contre 62.

Art 24 bis.

M. le prof. Errera estime que les terminaisons -inae et -ineae prêtent à des confusions et propose de remplacer -inae pas -anae.

M. le rapporteur général répond que ces suffixes offrent en effet une regrettable analogie, mais qu'ils ont été répandus par de récents grands ouvrages généraux. Comme il ne s'agit pas d'un point de sérieuse importance la Commission n'a pas cru nécessaire de les changer.

L'art. 24 bis est adopté à main levée à une grande majorité (7 opposants). Le scrutin n'est pas demandé par les opposants.

Art. 25, 25 bis, 26, 27, 28, 29 et 30.

Ces articles sont adoptés à l'unanimité.

Art. 31.

M. le Dr. Hallier rappelle les réserves qu'il a formulées et les confusions qui existent relativement à l'emploi de l'expression nom spécifique, les uns appelant ainsi à tort l'épithète spécifique, tandis que les autres l'appliquent au binome dans son ensemble. Les Lois de 1867 ont malheureusement contribué à entretenir et exagérer cette confusion. Il convient maintenant de réparer cette erreur en votant sa proposition.

M. le rapporteur général fait observer que si le Congrès admet la règle dite Kew Rule pour les articles 57 et 58, il sera facile de donner satisfaction au préopinant. En attendant que des décisions soient prises sur ces deux articles, il propose le rejet de la motion Hallier. Celle-ci serait de nature à amener des confusions dans le cas où le Congrès persisterait à ne pas admettre la règle dite Kew Rule ».

La proposition Hallier est rejetée à l'unanimité moins 1 voix.

Constitution d'une Commission pour l'examen de la liste de Nomina conservanda de M. Harms.

Il est présenté une motion signée de 15 membres et ainsi conçue: La liste des noms génériques à conserver proposée par M. Harms sera renvoyée à l'examen d'une Commission de quatre membres qui représenteront la liste à la dernière séance du Congrès. — Nous proposons que la Commission soit formée par 1 délégué allemand, 1 américain, 1 anglais, 1 français.

La motion est mise aux voix et adoptée à l'unanimité moins trois voix.

M. le Dr. Barnhart recommande à la Commission de limiter le nombre des noms à porter sur cette liste.

Après consultation entre les divers groupes, la Commission est composée de MM. le Dr. Bonnet, Dr. Britton, Dr. Harms et lieut.-col. Prain. Sur la demande de M. le prof. Perrot, M. le rapporteur général est adjoint à la Commission.

Art. 32.

M. le rapporteur général fait observer que, par suite d'une erreur de composition, on a omis dans la 4re colonne du Texte synoptique (p. 55) le texte de l'article figurant à la 1re colonne, et qu'il convient de faire suivre ce texte du mot Recommandation.

L'article est adopté à l'unanimité avec cette adjonction.

Art. 33.

M. l'abbé Navas présente diverses observations sur les questions d'orthographe visées par cet article.

L'article est adopté à l'unanimité.

Art. 34.

M. le prof. Borodin critique les prescriptions orthographiques adoptées par la Commission dans l'article 34.

M. le rapporteur général fait remarquer que l'on pourrait discuter à perte de vue sur cette article. C'est la raison pour laquelle l'article est présenté sous la forme de recommandation, qui laisse aux auteurs récalcitrants leur liberté.

L'article 34 est adopté à l'unanimité moins 3 voix. Le scrutin n'est pas demandé.

Art. 34 bis.

M. Th. Durand attire l'attention sur le fait que le Commission a omis de prévoir le mode de formation des noms tirés de noms de femmes, tels que Cypripedium Hookerae.

M. le rapporteur général reconnait cette lacune et propose l'acceptation de l'article avec renvoi à la Commission de rédaction pour revision en ce qui concerne ce point.

Diverses observations de détail sont encore présentées par MM. les Dr. Bonnet et Gillot et par M. l'abbé Navas, après quoi l'article est adopté à l'unanimité moins 1 voix, et renvoyé à la Commission de rédaction. Le scrutin n'est pas demandé.

Art. 34 ter, 35, 36 et 37.

Les art. 34 ter, 35, 36 et 37 sont adoptés à l'unanimité.

Art. 38.

M. le prof. Ascherson rappelle que, dans son Synopsis der mitteleuropäischen Flora, il a distingué, à l'intérieur de l'espèce, 3 degrés hiérarchiques pourvus d'une nomenclature binaire: l'espèce collective, l'espèce et la sous-espèce. Ainsi, l'espèce collective Lycopodium complanatum comprend deux espèces: L. complanatum et L. alpinum; à son tour le L. complanatum renferme deux sous-espèces: L. anceps et L. chamaecyparissus. Ce système est très pratique. L'article proposé par la Commission le rend impossible. M. Ascherson propose donc de rayer la phrase: L'emploi d'une nomenclature binaire pour les subdivisions d'espèces n'est pas admissible . Subsidiairement, l'orateur consentirait à remplacer les mots n'est pas admissible . par n'est pas recommandable .

M. le rapporteur général déclare que si la majorité de la Commission s'est opposée au système préconisé par M. le prof. Ascherson et employé par lui dans son remarquable ouvrage sur la flore de l'Europe centrale, c'est parce qu'il laisse à désirer au point de vue de la clarté. Si, en effet, on désigne trois degrés hiérarchiques différents de la même manière, il n'y a pas moyen de les distinguer entre eux. Au contraire, que l'on réserve la nomenclature binaire pour les espèces, quelle que soit d'ailleurs la manière dont l'auteur les définit, et l'on saura toujours exactement qu'il s'agit d'une espèce lorsqu'on emploie un binome.

M. le prof. Wittmack appuie la proposition Ascherson en se plaçant au point de vue des plantes cultivées. Si pour désigner la variation leucomelan du blé, il faut énoncer toute la série des degrés hiérarchiques, on obtiendra un nom tel que Triticum vulgare subsp. tenax II durum 1 leucomelan. Les noms deviennent alors si longs, qu'ils ne sont plus pratiques. M. Wittmack appuie la motion de M. Ascherson, qui consiste à remplacer le mot «admissible», par le mot «recommandable».

M. le Dr. de Hayek partage l'avis de M. Ascherson. Si un auteur tient à insister sur la qualité subspécifique d'un groupe ou d'une forme, il exprimera cette manière de voir dans le nom. Mais dans une foule de cas, il ne s'agit que de désigner brièvement une plante quelconque, et là la nomenclature la plus courte est la meilleure. Il propose donc de reprendre la motion F 38, qu'il a présentée, dans laquelle la rédaction de la Commission est amendée par les mots: «que pour les sous-espèces». Cet amendement ne signifie pas que la nomenclature binaire est obligatoire pour les sous-espèces, mais loisible.

M. le rapporteur général répond à MM. Wittmack et de Hayek que l'argument de la longueur des noms aurait une grande importance pratique si la désignation d'une forme exigeait nécessairement la répétition de tous les degrés hiérarchiques auxquels le nom de cette forme est subordonné. Mais cela n'est pas nécessaire. Si, pour reprendre l'exemple de M. Wittmack, on pousse la précision dans la détermination jusqu'à la variété, on dira Triticum vulgare var. durum ou même T. vulgare subv. leucomelan. Si on ne tient pas à aller au-delà de la sous-espèce, on dira T. vulgare subsp. tenax. Si on trouve cette expression trinominale trop longue, alors il devient nécessaire d'étendre aussi la nomenclature binaire aux variétés et aux sous-variétés, ce qui a d'ailleurs déjà été fait à plusieurs reprises. Mais il n'est pas plus nécessaire d'énumérer tous les degrés intermédiaires, qu'il n'est obligatoire d'énoncer avec le nom d'une espèce les noms du sous-genre, de la section et de la sous-section auxquels cette espèce appartient.

M. le Dr. de Hayek maintient son point de vue. Il ne s'agit habituellement pas de faibles variétés dans les énumérations de plantes recueillies au cours d'un voyage ou citées dans la description des formations géobotaniques, mais d'unités plus caractérisées, telles que des sous-espèces, et pour celles-ci la nomenclature binaire est plus courte sans nuire à la clarté.

L'article tel qu'il a été redigé par la Commission est mis aux voix. Il y a 12 opposants. Sur la demande de M. de Degen l'article est soumis au scrutin secret. Il est adopté par 131 oui contre 34 non.

Art. 38 bis.

L'article 38 bis est adopté à l'unanimité.

Art. 38 ter.

M. l'abbé Navas critique la règle proposée par la Commission comme contraire à la grammaire. Il ne peut admettre que l'on dise Thymus Serpyllum var. angustifolius; angustifolius doit s'accorder avec varietas.

M. le rapporteur général rappelle que le mot varietas n'est là que pour la clarté, afin de spécifier qu'il s'agit bien d'une variété, et non pas d'une sous-espèce, d'une sous-variété ou d'une forme. Ces mots intercalés n'ont aucune influence sur le nom qui est en réalité Thymus Serpyllum angustifolius, sous entendu le mot varietas; de même que dans Ranunculus montanus on sous-entend Ranunculus (species) montanus, ce qui n'empêche pas d'accorder montanus avec Ranunculus, et non pas avec le mot species sous-entendu. Cette question est d'ailleurs d'importance secondaire, et M. le rapporteur ne verrait pas d'inconvénient à ce que cette disposition soit considérée comme une recommandation.

L'article est adopté à l'unanimité avec cette modification.

Art. 38 quater.

Adopté à l'unanimité.

Art. 40.

A la suite de la décision prise la veille, M. le rapporteur général propose d'admettre cet article, mais en le renvoyant à la commission de rédaction, à cause de la présence des mots „semis, sports", qui ont été supprimés.

Approuvé à l'unanimité.

Art 40 bis.

M. le prof. Borodin demande que l'on remplace les mots „un nom et une formule" par „un nom ou une formule".

M. le rapporteur général s'oppose à cette modification. Le nom d'une hybride ne saurait en aucun cas dispenser de donner la formule de celle-ci, au moins lorsqu'il s'agit de la description d'une combinaison nouvelle.

M. le prof. Wilczek est d'accord avec le rapporteur; il estime toutefois qu'il est des cas où il est inutile de donner un nom binaire à une combinaison hybride. La prescription est trop stricte.

M. l'abbé Navas appuie au contraire la rédaction de la Commission en insistant sur les cas où il y a doute sur la nature hybride de la plante. Il est dès lors juste de demander un nom et une formule.

M. le prof. Wilczek dit que l'on pourrait résoudre la question en demandant que les hybrides décrits avec un nom binaire soient aussi désignés par une formule.

A la votation, la rédaction de la Commission est adoptée à l'unanimité moins 3 voix.

M. le prof. Schinz, qui est parmi les opposants, voudrait revenir à la proposition Wilczek.

M. Wilczek demande, puisque la majorité accepte l'article, le renvoi à la Commission de rédaction qui tiendra compte des observations présentées.

M. le rapporteur général propose de transformer la prescription relative au nom binaire chez les hybrides en une recommandation.

M. le prof. Schinz préfère le renvoi à la Commission, avec mission de trouver une rédaction permettant de rendre la formule obligatoire et le binôme facultatif.

La proposition Schinz est adoptée. Le scrutin n'est pas demandé sur l'ensemble de l'article.

Art. 40 ter, quater, quinquies et sexies.

M. le rapporteur général demande qu'il soit entendu que les modifications introduites par la Commission de rédaction à l'art. 40 bis seront appliquées par elles aux articles suivants.

Cette demande est approuvée et les articles 40 ter, quater, quinquies et sexies sont adoptés à l'unanimité.

Art. 41.

Adopté à l'unanimité.

Art. 42.

M. le Dr. Britton recommande de rayer dans cet article les mots „de planches". Il est difficile de déterminer exactement en quoi consiste une planche. Admettrait-on comme telle, par exemple, de mauvaises figures d'un catalogue horticole?

M. le Dr. Hallier attire l'attention sur le fait que les articles 42 et 43 présentent entre eux une certaine contradiction que M. le rapporteur général a d'ailleurs signalée (Texte synoptique, p. 10, § 3). Déjà en 1874, Müller avait remarqué que la publication se compose d'actes distincts, qui peuvent être simultanés ou successifs. L'ordre logique des matières est le suivant: 1° Quelle est le date d'un nom? 2° En quoi consiste la publication d'un nom? 3° A quels caractère reconnait-on la validité d'un nom publié? — A ce point de vue l'art. 43 des Lois de 1867 n'est qu'un appendice de l'art. 42, l'art. 44 un appendice des art. 41 et 42, l'art. 45 une répétition de l'art. 35.

M. le rapporteur général ne peut qu'approuver la critique de M. le Dr. Hallier, la matière contenue dans les art. 42—47 devra être plus logiquement repartie en articles. Cette tâche ne pourrait être menée à bien par le Congrès lui-même. Il engage ce dernier à s'en remettre pour cela à la Commission de rédaction, et à porter son effort sur le fond même des articles.

M. Hua, au nom de nombreux membres de la société botanique de France, repousse l'art. 42 et demande de le remplacer par la rédaction E 42 (p. 74 du Texte synoptique), en ajoutant après le mot autographies, le mot indélébiles. La distribution d'un exsiccata ne peut constituer une publication suffisante. L'auteur d'un exsiccata en 100 exemplaires peut parfaitement ne pas avoir vérifié soigneusement tous les échantillons qui le composent. Il peut se produire des interversions d'étiquettes et nombre d'autres erreurs encore.

M. le prof. Robinson appuie la rédaction de la Société botanique de France. C'est chez les Cryptogames que cette question présente les plus grosses difficultés, mais il ne peut, d'une façon générale, admettre la publication par exsiccata.

M. le rapporteur général déclare que la publication par exsiccata, dans le passé comme dans l'avenir, soulève en effet des sérieuses objections. Si donc le Congrès décide d'ériger en règle la nullité des publications faites par voie d'exsiccata, il ne s'y opposera pas. Il tient cependant à attirer l'attention sur le fait qu'il existe un bon nombre d'espèces qui ont été publiées sous cette forme et que la décision prise entrainera certains changements de nomenclature spécifique.

M. le Dr. Maire appuie les remarques de M. Hua tout en présentent quelques observations d'ordre rédactionnel.

La proposition Britton (exclusion des planches non accompagnées de diagnoses) est ensuite mise aux voix.

Elle est adoptée à mains levées (8 opposants).

Le scrutin secret étant réclamé, 104 voix se prononcent pour la proposition et 54 contre.

La discussion est ensuite ouverte sur l'amendement de la Société botanique de France, avec adjonction du mot indélébile .

M. le Dr. Goethart voudrait admettre les exsiccata lorsqu'ils sont accompagnés de diagnoses, tandis que M. le Dr. Fedde les repousse.

M. le rapporteur général fait observer que, même si l'on n'admet pas la publication par exsiccata, une diagnose imprimée sur une étiquette distribuée ou mise en vente constitue par elle-même une publication indiscutable. Par conséquent, il ne peut s'agir ici que d'exsiccata non accompagnés de diagnoses imprimées ou autographiées d'une façon indélébile.

M. le Dr. de Bayek s'exprime dans le même sens.

Une longue discussion s'engage ensuite, au cours de laquelle M. Th. Durand fait remarquer combien il serait fâcheux, par exemple, d'ôter toute valeur aux 400 et quelques planches publiées par Baillon, puis par Drake del Castillo, dans la grande flore de Madagascar de ces auteurs.

M. le prof. Zacharias demande si la signification de la proposition Britton qui vient d'être votée est bien que des planches avec analyses détaillées soient exclues?

M. le prof. Engler se prononce contre l'admission de planches même accompagnées d'analyses; il faut exiger des diagnoses. L'habitude s'est établie chez divers auteurs de faire dessiner leurs planches par des artistes, sans s'être donné la peine de vérifier par eux-mêmes les détails figurés, ou de choisir les matériaux figurés. Si on exige une diagnose, il y a une certaine garantie donnée que l'auteur a étudié plus que le fragment ou l'échantillon représenté par la planche. Qu'est-ce d'ailleurs qu'une analyse suffisante? Où commence-t-elle et où finit-elle?

Une motion signée de 11 membres propose d'ajouter à l'art. 42: Les planches accompagnées d'analyses équivalent à une diagnose pour la publication .

M. le président fait voter au scrutin secret sur l'art. E 42 (excluant les exsiccata non accompagnés de diagnoses imprimées ou autographiées d'une façon indélébile) et complété par l'adjonction contenue dans la motion ci-dessus.

Cette rédaction est acceptée par 91 oui contre 68 non.

M. le Dr. Maire propose d'ajouter encore cette phrase: Il ne sera pas admis à l'avenir que des planches soient publiées sans une diagnose complète correspondante.

M. le rapporteur général, estimant que la motion Maire tient compte des voeux de la minorité, se prononce en sa faveur et en recommande l'acceptation.

La motion Maire est adoptée à l'unanimité moins 1 voix.

Art. 43.

L'article 43 est accepté à l'unanimité.

M. le Dr. Britton demande que le Congrès se prononce sur la motion A 43 qui tend à établir que la mention accidentelle d'un nom ou sa citation dans la synonymie, ne constitue pas une publication.

M. le Dr. Hallier considère cette adjonction comme très importante. Il arrive souvent que des noms paraissent accidentellement dans des publications biologiques ou physiologiques, où ils sont perdus, parce que dépourvus d'une diagnose en règle. Un autre abus consiste à glisser des noms nouveaux dans la synonymie, en disant par ex.: si cette espèce n'est pas A (connu), elle pourrait être B (inconnu) et dans ce dernier cas je propose de lui donner tel nom nouveau! Toutes ces formes de nomenclature qui, loin de traduire des doutes qui sont le résultat d'un travail sérieux, proviennent d'un travail superficiel, et y encouragent, doivent être extirpées.

L'adjonction demandée est acceptée à l'unanimité, moins 2 voix. Le scrutin secret n'est pas demandé.

Art. 44 et 45.

Les art. 44 et 45 sont acceptés à l'unanimité.

Art. 46.

L'art. 46 est adopté à l'unanimité moins 1 voix. Le scrutin secret n'est pas demandé.

M. le rapporteur général rappelle que, à l'occasion de l'art. 42, il a reconnu la nécessité de soumettre à une revision rédactionnelle complète les art. 41—46. Cette revision est maintenant devenue urgente après les retranchements et adjonctions qui ont été faits par le Congrès aux propositions de la Commission. Il demande donc que la Commission de rédaction soit autorisée à refondre cette section des Règles.

Cette demande ne rencontre pas d'opposition.

La séance est levée à 7 h. 15.

4me Séance. Jeudi 15 Juin 1905 à 3 heures.

La séance est ouverte à 3 h. 30 sous la présidence de M. le prof. Flahault.

Communications; motion d'ordre complétant le règlement de séance.

M. le président rappelle à l'assemblée que les Commissions spéciales dont elle a décidé la création (Cryptogames cellulaires, Fossiles et Rédaction) doivent être composées demain ou Samedi. Il engage les membres du Congrès à se préoccuper dès maintenant des choix à proposer.

Le Bureau a reçu une motion rédigée dans les 3 langues et signée de 13 membres (MM. Barnhart, Beauverd, Borbas, Britton, Coville, de Degen, Domin, Goethart, Hallier, Hochreutiner, Shear, Valeton et Ward). Cette motion est ainsi conçue:

Les signataires de présente proposition ne prennent parti ni pour ni contre aucune du règles de la nomenclature, telles que la Commission les a proposées.

Ils demandent seulement que les débats soient dirigés de façon à tenter tout pour provoquer une entente unanime.

Déjà une divergence s'est produite au sujet de la liste des genres à conserver. En vue d'empêcher si possible le retour de pareils faits, nous pensons qu'avant de voter définitivement sur des articles qui ont des conséquences importantes pour la science, on devrait donner aux représentants les plus autorisés des opinions contraires l'occasion de s'entendre oralement. Cela n'a pas été le cas jusqu'ici, puisque la Commission internationale de la nomenclature ne s'est jamais réunie.

A cet effet, nous proposons que en cas de dissentiment une Commission soit nommée qui étudie la question et rapporte à la séance suivante.

Le projet des règles étant appuyé par la majorité de la Commission, il est à peu près sûr de réunir la majorité du Congrès sur tous les points importants. Il semble donc presque inutile de le soumettre à l'appréciation du Congrès si l'on ne veut pas tenter de s'entendre par des concessions réciproques.

Les décisions d'une majorité sont insuffisantes pour contraindre une minorité représentant parfois de grands pays et des publications importantes.

L'objection que le temps fait défaut pour les délibérations n'a pas sa raison d'être par ce que: 1° les points de divergence grave sont au nombre de 4 ou 5 au plus; et 2° la votation sur le reste des articles serait beaucoup accélérée lorsqu'on aurait enlevé provisoirement du Texte synoptique ces pierres d'achoppement.

M. le rapporteur général estime, quoi qu'en disant les auteurs de la motion, que le temps ne nous permettrait pas de suivre cette procédure. Il propose plutôt, lorsque la demande en sera faite, de suspendre la séance pendant un quart d'heure, ou plus si cela est nécessaire, et de réunir dans une salle voisine les représentants les plus autorisés des diverses écoles. Ceux-ci, en cas de désaccord grave, pourraient tenter de liquider les divergences ou moyen d'un accord amiable. Dès maintenant, il signale les articles 57, 58, 58 bis et 58ter comme étant de nature à motiver la procédure spéciale qu'il vient d'esquisser. Le rapporteur exprime l'espoir que les auteurs de la motion se rallieront à ce mode de faire.

La proposition de M. le rapporteur rencontre l'approbation quasi-unanime (1 voix contre).

Art. 46ter.

M. Coville propose au Congrès de remplacer le texte de la Commission par celui du Code américain (art. F 46ter du Texte synoptique, p. 79), tout en retranchant les mots „ou en paléobotanique“.

M. le rapporteur général s'oppose, au nom de la majorité de la Commission, à l'adoption de l'art. F 46ter. Ce dernier permet de considérer un genre comme caractérisé par la seule mention d'une espèce admise comme lui appartenant. C'est là, selon le rapporteur, un principe faux et contraire à une saine philosophie. Si tous les genres étaient monotypes, rien n'empêcherait d'accepter la rédaction américaine. Mais ce n'est pas le cas. La notion du genre est basée sur l'extraction d'une série de caractères communs à une groupe d'espèces. Le nom du genre ne peut être rapporté qu'à la diagnose qui exprime ces caractères communs à toutes les espèces. Un nom de genre pléomorphe fondé sur une espèce isolée ne correspond à rien.

M. Coville répond que l'on est convaincu, en Amérique plus que partout ailleurs, qu'aucune description ne rend mieux la notion du genre que la citation d'une espèce, p. ex. pour le genre Vaccinium, le Vaccinium Oxycoccos.

M. le rapporteur général pense que l'exemple cité par M. Coville n'est pas favorable à la thèse qu'il défend. La mention du Vaccinium Oxycoccos comme type du genre Vaccinium n'apprend rien sur la constitution systématique du genre Vaccinium, et la preuve c'est qu'on a fait de cette espèce le „type“ d'un genre distinct sous le nom d'Oxycoccos palustris. Dans les Ombellifères, la mention d'espèces linnéennes isolées prises comme types dans les genres Athamanta, Sium, Sison, Scandix et tant d'autres n'apprennent rien sur la constitution des genres qui portent ces noms. Il suffit d'avoir travaillé même superficiellement la synonymie d'une douzaine de genres pris au hasard dans cette famille pour se rendre compte qu'ils ont été compris différemment par presque tous les auteurs qui s'en sont occupés. Seule la diagnose permet de savoir ce que ces auteurs entendaient. Cette conclusion sera certainement confirmée par tous les monographes expérimentés. D'où la nécessité d'exiger une description ou des notes différentielles pour que des groupes pléomorphes soient considérés comme valablement caractérisés.

Au scrutin, la rédaction de la Commission est adoptée par 123 oui contre 37 non et 1 bulletin blanc.

Incident provoqué par une protestation de M. le Dr. Otto Kuntze.

M. le président annonce, aux applaudissements de l'assemblée, la présence à la conférence de M. le Dr. O. Kuntze et lui donne la parole.

M. le Dr. Kuntze se plaint de ce que sa brochure Protest etc. n'ait pas été lue in-extenso[1] dans la séance du 12 juin et de ce que l'assemblée n'ait pas pris cette publication en sérieuse considération. Il proteste contre la lecture de ses 4 propositions dans la séance du 12 Juin, alors que ces propositions étaient destinées au Congrès en séance plénière. Ce fait constitue, selon lui, une irrégularité qui discrédite à tout jamais le Congrès de Vienne 1905.

En remettant sa protestation entre les mains du président, avec une traduction écrite en allemand et en anglais, M. le Dr. Kuntze déclare renoncer à collaborer à l'oeuvre d'une assemblée incompétente, tout en exprimant l'espoir que les décisions prises auront des résultats heureux.

M. le président engage M. le Dr. Kuntze à prendre part aux travaux du Congrès de nomenclature, dont les participants sont animés d'un esprit de modération et de conciliation.

M. le Dr. O. Kuntze quitte la salle.

Art. 47.

M. le président ouvre à nouveau les débats. L'art. 47 est adopté à l'unanimité.

Art. 48.

L'art. 48 est adopté à l'unanimité moins 2 voix. Le scrutin secret n'est pas demandé.

Art 49.

L'art. 49 est adopté à l'unanimité.

Art 50.

M. Coville demande que cet article ne soit donné que comme une recommandation, et que l'on admette aussi le point-et-virgule (;) dans les exemples renfermant les mots ex et in.

M. le rapporteur général estime que l'article est assez important pour devoir constituer une règle. Quant aux exemples, il pense qu'il vaut mieux en laisser le choix au jugement de la Commission de rédaction.

L'art. 50 est adopté à l'unanimité.

Art. 51

M. le Dr. Harms demande le remplacement du texte de la Commission par celui de la motion M 51 du Texte synoptique (p. 87) qui exige que la citation de l'auteur primitif soit toujours ajoutée en parenthèse, comme le demande du reste la motion C 51.

M. le rapporteur général estime que la rédaction de la Commission étant d'une forme moins impérative répond le mieux à tous les désidérata.

M. le prof. Borodin voudrait remplacer les mots „ne peut" par „ne doit".

M. Hua est très opposé à l'idée d'une obligation dans la citation des auteurs primitifs en parenthèse. Il appuie la proposition de la Commission de nomenclature.

[1] 33 pages in -8° de texte serré.

M. le Dr. Hallier estime que l'on ne peut pas se prononcer sur l'article 51 avant que l'art. 57 n'ait été liquidé.

M. le rapporteur général répond que l'on peut très bien voter dès maintenant sur l'art. 51, sous réserve de revision par la Commission de rédaction dans le cas où la règle de Kew serait admise par le Congrès.

M. le Dr. Fedde demande que la proposition la plus divergente soit mise aux voix la première.

M. le rapporteur général propose de voter oui pour la rédaction de la Commission et non pour celle de M. de Hayek (M 51).

Le scrutin donne 134 oui contre 57 non. L'article 51 est adopté sous la forme que propose la Commission.

M. le Dr. Britton demande l'avis du Congrès sur la motion K 51 du Texte synoptique (p. 86) et particulièrement sur l'alinéa 2°.

M. le rapporteur général répond que cette question a été tranchée par l'adoption de la date 1753 comme point de départ de la nomenclature. Le cas visé est celui, par exemple, du genre Linnaea dédié à Linné par Gronovius dans une publication antérieure à 1753 (en 1737). Le rapporteur estime que l'on doit citer Linné comme auteur de ce genre. Si l'on veut faire de l'histoire, on pourra toujours expliquer que le genre Linnaea a été dédié à Linné par Gronovius, de même que Tournefort est l'auteur primitif d'un grand nombre de genres adoptés par Linné.

Art. 52.

M. le rapporteur général attire l'attention sur une erreur d'impression. Il faut remplacer à cet article le mot Règle par Recommandation.

M. le Dr. Barnhart appuie sur les avantages de la rédaction américaine, art. B 52 du Texte synoptique (p. 89). Celle-ci est claire et brève, c'est pourquoi ses confrères américains la préfèrent à celle de 1867.

M. le rapporteur général répond que la brièveté ne suffit pas toujours pour assurer la clarté. Cette dernière notion n'est pas comprise de la même manière dans tous les pays. Ce qui paraît très suffisamment clair pour un allemand, ne le sera parfois que très insuffisamment pour un français! (Hilarité). Alph. de Candolle a motivé très longuement cet article dans ses Lois de la Nomenclature botanique ed. 2 (p. 58—60) et dans sa Phytographie (p. 272-278). Il faut avoir lu ce dernier commentaire pour comprendre la portée de l'art 52.

M. le Dr. Barnhart maintient son point de vue; il est d'avis que le texte de la Commission n'est pas plus clair que celui du Code américain.

Au scrutin, le texte proposé par la Commission est admis par 154 oui contre 39 non (exprimés en faveur du texte américain, art. B 52 du Texte synoptique).

M. le Dr. Hochreutiner propose, à l'occasion de l'art. 52 bis, d'ajouter à l'art. 50 un complément ainsi conçu: Il en est de même pour les noms horticoles, suivis de la mention Hort.».

M. le président demande à l'assemblée si elle veut entrer en matière sur cette motion.

La majorité se déclarant d'accord, M. le président dit que le plus simple est de charger la Commission de rédaction de tenir compte de l'addition proposée par M. Hochreutiner.

M. le Dr. Hallier propose d'interdire complètement la publication de noms dans les herbiers.

M. le rapporteur général estime qu'il s'agit là d'une motion nouvelle sous cette forme absolue. L'idée que préconise M. Hallier existe déjà sous la forme de recommandation à l'art. 36. Quant à la proposition Hochreutiner, M. le rapporteur général ne voit pas d'inconvénient à l'approuver.

Le Congrès accepte à l'unanimité l'amendement Hochreutiner avec renvoi à la Commission de rédaction.

Art 53.

M. le rapporteur général demande que les mots figurant entre guillemets ne soient maintenus que pour autant que l'art. 60 4° ter aura été admis.

Approuvé à l'unanimité.

Art. 54.

M. Underwood estime que la rédaction adoptée par la Commission n'indique pas avec assez de précision la marche à suivre lorsqu'il s'agit de diviser un genre en plusieurs autres. Il propose le remplacement de cette rédaction par celle de l'art. C 54 du Texte synoptique (p. 92).

M. le Dr. Bonnet est, avec la plupart de ses collègues français, partisan du texte américain.

M. Hua s'exprime dans le même sens, mais demande qu'il soit bien entendu que cet article n'aura aucun effet rétroactif.

M. le Dr. Harms appui au contraire le texte de la Commission qu'il trouve bien supérieur au texte américain. Il estime que l'application de la règle américaine amènerait une énorme quantité de changements de noms de genres connus et universellement acceptés. Au lieu de partir toujours de l'espèce type, dont la détermination est d'ailleurs souvent contestable, il est préférable de suivre la tradition historique qui exprime l'évolution graduelle des idées systématiques. Il estime que le texte de la Commission tient compte de cette nécessité dans une large mesure.

M. le Dr. Bonnet cite à l'appui de son opinion le cas du genre Phelipaea qui ne contient plus actuellement une seule des espèces qui y avaient primitivement été placées.

M. le Dr. Hackel appuie énergiquement le texte de la Commission. La règle américaine produirait, si on venait à l'appliquer d'une façon systématique, un énorme bouleversement. L'exemple suivant en donnera une idée. Le genre Holcus de Linné se rapporte, d'après la description comme d'après la première espèce du genre, au genre Andropogon. Il faudrait donc donner au genre Holcus, tel qu'il est compris actuellement, un autre nom et débaptiser ses espèces. L'orateur estime qu'en adoptant la règle américaine on entrerait dans une ère de difficultés inextricables.

A ce moment, le Bureau reçoit une proposition d'amendement de la règle américaine ainsi conçue: « Le type de nomenclature d'un genre est l'espèce primitivement nommée ou désignée par l'auteur du nom générique; cette règle n'est applicable que pour l'avenir et ne doit avoir aucun effet rétroactif. » Cette proposition est appuyée par MM. Bonnet, Diels, Th. Durand, Engler, Gilg, Gillot, Harms, Hua, Mez, de Schwerin. En outre 10 membres demandent une suspension de séance de 15 minutes pour l'examiner.

A la reprise de la séance, M. le prof. Ascherson demande aux auteurs de la motion si le type du genre est dans tous les cas l'espèce qui est mentionnée la première dans l'ordre systématique?

La réponse est négative.

M. le rapporteur général estime que cette réponse négative montre que les auteurs seraient très embarrassés s'ils étaient mis en demeure d'appliquer leur règle à des cas précis, car une foule de genres embrassant plusieurs espèces ont été décrits sans que l'auteur ait désigné volontairement ou involontairement celle des espèces qui devait être envisagée comme le type. Il estime que la règle américaine, d'ailleurs très compliquée et donnant une large part aux interprétations arbitraires, ouvre toute grande la porte de l'inconnu. Nous ne sommes pas renseignés du tout sur les conséquences qu'elle peut avoir. Ce que l'on peut dire dès maintenant, c'est qu'elle entraînerait dans certaines familles, où le concept générique a beaucoup fluctué (Crucifères, Graminées, Composées, Ombellifères), à de nombreux changements de noms. Le rapporteur engage le Congrès, pour ces raisons, à voter le texte de la Commission.

L'article 54, tel qu'il est proposé par la Commission, est adopté par 106 oui contre 74 non.

Art. 55.

M. le Dr. Harms attire l'attention sur une addition de M. le rapporteur général qui figure dans la 3me Colonne correspondant à l'art. D 55 du Texte synoptique (p. 93) et qui dit: « et ce choix ne peut plus être modifié par les auteurs subséquents ». Il appuie cette addition comme nécessaire et extrêmement importante.

M. le Dr. Hallier est du même avis que le préopinant, mais il préfère la rédaction de l'art. G 55 du Texte synoptique (p. 94): « détermine lequel des deux noms doit être choisi ». Le mot « doit » résume l'obligation d'une façon plus courte.

M. le Dr. Britton demande la prise en considération de la motion E 55 du Texte synoptique (p. 93) tendant à rendre obligatoire ce que l'on a appelé « la priorité de position », lorsque deux noms ont été publiés pour deux groupes simultanément et dans le même ouvrage.

M. le Dr. Hochreutiner voudrait que le 2me alinéa de la motion D 55 soit remplacé par le 2me alinéa de l'art. I 55 du Texte synoptique.

M. le président constate que l'art. 55, tel que le propose la Commission, se compose d'une règle et de plusieurs recommandations. Il fera d'abord voter sur la règle avec l'amendement Briquet-Harms-Hallier. Le vote oui indiquera l'acceptation du texte de la Commission ainsi amendé; dans le cas d'une majorité de non, il y aura lieu à une nouvelle consultation relative à la proposition Britton.

Le vote a main levée permet de relever 11 opposants. Le scrutin secret est demandé. Celui-ci donne 136 oui et 39 non. Le texte de la Commission de nomenclature amendé est donc adopté et renvoyé à la Commission de rédaction; la proposition Britton (E 55 du Texte synoptique) est écartée.

On passe à la seconde partie de l'art. 55 contenant des recommandations.

M. le rapporteur général engage le Congrès à adopter la modification proposée par M. Hochreutiner (I 55 du Texte synoptique). C'est en effet la rédaction qui entraine le minimum de changements de noms lorsqu'un genre est divisé.

M. le Dr. Harms appuie également ce point de vue.

L'amendement Hochreutiner est adopté à l'unanimité, à main levée.

Art. 56.

M. Coville ne s'oppose pas à l'adoption de cet article, mais il recommande à la Commission de rédaction de tenir compte de la motion E 56 du Texte synoptique (p. 95), dont la disposition le plus importante consiste, en cas de division d'une espèce, à faire jouer un rôle prépondérant aux types des herbiers.

M. le rapporteur général ne peut s'associer au point de vue du préopinant. La rédaction américaine présente une forme impérative qui donne une importance exagérée aux échantillons d'herbier, surtout en ce qui concerne les anciens auteurs, et qui peut entrainer à de graves erreurs.

M. Coville et M. le Dr. Britton défendent l'art. E 56 qui présente l'avantage d'offrir une méthode simple et facile, et d'éliminer l'arbitraire.

M. le Dr. Hallier signale à la Commission de rédaction un amendement rédactionnel. Au lieu de „l'une des deux formes", on doit lire „l'une des formes".

M. le prof. Hackel approuve entièrement les réserves faites par M. le rapporteur général sur l'art. E 56. Pour les auteurs de la motion, chaque espèce doit posséder son type. Ce type se trouve d'une façon purement mécanique, soit par le moyen d'un échantillon d'herbier, soit par une figure, soit par une citation. Ces procédés pourraient être souvent appliqués aux auteurs d'aujourd'hui, mais ils paraissent fallacieux lorsqu'il s'agit des anciens, et en particulier de Linné. Il m'est souvent arrivé, dit M. Hackel, d'avoir la plus grande difficulté à interpréter Linné, et je me suis aperçu que mes confrères américains, en suivant leur méthode, arrivaient à des résultats tout différents des miens, résultats qui sont contraires à l'esprit du texte linnéen. Sans doute, avec leur méthode, il est facile d'arriver dans certains cas à la stabilité, de même qu'avec le principe tout aussi mécanique de la priorité de position. Mais ce résultat n'est souvent obtenu qu'en faussant la pensée de l'auteur; la lettre prévaut et l'esprit n'est pas pris en considération. En voici un exemple. L'Agrostis alba L. est représenté dans l'herbier de Linné par un échantillon de l'Agrostis verticillata, quoique la description linnéenne ne se rapporte pas du tout à l'A. verticillata. Or, dans une récente monographie du genre Agrostis, on voit figurer sous le nom d'A. stolonifera l'espèce qu'en Europe nous appelons A. verticillata, et cela parce que le type linnéen a été pris en seule considération. L'auteur s'est contenté de cette solution mécanique qui est bien plus facile sans doute qu'une étude minutieuse et comparée des éléments des textes mais qui a le défaut en fait de ne pas rendre la pensée de l'auteur avec vérité. En résumé, la méthode préconisée présente un caractère mécanique qui ne peut satisfaire les esprits désireux d'aller au fond des choses. M. Hackel se prononce contre l'amendement contenu dans l'art. E 56.

M. le prof. Wille renchérit sur les préopinant. On sait que Linné donnait peu d'importance aux herbiers. Il étudiait dans la nature, dans les jardins, et ne desséchait que peu de plantes, surtout lorsqu'il s'agissait d'espèces répandues. C'est pour cela que dans divers cas les plantes suédoises les plus communes manquent dans l'herbier de Linné, tandis qu'on y trouve des formes douteuses. En ce qui concerne Linné, une extrême prudence est nécessaire lorsque les échantillons de son herbier répondent imparfaitement à ses descriptions.

Le texte proposé par la Commission est accepté à main levée par la majorité (8 opposants).

Le scrutin secret confirme cette décision par 163 oui et 23 non.

Art. 56 bis.

M. le Dr. Hallier pense que le premier alinéa de cet article se rapporte à l'art. 29, et le second à l'art. 38.

M. le rapporteur général dit que c'est là une question de rédaction qui est en rapport étroit avec les solutions qui seront adoptées relativement aux art. 57 et suivants. Il pense que l'on doit s'en remettre à la Commission de rédaction.

L'article 56 bis est adopté à l'unanimité moins 1 voix. Le scrutin n'est pas demandé.

Art. 57.

M. le rapporteur général demande la parole pour un court exposé relatif aux matières contenues dans les art. 57 et suivants:

Les articles 57 et 58 des Lois de 1867 ont été depuis fort longtemps un des plus graves sujets de discorde entre les botanistes descripteurs. Pour les uns, le nom primitif ou l'épithète originale d'un groupe doivent être conservés ou rétablis toutes les fois que ce groupe est déplacé avec ou sans changement de rang, à moins qu'il n'y ait ainsi création de doubles emplois: c'est la règle d'Alph. de Candolle. Pour les autres, c'est le premier nom ou la première combinaison de noms donnés aux groupes dans leur nouvelle position qui doivent être considérés comme valables, que la règle d'Alph. de Candolle ait été observée ou non: on a donné à ce principe le nom de règle de Kew, Kew rule.

Chacune de ces méthodes a ses adhérents et ses adversaires. Chacune d'elles présente aussi à la fois des inconvénients et des avantages. Le désaccord qui subsiste est fâcheux à une foule de points de vue. Ce serait un résultat heureux du Congrès de Vienne, si nous arrivions à le faire cesser. Le rapporteur est désireux de faire tous ses efforts pour réaliser une entente. Dans ce but, il demande que les débats soient suspendus pendant une demi-heure pour lui permettre de développer devant les représentants les plus autorisés des diverses écoles une proposition de conciliation.

M. le président propose au Congrès de suspendre la séance pendant une demi-heure.

Cette proposition est adoptée.

A la reprise de la séance, M. le rapporteur général résume comme suit, et dans les trois langues, les tractations qui viennent d'avoir lieu:

Dans la courte conférence que nous venons d'avoir, nous avons constaté que les deux opinions contraires sont très énergiquement défendues par leurs protagonistes. Le compromis qui vient d'être proposé est le suivant: application de la règle de Kew à tous les cas dans lesquels un groupe change de rang hiérarchique; application de la règle d'Alph. de Candolle à tous les cas dans lesquels il y a déplacement de groupe sans changement de rang hiérarchique. Ce compromis paraît de nature à donner une satisfaction relative à chacune des deux tendances. Sans doute, chacune d'elles fait aussi une concession, mais il ne peut y avoir de compromis sans cela! Il est difficile de dire — faute de données statistiques précises, et qui seraient d'ailleurs extrêmement longues à établir — de quel côté la concession est la plus forte. Les représentants ici-présents de la botanique française ont les premiers spontanément déclaré qu'ils étaient prêts, pour obtenir une entente générale, à faire le sacrifice de leurs idées particulières et à accepter le compromis. M. le prof. Robinson vient de nous annoncer que les botanistes de Harvard seraient disposés à en faire autant, bien qu'il leur en coûte. La plupart des botanistes suisses et belges consentent de leur coté à revenir du point de vue intransigeant qu'ils ont adopté en faveur de la règle d'Alph. de Candolle. Aux autres maintenant de voir s'ils veulent suivre cet exemple. Nous serions heureux d'entendre à ce sujet l'opinion des confrères anglais et américains, ainsi que de MM. Hallier et v. Beck, qui ont défendu brillamment le point de vue de la règle de Kew en Allemagne et en Autriche. Le rapporteur insiste en terminant sur l'importance de la décision qui va être prise et qui peut avoir les plus heureux résultats si chacun fait passer l'intérêt d'une entente générale avant ses préférences particulières. Cela peut se faire dans un domaine où la vérité n'est pas en jeu, mais où il s'agit d'opportunité dans l'emploi de méthodes.

M. le Dr. Hallier estime qu'il ne s'agit pas là d'un compromis dans le vrai sens du mot parce que plusieurs auteurs appliquent déjà la règle de Kew aux subdivisions d'espèces, tout en maintenant la règle d'Alph. de Candolle pour les espèces déplacées sans changement de rang hiérarchique. C'est la méthode suivie au Musée de Berlin ces dernières années, et celle suivie par M. Ascherson dans son Synopsis. Ce qui est beaucoup plus grave, c'est qu'un compromis de ce genre implique une inconséquence: on ne voit pas pourquoi on appliquerait une certaine règle lorsqu'un groupe est déplacé avec changement de rang hiérarchique et une autre règle lorsqu'il n'y a pas de changement de rang hiérarchique. Il y a là une question de principe.

M. Hallier déclare ne pas pouvoir accepter le compromis, et cela d'autant plus que tous les partisans de la règle de Kew n'ont pas pu en avoir connaissance.

M. le prof. Engler fait remarquer que tout compromis implique une inconséquence de la part de ceux qui y participent. Si le reproche d'inconséquence devait nous arrêter, il n'y aurait pas de compromis possible, et cela dans aucun domaine. Or ici, ce ne sont pas des principes absolus qui sont en jeu; il y a simplement une question d'opportunité. Nous cherchons à élaborer une convention qui puisse réunir le plus de suffrages possible; cette convention devient irréalisable si chacun se refuse à faire des concessions.

A ce moment, M. le rapporteur général annonce que deux représentants éminents de la botanique anglaise et autrichienne, M. A. B. Rendle du British Museum, et M. le prof. v. Beck, tous deux jusqu'ici partisans exclusifs de la règle de Kew, se déclarent disposés à accepter le compromis (Marques d'approbation). Il demande donc à M. le président de mettre actuellement aux voix le principe du compromis, et de lui permettre de soumettre, d'ici à la prochaine séance, un texte précis au vote du congrès.

M. le prof. Robinson demande quel serait le traitement des variétés dans le cas où le compromis serait accepté?

M. le rapporteur général répond que, en ce qui concerne la nomenclature spécifique, la règle de Kew deviendrait applicable aux variétés, comme aux autres subdivisions d'espèces, en cas de changement de rang hiérarchique. Un nom de variété ne devra plus, après le compromis, ni être obligatoirement conservé ni obligatoirement rétabli lorsque la variété est élevée au rang d'espèce, et vice-versa.

M. le Dr. Britton trouve que l'on va trop vite et demande le renvoi du vote jusqu'à ce que le texte définitif soit connu.

M. le prof. Engler propose que la votation soit fixée au lendemain à 4 heures, étant entendu que la séance sera ouverte à 3 heures.

L'assemblée décide, conformément à cette proposition, de renvoyer la votation sur les articles 57, 58, 58 bis et 58 ter, au lendemain à 4 heures.

Art. 59.

M. le Dr. Harms propose d'ajouter à l'article 59 l'addition proposée par les botanistes de Harvard et du British Museum et qui figure à l'art. B 59 du Texte synoptique (p. 103). Cette addition tend à éliminer tous les noms nouveaux créés en vertu du principe connu sous le nom de once a homonym, always a synonym, à savoir qu'un nom utilisé une première fois, puis tombé dans la synonymie, ne peut plus jamais être utilisé dans un sens différent. M. Harms estime ce dernier principe nuisible, parcequ'il a amené la création d'un grand nombre de noms inutiles.

M. Coville est d'avis contraire; les botanistes américains ont pour habitude de rejeter tous les homonymes.

M. le prof. Robinson dit que cette manière de faire n'est pas générale aux Etats-Unis. A Harvard, c'est le point de vue contraire qui prévaut. Il défend la proposition B 59 en se servant d'arguments analogues à ceux de M. Harms.

M. le rapporteur général déclare que l'opinion défendue par MM. Harms et Robinson est celle de la majorité de la Commission.

Au scrutin, la motion B 59 l'emporte par 123 oui contre 22 non.

Art. 60.

M. le prof. Mez propose de supprimer l'alinéa 3, lequel élimine les noms d'espèce impliquant une erreur. Les deux exemples cités, Asclepias syriaca L. et Athamanta cretensis L., sont clairs. Mais les choses se présentent souvent différemment. Ainsi, il peut se trouver qu'une espèce appelée angustifolia, transportée dans un autre genre, y ait des feuilles plus larges que toutes ses congénères. Le nom devient un non-sens. Malgré cela l'orateur estime qu'on doit le conserver. Un nom est un nom. Ce qui parait tolérable pour l'un, ne l'est pas pour l'autre. Il faut retrancher de la règle tout ce qui pourrait y introduire de l'arbitraire individuel.

M. le président appuie cette proposition en remarquant que personne ne trouve à redire à ce que les noms d'hommes ne correspondent pas toujours à ceux qui les portent.

M. le Dr. Maire estime que l'art. 15 tranche déjà la question dans le même sens.

M. le rapporteur général déclare renoncer à défendre l'alinéa 3° de l'art 60, vu que la votation au sujet de cet article a été assez laborieuse au sein de la Commission.

M. le prof. Drude ne peut laisser passer sans protester l'admission d'erreurs géographiques dans les noms spécifiques. La phytogéographie est trop intimément unie à la systématique pour qu'un pareil principe puisse être admis. Sans doute nous recherchons pour l'avenir la stabilité de nomenclature, mais l'orateur n'admet pas que ce résultat puisse être atteint en consacrant des erreurs formelles.

M. le prof. Mez demande à M. Drude s'il conserverait un nom tel qu'Azalea indica?

M. le prof. Drude: Certainement.

M. le prof. Mez: Eh bien! cette espèce ne provient pas de l'Inde mais de la Chine. Pourquoi conserver le nom d'Azalea indica et rejeter celui d'Asclepias syriaca?

M. le prof. Drude: Azalea indica n'est pas une grosse erreur.

M. le prof. Mez: Au point de vue phytogéographique, c'est une grosse erreur. Autre exemple, sur lequel M. le prof. Ascherson a déjà attiré l'attention. Linné a désigné sous le nom de tartaricus une série d'espèces provenant de l'Asie centrale, mais il s'en faut que toutes ces espèces soient vraiment natives de Tartarie. C'est encore là un terme géographique qui s'est montré erroné dans bien des cas. Devons-nous pour cette raison débaptiser le Lonicera tartarica? Et combien d'espèces n'a-t-on pas désigné sous le nom de brasiliensis qui ne sont pas originaires du Brésil? Que dire des cas dans lesquels les frontières politiques ont varié?

M. le prof. Drude répond qu'il faut distinguer entre les erreurs absolues, telles que celle contenue dans le nom de l'Asclepias syriaca, qui est une espèce américaine, et les erreurs relatives. Dans celles-ci on peut faire rentrer l'épithète tartaricus, admissible dans un sens large. M. Drude est d'avis qu'il faut laisser dans ce domaine une certaine liberté à l'auteur.

M. le prof. Wille recommande chaudement au Congrès la motion Mez. Selon lui, il est tout à fait indifférent qu'un nom renferme une erreur, géographique ou autre. Il y a une quantité de plantes que l'on a appelées officinalis, et qui ne sont plus officinales. Il en est qui portent des noms morphologiques, lesquels ne correspondent pas à des caractères morphologiques réels. En voici, un exemple. Areschoug a nommé Tetranema un genre dans lequel il croyait voir 4 filaments tressés ensemble. Un successeur a observé ensuite qu'il n'y en avait que deux, et a appelé le genre Diplonema. Maintenant, il se trouve que les noms Tetranema et Diplonema sont tous les deux basés sur des erreurs d'observation, et il est résulté de ces changements une grande confusion. Cela ne nous choque nullement qu'un certain sieur Müller n'ait jamais exercé la profession de meunier. Je porte, dit M. Wille, les deux noms de Wille et de Fischer, sans être un pêcheur; on m'appelle Wille et cependant je ne voudrais pas perdre non plus le nom de Fischer! (Hilarité).

M. le Dr. Harms fait remarquer que pour les auteurs qui réprouvent les erreurs absolues dans les noms spécifiques, il reste toujours un refuge dans l'alinéa 4 ter, lequel autorise à abandonner un nom lorsqu'il devient une source permanente de confusion ou d'erreur.

L'art. 60, modifié par la suppression de l'alinéa 3, est adopté à l'unanimité moins 1 voix. Le scrutin n'est pas réclamé.

Art. 61.

L'art. 61 est accepté à l'unanimité, sous réserve de revision par la Commission de rédaction.

Art. 62, 63 et 64.

Ces articles sont réservés pour la séance suivante.

Art. 65 bis.

L'art. 65 bis est adopté à l'unanimité.

La séance est ensuite levée à 7 h. 45.

5me Séance. Vendredi 16 Juin à 3 heures.

La séance est ouverte à 3 h. 25 sous la présidence de M. le prof. Flahault.

Les procès-verbaux des deux dernières séances sont lus et adoptés.

M. le rapporteur général rappelle les efforts qui ont été faits hier en vue d'une entente générale sur les articles 57 et suivants. Le texte d'un projet de rédaction nouvelle a été distribué au commencement de la séance. Ce projet paraît exprimer d'une façon exacte les concessions faites de part et d'autre. Le rapporteur engage tous les congressistes à faire le sacrifice de leur point de vue particulier et émet le voeu que le projet soit voté. La rédaction pourra d'ailleurs être retouchée au point de vue de la précision si le besoin s'en fait sentir.

M. le président s'associe aux voeux du Rapporteur. M. le rapporteur général donne lecture des deux articles.

L'art. 56 est ainsi conçu:

Lorsqu'une section ou une espèce est portée dans un autre genre, lorsqu'une variété ou autre division de l'espèce est portée au même titre dans une autre espèce, le nom de la section, le nom spécifique ou le nom de la division d'espèce doit subsister ou doit être rétabli, à moins que, dans la nouvelle position, il n'existe un des obstacles indiqués aux articles de la section 6. Règle.

L'art. 58 a la teneur suivante:

Lorsqu'un groupe change de rang hiérarchique, la conservation du nom primitif est facultative. Le rétablissement du nom primitif, là où le principe de la conservation n'a pas été observé, n'est pas admissible. Règle.

Toutefois, lorsqu'une section ou un sous-genre devient genre, qu'une subdivision d'espèce devient espèce, ou que des changements ont lieu dans le sens inverse, il est préférable de laisser subsister les noms anciens des groupes, pourvu qu'il n'en résulte pas deux genres du même nom dans le règne végétal, deux subdivisions du genre ou deux espèces du même nom dans le même genre, ou deux subdivisions du même nom dans la même espèce. De même, lorsqu'une sous-tribu devient tribu, qu'une tribu devient sous-famille, qu'une sous-famille devient famille etc. ou que des changements ont lieu dans l'ordre inverse, il est préférable de ne pas changer le nom, mais seulement la désinence (-inae, -eae, -oideae, -aceae, -ineae, -ales, etc.). Recommandation.

Art. 57.

M. le président ouvre la discussion sur l'article 57.

M. le lieut.-col. Prain estime qu'il devrait y avoir harmonie de forme entre les art. 57 et 58. L'art. 57 lui paraît rédigé sous la forme d'une règle claire. Au contraire l'art. 58 commence par l'énoncé d'une disposition facultative. M. Prain demande que la rédaction de ces deux articles soit revue à ce point de vue.

M. le rapporteur général reconnait le bien-fondé de cette observation. Comme celle-ci se rapporte plutôt à l'art. 58, il pense que l'on pourra y revenir lorsque l'art. 58 viendra en discussion.

M. le Dr. Hallier a cru comprendre hier que le compromis consistait dans l'application de la règle d'Alph. de Candolle aux espèces et l'application de la règle de Kew aux variétés. Or la disposition qui nous est soumise est contraire à la règle de Kew tant pour les noms d'espèces que pour les noms de variété. M. Hallier renouvelle sa protestation de la veille contre toute disposition qui s'écarterait de la règle de Kew.

M. le président rappelle à M. le Dr. Hallier que sa protestation à déjà inscrite au procès-verbal. Nous sommes au clair sur son opinion: celle-ci figurera en bonne place dans les Actes du Congrès et tous les documents seront remis à la Commission de rédaction. Le président engage M. Hallier à s'associer à l'entente générale.

La clôture de la discussion est demandée par 11 membres.

L'art. 57, mis aux voix avec la rédaction du compromis, et sous réserve d'une revision de forme par la Commission de rédaction, est adopté par 180 voix contre 2 non (Applaudissements).

M. le président interprète ces applaudissements comme un remerciement adressé aux botanistes qui ont ouvert le voie de l'entente par leurs concessions (Marques d'approbation).

Art. 58.

M. le prof. Trelease pense, pour faire suite aux remarques de M. Prain présentées à l'occasion de l'art. 57, que la rédaction deviendrait plus précise si on remplaçait les mots »là où« par les mots »quand même«.

M. le rapporteur général avoue qu'il n'est pas facile d'improviser une rédaction absolument satisfaisante. Il propose de modifier la règle comme suit:

»Lorsqu'un groupe change de rang hiérarchique et que, dans la nouvelle position, il existe déjà une épithète plus ancienne valable pour ce groupe, c'est cette dernière épithète qui doit être conservée«.

M. le prof. Perrot préférerait le mot »dénomination« à celui d'épithète.

M. le prof. Robinson comprend bien la portée de la rédaction proposée, mais celle-ci est imparfaite. Si une variété est élevée au rang d'espèce et que, dans cette nouvelle position, elle ait déjà un nom, cela prouverait que le transfert a déjà été fait.

M. le prof. Marshall Ward dit que cette question de rédaction est beaucoup plus importante qu'elle ne le paraît à un certain nombre de nos confrères. Il faut établir une règle à la fois simple et qui ne donne lieu à aucune ambiguité. En tous cas la Commission de rédaction fera bien de préciser le sens de la règle par un commentaire, un renvoi, ou des exemples.

M. le Dr. Hallier croit que les matières traitées dans les art. 57 et 58 ne diffèrent pas suffisamment pour motiver deux articles distincts. Il vaudrait mieux, selon lui, faire un seul article avec deux paragraphes spéciaux dont l'un traiterait des espèces et des groupes supérieurs aux espèces et l'autre des subdivisions d'espèces.

M. le prof. Perrot et M. Prain déclarent se rallier à la rédaction que vient de proposer M. le rapporteur général.

M. le Dr. Hochreutiner pense que l'on pourrait donner satisfaction à M. Robinson en ajoutant après »lorsqu'un groupe change« les mots »ou a été changé«.

M. le rapporteur général insiste pour le renvoi de tout l'article à la Commission de rédaction. Des amendements improvisés dans une matière aussi délicate peuvent introduire dans le texte des éléments que l'on risquerait de regretter plus tard.

M. le président estime aussi que seule la Commission de rédaction peut, à tête reposée, fournir une rédaction inattaquable et la compléter par des exemples qui la rendent parfaitement claire. La Commission de rédaction aura entre les mains tous les documents qui ont servi à la discussion, en particulier les deux rédactions qui ont été successivement présentées. Il propose donc de voter l'article 58 tel qu'il est contenu dans les deux rédactions proposées, et de le renvoyer à la Commission de rédaction avec mission d'élaborer une rédaction unique qui réponde aux désirs exprimés par le Congrès.

Cette proposition est acceptée au scrutin secret par 184 oui contre 2 non (Applaudissements).

M. le rapporteur général, en sa qualité de plus ancien membre de la Commission de nomenclature, tient à exprimer la grande satisfaction qu'il éprouve, et que sans doute beaucoup éprouvent avec lui, de voir surgir la perspective d'une ère de concorde. Celle-ci sera réelle et fructueuse si tous s'efforcent d'appliquer loyalement le compromis qui vient d'être voté. Il félicite et remercie sincèrement l'assemblée pour le résultat qui vient d'être obtenu. (Applaudissements.)

Les art. 58 bis et ter du Texte synoptique tombent à la suite de ce vote.

Art. 62.

M. le Dr. Harms fait remarquer que la motion B 59 du Texte synoptique ayant été adoptée la veille, la rédaction de cet article doit être modifiée. On pourrait mettre par exemple à la 7me ligne « pour une des espèces valables du genre ».

M. le rapporteur général se déclare d'accord, avec renvoi à la Commission de rédaction.

L'article 62 est ainsi adopté à main levée, à l'unanimité moins 5 voix.

Le scrutin secret ayant été réclamé, l'article est accepté par 155 oui contre 22 non.

Art. 63.

M. le rapporteur général explique que l'acceptation du compromis contenu dans les nouveaux art. 57 et 58 a pour conséquence de rendre caduque la rédaction proposée par la Commission de nomenclature. Il convient donc de reprendre cet article sous la forme primitive qu'il avait dans les Lois de 1867.

L'assemblée adopte cette proposition à l'unanimité moins 1 voix. Le scrutin n'est pas réclamé.

Art. 64.

M. le rapporteur général fait observer que, pour l'art. 64, à la suite de l'adoption de l'art. A 13, il convient de reprendre l'article sous la forme primitive qu'il avait dans les Lois de 1867.

Cette proposition est adoptée à l'unanimité.

Art. 65 ter.

M. le rapporteur général estime que la décision prise la veille relativement au maintien des noms qui contiennent des erreurs, en vertu du principe qu'un nom est un nom, entraine logiquement la suppression de l'alinéa no. 2 qui interdit les tautologies (Linaria Linaria).

M. le Dr. Maire voudrait supprimer l'article en entier.

M. le rapporteur général fait remarquer que l'alinéa no. 1 a une certaine importance. La prescription qu'il contient, et qui est relative aux noms spécifiques formés d'adjectifs ordinaux, a été formulée par M. le Dr. O. Kuntze et reprise par le groupe des botanistes belges-suisses. M. Kuntze a donné des exemples caractéristiques qui rendent cette disposition indispensable.

M. le Dr. Hochreutiner propose l'adjonction des mots «ayant servi à une énumération», en rappelant les motifs qu'il a donnés à l'appui de son amendement dans sa brochure.

M. le prof. Ascherson signale le fait que le procédé que l'art. 60, 1° cherche à éliminer a aussi été employé récemment dans la nomenclature des plantes supérieures, ainsi par E. H. L. Krause dans les Rubus. L'orateur déclare préférer encore les noms tautologiques aux noms créés par Gilibert ou d'autres anciens auteurs du même acabit.

M. le Dr. de Hayek demande un vote distinct pour les alinéas 1° et 2°.

M. le prof. Errera voudrait remplacer le mot Règle par le mot Recommandation.

M. le rapporteur général serait d'accord s'il ne s'agissait que d'appliquer l'article à des noms de groupes nouveaux. Mais dans la plupart des cas, les noms tautologiques n'ont pas été créés intentionellement à l'occasion de la description d'espèces nouvelles. Ils résultent de l'application de l'art. 57. On ne peut donc pas établir une simple recommandation contredisant l'art. 57: il faut une règle qui consacre une exception générale[1]).

Le 1er alinéa de l'art. 65 ter est accepté par 159 oui contre 19 non.

Relativement au 2me alinéa, M. le Dr. Diels se prononce nettement contre l'emploi des noms tautologiques, estimant que ces noms ne sont pas dans le même cas que ceux qui consacrent des erreurs. La subordination de l'espèce dans le genre ne ressort plus nettement si ces deux degrés hiérarchiques sont désignés par le même nom.

M. le rapporteur général déclare qu'il s'est personnellement à plusieurs reprises opposé à l'emploi des noms spécifiques tautologiques. Il ne peut donc être taxé de partialité s'il donne maintenant un argument en leur faveur. Nos règles autorisent l'emploi du même nom pour un genre et pour une subdivision de genre,

1) Le rapporteur a reçu de M. Ch. E. Ridley (Hartford, Connecticut, U. S. A.) une lettre dans laquelle celui-ci recommande instamment au Congrès de 1905 de supprimer les noms tautologiques. Cette lettre est arrivée en mains du rapporteur trop tard pour être présentée au Bureau. L'opinion défendue par M. Ridley est d'ailleurs celle qui a prévalu. (Note du rapporteur.)

9*

par exemple Myosotis sect. Myosotis. Si on admet cette forme de nomenclature, il est difficile d'être plus sévère pour celle qui est maintenant en discussion.

M. le Dr. Hallier dit que l'admission des tautologies irait à l'encontre de l'art. 3, alinéa 1, qui interdit l'emploi des équivoques.

M. le rapporteur général répond à M. Hallier qu'il confond équivoque (zweideutig) avec univoque (eindeutig). L'art. 3 n'a pas de rapport étroit avec l'art. 65 ter.

M. le prof. Engler approuve l'art. 65 ter, 2°. L'expérience de l'enseignement a montré à l'orateur qu'un étudiant ne réprime qu'avec peine un sourire lorsqu'il entend prononcer un nom tel que Linaria Linaria. Avec le temps, un botaniste s'y habitue, mais vis-à-vis des élèves ces noms font une impression désagréable. Il faut tenir compte du public, auquel on ne peut pas présenter la botanique comme une science dont le bon goût est banni.

M. le prof. Drude partage entièrement l'opinion de M. Diels et de M. Engler. Quant à l'objection présentée par M. le rapporteur général, il ne la croit fondée qu'en apparence. On est obligé de désigner une espèce par un binôme, tandis qu'une subdivision de genre n'est pas, dans le langage courant, obligatoirement associée au nom générique.

M. le prof. Wittmack dit que les étudiants ne sont pas seuls à rire de noms tels que Linaria Linaria, mais que le public dans son ensemble fait chorus! (Applaudissements). Pour le reste, il approuve la distinction faite par M. Drude.

M. le prof. Robinson tient encore à recommander l'adoption de l'art. 65 ter 2° et à appuyer ce qu'ont dit les orateurs précédents.

M. le prof. Borodin se refuse également à assimiler les noms tautologiques à ceux qui contiennent des erreurs.

La clôture est demandée.

L'alinéa 2° de l'article 65 ter est accepté par 116 oui contre 72 non.

Art. 66.

M. le lieut.-col. Prain défend la motion des botanistes du British Museum, contenue à l'art. I 66 du Texte synoptique (p. 118), et tendant à empêcher toute espèce de changements dans les noms, autres que ceux dûs à des erreurs grammaticales ou typographiques.

M. le Dr. de Hayek relève dans le Texte synoptique une erreur relativement à sa motion J 66. Il n'accepte la paternité que de l'alinéa 1°. Il n'a pas accepté les alinéas 2°—5° empruntés à la motion G 66[1].

[1] Cette erreur provient de ce que M. le Dr. de Hayek a dit dans l'introduction de son travail . . . . je remarque que pour tous les points dont je ne fais pas une mention spéciale, j'approuve sans restriction la rédaction proposée par les auteurs des propositions belges et suisses. Or, à l'article 66, M. de Hayek n'a pas fait une mention spéciale d'alinéas à supprimer, comme dans d'autres cas analogues (par. ex. aux art. 57 et 60). Il est résulté de là une erreur du rapporteur commise en toute bonne foi, et au sujet de laquelle ce dernier tient à exprimer ses regrets. (Note du rapporteur.)

M. le Dr. Maire est du même avis que M. Prain; le mot grammaticale devrait être supprimé.

M. le Dr. Gillot exprime la même opinion, mais en remplaçant le mot grammaticale par orthographique.

M. le Dr. Barnhart appuie aussi la proposition I 66 parce qu'elle est très courte et précise. Elle a l'avantage de limiter l'arbitraire dans les correction de noms.

M. le rapporteur général déclare que l'art. 66 renferme, à son avis, les questions de beaucoup les plus difficiles de toutes celles qui sont soumises au Congrès. Ce sont des questions que l'on peut presque qualifier d'inextricables. La Commission de nomenclature n'a pu arriver à s'entendre à leur sujet, de telle sorte que le rapporteur a dû renoncer à faire une proposition. Dans quelles limites les corrections orthographiques sont-elles licites? Jusqu'à quel point deux noms peuvent-ils différer l'un de l'autre sans cesser d'être homonymes? Telles sont les deux questions que cet article devrait trancher.

M. le président demande à M. le rapporteur général, s'il n'estime pas que la proposition G 66 serait celle qui rendrait le plus de services?

M. le rapporteur général déclare que, comme représentant de la Commission de nomenclature, il lui est difficile de répondre; ce qu'il pourrait dire ne serait que le reflet de ses idées personnelles, puisque la Commission ne donne pas de préavis. Tout bien considéré, il pense que, plutôt que de prendre une décision insuffisamment mûrie, il vaudrait mieux renvoyer l'art. 66 à un prochain congrès.

M. Hua estime qu'il est essentiel dans ce débat de distinguer deux choses: la correction d'un nom mal écrit et la valeur des homonymes. Le texte des botanistes du British Museum répond à la première question, mais pas à la seconde.

M. le rapporteur général appuie sur la justesse de l'observation faite par M. Hua.

M. le prof. de Wettstein croit, contrairement à l'opinion de M. le rapporteur général, qu'il n'est pas nécessaire de renvoyer l'art. 66 au prochain congrès, et que nous pouvons arriver à une solution dans cette session. Après examen consciencieux de toutes les motions, l'orateur a acquis la conviction que la motion G 66 du Texte synoptique (p. 117) — laquelle contient sous une forme condensée des propositions antérieures de M. O. Kuntze, appuyées par le groupe des botanistes belges et suisses — résout dans la plus large mesure toutes les difficultés. Il recommande par conséquent l'acceptation de la motion G 66.

M. le Dr. Harms exprime au sujet de la motion G 66 l'opinion suivante. Cet article ne servira dans beaucoup de cas qu'à encourager des changements faits pour des raisons purement grammaticales. La motion J 66 du Texte synoptique (p. 118), présentée par M. de Hayek, est celle qui répond le mieux au principe: un nom est un nom. En ce qui concerne les limites de l'homonymie, l'auteur croit que l'article G 66 provoquerait trop de changements. D'après l'alinéa 4° de cet article deux noms tels que Adenia et Adenium ne pourraient subsister ensemble. Cela parait exagéré; M. Harms maintiendrait ces deux noms, de même que Peponia et Peponium, Rubia et Rubium, qu'il suppose être de même étymologie. L'alinéa 5 ne laisse pas subsister parallèlement des noms tels que Murex et Muricia, Galax et Galaxia. M. Harms ne voit aucune raison plausible à cette interdiction.

En résumé, selon M. Harms, l'art. G 66 ne paraît pas être assez sévère en ce qui concerne la limitation des changements motivés par des raisons grammaticales; l'art. J 66 lui est supérieur à ce point de vue. D'un autre côté, l'art. G 66 n'est pas assez libéral quant aux limites adoptées pour l'homonymie: la proposition de M. le prof. Ascherson contenue à l'art. C 66 du Texte synoptique (p. 115) répond mieux aux besoins.

M. le prof. Engler croit qu'une première difficulté serait levée si on arrivait à se mettre d'accord sur l'art. C 66 du Texte synoptique.

M. le Dr. Maire est d'avis qu'il faut éviter le mélange de deux idées distinctes: les corrections orthographiques et les limites de l'homonymie. Il convient de les disjoindre dans le scrutin.

M. le lieut.-col. Prain accepterait de remplacer dans la motion I 66 le mot „grammaticale" par le mot „orthographique".

M. le Dr. Hallier appuie la motion I 66. Il lui paraît avantageux d'ajouter à cette motion la phrase des Lois de 1867 ainsi conçue: „On doit user de cette faculté avec réserve etc. . . ."

M. le Dr. Maire demande si le vote de la proposition I 66, réclamée par M. Prain, entraînerait la suppression de toutes les autres?

M. le prof. Mez est d'avis que l'on ne peut pas ajouter à la motion I 66 la phrase dont parle M. Hallier. L'orateur cite à titre d'exemple les deux variantes Elodea et Helodea. En adoptant la seconde graphie on fait une correction grammatique portant sur la première lettre, plutôt qu'une correction orthographique, et M. Prain vient justement de déclarer qu'il consent à remplacer le mot „grammaticale" par „orthographique". En adoptant les art. J 66 et C 66 on obtient un texte qui répond à tous les désidérata.

M. le Dr. Hallier maintient son point de vue.

M. le prof. Perrot estime que les motions I 66 et C 66 se contredisent dans une certaine mesure.

La clôture et demandée.

M. le président propose de voter d'abord sur la motion I 66 avec le changement du mot grammaticale en orthographique, puis sur la proposition Harms-Engler-Mez (adjonction de la motion C 66).

Cette proposition est adoptée.

La motion I 66 (amendée comme ci-dessus) est acceptée par 173 oui contre 10 non.

La motion C 66 est ensuite acceptée par 157 oui contre 26 non.

M. le président propose ensuite d'ajouter la proposition Hallier à titre de recommandation.

Cette proposition est adoptée à l'unanimité.

Art. 67 et 68.

M. le rapporteur général fait remarquer que ces deux articles ne manquent dans la colonne des propositions de la Commission de nomenclature (4me colonne du Texte synoptique p. 119) que par suite d'une erreur de composition. Ces deux articles sont proposés à titre de recommandation.

Les art. 67 et 68 sont adoptés à l'unanimité.

Art. 69—76.

Ces articles tombent provisoirement par suite du renvoi de tout ce qui concerne les Cryptogames cellulaires et les fossiles au prochain congrès.

Art. 77.

M. le prof. Borodin proteste contre l'exclusivisme blessant de cet article, lequel donne une situation privilégiée parmi les langues modernes au français, à l'allemand, à l'anglais et à l'italien. Si on veut parler d'une langue internationale, il n'en faut proposer qu'une: le latin.

M. le Dr. de Jaczewski, au nom des botanistes russes, demande le remplacement du texte proposé par la Commission de nomenclature par celui de la motion E 77 du Texte synoptique (p. 124). Les botanistes russes ne peuvent admettre l'exclusion de la langue russe, laquelle possède une riche littérature scientifique. L'admission du latin comme langue internationale unique, au point de vue descriptif, est la seule solution à laquelle ils puissent se rallier.

M. l'abbé Navas, au nom de la Société arragonaise des sciences naturelles, réclame l'admission de la langue espagnole, demande qui sera aussi faite au prochain Congrès de zoologie. Il fait valoir à l'appui de sa demande la faveur croissante dont jouissent les sciences naturelles en Espagne.

M. le prof. Wilczek estime qu'on ne peut pas empêcher les auteurs de publier des flores contenant des descriptions écrites dans la langue de leur pays. Il propose que l'adjonction d'une diagnose latine pour les nouveautés devienne seule obligatoire.

M. le Dr. Gillot appuie le préopinant.

M. le prof. Drude recommande l'acceptation de la motion E 77 présentée par les botanistes de Moscou. Nous faisons tous un sacrifice, mais ce serait bien pis encore si il était loisible à chacun de publier des diagnoses dans une langue quelconque.

M. le Dr. Fedde estime que l'admission de la seule langue latine est une question d'équité.

M. le Dr. de Hayek défend la motion F 77 qu'il a présentée. Il ne s'agit pas là de marquer une préférence pour certaines langues, mais de publier les diagnoses dans des langues universellement comprises. Celui qui sait un peu de latin peut lire facilement des diagnoses rédigées en italien. A la rigueur on pourrait admettre par analogie les descriptions rédigées dans une langue romane. Mais en tous cas, on devrait exclure les langues qui utilisent d'autres caractères que les caractères romains. L'emploi exclusif du latin, pour l'avenir, ne répond pas suffisamment aux besoins.

M. le prof. Engler recommande également la motion E 77. Il ne lui parait pas que ce soit un bien grand sacrifice, pour un auteur qui a rédigé une longue description dans sa langue maternelle, que de donner encore une diagnose latine concise, compréhensible pour tout le monde. Il croit que l'adoption de cette motion portera d'excellents fruits dans l'avenir, d'autant plus que les termes techniques, à sens bien défini dans le latin des botanistes, éviteront les erreurs résultant de l'emploi des termes correspondants souvent moins univoques des langues vulgaires.

M. le prof. Perrot, au nom du groupe des botanistes français, s'associe à la proposition des botanistes russes. Il proposerait d'ajouter ceci: Cette règle ne s'applique en aucune façon aux ouvrages actuellement en cours de publication.

M. le Dr. Hallier appuie également la motion E 77. Si on ajoute aux trois langues française, anglaise et allemande, les langues apparentées, telles que l'italien et l'espagnol, il n'y a pas de raison pour exclure le suédois, le danois et le hollandais. Et si on admet le russe, on peut aussi bien admettre le japonais. Naturellement un règle de ce genre ne peut pas avoir d'effet rétroactif, d'où la nécessité d'un amendement dans ce sens.

M. le prof. Robinson attire l'attention sur un point capital: il convient de ne pas oublier les ouvrages très importants qui sont actuellement en cours de publication par livraisons. A partir de quelle date faudrait-il appliquer la règle?

M. le rapporteur général constate que toutes les fois que cette question des langues est soulevée, le désaccord surgit parce que, inconsciemment, chacun a la tendance de mêler à une question d'intérêt international pratique des considérations d'amour-propre national. Ainsi que l'a très justement fait observer M. de Hayek, les considérations de cet ordre n'ont été pour rien dans les propositions de la Commission. Dans l'impossibilité où l'on se trouve de tenir compte de toutes les langues, ni même de toutes celles qui ont une littérature scientifique, sous peine d'aboutir à un régime babélien, il faut choisir celles qui en fait ont assumé et assument encore un caractère international. Le rapporteur trouve, à ce point de vue, la motion E 77 trop étroite, trop peu libérale. Elle lui parait tenir compte beaucoup plus des susceptibilités nationales que de l'intérêt général. Les botanistes suédois et hollandais qui font partie de la Commission n'ont pas réclamé l'insertion du hollandais et du suédois dans l'article 77, quand bien même ces deux pays possèdent une littérature scientifique de premier ordre. Ils ont ainsi fait preuve de bon sens et de modération! Il engage vivement le Congrès à éviter l'exagération et à voter les propositions de la Commission. Si cependant, pour obtenir ce résultat, les botanistes italiens devaient renoncer à l'admission de l'italien dans l'art. 77, peut-être ceux-ci consentiraient-ils à faire ce sacrifice en vue de faire aboutir la conservation de 3 langues modernes parmi les langues internationales? (Signes de dénégation de divers côtés.)

M. le prof. Engler fait observer qu'il sera toujours difficile au plus grand nombre des botanistes italiens et français de comprendre des diagnoses publiées en allemand. Par conséquent, on leur rendrait un service en les écrivant en latin. M.

Engler estime qu'un périodique consacré exclusivement à la publication des diagnoses latines de groupes nouveaux rendrait les plus grands services. Il propose d'adopter la date de 1908 comme point de départ de l'application de la nouvelle règle.

M. le prof. Magnus estime que la décision d'exclure toutes les langues modernes au bénéfice de la seule langue latine serait très injuste (unfair) et se prononce contre l'art. E. 77.

La Bureau reçoit une proposition de rédaction signée de MM. Harms et Hochreutiner, ainsi conçue: Les noms nouveaux ne seront acceptés que s'ils sont accompagnés d'une diagnose latine. Cette règle entrera en rigueur dès 1908.

La clôture est votée à l'unanimité moins une voix. Le scrutin secret est réclamé.

A la votation, le texte de MM. Harms et Hochreutiner est accepté par 105 oui contre 88 non et renvoyé à la Commission de rédaction.

M. le président donne connaissance d'une proposition d'adjonction qui vient de lui parvenir (MM. Robinson, Perrot et Th. Durand), ainsi conçue: Cette règle ne s'applique en aucune façon aux ouvrages actuellement en cours de publication.

M. le prof. Engler dit qu'il n'a pas été compris. Il ne s'agit nullement d'arrêter la publication d'ouvrages descriptifs (flores etc.) dans des langues modernes. La règle exige seulement, lorsqu'on décrit un groupe nouveau dans une langue moderne, que l'on prenne date en outre par la publication d'une diagnose latine de ce groupe.

La majorité de l'assemblée, consultée, décide le maintien de l'article tel qu'il vient d'être voté.

M. le Dr. Hallier demande quelle sera la date qui fera règle? Sera-ce celle de la diagnose latine? Dans ce cas, il faut le dire clairement.

M. le rapporteur général répond que c'est évidemment la date de la publication de la diagnose latine qui fait foi. La Commission de rédaction tiendra compte de la décision qui vient d'être prise en faisant la revision des articles de la section 3 traitant de la publication des noms.

M. le Dr. Britton fait observer qu'il est difficile d'intercaler une description latine dans une flore écrite dans une langue moderne. C'est pour cette raison que les votes négatifs ont été si nombreux.

M. le Dr. Barnhart estime que la minorité importante qui s'est manifestée indique une divergence d'opinion tellement grave qu'il vaudrait la peine de procéder comme on a fait la veille, et de nommer une Commission spéciale.

M. le président répond que cette demande aurait dû être présentée avant le scrutin. Le vote est acquis et nous ne pouvons revenir sur cette question.

Art. 80, 83, 84 et 85.

Les art. 80, 83, 84 et 85 sont adoptés à l'unanimité et renvoyés à la Commission de rédaction.

Art. 89.

M. le Dr. Fedde propose de transformer cette règle en recommandation.

M. le prof. Mez estime qu'un Congrès de nomenclature botanique n'a pas à s'occuper du système métrique et demande la radiation de cet article.

M. le rapporteur général dit qu'il est d'accord avec M. Mez sur ce point que l'art. 89 ne fait pas à proprement parler partie des règles de la nomenclature botanique. Cependant, comme il s'agit là d'une prescription d'un grand intérêt international, que les zoologistes ont aussi inscrite parmi leurs règles, il propose de faire figurer l'art. 89 en appendice des règles à titre de recommandation.

Cette proposition est adoptée à l'unanimité moins une voix.

Art. 90.

M. le Dr. Lutz rappelle, à propos de cet article, que le Congrès de 1900 avait, sur la proposition de M. Mussat, émis un voeu tendant à l'adoption du μ métrique. Il convient donc d'en tenir compte.

L'art. 90 est adopté à l'unanimité dans les mêmes conditions que le précédent.

M. le Dr. Maire voudrait reprendre l'article 91 relatif aux indications de grossissement, en le simplifiant.

M. le rapporteur général pense que les prescriptions contenues à l'art. 90 se rapportent décidément plutôt à des questions de phytographie qu'à des questions de nomenclature.

Art. 93.

M. le Dr. Britton propose de supprimer l'article 93 qui prescrit d'indiquer les température en degrés du thermomètre centigrade de Celsius. Il ne voit pas que cette question ait rapport avec la nomenclature botanique.

M. le Dr. Hallier est aussi de cet avis, mais pense qu'on pourrait conserver l'article à titre de recommandation.

M. le Dr. Lutz fait observer que l'art. 93 a de l'importance pour les Cryptogames chez lesquelles les températures de développement sont comprises dans la diagnose. Il recommande le maintien de l'article.

M. le rapporteur général est d'accord avec M. Hallier et propose le maintien de l'art. 93 dans le mêmes conditions que les art. 89 et 90.

L'article est adopté sous cette forme à l'unanimité moins 6 voix. Le scrutin n'est pas demandé.

Art. 94.

M. le rapporteur général expose sommairement l'économie des prescriptions proposées dans l'art. 94, et qui tendent à prévoir la procédure à suivre pour la modification des règles de nomenclature dans l'avenir. Il estime   et la Commission de nomenclature a dans sa majorité exprimé par son vote le même avis   qu'une législation détaillée, telle que l'a proposée M. le Dr. Kuntze, implique, pour parler en termes juridiques, une énorme quantité de cas de cassation; en outre, elle lie les mains d'une façon inadmissible à nos successeurs. Il propose de limiter cet article à la première phrase de la motion A 94 de M. Kuntze: Les Règles de la nomenclature ne peuvent être modifiées que . . . . dans ce but.

Cette proposition est adoptée à l'unanimité.

Distinction entre les règles et les recommandations; tâches de la Commission de rédaction.

M. le Dr. Hackel fait observer que le Congrès vient au cours de ses cinq séances de qualifier de règles ou de recommandations les diverses prescriptions votées, mais qu'il n'a pas encore donné une définition de ces deux termes. Toute règle a un effet rétroactif, ce qui n'est pas le cas d'une recommandation. M. Hackel propose donc de donner à la fin des règles une définition des mots règle et recommandation, ce qui comblera une grosse lacune des Lois de 1867.

M. le Dr. Lutz pense qu'on pourrait répondre au désir de M. Hackel en énumérant les règles qui ont une effet retroactif.

M. le rapporteur général répond que les discussions qui viennent d'avoir lieu, dans lesquelles on a parlé de règles et recommandations, n'ont pas été faites sans la base indispensable d'une définition préalable des deux termes en question. Cette définition se trouve à la page 17 du Texte synoptique (renseignements divers nº 11).

M. le Dr. Hackel reconnait que la définition a effectivement été donnée, mais qu'il conviendrait de la mettre en évidence en mentionnant le caractère particulier de rétroactivité que possèdent les règles. Il propose donc au congrès de voter la définition donnée à la page citée du Texte synoptique, et de la renvoyer à la Commission de rédaction pour revision dans le sens qu'il vient d'indiquer.

Cette proposition est adoptée à l'unanimité: la Commission est chargée d'introduire le nouvel article parmi les Principes.

M. le comte de Schwerin remarque que quelques règles sont accompagnées d'exemples, peu nombreux d'ailleurs, tandisque d'autres n'en ont pas du tout. L'orateur demande que la Commission de rédaction donne partout des exemples, indiquant non seulement comment on doit procéder pour obtenir une nomenclature correcte, mais encore les formes qui doivent être évitées, en se servant d'expressions telles que par ex.: . . . . et non pas: . . . . Rien ne précise mieux une règle que des exemples concrets, et ne remplace plus efficacement de longs commentaires.

Cette proposition est également adoptée à l'unanimité.

M. le président constate avec satisfaction que le Congrès a réussi à surmonter la plupart des difficultés: il reste toutefois encore beaucoup de détails à liquider dans la dernière séance qui aura encore lieu demain à 3 heures.

La séance est levée à 7 h. 40.

6me Séance. Vendredi 17 Juin à 3 heures.

La séance est ouverte à 3 h. sous la présidence de M. le prof. Flahault. Le procès-verbal de la dernière séance est lu et adopté.

Pétition demandant la remise en discussion des Art. 54, A 65 ter et F 77.

M. le président a reçu une pétition signée de 17 membres, ainsi conçue:

Les soussignés n'entendent exprimer aucune opinion ni pour, ni contre les articles mentionnés ci-après. Ils désirent seulement faire un essai pour arriver à la concorde au moyen de concessions réciproques.

Trois articles votés ont réuni une minorité de plus de 70 voix. Ce sont les articles: 54 (question de l'application des types génériques et spécifiques); A 65 ter (questions des noms spécifiques tautologiques, Linaria Linaria); F 77 (question de la diagnose latine obligatoire).

En conséquence, nous proposons que le Congrès soit appelé à voter une seconde fois sur chacun de ces trois points, après que les représentants des opinions contraires se seront réunis quelques instants pour essayer d'arriver à une compromis.

Nous invoquons en faveur de notre proposition le fait que:

Il a été décidé par l'assemblée que chaque fois qu'une divergence réunissant une forte minorité se produirait, la question serait d'abord étudiée par une Commission. Cette discussion préalable n'ayant pas eu lieu, nous croyons user d'un droit en priant l'assemblée de bien vouloir y procéder .

Cette pétition est appuyée par MM. H. Schinz, Th. Durand, P. Magnus, Gillot, Hochreutiner, de Wildeman, Burnat, Robinson, Goethart, Bonnet, Zacharias, Atkinson, Ascherson, Britton, Wilczek, R. Maire et Coville.

M. le Dr. Hochreutiner tient à justifier la demande des pétitionnaires par quelques explications complémentaires. Il estime qu'il ne vaudrait pas la peine de provoquer un nouveau vote sur les points litigieux mentionnés s'il n'y avait pas de concession possible. Il y a tout lieu de croire que tel est le cas.

M. le président se demande s'il est admissible que l'assemblée d'aujourd'hui revienne sur des votes émis par le Congrès in pleno. Un certain nombre de membres sont déjà repartis, attendu que le programme du Texte synoptique est épuisé, à la seule exception des listes de nomina conservanda dont le principe a été voté.

M. le prof. Borodin approuve entièrement les scrupules du président.

M. le Dr. Hochreutiner expose que si nous pouvions réunir l'unanimité des votes par une transaction, ce serait une compensation suffisante à l'inconvénient signalé, attendu que le nombre des voix présentes est encore très considérable.

M. le président déclare en outre que la réunion d'un petit comité a été admise comme possible, mais nullement comme obligatoire, ainsi qu'en font foi les procès-verbaux des séances du 13 et du 15 juin qui ont été approuvés. Ceci dit pour constater que l'assemblée n'a nullement été à l'encontre de principes admis.

M. le Dr. de Halacsy déclare que l'idée de revenir sur un vote acquis fait violence à son sens parlementaire. Il estime qu'une semblable procédure diminuerait l'autorité du Congrès.

M. le président propose de procéder au pointage des voix représentées.

Cette proposition est adoptée et il est fait un appel.

Il est constaté que le Congrès dispose dans ce moment de 153 suffrages.

Dans ces conditions, M. le Dr. Maire propose une suspension de séance, pour permettre aux pétitionnaires, à leurs adversaires et à M. le rapporteur général, réunis en délégation, d'expliquer exactement en quoi consistent les concessions auxquelle il a été fait allusion et jusqu'à quel point celles-ci peuvent être réalisées.

La proposition est admise et la séance suspendue de 3 h. 55 à 4 h. 20.

A la reprise de la séance, M. le rapporteur général expose le résultat des discussions officieuses qui viennent d'avoir lieu. Un groupe de pétitionnaires se rallierait aux art. 65ter 2º et 77, si on lui faisait des concessions sur la liste de nomina conservanda présentée par M. Harms. La délégation n'a pas pu se mettre d'accord sur cette proposition. M. le rapporteur général est d'avis qu'un compromis de ce genre est absolument irréalisable, parce que les minorités qui ont fait opposition aux art. 65ter, 77 et 17ter (principe de la liste Harms) ne sont pas composées des mêmes membres du Congrès! Tel membre qui a voté contre l'art. 65ter a au contraire appuyé l'art. 77! En outre, plusieurs des pétitionnaires sont eux-mêmes des partisans de la liste de nomina conservanda de M. Harms! En plus de ces arguments, qui sont péremptoires, M. le rapporteur général est tout à fait opposé à la remise en discussion des art. 54, A 65ter et F 77 pour des raisons d'ordre général. Il n'existe pas dans ces articles les éléments d'un compromis semblable à celui qui a été conclu lorsque la règle de Kew était en discussion. Les propositions ont été portées depuis longtemps à la connaissance de tout le monde; chacun a pu se faire une opinion motivée; la discussion a éclairci les points qui avaient pu rester douteux. Il arrive forcément un moment où il faut conclure et prendre une décision. Cette décision a été prise. Y revenir, à deux jours ou à un jour de distance, alors qu'aucun fait nouveau n'y autorise, serait extrêmement fâcheux et de nature à porter atteinte à l'autorité morale du Congrès.

M. le président met aux voix la question de savoir si en principe le Congrès veut revenir sur des votes acquis.

Le scrutin se prononce contre la remise en discussion d'articles votés par 125 non contre 56 oui (Applaudissements).

Listes de Nomina conservanda.

M. le rapporteur général rend compte du travail effectué au sein de la Commission nommée le 14 Juin pour examiner les listes de nomina conservanda.

Deux listes sont en présence: 1º la liste présentée en 1892 au Congrès de Gênes par M. le prof. Ascherson, et dont l'examen fut confié à une Commission dont la tâche n'a pas pu être menée à bonne fin (Texte synoptique p. 137 et 138); 2º la liste de M. le Dr. Harms élaborée en 1904 (Texte synoptique p. 139–150).

Ceux des membres de la Commission qui acceptent le principe d'une liste, proposent à l'unanimité l'admission de la liste Harms. La Commission s'est divisée en une majorité de 4 membres qui propose l'admission pure et simple de la liste Harms, et une minorité de 1 membre qui est opposée à cette adoption. Cette minorité consentirait éventuellement à accepter la liste à titre de recommandation.

En ce qui concerne les additions futures à la liste, la Commission est d'accord pour laisser la porte ouverte, en particulier pour les Cryptogames.

M. Coville reconnait que, au point où en sont les choses, il était devenu indispensable de prendre une décision: une question aussi grave ne pouvait pas rester plus longtemps en suspens. Le résultat auquel nous allons arriver a donc une valeur pratique incontestable. Mais à son avis l'adoption de la liste de nomina conservanda constituera de beaucoup la décision la plus faible de celles qui ont été prises par le Congrès. Elle aura pour conséquence d'amener une grande confusion dans la nomenclature des floristes américains, et pour cette raison, elle obtiendra difficilement l'assentiment général.

M. le prof. Mez demande si la liste est close en ce qui concerne les Phanérogames? Et si ce n'est pas le cas, comment la liste sera-t-elle complétée à l'avenir tant pour les Phanérogames que pour les Cryptogames?

M. le rapporteur général répond que, dans l'opinion de la majorité de la Commission dont il vient de relater les débats, la liste ne doit pas être considérée comme irrévocablement close, et qu'il pourra se présenter telle circonstance qui obligerait d'y introduire des additions. Il va sans dire que, de même que la liste actuelle est soumise à un Congrès international, de même un autre Congrès international pourra seul procéder à des compléments, tant pour les Phanérogames que pour les Cryptogames.

M. le président suggère aux botanistes américains présents au Congrès l'idée de donner dans leur pays une grande publicité à la liste de nomina conservanda. Quand chacun sera familiarisé avec la liste, la confusion disparaîtra. Il demande à M. le rapporteur ce qu'il pense de l'idée émise par la minorité de la Commission (M. le Dr. Britton) d'adopter la liste à titre de recommandation.

M. le rapporteur général répond que cette proposition n'est pas acceptable. Du moment que la liste est rendue facultative, elle perd toute valeur et l'application de l'art. 17 ter devient illusoire. Actuellement une série de genres sont connus en Europe et en Amérique sous deux noms différents. La liste Harms érigée en règle tend à faire cesser cet état des choses; ravalée au rang de recommandation elle ne ferait au contraire que le consacrer.

M. le prof. Engler tient à faire remarquer que l'index Harms ne frappe pas seulement un certain nombre de botanistes américains, mais un bon nombre de botanistes allemands, autrichiens, suisses et autres, ainsi que plusieurs botanistes du Muséum de Berlin qui, dans les premiers temps après la publication du Revisio generum de M. O. Kuntze, ont cherché à appliquer à la nomenclature générique la principe de la stricte priorité. Ces auteurs ont renoncé aux noms qu'ils avaient primitivement adoptés, parce qu'ils se sont rendu compte que l'application intransigeante du principe prioritaire amenait à des résultats fâcheux, et qu'ils ne ne seraient pas suivis. M. Engler déclare avoir dû lui-même modifier ainsi sa nomenclature dans plusieurs cas. Il insiste, par conséquent, sur le fait que la liste Harms n'est pas dirigée contre les botanistes d'un pays, pas plus des Etats-Unis que d'un autre, ni contre une école particulière, mais qu'elle touche suivant les cas un peu tout le monde.

M. A. B. Rendle déclare accepter la liste Harms, parce que la stabilité et l'uniformité constituent un but éminement désirable et qu'il ne voit aucun autre moyen de le réaliser.

M. Coville et M. le Dr. Barnhart expliquent que pour eux la liste est en contradiction avec le principe exprimé à l'art. 2 des Règles de la nomenclature, lequel affirme qu'une règle ne doit être ni arbitraire, ni imposée. Or ils estiment que les motifs qui ont fait élaborer cette liste ne sont ni assez simples, ni assez clairs, ni assez forts pour que chacun soit disposé à les accepter et à faire usage de la liste. Les orateurs accepteraient la liste sans hésitation s'ils étaient certains qu'elle sera universellement admise. Comme ils sont persuadés du contraire, ils considèrent l'acceptation de la liste comme déplorable.

M. le prof. Warburg appuie ce qu'a dit M. le rapporteur relativement à la proposition de rendre l'usage de la liste facultative. Cette disposition consacrerait la possibilité pour un même genre de porter simultanément deux noms valables. Il en résultera deux noms pour toutes les espèces de ce genre. Du moment qu'on admet deux noms, il n'y a pas de raison pour n'en pas admettre trois ou plus. On en arrive ainsi à avoir autant de nomenclatures différentes que de pays ou d'écoles. Dès lors, toute nomenclature scientifique internationale cesse d'exister et nous tombons dans l'anarchie. Nous ne pouvons pas non plus déclarer la liste close en ce qui concerne les Phanérogames. Des questions nouvelles, que l'on ne peut encore prévoir, surgiront peut-être dans la suite, et nous ne pouvons préjuger de la solution qui leur sera donnée par nos successeurs: notre décision risquerait sans cela de ressembler à la fameuse paix éternelle que l'on négocie plusieurs fois par siècle! (Hilarité).

M. le lieut.-col. Prain défend le même point de vue.

M. le rapporteur général donne, de la part de M. Harms, quelques explications complémentaires sur la liste de cet auteur. M. le Dr. Hochreutiner a fait remarquer que le genre Malvastrum doit être transporté de la liste n° 1 sur la liste n° 2, où il a été omis. Les indications bibliographiques seront revues et mises à jour pour l'impression.

La clôture est prononcée.

Au scrutin, la liste Harms est adoptée par 118 oui contre 37 non, avec la correction ci-dessus indiquée.

Addition aux Recommandations diverses destinées à figurer en appendice des Règles.

M. le Dr. Maire exprime le voeu que l'art. 91 du Texte synoptique (p. 131), sur lequel il n'a pas été pris de décision, et qu'il croit utile, figure à la suite des recommandations relatives aux poids et mesures.

M. le rapporteur déclare ne pas voir d'inconvénient à ce que le désir de M. Maire soit pris en considération. Il propose la rédaction suivante: Les auteurs sont invités à indiquer d'une façon claire et précise les échelles de leurs figures.

Cette proposition est acceptée à l'unanimité moins une voix.

Classement des matières.

M. le rapporteur général engage le Congrès à adopter l'opinion émise par la Commission de nomenclature et qu'il a rendue à la page 155 du Texte synoptique (3me colonne); elle consiste à conserver le cadre adopté par le Congrès de 1867 dans la mesure du possible. Les modifications dans le classement général seront peu importantes. Elles concernent surtout la groupement de tout ce qui se rapporte aux hybrides et métis dans un § spécial. La principale innovation consistera dans la différence nette, établie au moyen d'une numérotation et d'une expression typographique distinctes, entre les règles et les recommandations; puis dans l'addition d'un choix d'exemples caractéristiques. En outre, il conviendra de donner une concordance des Lois de 1867 et des règles et recommandations de 1905, ainsi qu'un index analytique détaillé.

Cette proposition et les explications qui l'accompagnent sont approuvées à l'unanimité.

Nomination des Commissions de nomenclature pour les Cryptogames cellulaires, de nomenclature paléobotanique, de nomenclature phytogéographique et de rédaction.

M. le président constate qu'il reste à composer quatre Commissions: une Commission de nomenclature paléobotanique, une Commission de nomenclature cryptogamique et une Commission de rédaction pour les règles et recommandations votées en 1905. En outre, le Congrès international s'est déchargé sur l'assemblée spéciale siégeant ici du soin de désigner une Commission de nomenclature phytogéographique. M. le président propose au préalable de nommer M. Briquet membre de toutes les Commissions. (Appl.)

M. le Dr. Briquet remercie le Congrès du grand honneur qui lui est fait, mais la participation aux travaux de toutes les Commissions dépasserait ses forces. Il doit, pour cette raison, décliner de faire partie de la Commission de nomenclature phytogéographique, au sein de laquelle il serait avantageusement remplacé par notre excellent président, M. le prof. Flahault.

M. le président propose, après entente avec les paléobotanistes et systématistes intéressés et présents au Congrès, les noms suivants pour la Commission de paléobotanique:

MM. Briquet, Engler, Grasser, Potonié, Scott et Zeiller.

M. le Dr. Hallier propose d'ajouter le nom de M. le prof. Nathorst, et M. Coville celui de M. David White.

Ces propositions sont acceptées à l'unanimité. Il est en outre entendu que la Commission pourra se compléter elle-même si elle le juge utile ou nécessaire.

M. le président explique que, pour la Commission cryptogamique, une réunion officieuse des cryptogamistes présents au congrès a élaboré une liste dans laquelle on a fait rentrer des botanistes ayant travaillé systématiquement sur les principaux groupes de plantes en question. — Cette liste est complétée par des propositions émanant de l'assemblée et les noms suivants sont désignés aux suffrages pour la Commission de nomenclature cryptogamique:

Bactéries et Flagellates: MM. Migula et Lauterborn.

Schizophycées: MM. Gomont et Wille.

Myxomycètes: M. Lister.

Fungi: MM. Arthur, Atkinson, Boudier, Bresadola, de Jaczewski, F. S. Earle (Cuba), Ed. Fischer (Bern), Magnus, R. Maire, Massee, Patouillard, Saccardo, Vuillemin et Marshall Ward.

Lichens: MM. Clements, Elenkin, Hue, Jatta, Malme, Zahlbruckner.

Algues: MM. Bornet, Chodat, Farlow, Nordstedt, Reinbold, Sauvageau, de Toni, de Wildeman, Mme Weber van Bosse.

Hépatiques: MM. Evans, Levier, Schiffner, Stefani.

Musci: Mme E. Britton, MM. Brotherus, Cardot, Fleischer et Salmon.

M. le prof. Schiffner estime qu'une Commission aussi nombreuse sera mise dans l'impossibilité de travailler utilement.

M. le prof. Magnus fait observer que la division de la Commission en sections, telle qu'elle est proposée atténue beaucoup cet inconvénient.

La liste ci-dessus est adoptée à l'unanimité.

M. le prof. de Wettstein explique que les travaux des deux commissions que nous venons de nommer doivent compléter les règles et recommandations votées en 1905. Il est donc indispensable d'avoir à la tête de ces Commissions un rapporteur général qui connaisse à fond toutes les questions de nomenclature et en particulier le texte de 1905, pour établir une continuité et une uniformité absolument indispensables. Il propose de charger M. le Dr. Briquet de continuer à remplir dans ces deux Commissions les fonctions de rapporteur général qu'il a revêtues jusqu'ici.

M. le président appuie la proposition de M. de Wettstein.

M. Briquet reconnait la justesse des arguments qui viennent d'être avancés. Il ne peut se soustraire à l'honneur qui lui est fait et déclare accepter la proposition, bien que la tâche qui lui a incombé jusqu'à présent ait été lourde, et que celle qu'on lui présente soit fort épineuse.

La nomination de M. le Dr. Briquet comme rapporteur général est adoptée à l'unanimité (Appl.).

Les noms suivants sont proposés pour la Commission de nomenclature phytogéographique:

MM. Adamovič, Beck, Drude, Engler, Flahault, Harshberger, C. Schroeter, Warburg, Warming.

M. le prof. de Wettstein propose de désigner M. le prof. Flahault comme rapporteur général (Appl.).

M. le prof. Flahault dit qu'il fera son possible pour mener la tâche à bonne fin, mais déclare n'accepter que s'il lui est adjoint un second rapporteur de langue allemande. Il propose pour ces fonctions M. le prof. C. Schroeter.

Il en est ainsi décidé à l'unanimité (Appl.)

Les noms suivants sont proposés par M. le président pour la Commission de rédaction des Règles et Recommandations de 1905:

MM. Briquet, Flahault, Harms et Rendle.

En outre des tâches qui lui ont été confiées au cours des débats, M. le président propose que la Commission de rédaction fonctionne comme Bureau permanent chargé de recueillir les propositions nouvelles relatives à la nomenclature des plantes vasculaires jusqu'au moment de la réunion du Congrès de Bruxelles en 1910.

Cette proposition est acceptée à l'unanimité.

Enfin M. le président propose de considérer la Commission de nomenclature constituée par le Bureau de Paris, en vertu des pouvoirs qui lui avaient été donnés par le Congrès de 1900, comme dissoute, avec remerciements pour les services rendus.

Cette proposition est adoptée à l'unanimité.

Clôture du Congrès de nomenclature.

M. le prof. Ad. Engler demande la parole et s'exprime en ces termes:

Messieurs, honorés collègues et collaborateurs!

Bien que j'aie été membre de la Commission de nomenclature qui vient de se dissoudre, je tiens cependant à prendre maintenant la parole, et cela en première ligne au nom de mes compatriotes.

Ce n'est sans doute pas sans inquiétude, au cours des cinq dernières années, que vous avez vu approcher la date du Congrès qui se termine maintenant; et vous avez sans doute tous soupiré en voyant le travail que sa préparation exigeait. Combien n'y en a-t-il pas parmi nos collègues qui ont été arrêtés dans leurs travaux scientifiques par cette préparation? Personne n'a été plus fortement mis à contribution à ce point de vue que notre rapporteur général, M. le Dr. Briquet. Messieurs, toutes les fois que nous en parlions, nous ne pouvions nous empêcher de nous écrier: quelle tâche énorme et quel sacrifice ont été imposés à notre ami! Je crois qu'il est de notre devoir de lui exprimer nos remerciements les plus cordiaux pour les travaux préparatoires réunis dans le Texte synoptique, lesquels nous ont permis d'aboutir à une conclusion. La plupart d'entre nous, je dois l'avouer, ne s'attendaient pas à un pareil résultat. Personne, parmi nous, ne croyait que l'on arriverait à obtenir d'un Congrès des règles de nomenclature botanique à peu près unanimement et universellement acceptées. Nous savons, il est vrai, qu'il existe un parti qui ne peut ni ne veut les reconnaître. Mais malgré cela, j'estime que les opinions se sont sensiblement rapprochées et que bien des barrières sont tombées. Même sur les points où l'un ou l'autre ne cède qu'à contre-coeur, on verra dans la suite des années l'accord devenir de plus en plus général. Ce résultat, nous le devons à la préparation consciencieuse de M. Briquet et je lui exprime encore une fois et de tout coeur notre vive reconnaissance, reconnaissance qui s'étend, cela va sans dire, aux membres de la Commission de nomenclature et à tous ceux qui ici à Vienne ont collaboré à la préparation du Congrès.

Je tiens aussi à exprimer notre reconnaissance à notre excellent président, M. le prof. Flahault, qui a conduit d'une façon si admirable la discussion. Si les petites mésintelligences, qui sont inévitables dans de pareils débats, n'ont jamais dégénéré en incidents pénibles, cela est essentiellement dû à l'impartialité, à l'amabilité, et à l'inaltérable bonne humeur de M. Flahault.

Enfin, je remercie au nom de mes compatriotes les autres membres du Bureau, en particulier MM. Rendle et Mez et le secrétaire de langue française, M. H. Romieux, pour le rôle précieux qu'ils ont joué au cours de ces laborieux débats. (Vifs appl.)

M. le prof. Borodin (en français) et M. le Dr. Robinson (en anglais) se joignent aux paroles de M. Engler et félicitent M. Briquet pour l'énergie dont il a fait preuve au cours de ces six séances. Ils s'associent aussi aux remerciements adressés à la Commission de nomenclature, au Bureau, ainsi qu'aux organisateurs viennois du Congrès. (Appl.)

M. le Dr. Briquet remercie chaudement M. le prof. Engler pour ses paroles cordiales; elles lui ont été au coeur et lui seront un précieux encouragement pour les travaux de l'avenir. Puisse cet avenir répondre aux prophéties de concorde, de féconds et heureux résultats, qui viennent d'être prononcées. Il adresse les mêmes remerciements à MM. Borodin et Robinson. (Appl.)

M. le président remercie à son tour le Congrès, qui a, dit-il, fait honneur au Bureau et lui a rendu la direction des travaux facile. Il adresse ses sincères félicitations et ses vifs remerciements aux organisateurs du Congrès, et rend un hommage particulier au grand dévouement, à l'inépuisable complaisance, et l'activité infatigable de MM. Wiesner, R. de Wettstein et A. Zahlbruckner. (Appl. répétés.)

L'approbation du procès-verbal de la présente séance est laissée au soin de la Commission de rédaction.

A 5 h. 45, M. le président lève la séance et le Congrès est déclaré clos.

Annexes.

1. Liste des membres de la Commission internationale de Nomenclature botanique[1])

Allemagne.

1. *Prof. Dr. P. Ascherson.
2. *Prof. Dr. O. Drude.
3. *Prof. Dr. Ad. Engler.
4. *Dr. H. Hallier.

Amérique du Sud.

5. Prof. Dr. J. Arechavaleta.

Autriche.

6. *Prof. Dr. G. v. Beck.
7. *Prof. Dr. K. Fritsch.
8. *Prof. Dr. R. v. Wettstein.

Belgique.

9. Prof. Alfr. Cogniaux.
10. *Th. Durand.

Espagne et Portugal.

11. Prof. Dr. J. G. Henriques.

Etats-Unis.

12. *Dr. N. L. Britton.
13. Dr. E. Greene.
14. *Prof. Dr. B. Robinson.
15. Dr. J. Donnel Smith.

France.

16. J. Cardot.
17. *H. Hua.
18. N. Patouillard.
19. G. Rouy.

Grande-Bretagne et Colonies.

20. Dr. H. Bolus.
21. J. H. Maiden.
22. *Lieut.-colonel D. Prain.
23. *A. B. Rendle.

Hollande.

24. Dr. W. Burck.
25. *Dr. J. W. Goethart.

Hongrie.

26. *Prof. Dr. V. de Borbas.
27. *Dr. A. de Degen.

Italie.

28. Dr. E. Levier.
29. Prof. Dr. P. A. Saccardo.
30. Dr. St. Sommier.

1) Liste de présence dressée par M. le Dr. Zahlbruckner, secrétaire-général du Congrès. L'astérisque placé devant un nom indique qu'il s'agit d'un membre ayant pris part aux délibérations du Congres de nomenclature botanique.

Russie.

31. Dr. W. F. Brotherus.
32. * Dr. A. de Jaczewski.
33. Prof. Dr. J. F. Kusnetzoff.
34. Dr. A. Petunnikoff.

Suède.

35. Prof. Dr. S. Murbeck.

Suisse.

36. * Dr. J. Briquet.
37. Dr. C. de Candolle.
38. Prof. Dr. R. Keller.
39. * Prof. Dr. H. Schinz.

2. Liste des auteurs de motions présentées au Congrès[1]).

1. * Dr. O. Kuntze[2]).
2. * Prof. Dr. P. Ascherson.
3. Botanical Club of the American Association for the advancement of Science (délégué: * Prof. Dr. C. R. Barnes).
4. Dr. M. E. Holmes.
5. * Dr. J. Briquet.
6. Dr. E. Knoblauch.
7. * Dr. J. H. Barnhart.
8. Les botanistes attachés au Museum et au Jardin botaniques de Berlin (délégué: * Prof. Dr. J. Urban).
9. Prof. Dr. S. Belli.
10. * Prof. Dr. Ad. Engler.
11. Prof. Dr. U. Dammer et Dr. P. Hennings.
12. Groupe des botanistes belges et suisses (délégué: * Emile Burnat).
13. Société impériale des naturalistes de Moscou (délégué: * Dr. A. de Jaczewski).
14. * Dr. J. N. Wille et Dr. V. B. Wittrock.
15. Les botanistes attachés à l'Herbier Gray, à l'Herbier cryptogamique et au Musée botanique de l'Université Harvard etc. (délégué: * Prof Dr. B. Robinson).
16. Prof. Dr. P. A. Saccardo.
17. Les botanistes du British Museum de Londres etc. (délégué: * A. B. Rendle).
18. * Dr. H. Harms.
19. * J. Brunnthaler.
20. * Dr. A. v. Hayek.
21. Groupe des botanistes italiens (délégué: * Prof. Dr. O. Penzig).
22. Société botanique de France (délégué: * H. Hua).
23. E. Malinvaud.
24. G. Rouy.
25. * Dr. G. Hochreutiner[3]).
26. * Prof. Dr. O. Drude.

N. B. Pour les auteurs décédés, voy. le Texte synoptique, p. 7 et 8.

---

1) Liste de présence dressée par M. le Dr. Zahlbruckner, secrétaire général du Congrès. L'astérisque précédant le nom désigne les auteurs qui ont pris part aux débats et fait usage de leur droit de vote. Il est rappelé que chaque auteur de motions, ou chaque groupe d'auteurs, disposait d'une voix dans les débats.

2) M. le Dr. Kuntze a été compté vu sa présence à la séance du 15 Juin. Voy. à ce sujet plus haut p. 112.

3) La motion Hochreutiner a été présentée en retard; mais elle a été soumise à la Commission de nomenclature, elle figurait dans le Texte synoptique et le Congrès en a ratifié l'acceptation dans la séance du 12 Juin.

3. Liste des Instituts, Sociétés et Académies représentés au Congrès par des délégués[1]).

Une liste générale de touts les instituts, sociétés et académies, auxquels le droit de vote avait été attribué, a été communiquée aux intéressés par le rapporteur général, M. le Dr. Briquet, dans une circulaire datée du 15 avril 1905. Les indications suivantes se rapportent seulement aux instituts, sociétés et académies dont les représentants ou les délégués ont pris part aux débats et ont exercé leur droit de vote.

A. **Instituts botaniques**[1]).

Allemagne.

1. Berlin. Jardin botanique (Prof. Dr. A. Engler).
2. Berlin. Musée botanique (Prof. Dr. I. Urban).
3. Dresden. Jardin botanique (Prof. Dr. O. Drude).
4. Halle a. S. Jardin et institut botaniques de l'Université (Prof. Dr. C. Mez).
5. Hamburg. — Jardin et Musée botaniques (Prof. Dr. E. Zacharias).
6. München. — Jardin botanique (Dr. G. Hegi).

Autriche.

7. Prag. Jardin et institut botaniques de l'Université (Prof. Dr. G. Ritter von Beck).
8. Prag. — Jardin et Institut botaniques de l'Université tchèque (Dr. K. Domin).
9. Triest. — Musée d'Histoire Naturelle de la Ville (Dr. C. de Marchesetti).
10. Wien. - Division botanique du musée impérial d'Histoire Naturelle (Dr. A. Zahlbruckner).
11. Wien. — Jardin et institut botaniques de l'Université (Prof. Dr. R. von Wettstein).

Belgique.

12. Bruxelles. Jardin botanique de l'Etat (Th. Durand).

Danemark.

13. Kjöbenhavn. Musée et jardin botaniques (Prof. Dr. E. Warming).

Etats-Unis d'Amérique.

14. Cambridge. Gray Herbarium (Prof. Dr. B. L. Robinson).
15. Chicago. Département botanique de l'Université (Dr. C. R. Barnes).
16. Chicago. Field Columbian Museum (Dr. C. R. Barnes).
17. Ithaca. Département botanique de Cornell University (Prof. Atkinson).

1) Liste de présence dressée par M. le Dr. Zahlbruckner, secrétaire général du Congrès.

18. Jamaica Plain. — Arnold Arboretum (Dr. A. Rehder).
19. New York. — Columbia University, département botanique (Prof. L. M. Underwood).
20. New York. — Jardin botanique de New York (Dr. J. H. Barnhart).
21. St. Louis. — Missouri botanical garden (Prof. W. Trelease).
22. Washington. — Smithsonian Institution (F. V. Coville).
23. Washington. — U. S. National Museum (F. V. Coville).

France.

24. Montpellier. — Institut botanique de l'Université (Prof. Dr. C. Flahault).
25. Nancy. — Jardin et laboratoire de botanique de la Faculté des Sciences (Dr. R. Maire).
26. Paris. — Muséum d'Histoire Naturelle (Dr. E. Bonnet).

Grande-Bretagne et Colonies.

27. Calcutta. — Jardin royal de botanique (Lieut.-col. D. Prain).
28. London. — Division botanique du British Museum (Dr. M. Rendle).

Hollande et Colonies.

29. Buitenzorg. — Département de l'agriculture (Dr. F. Valeton).
30. Leiden. — Rijks Herbarium (Dr. J. W. Goethart).

Hongrie.

31. Budapest. — Musée hongrois d'Histoire Naturelle (Dr. J. Filársky).
32. Budapest. — Jardin botanique de l'Université (Prof. Dr. A. Mágócsy-Dietz).

Italie.

33. Firenze. — Jardin botanique de l'Institut royal des Etudes supérieures (Prof. Dr. O. Mattirolo).
34. Genova. — Jardin botanique de l'Université (Prof. Dr. O. Penzig).
35. Palermo. — Jardin et institut botaniques de l'Université (Prof. Dr. O. Mattirolo).
36. Roma. — Institut Royal de botanique (Prof. Dr. O. Mattirolo).
37. Torino. — Institut et jardin botaniques de l'Université (Prof. Dr. O. Mattirolo).

Norvège.

38. Christiania. — Jardin et musée botaniques de l'Université (Prof. Dr. N. Wille).

Russie.

39. Odessa. — Jardin botanique de l'Université (Prof. Dr. J. de Kamienski).

Suède.

40. Bergielund. — Bergiansk Botaniska Trädgården (Prof. Dr. O. Nordstedt).
41. Lund. — Jardin botanique de l'Université (Prof. Dr. O. Nordstedt).
42. Stockholm. — Musée royal d'Histoire Naturelle (Prof. Dr. O. Nordstedt).

Suisse.

13. Genève. Herbier Boissier (G. Beauverd).
14. Genève. Conservatoire et Jardin botaniques de la Ville (Dr. J. Briquet).
15. Zürich. Jardin et musée botaniques de l'Université (Prof. Dr. H. Schinz).

B. Sociétés et académies.

Allemagne.

1. Freie Vereinigung der systematischen Botaniker und Pflanzengeographen (2 voix; délégués: Dr. L. Diels et Prof. Dr. E. Gilg).
2. Berlin. Botanischer Verein der Provinz Brandenburg (3 voix: délégués: Dr. L. Diels, Prof. Dr. E. Gilg, Prof Dr. G. Volkens).
3. Berlin. Deutsche botanische Gesellschaft (5 voix: délégués: Dr. Fr. Fedde, Prof. Dr. P. Magnus, Dr. R. Pilger, Prof. Dr. O. Warburg, Prof. Dr. L. Wittmack).
4. Berlin. Gesellschaft naturforschender Freunde (1 voix; délégué: Prof. Dr. P. Ascherson).
5. Bremen. Naturwissenschaftlicher Verein (1 voix: délégué: Dr. W. O. Focke).
6. Breslau. Schlesische Gesellschaft für vaterländische Kultur (1 voix: délégué: Dr. Th. Schube).
7. Dresden. Naturwissenschaftliche Gesellschaft „Isis" (1 voix: délégué: Kust. Dr. B. Schorler).
8. Hamburg. Gesellschaft für Botanik (1 voix; délégué: Dr. A. Voigt).
9. München. Königl. bayrische Akademie der Wissenschaften (1 voix: délégué: Prof. Dr. K. F. Goebel).
10. München. Bayerische Botanische Gesellschaft (3 voix; délégué: Dr. G. Hegi).
11. Weimar. Thüringischer Botanischer Verein (2 voix; délégué: Prof. Dr. R. von Wettstein).
12. Weimar. Deutsche Dendrologische Gesellschaft (2 voix: délégué: Fr. Graf von Schwerin).

Belgique.

13. Bruxelles. – Académie royale des sciences, lettres et beaux-arts de Belgique (1 voix; délégué: Prof. Dr. L. Errera).
14. Bruxelles. Société royale de botanique de Belgique (2 voix; délégués: Prof. Dr. L. Errera und Dr. E. de Wildeman).

Autriche.

15. Graz. Naturwissenschaftlicher Verein für Steiermark (1 voix; délégué: Prof. Dr. K. Fritsch.)
16. Krakau. C. Akademia umiejetności (1 voix: délégué: Prof. Dr. J. Rostafinski).
17. Prag. C. K. učená společnost česká (2 voix; délégué: Prof. Dr. J. Palacký).
18. Prag. Deutscher naturwiss.-medizinischer Verein „Lotos" (2 voix: délégué: Prof. Dr. G. Ritter von Beck).

19. Wien. — Kaiserliche Akademie der Wissenschaften (1 voix: délégué: Prof. Dr. R. von Wettstein).
20. Wien. — K. K. zoologisch-botanische Gesellschaft (2 voix: délégués: Prof. E. Hackel und Dr. E. von Halácsy).

Danemark.

21. Kjöbenhavn. — Den Botaniske Forening (3 voix: délégué: Dr. C. H. Ostenfeld).

Espagne.

22. Barcelonas. — R. Academia de Ciencias y Artes (1 voix: délégué: L. Navás).
23. Madrid. — R. Academia de Ciencias Exactas, Fisicas y Naturales (1 voix: délégué: Prof. Dr. R. von Wettstein).
24. Zaragoza. — Sociedad Aragonesa de Ciencias Naturales (2 voix: délégué: L. Navás).

Etats-Unis d'Amérique.

25. Boston. — American Academy of Arts and Sciences (1 voix; délégué: Prof. Dr. B. L. Robinson).
26. Boston. — Boston Society of Natural History (1 voix: délégué: Prof. Dr. B. L. Robinson).
27. Boston. — New England Botanical Club (2 voix; délégué: Prof. Dr. B. L. Robinson).
28. Burlington. — Vermont Botanical Club (2 voix; délégué: Prof. Dr. B. L. Robinson).
29. New York. — New York Academy of Science (1 voix: délégué: Prof. L. M. Underwood).
30. New York. — American Association for the advancement of Sciences (3 voix: délégués: Prof. C. R. Barnes, Prof. H. C. Cowles et L. K. Shear).
31. New York. — Botanical Society of America (1 voix: délégué: Prof. J. C. Arthur).
32. New York. — Botanical Club of the American Association for the Advancement of Science (1 voix: délégué: Dr. N. L. Britton).
33. New York. — Torrey Botanical Club (1 voix: délégué: Dr. N. L. Britton and Prof. L. M. Underwood).
34. Northampton. — Society for Plant Morphology and Physiology (1 voix: délégué: Prof. B. M. Duggar).
35. St. Louis. — Academy of Sciences (1 voix: délégué: Prof. W. Trelease).
36. Washington. — Botanical Society of Washington (1 voix: délégué: M. F. Wight.)
37. Washington. — Washington Academy of Sciences (1 voix; délégué: F. V. Coville).
38. Washington. — Biological Society (1 voix: délégué: F. V. Coville).

France.

39. Autun. — Société d'Histoire Naturelle (2 voix: délégué: Dr. X. Gillot).
40. Châlon-sur-Saône. — Société des Sciences Naturelles de Saône et Loire (4 voix: délégué: Dr. X. Gillot).

41. Charleville. — Société d'Histoire Naturelle des Ardennes (1 voix: délégué: Dr. H. Hua).
42. Cherbourg. — Société Nationale des Sciences Naturelles et Mathématiques (1 voix; délégué: Dr. E. Bonnet).
43. Dijon — Académie des Sciences, Arts et Belles-Lettres (1 voix: délégué: Dr. X. Gillot).
44. Le Mans. — Académie Internationale de Botanique (3 voix: délégués: Professor Dr. J. Palacký (2 voix) und Dr. X. Gillot).
45. Lyon. — Société Botanique (2 voix; délégué Dr. X. Gillot).
46. Niort. — Société Botanique des Deux-Sèvres (5 voix: délégué: Dr. X. Gillot).
47. Paris. — Société Botanique de France (4 voix: délégué: Dr H. Hua [2 voix] und L. Lutz [2 voix]).
48. Paris. — Société Mycologique de France (4 voix: délégué: Prof. Dr. E. Perrot).

Grande-Bretagne et Colonies.

49. Calcutta. — Asiatic Society of Bengal (1 voix: délégué: Lieut.-col. D. Prain).
50. Cambridge. — Cambridge Philosophical Society (1 voix: délégué: Prof. H. M. Ward).
51. London. — Linnean Society (9 voix: délégué: Dr. A. B. Rendle).
52. London. — Royal Society (1 voix: délégué: Prof. H. M. Ward).

Hollande et Colonies.

53. Leiden. — Association Internationale des Botanistes (7 voix: délégué: Prof. Dr. Ch. Flahault [1], Prof. Dr. K. Mez [2], Prof. Dr. W. Trelease [2], Prof. Dr. N. Wille [1] und Prof. Dr. R. von Wettstein [1]).
54 Wageningen. — Nederlandsch Botanische Vereeniging (2 voix: délégué: Dr. J. W. E. Goethart).

Hongrie.

55. Budapest. — Magy. Kir. Tudományos Akadémia (1 voix: délégué: Prof. Dr. A. Mágócsy-Dietz).
56. Budapest. — Magy. Kir. Termeszettudományi Társulat (2 voix: délégué: Prof. Dr. J. Tuzson).

Italie.

57. Firenze. — Società Botanica Italiana (2 voix: délégué: Prof. Dr O. Mattirolo und Prof. Dr. O. Penzig.
58. Roma. — R. Accademia dei Lincei (1 voix: délégué: Prof. Dr. O. Mattirolo).
59. Torino. — R. Accademia delle Scienze (1 voix: délégué: Prof. Dr. O. Mattirolo).

Norvège.

60. Christiania. — Videnskabs Selskabet (1 voix: délégué: Prof. Dr. N. Wille).

Russie.

61. Moskau. — Société Imp. de Naturalistes (1 voix; délégué: Dr. A. de Jaczewski).
62. St. Petersburg. — Académie Imp. des Sciences (1 voix; délégué: Prof. J. Borodin).
63. St. Petersburg. — Société Imp. de Naturalistes à l'Université (2 voix; délégué: Dr. A. de Jaczewski).
64. Helsingfors. — Societas pro Fauna et Flora Fennica (2 voix; délégué: Kust. H. Lindberg).

Suède.

65. Lund. — Lunds Botaniska Foreningen (1 voix; délégué: Prof. Dr. O. Nordstedt).
66. Stockholm. — Kgl. Vetenskaps Akademien (1 voix; délégué: Prof. Dr. O. Nordstedt).

Suisse.

67. Genève. — Société Botanique (1 voix: délégué: P. Chenevard).
68. Genève. — Société de Physique et d'Histoire Naturelle (1 voix; délégué: Dr. J. Briquet.)
69. Lausanne. — Société Vaudoise des Sciences Naturelles (2 voix; délégués: G. Martinet und Prof. Dr. E. Wilczek).
70. Sion. — Société Murithienne de Valais (1 voix; délégué: Prof. Dr. E. Wilczek).
71. Zürich. — Schweizerische Botanische Gesellschaft (2 voix: délégué: Prof. Dr. K. Schroeter).
72. Zürich. — Zürcherische Botanische Gesellschaft (2 voix; délégués: Prof. Dr. H. Schinz und Prof. Dr. K. Schroeter).

4. Circulaire No. 6 émanant du Bureau parisien permanent des Congrès internationaux de Botanique.

(Rapport de gestion.)

Le deuxième Congrès international de botanique s'ouvrant à Vienne dans quelques jours, il a semblé au Bureau permanent élu à Paris en 1900 qu'il ne serait pas inutile de résumer son œuvre, en exposant la gestion des affaires à lui confiées depuis plus de quatre années. La présente circulaire est donc rédigée entièrement d'accord avec la Commission d'organisation de Vienne.

L'œuvre du Bureau parisien consistait tout particulièrement en deux choses: 1° l'impression des Actes du Congrès; — 2° la constitution d'une Commission internationale consultative dont le but serait de réunir le plus grand nombre de matériaux pour servir de base à la discussion sur la revision du Code de la nomenclature à Vienne en 1905.

L'impression des Actes du Congrès fut menée avec rapidité et moins de six mois après la fermeture de ce Congrès, le livre était distribué à tous les botanistes inscrits.

La deuxième partie de la tâche fut particulièrement ardue et délicate: mais aujourd'hui que le volumineux rapport de M. le Dr. J. Briquet est à l'impression, et que par conséquent l'œuvre organisatrice du Bureau touche à sa fin, il lui sera permis de rappeler dans quelles conditions il put arriver à ce résultat.

Pénétré de l'esprit de la dissension qui s'était élevée au sein du Congrès de 1900, le Bureau parisien voulut s'entourer de toutes les précautions possibles pour éviter les froissements d'écoles ou les compétitions de personnes dans la désignation des futurs commissaires.

Une première circulaire, envoyée à la fin de 1900, invitait tous les botanistes à indiquer dans leur patrie, ceux des savants spécialistes qui leur paraissaient les plus compétents dans les questions si controversées de nomenclature.

Cette circulaire fut largement répandue, à 1500 exemplaires environ, et adressée non seulement aux établissements et sociétés botaniques, mais encore à la plupart des personnalités botaniques dont le nom figure dans les annuaires spéciaux.

Les réponses que le Bureau demandait à bref délai ne furent peut-être pas en aussi grand nombre qu'on eût pu le désirer. Certains groupements se refusèrent même complètement à participer en quoi que ce soit à cette désignation, et malgré les efforts du Bureau, bon nombre de botanistes ont toujours cru que la Commission devait établir elle-même des règles. Il serait superflu de répéter encore que la Commission internationale de nomenclature, que nous étions chargés d'organiser, ne devait avoir que voix consultative et apporter au Congrès de Vienne des avis sur lesquels des personnalités d'une compétence unanimement reconnue se seraient déjà prononcées.

Cependant un nombre de votes assez élevé émanant de Sociétés scientifiques des plus importantes de tous les pays, et aussi de botanistes éminents, permirent bientôt au Bureau permanent d'établir pour chaque pays, et d'après le nombre de voix, une liste de personnalités botaniques compétentes[1]).

1) Près de 80 réponses, de valeur très différente, sont parvenues au Bureau de Paris. Les unes émanent de sociétés ou d'établissements botaniques des plus importants dont elles représentent pour ainsi dire un vote collectif, et parmi lesquels nous citerons: Jardin botanique et Muséum de Berlin, Botanisches Museum de Hamburg, Jardins botaniques de Dresde et de Karlsruhe, Bot. Verein d. Prov. Brandenburg (Allemagne); Torrey botanical Club, Académie des Sciences de San Francisco etc. (Amérique du Nord); Jardin botanique de Rio de Janeiro (Brésil); Jardins botaniques de Sydney, de Calcutta (Colonies anglaises); — Association d'histoire naturelle royale hongroise, Société zool.-bot. de Vienne (Autriche-Hongrie); — Société botanique de France, Association française de botanique, Institut botanique de Montpellier (France); Société botanique néerlandaise, Herbier royal de Leyde (Pays Bas); Jardin botanique de l'Université de Moscou (Russie); Herbier Delessert, Société botanique suisse (Suisse). — Les autres réponses proviennent de personnalités botaniques compétentes parmi lesquelles nous pourrons nommer: MM. Engler, Urban, Buchenau, Radlkofer, Drude, Wittmack etc. (Allemagne); — Arechavaleta (Uruguay); Maiden, King, Prain, Oliver (Colonies anglaises); Beck von Mannagetta, de Degen, Čelakowsky, Hackel, Istvanffi, von Wettstein, Wiesner, Zahlbruckner etc. (Autriche-Hongrie); — Van Bambeke, de Wildeman (Belgique); Bureau, Cardot, Drake del Castillo, Flahault, Giard, Hua, Rouy etc. (France); — Janse (Hollande); Belli, Levier, Mattirolo, Penzig, Saccardo (Italie); — de Jaczewski (Russie); — Erikson, Fries (Scandinavie); Burnat, Christ, Schinz, Schröter etc. (Suisse).

Plus de cent noms de botanistes appartenant à tous les pays du monde furent ainsi désignés. Pour l'Angleterre seulement la Commission crut de son devoir, en l'absence de réponses suffisantes, de prendre l'initiative de nommer elle-même, après leur consentement, les botanistes de ce pays que leurs travaux désignaient plus spécialement pour l'étude de la nomenclature.

Dès lors la méthode à employer était tout indiquée. Le Bureau limita le nombre de représentants chez les différents peuples et choisit comme commissaires les botanistes désignés par leurs propres compatriotes.

Tous ces Commissaires immédiatement prévenus par lettre, répondirent pour la très grande majorité par une acceptation immédiate. Cependant, pour quelques-uns, il fallut une correspondance répétée.

Le temps s'écoulait; aussi le Bureau résolut-il, pour quelques noms encore, d'outrepasser les hésitations momentanées, quitte à indiquer ultérieurement la non-acceptation de ces botanistes ou les changements survenus.

Tel fut le mode d'élection de la Commission. Il est superflu de dire que, dans aucun cas, le Bureau, soucieux de ne pas aller au delà de ses droits, n'inscrivit de sa propre initiative, le nom d'une personnalité quelconque qui ne lui aurait pas été préalablement désignée par les botanistes, ses compatriotes.

Aucun des bulletins de vote ne contenant leurs noms, il n'y a pas lieu de s'étonner de ne pas voir figurer parmi les Commissaires certains botanistes dont les noms se retrouvent fréquemment dans les discussions concernant la nomenclature. D'ailleurs, à cause du rôle consultatif de la Commission, chacun a conservé la faculté d'exprimer sa manière de voir, et toutes les propositions sont également prises en considération, comme il a été indiqué dans le rapport de M. le Dr. J. Briquet.

Si maintenant quelques groupements de botanistes ne sont pas représentés dans la Commission internationale, il ne faut en chercher la cause que dans le peu d'empressement de leurs membres et des botanistes de leur pays, à répondre à l'appel du Bureau.

Depuis l'époque d'apparition de la liste des Commissaires, quelques défections se sont produites, mais leur nombre extrêmement réduit ne diminue en rien la valeur consultative de la Commission internationale.

Fort du mandat qui lui a été confié, et d'accord avec la Commission d'organisation de Vienne, le Bureau de Paris a cru devoir poursuivre son œuvre, c'est-à-dire établir un mode de votation équitable au Congrès de Vienne, et élaborer un Rapport aussi complet que possible sur la consultation internationale qu'il avait pour mission de provoquer et de diriger.

Et maintenant qu'il est sur le point de se démettre de la charge dont il était investi, il a la conscience absolue d'avoir rempli tout son devoir, en suivant de point en point les indications qui lui ont été fournies par la discussion qui s'éleva au Congrès international de Paris, dans la séance du 2 octobre 1900.

Paris, le 31 Octobre 1904.

Le Président:	Les Vice-présidents:	
Dr. J. de Seynes.	G. Rouy, Dr. Dutailly.	
Les Secrétaires approuvant:	Le Secrétaire général:	Le Trésorier:
Dr. Guérin, Dr. Lutz, Dr. Guéguen.	Dr. Perrot.	Henri Hua.

Rapport distribué à l'ouverture du Congrès et approuvé dans la 3me séance à l'unanimité.

5. Bericht des Organisationskomitees für den internationalen botanischen Kongreß, Wien 1905, über seine Anteilnahme an der Vorbereitung der Nomenklaturverhandlungen.

(Zugleich Antwort auf den Protest von Dr. Otto Kuntze[1]).

I.

Das Organisationskomitee für den Wiener internationalen botanischen Kongreß hatte die Pflicht, den Beschlüssen des Pariser Kongresses vom Jahre 1900 entsprechend, auch die Beratungen der Nomenklaturfrage während des Wiener Kongresses vorzubereiten. Maßgebend mußten hierbei die in den „Actes du Congrès international de Botanique. Paris 1900" publizierten Beschlüsse des Pariser Kongresses sein und das Streben, alles vorzukehren, um eine streng objektive, sachliche Verhandlung zu ermöglichen.

Die ersten vorbereitenden Arbeiten, nämlich die Einsetzung der internationalen Nomenklaturkommission, die Feststellung des Wirkungskreises derselben sowie die Festsetzung des Vorganges bei den Verhandlungen während des Wiener Kongresses erfolgte durch die Commission permanente des Congrès internationaux in Paris, welche darüber einen Bericht erstattet.

Die Konstituierung des Wiener Organisationskomitees erfolgte am 9. Dezember 1902. Über das Ergebnis dieser Konstituierung, sowie über den Zeitpunkt des Wiener Kongresses machte das Zirkular Nr. 1 Mitteilung, das im Januar 1903 in zirka 4000 Exemplaren zur Versendung gelangte.

Im Frühjahre 1903 begab sich im Auftrage des Organisationskomitees Prof. Dr. Ritter v. Wettstein nach Paris, um in offizieller Form die Agenden für den Wiener Kongreß zu übernehmen.

Im Juli 1903 kam das zweite Zirkular des Organisationskomitees zur allgemeinen Versendung, welches einen kurzen Rechenschaftsbericht der Pariser Commission permanente enthielt, ferner einen Abdruck aller die Nomenklaturverhandlungen betreffenden Beschlüsse und endlich das allgemeine Programm des Wiener Kongresses. Durch dieses Zirkular, welches in mehr als 4000 Exemplaren verschickt wurde, wurden die weitesten Kreise der Botaniker genau darüber informiert, in welcher Art und Weise die Behandlung der Nomenklaturfrage geplant ist.

Es erfolgte nun die Feststellung der Liste der „grands établissements botaniques, des principales sociétés botaniques et des sections des sciences naturelles des académies", denen Stimmrecht bei den Nomenklaturverhandlungen zukommt, durch Zusammenwirken der internationalen Nomenklaturkommission, des Pariser Bureau permanent, des Wiener Komitees und des Generalberichterstatters Dr. Briquet. Die Feststellung erfolgte mit peinlichster Sorgfalt und es war hierbei das Bestreben maßgebend, womöglich allen Nationen und Staaten relativ gleich starke Vertretung zu sichern.

[1]) Die Antwort auf den Protest Dr. Kuntzes verfaßte im Auftrage des Komitees Professor v. Wettstein.

Im März 1904 wurde dann an alle stimmberechtigten Institute und Korporationen eine Zuschrift gerichtet, in welcher unter neuerlicher Darstellung des geplanten Vorganges bei den Nomenklaturberatungen die Bitte ausgesprochen wurde, Delegierte zu entsenden. Im Mai 1904 erfolgte dann die Versendung der Liste dieser Korporationen und Institute.

Im Sommer 1904 fand eine Konferenz zwischen zwei Vertretern des Wiener Organisationskomitees (Professor Dr. Ritter v. Wettstein und Kustos Dr. A. Zahlbruckner) und Dr. J. Briquet in Genf statt, bei welcher alle Details der Nomenklaturverhandlungen und der Vorbereitung derselben eingehendst besprochen wurden.

Im November 1904 erging an alle stimmberechtigten Institute und Korporationen, welche die erste Zuschrift vom März 1904 nicht beantwortet hatten, eine neuerliche Einladung.

Im Jahre 1905 wurde die definitive Einladung zum Kongreß mit dem detaillierten Programme in zirka 5000 Exemplaren verschickt. Bei dieser Gelegenheit wurden abermals die Bestimmungen über die Nomenklaturverhandlungen kurz wiederholt.

Gelegentlich der Verschickung des „Texte synoptique" im März 1905 wurden allen Stimmberechtigten in einer Zuschrift die näheren Bestimmungen über die Ausübung des Stimmrechtes, sowie Tag, Stunde und Ort der Nomenklaturberatungen bekannt gegeben. Ende April wurde dann allen diesen ein Verzeichnis der stimmberechtigten Personen, Korporationen und Institute übersendet; dieses wurde auch einer Anzahl der wichtigsten botanischen Zeitschriften zwecks allgemeiner Bekanntgabe übermittelt.

Das Wiener Organisationskomitee ist sich bewußt, alles aufgeboten zu haben, um im Sinne seines Mandates bei der entsprechenden Vorbereitung der Nomenklaturberatung mitzuwirken; es benutzt gerne den Moment, in welchem es seine Arbeiten abschließt, um der Pariser Commission permanente und Herrn Dr. J. Briquet für das stets bewiesene Entgegenkommen, welches ein durchaus freundschaftliches Zusammenwirken ermöglichte, den herzlichsten Dank abzustatten.

II.

Herr Dr. Otto Kuntze hat in den letzten Jahren wiederholt gegen das Wiener Organisationskomitee, gegen die Pariser Commission permanente, gegen die internationale Nomenklaturkommission und gegen den Generalberichterstatter Dr. J. Briquet Vorwürfe verschiedener Art in zumeist recht temperamentvoller Form erhoben. Er hat schließlich seine Einwände in einer Publikation zusammengefaßt, welche unter dem Titel „Protest gegen den vollmachtswidrig arrangierten und wegen vieler Unregelmäßigkeiten inkompetenten Nomenklaturkongreß auf dem internationalen Botanikerkongreß in Wien, nebst Kritik der dürftigen Resultate der internationalen Kommission, Vorschlag zu einem baldigen kompetenten Kongreß" vor kurzem erschien. Indem das Organisationskomitee für den Wiener Kongreß alle Teilnehmer an den Nomenklaturberatungen auf diesen Protest aufmerksam macht, kann es nicht umhin, auf denselben kurz zu antworten.

Wir haben es vermieden, in der seit 1900 verflossenen Zeit auf die öffentlichen Angriffe Dr. Kuntzes zu erwidern, da wir auch nur den Schein einer mit der von uns zum Grundsatz erhobenen Objektivität nicht gut vereinbaren persönlichen Stellungnahme in der Angelegenheit vermeiden wollten. Wenn wir heute dieses Schweigen brechen, so geschieht es, weil wir es für unsere Pflicht halten, jetzt uns gegen die unberechtigten Angriffe Dr. Kuntzes zu wehren.

Wir anerkennen vollauf die großen Verdienste, welche sich Dr. Kuntze durch seine zahlreichen, die Nomenklatur betreffenden Arbeiten in sachlicher Hinsicht erworben hat: mögen die Beschlüsse des Kongresses wie immer ausfallen, es wird kein Botaniker leugnen können, daß Dr. Kuntze wesentlich dazu beigetragen hat, die Anschauungen über die Nomenklaturfrage zu klären; wir sprechen ihm aber das Recht ab, allen, die sich seinem Diktate aus sachlichen oder aus Gründen der Objektivität nicht fügen, unlautere Motive und inkorrektes Vorgehen vorzuwerfen.

Über die in der zitierten Publikation Dr. Kuntzes enthaltene Kritik der Resultate der internationalen Kommission und über seinen Vorschlag zu einem neuen Kongresse wollen wir hier nicht sprechen. Kritik an einer Publikation zu üben, ist sein gutes Recht, über seinen Vorschlag wird der Kongreß zu entscheiden haben. Wogegen wir uns aber verwahren müssen, ist der Vorwurf des „vollmachtswidrigen Arrangements" und der „Unregelmäßigkeiten". Diese Vorwürfe sollen an der Hand des Kuntzeschen „Protestes" kurz besprochen werden; wenn einzelne der von Kuntze angeführten Dinge hier übergangen werden, so geschieht es, weil sie entweder ganz nebensächlicher Art sind oder mit der Kongreßveranstaltung überhaupt nichts zu tun haben.

Was das angeblich vollmachtswidrige Arrangement anbelangt, so findet sich in der Publikation Dr. Kuntzes so gut wie nichts, was als Versuch der Rechtfertigung dieses Vorwurfes, sofern er das Wiener Komitee betrifft, aufgefaßt werden könnte. Auf den Vorwurf, den Dr. Kuntze Seite 7 dem Pariser Bureau macht, hat dieses durch seinen Bericht geantwortet. Wenn in dem betreffenden Passus behauptet wird, die Auswahl der Sociétés botaniques etc., denen Deputierte zugestanden wurden, sei durch das Wiener Komitee 1904 erfolgt, so ist dies direkt unrichtig. Wie schon erwähnt, erfolgte diese Auswahl in Verhandlungen, welche zwischen dem Pariser Bureau, dem Wiener Komitee, der internationalen Nomenklaturkommission und Dr. Briquet über Anregung des ersteren gepflogen wurden und deren Basis die Vorschläge der internationalen Nomenklaturkommission bildeten.

In bezug auf die angeblichen Unregelmäßigkeiten sei folgendes bemerkt:

Dr. Kuntze beansprucht einleitend für sich 476 Stimmberechtigungen. Er begründet diesen Anspruch damit, daß er dies vorgeschlagen habe. Dies beruht auf einem prinzipiellen Irrtum, welcher in der Publikation mehrfach wiederkehrt: nicht um das, was der einzelne vorschlägt und wünscht, handelt es sich, wenn die Berechtigung einer Forderung in Frage steht, sondern darum, ob die anderen diese Wünsche und Vorschläge akzeptierten und das ist in bezug auf den erwähnten Vorschlag niemals von irgend einer kompetenten Seite geschehen. Die Absicht, die Bestimmung, daß jeder Antragsteller eine Stimme hat, so zu deuten, daß er für jeden Teilantrag eine

Stimme — also in dem vorliegenden Falle 476 Stimmen — erhält, muß geradezu als grotesk bezeichnet werden.

Wir haben mehrfach den Wiener Kongreß als den zweiten internationalen bezeichnet, damit andeutend, daß er der zweite Kongreß in der Reihe der in Paris inaugurierten, regelmäßig stattfindenden Kongresse sei, wir haben damit auch die vom Pariser Kongreß gebrauchte Bezeichnung akzeptiert[1]); ob man diese Bezeichnung beibehalten will oder nicht, mit der Frage der Kompetenz des Kongresses hat dies gar nichts zu tun.

Zu den einzelnen in Dr. Kuntzes Publikation numerierten Vorwürfen (vgl. p. 5 bis 18) sei in Kürze folgendes bemerkt:

Ad 1 bis 6: Die hier von Dr. Kuntze aufgezählten „Unregelmäßigkeiten“ bedürfen keiner Besprechung; sie betreffen angebliche Unrichtigkeiten bei Abfassung der „Actes“ des Pariser Kongresses, angebliche Formfehler bei dem Pariser Kongreß u. dgl., also Dinge, die mit der Kompetenz des Wiener Kongresses nichts zu tun haben.

Ad 7: In Punkt 7 bespricht Dr. Kuntze eine von ihm veranlaßte Zuschrift zweier Mitglieder der internationalen Nomenklaturkommission, in der einige Wünsche in bezug auf die Vorbereitung zum Kongresse geäußert wurden. Diese Wünsche wurden zur Kenntnis genommen und es wurde ihnen soweit als möglich Rechnung getragen. (Das Zirkular 2 der Wiener Kommission wiederholte den Inhalt der früheren Zirkulare des Pariser Bureaus und die früheren Anträge A. de Candolles und anderer Botaniker wurden vom Generalberichterstatter berücksichtigt.) Daß wegen der angeblichen Nichtbeachtung dieser Zuschrift nicht nur die Professoren Arechavaleta und Greene, sondern noch mehrere Kommissionsmitglieder sich von den Beratungen zurückzogen, ist nicht richtig. Die Herren Arechavaleta und Greene haben überhaupt nicht ihre Demission gegeben und von den anderen fünf Herren, welche im Laufe der Zeit zurücktraten, hat keiner den angegebenen Grund genannt. Ebenso unrichtig ist es, daß der Austritt dieser fünf Herren verschwiegen wurde. Der Rücktritt des Herrn Belli (angemeldet am 9. März 1904) wurde vom Generalberichterstatter am 20. Mai 1904 (Zirkular 3) angezeigt, der Austritt des Herrn King (angemeldet am 3. Juni 1904) am 6. Juli 1904 (Zirkular 5), der Austritt der Herren Balfour (13. Juli 1904), Burkill (10. August 1904), Fries (22. Januar 1905) am 15. März 1905 (Texte synoptique pag. 17).

Ad 8 bis 11: Diese Absätze betreffen die Einsetzung der internationalen Nomenklaturkommission und die Auswahl der stimmberechtigten Korporationen und Institute; auf die diesbezüglichen Einwendungen haben wir schon früher geantwortet, respektive auf die Berichte des Pariser Bureaus und des Herrn Dr. Briquet hingewiesen.

Ad. 12: Der Vorwurf betrifft wieder die Nichtberücksichtigung eines Vorschlages, den Dr. Kuntze machte. Daß ein von ihm gemachter Vorschlag nicht Beachtung fand, mag ja Dr. Kuntze mit Recht unangenehm empfinden, er ist aber gewiß nicht berechtigt, dies als einen Grund für die Inkompetenz des Kongresses geltend zu machen.

1) Vergl. Actes du Congrès, p. 464.

Ad. 13: Der ganze Absatz hat mit der Frage der Kompetenz des Kongresses gar nichts zu tun und hat nur den Zweck, die Objektivität des mitgefertigten Professors v. Wettstein als zweifelhaft erscheinen zu lassen. Er beruht auf lauter falschen Voraussetzungen, denn erstens ist es nicht richtig, daß der Genannte in Berlin einen „index inhonestans" veranlaßte und zweitens ist er in Paris nicht zum Vorsitzenden des Nomenklaturkongresses gewählt, sondern nur ersucht worden, im Vereine mit Hofrat Professor Wiesner die Vorbereitungen für den ganzen botanischen Kongreß in die Hand zu nehmen. Der Nomenklaturkongreß wird erst selbst seinen Vorsitzenden wählen. Die hier von Dr. Kuntze eingefügte Diskussion über einen ersten und zweiten Präsidenten ist vollständig hinfällig, da Hofrat Wiesner und Professor Wettstein in vollkommen gleicher Stellung mit den Vorbereitungen für den Wiener Kongreß betraut wurden. Es handelt sich auch hier wieder nicht darum, was Dr. Kuntze irgendwie vorschlug, sondern darum, was der Pariser Kongreß beschloß[1].

Ad 14: Hat mit der Kompetenz des Wiener Kongresses gar nichts zu tun. Wenn das Wiener Organisationskomitee sich einmal gegen die „Unhöflichkeit" des Herrn Dr. Kuntze verwahrte, so wird dies wohl niemand, der die Schreibweise Dr. Kuntzes kennt, wundernehmen.

Ad 15: Dr. Kuntze beschwert sich darüber, daß eine Sendung, welche er anläßlich des ersten Delegiertentages der Association internationale des Botanistes nach Leyden schickte, nicht rechtzeitig von der Post abgeholt wurde. Es ist nicht recht verständlich, was diese Angelegenheit mit der Kompetenz des Wiener Kongresses zu tun haben soll. Für diesen Delegiertentag war ein bestimmtes Programm ausgearbeitet, in dem die Nomenklaturfrage gar nicht vorkam; der Delegiertentag hielt sich an dieses Programm und über die Nomenklaturfrage wurde überhaupt nicht gesprochen. Die hier von Dr. Kuntze angeführten unfreundlichen Bemerkungen über die Assoziation haben mit dem Wiener Kongreß ebenfalls gar nichts zu tun.

Ad 16: Dr. Kuntze bezweifelt das Recht des Generalberichterstatters Dr. Briquet, an den „belgisch-schweizerischen Vorschlägen" mitzuarbeiten. Dieser Zweifel könnte nur erhoben werden, wenn sich nachweisen ließe, daß durch die Mitarbeiterschaft an einem der Vorschläge die Objektivität des Generalberichterstatters beeinträchtigt wurde; Dr. Kuntze machte aber nicht einmal den Versuch eines solchen Nachweises. Jeder Botaniker, der die Tätigkeit des Herrn Dr. Briquet als Generalberichterstatter verfolgte, wird im Gegenteil ihm das Zeugnis gewiß nicht versagen, daß er mit größter Gewissenhaftigkeit und Objektivität vorging.

Ad 17: Abschnitt 17 enthält die Beschwerde darüber, daß Vorschläge, welche Dr. Kuntze im zweiten Anhange zu seinem Codex brevis maturus machte, von der internationalen Nomenklaturkommission abgelehnt wurden. Diese Vorschläge wurden der Kommission in legalster Weise zur Kenntnis gebracht, und wenn diese sie mit großer Majorität ablehnte, so gibt dies dem Autor der Vorschläge doch nicht das Recht, dem Generalberichterstatter und den Kommissionsmitgliedern unlautere Motive zuzuschreiben und die Kompetenz des Kongresses in Zweifel zu ziehen. Es muß

1) Vergl. Actes du Congrès, p. 152

hier betont werden, daß es ohnedies ein Akt weitgehenden Entgegenkommens war, daß die hier in Rede stehenden Vorschläge Dr. Kuntzes der Kommission vorgelegt wurden, daß dieses Entgegenkommen dem allseits festgehaltenen Bestreben entsprang, Herrn Dr. Kuntze auch nicht den geringsten Grund zu einer Beschwerde zu geben, da ja seine Neigung, allen Andersgesinnten unedle Motive zu imputieren, aus seinen zahlreichen Streitschriften hinlänglich bekannt geworden war.

Ad 18: Der Abschnitt enthält eine Polemik gegen ein Referat, das Professor Wettstein als Redakteur der österreichischen botanischen Zeitschrift über Kuntzes Lexicon generum publizierte und in dem er ausdrücklich hervorhob, daß er sich über die vom Verfasser ausgearbeiteten Nomenklaturgesetze nicht äußern wolle, „da er es nicht für passend erachten würde, hier zu einer Angelegenheit Stellung zu nehmen, mit der er sich gelegentlich der Vorarbeiten zum nächsten Nomenklaturkongreß als Mitglied der internationalen Nomenklaturkommission zu beschäftigen haben wird"[1]. Das Referat betraf darum ausschließlich einige wissenschaftliche Fragen. Der Absatz hat mit der Kompetenz des Kongresses ebensowenig zu tun wie Absatz 19 und 20, welche Polemiken gegen den Inhalt einzelner Nomenklaturvorschläge enthalten.

Ad 21: Dr. Kuntze behauptet hier und später nochmals, daß der Texte synoptique mit dem Votum der internationalen Kommission einem Teile der stimmberechtigten Korporationen und Institute gar nicht zuging. Das ist einfach unwahr. Der Texte synoptique ging an alle Korporationen, Institute und Kommissionsmitglieder zugleich ab. Der Vorwurf, „es ist vom Wiener Organisationskomitee alles unterlassen worden, daß die botanischen Gesellschaftsdeputierten vor dem Besuche des inkompetenten Kongresses gewarnt werden konnten", kann als Vorwurf doch wohl nicht ernst gemeint sein.

Daß die Versendung des Texte synoptique etwas verspätet erfolgte, ist richtig. Das Pariser Bureau permanent glaubte ursprünglich, daß es möglich sein werde, die Arbeiten der Kommission und des Generalberichterstatters Ende 1904 abschließen und um diese Zeit den fertiggestellten Texte synoptique zur Versendung zu bringen. Es konnte bei Festsetzung dieses Termins nicht geahnt werden, daß die Arbeiten einen solchen Umfang annehmen würden, wie dies der Fall war. Wer den Texte synoptique des Herrn Generalberichterstatters durchsieht, der wird zugeben müssen, daß kaum ein zweiter Botaniker imstande gewesen wäre, diese enorme Arbeit in der kurzen Zeit zu vollenden, in der sie Dr. Briquet zu Ende brachte.

Wir haben allen Grund, Herrn Dr. Briquet dafür dankbar zu sein, daß er nicht nur die Arbeit auf sich nahm, sondern daß er sich ihr auch durch Monate hindurch nahezu ausschließlich widmete. Die Commission permanente in Paris und das Wiener Organisationskomitee haben es daher für ihre Pflicht gehalten, der Verlängerung des Termins für die Fertigstellung und Drucklegung des Texte synoptique zuzustimmen und sie sind davon überzeugt, daß auch der Kongreß diese Verlängerung des Termins nachträglich genehmigen wird. Der Texte synoptique mit den Anträgen der Kommission wurde Mitte März 1905 an alle stimmberechtigten Personen und

1) Vergl. Österreichische botanische Zeitschrift, 1901, S. 77.

11*

Korporationen verschickt und zugleich in den Buchhandel gebracht[1]. Die seither verflossene Zeit war gewiß hinreichend, um allen Stimmberechtigten Gelegenheit zu geben, sich über den Inhalt des Buches und die Ansichten der von ihnen vertretenen Kreise zu orientieren.

Ad 22 und 23: Wenn Dr. Kuntze der Ansicht ist, daß der Texte synoptique keine geeignete Grundlage für die Nomenklaturberatungen bildet, so entspricht dies seiner privaten Anschauung. Wir sind davon überzeugt, daß durch die Arbeit des Dr. Briquet ein Substrat für die Verhandlungen geschaffen wurde, wie es besser nicht leicht gedacht werden kann. Über die angebliche Nichtberücksichtigung einiger Publikationen im Texte synoptique wird Herr Dr. Briquet berichten.

Die im Absatz 23 zitierte abfällige Bemerkung P. H. Leveillés über die zu erwartenden Arbeiten des Wiener Kongresses kann doch nicht ernstlich als Einwand gegen die Kompetenz des Kongresses aufgefaßt werden.

Ad 24: Daß Professor Wettstein einen Brief Dr. Kuntzes vom 7. September 1903 dem Organisationskomitee nicht vorlegte, ist unwahr. Der Brief kam zur Vorlage, was jeden Moment aus den Protokollen der Sitzungen des Organisationskomitees entnommen werden kann. Daß die Bestimmungen in bezug auf den Modus der Abstimmungen in keiner Weise eine Bevorzugung der Botaniker des Landes, in dem der Kongreß stattfindet, zur Folge haben werden, sondern volle Gleichberechtigung gewährleistet ist, dürfte aus nachfolgender Zusammenstellung sich ergeben: Bei dem Wiener Nomenklaturkongreß werden ca. 205 Institute und Korporationen mit 258 Stimmen stimmberechtigt sein, davon entfallen auf Deutschland rund 19 Proz., Österreich 6 Proz., Belgien 2 Proz., Dänemark 2 Proz., Frankreich 17 Proz., England 7 Proz., Ungarn 2 Proz., Italien 5 Proz., Norwegen 1 Proz., Schweden 3 Proz., Rußland 4 Proz., Holland 4 Proz., Schweiz 5 Proz., Vereinigte Staaten von Nordamerika 15 Proz., Japan 1 Proz. etc.

Wir bitten die Teilnehmer an den Nomenklaturberatungen, gelegentlich des Wiener internationalen botanischen Kongresses diesen Bericht zur Kenntnis zu nehmen, die von unserem Komitee mit größter Objektivität und Gewissenhaftigkeit getroffenen Vorbereitungen zu genehmigen und auf Grund derselben in die Beratungen einzutreten.

Wien, am 6. Juni 1905.

Für das Organisationskomitee des internationalen botanischen Kongresses Wien 1905:

A. Zahlbruckner, Generalsekretär.

R. v. Wettstein, J. Wiesner, Präsidenten.

[1] Vergl. Naturae Novitates 1905, No. 8, S. 274

Rapport de la Commission d'organisation du Congrès botanique international de Vienne 1905 sur sa participation à la préparation des débats sur la nomenclature.

(Traduction française de la 1re partie du Rapport précédent.)

I.

Conformément aux résolutions du Congrès de Paris en 1900, la Commission d'organisation pour le Congrès international de Botanique à Vienne avait l'obligation de préparer aussi les débats sur les questions de nomenclature, questions que devait traiter le Congrès de Vienne. Pour cela il était nécessaire de s'en tenir aux décisions du Congrès de Paris, publiées dans les Actes du Congrès international de Botanique, Paris 1900, et de tout faire pour rendre possibles des délibérations rigoureusement objectives et ne s'occupant que de cette seule matière.

Les premiers travaux préparatoires, c'est-à-dire la nomination de la Commission internationale de nomenclature, la délimitation de la sphère d'activité de celle-ci et la fixation des règles à suivre durant le Congrès de Vienne, ont été exécutés par le Bureau permanent du Congrès international à Paris qui présente, en même temps que nous, un rapport sur son activité.

La Commission d'organisation se constitua le 9 décembre 1902. La circulaire no. 1 dont environ 1000 exemplaires furent expédiés en janvier 1903, a fait part de cette constitution et de la date fixée pour le Congrès de Vienne.

Au printemps de 1903, sur le mandat de la Commission d'organisation, M. le prof. Dr. Ritter v. Wettstein s'est rendu à Paris, pour y assister à la transmission officielle des pouvoirs déposés jusqu'alors d'une façon exclusive entre les mains du Bureau à Paris.

En juillet 1903, nous avons expédié à tous les intéressés la seconde circulaire de la Commission d'organisation, contenant un court résumé de la gestion du Bureau permanent de Paris, une copie de toutes les résolutions en rapport avec les délibérations traitant de nomenclature, et enfin le programme général du Congrès de Vienne. Par cette circulaire, dont plus de 4000 exemplaires furent expédiés, les botanistes furent informés, dans les cercles les plus étendus, de la manière dont on se proposait de traiter la question de la nomenclature.

On se mit ensuite à l'élaboration de la liste des grands établissements botaniques, des principales sociétés botaniques et des sections des sciences naturelles des académies, auxquels revient le droit de voter dans les débats sur la nomenclature; cette liste fut établie par la coopération de la Commission internationale de nomenclature, du Bureau permanent de Paris, de la Commission d'organisation de Vienne et du rapporteur général M. le Dr. Briquet. On prit en particulier toutes les précautions possibles pour assurer à toutes les nations et à tous les Etats une représentation proportionnelle.

En mars 1904, nous avons adressé à toutes les institutions et à toutes les corporations en possession du droit de vote l'invitation d'envoyer des délégués. A cette occasion on exposa de nouveau la marche que l'on projetait de suivre dans la préparation des débats sur la nomenclature. En mai 1904 la liste de ces institutions et corporations fut distribuée aux intéressés.

En août 1904 eut lieu à Genève une conférence entre deux représentants de la Commission d'organisation de Vienne, M. le prof. Dr. Ritter v. Wettstein et M. le Dr. A. Zahlbruckner, et M. le Dr. J. Briquet, conférence dans laquelle tous les détails des débats sur la nomenclature et de leur préparation furent minutieusement discutés.

En novembre 1904, tout les institutions et corporations qui n'avaient pas répondu à la première lettre de mars 1904, furent de nouveau invitées à la faire.

En 1905, on expédia environ 5000 exemplaires de l'invitation définitive au Congrès avec un programme détaillé. À cette occasion on répéta de nouveau en abrégé les dispositions relatives aux débats sur la nomenclature.

À l'occasion de l'envoi du Texte synoptique, en mars 1905, on donna connaissance à tous ceux qui ont droit de vote, des conditions auxquelles ce droit de vote est soumis. On annonça en même temps le jour, l'heure et le lieu des débats sur la nomenclature. À la fin d'avril de la même année, une liste de toutes les personnes, corporations et institutions qui ont droit de vote fut envoyée à tous les intéressés; cette liste fut aussi transmise à un certain nombre des journaux botaniques les plus importants dans le but d'en voir reproduits les points essentiels.

La Commission d'organisation de Vienne a par conséquent conscience d'avoir fait tout son possible pour préparer les débats sur la nomenclature comme son mandat le lui imposait. La Commission saisit avec plaisir l'occasion qui se présente à elle, au moment où elle termine ses travaux, pour remercier de la façon la plus cordiale le Bureau permanent de Paris et M. le Dr. Briquet de l'esprit constamment conciliant dont il ont fait preuve et qui a rendu possible une coopération tout-à-fait amicale.

Rapport distribué à l'ouverture du Congrès et approuvé dans la 3me séance à l'unanimité.

6. Resumé du travail du Rapporteur général et de la Commission internationale de nomenclature botanique.

Décembre 1900 jusqu'à Mars 1905.

Le rapporteur général a été nanti officiellement des fonctions dont l'avait chargé le Congrès de Paris, le 17 Novembre 1900. Il a accepté ces fonctions le 6 Décembre 1900 et s'est mis directement en rapport avec le Bureau de Paris. Ce dernier a tenu régulièrement le rapporteur au courant de toutes ses décisions et l'a appelé à donner son avis, consultativement, sur la plupart des points traités dans ses circulaires.

Le rapporteur a eu outre assisté à Paris à deux séances du Bureau permanent (Avril 1903 et Octobre 1904), séances dans lesquelles ont été arrêté: 1° le contenu du texte synoptique des motions, destiné à servir de base aux débats de 1905; 2° le contenu du rapport de gestion jusqu'en Octobre 1904.

Les motions n'ont commencé à arriver qu'à la fin d'Octobre 1903 (O. Kuntze, Codex brevis maturus) et celles-ci se sont succédées jusqu'au 30 Juin 1904 au nombre de 16. Une dernière pièce (No. 17) est même arrivée en retard le 4 Août 1904.

Après avoir hésité sur l'opportunité d'attendre que toutes les motions fussent réunies pour les soumettre à la Commission, il a été décidé (Décembre 1903) d'accord avec la Commisson d'organisation de Vienne et le Bureau de Paris, de les envoyer par groupes au fur et à mesure de leur dépôt, en priant les membres de la Commission d'en faire l'étude, mais sans demander à ceux-ci, pour le moment, d'avis à leur sujet.

Le rapporteur a fait ainsi 5 envois successifs, accompagnés de circulaires explicatives:

Circulaire No. 1 (O. Kuntze, Codex brevis maturus; Burnat et Durand, Propositions d'un groupe de botanistes belges et suisses); 15. Janvier 1904.

Circulaire No. 2 (O. Kuntze, divers imprimés et 2 motions d'ordre); 5 Mars 1904.

Circulaire No. 3 (Liste des grands établissements botaniques et des académies et sociétés pouvant envoyer des délégués au Congrès de 1905; Saccardo, De diagn. et nom. mycologica; de Jaczewski, Projet émanant de la société impériale des naturalistes de Moscou); 20 Mai 1904.

Circulaire No. 4 (Britton, Code émanant du Botanical Club of the A. A. A. S.); 1er Juin 1904.

Circulaire No. 5 (Motions Wille et Wittrock, Brunnthaler, Saccardo, Harms, v. Hayek, Malinvaud, Rouy; motions communiquées par M. Robinson pour les botanistes de l'Université de Harvard et le New England bot. Club; par M. Rendle pour les botanistes de British Museum; par M. le Dr. Levier pour un groupe de botanistes italiens; et par M. Malinvaud pour la Soc. bot. de France); 6 Juillet 1904.

Circulaire No. 6 (Motion Hochreutiner et tirage provisoire du Texte synoptique; instructions sur le mode de vote); 12 Décembre 1904.

Circulaire No. 7 (tirage restreint, réclamant les réponses des commissaires en retard); 16 Janvier 1905.

Au total 22 documents (dont 1 comportant un lot de 8 brochures) ont été communiqués à la Commission.

Toutes les motions reçues se rapportent aux questions de nomenclature, sauf deux qui sont des motions d'ordre. Ces deux motions, émanant de M. le Dr. O. Kuntze, demandaient: 1° que le Codex brevis maturus serve de base aux débats de 1905 et remplace les autres dispositions préparatoires: 2° que l'acceptation du dit Codex en Octobre 1903, tardive aux yeux de l'auteur, soit considérée comme valable.

Le rapporteur a soumis le 5 Mars 1904 ces motions à la Commission, ainsi qu'une contre-proposition motivée. A la votation, la motion No. 1 a été rejetée par 30 voix (1 bulletin blanc): la motion No. 2 a été rejetée par 26 voix (5 bulletins blancs); la contre-proposition a été acceptée à l'unanimité des 31 votants.

La Commission, qui comptait au début 46 membres, a perdu successivement: MM. de Heldreich (décédé avant d'avoir pris part à ses travaux): K. Schumann (décédé après avoir répondu à la circulaire No. 2); Drake del Castillo (décédé après avoir répondu à la circulaire No. 2); Belli (démissionnaire pour cause de santé après avoir répondu à la circulaire No. 1) le 9 Mars 1904; Sir George King (démissionnaire pour cause de santé le 3 Juin 1904, sans avoir pris part à aucun des travaux de la Commission): Burkill, démissionnaire le 10 Avril 1904 pour cause de départ aux Indes, sans avoir pris part à aucun des travaux de la Commission; Balfour (démissionnaire le 30 Juillet 1904, pour raisons personnelles, sans avoir pris part aux travaux de la Commission): Fries (démissionnaire le 22 Janvier 1905 pour raison de santé, sans avoir pris part aux travaux de la Commission).

Le Congrès de Paris avait décidé que les diverses questions de nomenclature seraient étudiées par des rapporteurs spéciaux, ainsi que l'examen des modes de procédures relatifs aux votes (Actes p. 163). Cette résolution n'a pas pu être exécutée sous cette forme. Les grandes difficultés que le Bureau de Paris a rencontrées dans la constitution de la Commission internationale, et l'impossibilité pratique de répartir le travail entre des membres disséminés dans le monde entier ont obligé à procéder un peu différemment. Le Bureau de Paris et la Commission d'organisation de Vienne se sont chargés de tout ce qui concerne les modes de procédures relatifs aux votes. D'autre part, tous les membres de la Commission ont été priés d'étudier l'ensemble des propositions; les votes qui ont été donnés sur chacune d'elles furent centralisés par le rapporteur général, et les motions qui réunirent la majorité des suffrages ont été transmises au Congrès avec un préavis favorable à leur acceptation.

Les travaux préliminaires du rapporteur pour la rédaction de son rapport ont commencé en automne 1902 (réunion des documents bibliographiques; triage et classement des motions publiées de 1867 à 1903). Ils ont été poursuivis jusqu'au 1er Juillet 1904, moment à partir duquel la rédaction définitive a dû être entreprise. Cette rédaction a été achevée en Septembre et l'impression a commencé immédiatement; elle a été terminée pour le 15 Décembre. Le travail de la Commission devait être achevé le 15 Janvier 1905 pour les commissaires résidant en Europe, et le 20 Janvier pour ceux résidant en Amérique. Par suite de retards divers dans l'envoi des réponses, la votation n'a pu être close que le 12 Février 1905. Le tirage définitif n'a donc pu commencer que le 15 Février 1905 et a été achevé le 15 Mars. Les modifications introduites dans les délais primitivement indiqués ont été approuvées par le Bureau permanent de Paris et par la Commission d'organisation de Vienne. Le Texte synoptique des documents destinés à servir de base aux débats du Congrès international de nomenclature botanique de Vienne 1905 a finalement été expédié simultanément aux commissaires, aux grands établissements, aux sociétés botaniques, académies etc. (à ces dernières en triple exemplaire) entre le 15 et le 21 Mars 1905.

Genève, le 21 Mars 1905.

Dr. J. Briquet.

Rapport distribué à l'ouverture de Congrès et approuvé dans la 3me séance à l'unanimité.

7. Observations présentées au Congrès de nomenclature botanique au sujet du Texte synoptique par le rapporteur général dans la séance du 12 Juin 1905.

L'impression du Texte synoptique a dû être exécutée du 15 Février au 15 Mars 1905 de façon à ce que le livre soit le plus rapidement possible entre toutes les mains. Il était inévitable qu'un travail typographique exécuté aussi rapidement ne présentât pas quelques erreurs d'impression et quelques lapsus au sujet desquels le rapporteur a le devoir de s'expliquer. Les points de détail sur lesquels portent les corrections seront mentionnés au cours des débats à l'occasion des articles auxquels ils se rapportent. Nous tenons cependant à dire que les articles n°s 32, 67 et 68, admis par la majorité de la Commission, ne manquent dans la quatrième colonne du Texte synoptique (pp. 55 et 119), que par suite d'une faute de composition. Le rapporteur n'aurait pas pu exécuter de son chef une suppression de ce genre sans la motiver en détail.

Le rapporteur doit en outre se justifier au sujet d'omissions qui lui ont été reprochées par M. le Dr. O. Kuntze et qui rendent, selon cet auteur, le Texte synoptique assez «infidèle» pour qu'il ne puisse «servir pour la discussion et la délibération du Congrès»[1].

1° M. Kuntze reproche au rapporteur (l. c. p. 29) d'avoir omis l'art. 6 k du Codex brevis maturus, qui traite de l'obligation des index, a propos de l'art. 86 dans le Texte synoptique. — C'est là une erreur. L'art. 6 k du Codex brevis figure dans le Texte synoptique à la page 77 (art. F 46, 5°), où sont énumérées les conditions nécessaires pour qu'un nom soit valablement publié.

2° L'auteur reproche au rapporteur (l. c. p. 29) de n'avoir pas fait figurer dans l'index bibliographique des motions un article publié par M. Kuntze dans le Journal de Botanique t. XIV, ann. 1900, intitulé: «Additions aux lois de la Nomenclature botanique». — Mais les additions en question sont seulement la traduction française de propositions antérieures faites en allemand, et énumérées sous les n°s 17 et 19 de l'index du rapporteur. Seul l'art. 70 qui renferme des prescriptions relatives au mode de constitution et de fonctionnement des congrès de nomenclature subit une rédaction nouvelle. Comme M. Kuntze a traité cette matière beaucoup plus en détail dans son Codex brevis, motion n° 22, le rapporteur s'est dans ce cas décidé à éviter une longue répétition, procédé qui a été également appliqué à M. Saccardo (voy. motion n° 25). Il ne résulte de cela aucun dommage pour M. Kuntze et encore moins pour le Congrès.

3° M. Kuntze (l. c. p. 29) reproche au rapporteur d'avoir omis la citation dans l'Index d'un travail intitulé: «Exposé sur les Congrès pour la nomenclature botanique et 6 propositions pour le Congrès de Paris en 1900». — Cette brochure renferme pour la plus grande partie des motions destinées au Congrès de Paris en 1900, sans qu'il ressorte du texte que les propositions en question étaient destinées à l'insertion dans un code de nomenclature botanique. Les phrases nouvelles (VII), imprimées en italiques, sont en partie présentées sous une forme dubitative. Elles traitent de questions reprises par M. Kuntze beaucoup plus en détail dans son Codex brevis maturus. Le rapporteur a procédé pour elles comme dans le cas précédent.

4° L'auteur (l. c. p. 29) reproche encore au rapporteur d'avoir négligé une variante des règles de l'American A. S. S. publiée dans la préface de l'Illustrated Flora de MM. Britton et Brown (vol. I, IX—X, New York 1896). — Mais ces règles ne sont pas nouvelles, elles ne sont qu'une glose, à l'usage des lecteurs de la Flore, des Rochester Rules (N° 5 de l'index) et des règles de la conférence de Madison (N° 10 de l'index), ainsi que le remarquent expressément les auteurs. Si le rapporteur

1) O. Kuntze, Protest etc., l. c., p. 14 (n° 23).

avait voulu collectionner toutes les répétitions de ce genre, le Texte synoptique aurait sans avantage aucun pu prendre des dimensions formidables.

5° Enfin, M. Kuntze reproche au rapporteur d'avoir négligé un article de M. F. E. Clements intitulé: Greek and Latin in biological nomenclature et publié dans les Nebraska University Studies III. 1. Lincoln 1902: 1—83. Le rapporteur s'empresse de confesser que, sur ce dernier point, il y a effectivement une lacune: il n'a connu le travail de M. Clements que par les quelques mots que lui a consacrés M. Kuntze dans son Codex brevis p. XXXIX. M. Kuntze dit (l. c.) que ce mémoire est l'oeuvre d'un linguiste, dans lequel les corrections de noms dépassent de beaucoup le nombre de celles proposées par M. le Dr. Saint-Lager, mais sans rien ajouter qui permette de soupçonner la présence de règles formulées dans le sens des Lois de 1867. Le rapporteur a cherché en vain ce travail dans les bibliothèques de Genève et de Vienne.

Vienne, le 11 Juin 1905.

Dr. J. Briquet.

Addition. — Le rapporteur doit compléter les renseignements donnés à la page 17 (n° 9) du Texte synoptique, relatifs aux opérations de vote de la Commission de nomenclature, comme suit:

1° M. Maiden (Sydney) a pris part à la votation, mais sa réponse n'est parvenue au rapporteur à Genève qu'après le Congrès.

2° M. le prof. Arechavaleta (Montevideo) a écrit au rapporteur en date du 16 Juin 1905 qu'une grave maladie l'avait empêché de donner de ses nouvelles et de venir assister au Congrès de Vienne.

VIII. Règles internationales de la Nomenclature botanique.

Adoptées par le Congrès international de Botanique de Vienne 1905 et publiées au nom de la Commission de rédaction du Congrès par **John Briquet**, Rapporteur général.

International rules of Botanical Nomenclature.

Adopted by the International Botanical Congress of Vienna 1905.

Internationale Regeln der Botanischen Nomenclatur.

Angenommen vom Internationalen Botanischen Kongreß zu Wien 1905.

Table de Matières.

*) Die Seitenzahlen beziehen sich auf die Zahlen rechts und links oben im folgenden Texte; dieselben stimmen mit den Seitenzahlen der Separatausgabe der „Règles internationales etc." (Verlag von Gustav Fischer, Jena) überein.

Avant-propos.

Le langage technique dont se servent les botanistes pour désigner les innombrables groupes que la science systématique a fait connaître remonte essentiellement à Linné qui, dans ses Fundamenta et son Philosophia botanica, en a énoncé les principes, tandis qu'il les appliquait dans les ouvrages fondamentaux que sont le Genera et le Species plantarum, le Systema Naturae et autres classiques.

Mais la quantité des faits découverts depuis le milieu du XVIIIme siècle a augmenté dans des proportions si prodigieuses, le nombre des chercheurs et de leurs publications s'est tellement accru, le sens de l'exactitude s'est à ce point développé que, à plusieurs reprises, le besoin s'est fait sentir de modifier, d'étendre, de préciser, enfin de coordonner les principes et les règles primitivement posés par Linné. C'est ainsi que, après plusieurs tentatives isolées d'amendement et de codification, le Congrès international de Botanique réuni à Paris en 1867 fut amené à discuter et à adopter sans modifications importantes un recueil de Lois de la Nomenclature botanique élaboré avec un soin et une compétence universellement reconnus par l'illustre Alphonse de Candolle.

Bien que l'acceptation des Lois de 1867 n'ait pas été universelle, elle a cependant été assez générale pour que celles-ci aient servi de base à la plupart des travaux de botanique systématique publiés depuis lors. Les services rendus à la science par Alph. de Candolle et par le Congrès de 1867 sont donc incontestables et doivent être hautement proclamés. Mais, comme toutes les institutions humaines, les Lois de 1867 étaient perfectibles. Les lacunes qu'elles présentaient — dont quelques unes très grosses de conséquences (par exemple l'omission d'une date précise comme point de départ de la nomenclature) — amenèrent Alph. de Candolle lui-même à proposer en 1883, dans ses Nouvelles remarques sur la Nomenclature botanique, une série d'amendements importants. Plusieurs articles étaient d'ailleurs interprétés ou appliqués de façons différentes par divers auteurs ou diverses écoles. Aussi, lorsque, en 1891, O. Kuntze publia son Revisio generum plantarum, la confusion devint générale. Dans cet ouvrage, d'une très grande érudition, l'auteur adoptait pour la nomenclature un point de départ différent de celui proposé pour les plantes vasculaires par Alphonse de Candolle; il énonçait et appliquait une série de règles nouvelles; enfin en appliquant rigoureusement certains des principes de 1867, il aboutissait au changement d'environ 30000 noms de plantes. Les polémiques acharnées qui se sont livrées autour de l'œuvre de O. Kuntze, les motions de tout genre qu'elles ont fait surgir, l'application de règles particulières destinées à développer ou à mettre un frein aux changements introduits par O. Kuntze, tout cela a contribué avec les publications ultérieures de cet auteur lui-même, à transformer la nomenclature botanique en un véritable chaos. Les choses en sont arrivées au point que certaines flores ou monographies sont devenues absolument inintelligibles pour le commun des botanistes, sans l'emploi de dictionnaires spéciaux, ceux-ci ne suffisant pas même toujours à une interprétation satisfaisante.

L'essai fait en 1892 au Congrès international de Botanique de Gênes de régler certains points importants n'a pas entièrement répondu à l'attente: il fallait, pour obtenir un accord général, reprendre les règles dans leur ensemble. Cependant, plusieurs des décisions prises à Gênes ont été maintenues par le Congrès de 1905, de sorte que l'œuvre partielle exécutée à cette époque n'a pas été vaine.

En 1900, le Congrès de Paris décida que la revision des Lois de la nomenclature de 1867 constituerait une des tâches des assises internationales de 1905. Sans vouloir refaire l'historique des préliminaires du Congrès de 1905, il y a lieu de rappeler ici que les travaux de la Commission internationale de nomenclature botanique, instituée à cet effet, et du rapporteur général ont été résumés dans le Texte synoptique des documents destinés à servir de base aux débats du Congrès international de Nomenclature botanique de Vienne 1905, rédigé et présenté au nom de la Commission par le rapporteur M. le Dr. Briquet.

Après des débats poursuivis pendant six séances sur la base du Texte synoptique — débats dont le détail figure ailleurs dans les Actes du Congrès — une Commission de rédaction fut nommée (17 juin 1905) pour élaborer le texte des décisions prises en matière de nomenclature. Cette Commission se composait de MM. Ch. Flahault (Montpellier), A. B. Rendle (Londres), H. Harms (Berlin) et du rapporteur général J. Briquet (Genève).

La tâche de la Commission devait consister dans: la revision rédactionelle et la coordination minutieuse des décisions prises, le classement rationnel des matières, le choix d'exemples destinés à rendre le texte parfaitement clair.

Cette tâche, que la pratique a montré être beaucoup plus longue et plus difficile qu'il ne paraissait au premier abord, a été accomplie sous la forme suivante.

Le rapporteur général, M. Briquet, a d'abord élaboré un premier texte français des nouvelles règles et recommandations, en suivant exactement le procès-verbal français du secrétaire du Congrès, M. Henri Romieux, les notes du secrétaire anglais, M. Knoche, le compte-rendu sténographique allemand et les notes prises par lui-même au cours des débats. Ce texte, accompagné d'une concordance avec les Lois de 1867, a ensuite été soumis aux trois autres membres de la Commission, pour étude critique et traduction en anglais (M. Rendle) et en allemand (M. Harms). Le rapporteur a, sur le vu des réponses de ses collègues, modifié le texte français primitif en tenant compte des propositions des autres membres de la Commission. Puis ces modifications ont été soumises à nouveau à la Commission et introduites dans les textes anglais et allemand. Enfin, les épreuves du tout ont passé sous les yeux de tout les membres de la Commission au cours de l'impression.

Le travail que la Commission de rédaction présente aujourd'hui aux botanistes est donc une œuvre collective. Le texte français, rédigé par M. Briquet, fait foi en cas de doute sur l'interprétation des textes anglais et allemand. Ces deux derniers textes ont pour auteurs M. Rendle et M. Harms. La liste des noms de genres à conserver a été mise au point (citations, corrections typographiques etc.) par M. Harms, qui en est l'auteur. L'index analytique a été rédigé par M. Briquet, ainsi que la concordance. Cette dernière renferme en outre la liste et la justification des modifications que la Commission a introduites dans le texte voté par le Congrès en vertu des pouvoirs qui lui ont été donnés le 17 juin 1905.

L'ordre dans lequel se suivent les trois textes français, anglais et allemand est celui qui a été adopté dans la dernière édition des Règles internationales de a nomenclature zoologique (1905).

15 Février 1906.

La Commission de rédaction:
J. Briquet, Ch. Flahault, H. Harms, A. B. Rendle.

I. Concordance des Lois de la Nomenclature botanique de 1867 et des Règles et Recommandations de 1905.

Articles des Lois de 1867	Articles des Règles de 1905	Observations
1	1	Pas de changement.
	2	Les Lois de 1867 ne distinguaient pas nettement entre les principes, les règles et les recommandations, d'où une source d'obscurité dans plusieurs cas et de fréquentes discussions. Le Congrès de 1905 a comblé cette lacune.
2	3	Pas de changement, sauf l'addition des mots « simples et ».
3	4	Pas de changement.
4	5	Pas de changement.
5	6	L'art. 28, 10° des Lois de 1867 recommandait d'« éviter de faire choix de noms qui existent en zoologie ». Cette recommandation a été abolie par le Congrès de 1905, d'où l'addition d'un second membre de phrase dans cet article.
6	7	Le Congrès de 1905 a ajouté les mots « pour tous les groupes », plusieurs auteurs ayant cru pouvoir créer des noms de groupes supérieurs aux genres dans des langues modernes.
7	8	Pas de changement.
	9	Principe qui n'avait pas été explicitement énoncé par les Lois de 1867.
8	10	Le Congrès de 1905 a adopté les termes *Ordo* et *Subordo*, au lieu de *Cohors* et *Subcohors*; *Ordo* n'est plus synonyme de *Familia*.
9	11	Les *variations* et *sous-variations* des Lois de 1867 sont maintenant appelées des *formes*.
10	12	*Subordo* n'est plus synonyme de *Subfamilia*. Les autres changements sont la conséquence des art. 10 et 11. Le Congrès de 1905 a reconnu la faculté d'intercaler dans la série hiérarchique d'autres groupes lorsque la série réglementaire ne suffit pas.

Articles des Lois de 1867	Articles des Règles de 1905	Observations
11	13	Pas de changement.
12	14	Pas de changement.
13	Rec. I	Les articles 13 et 14 des Lois de 1867 ont été transformés en recommandation par le Congrès de 1905. Tout ce qui a trait à la définition des semis et des lusus a été supprimé: la note relative aux métis faisait double emploi avec l'art. 14 (ancien art. 12).
14	Rec. I	
15	15	Article modifié par le Congrès de 1905 pour le mettre d'accord avec les nouveaux articles 19 et 20.
	16	Nouveau.
16	17	Pas de changement. Mise au point de la rédaction.
17	18	Pas de changement.
	19	Nouveau. Les Lois de 1867 avaient omis de préciser la date destinée à servir de point de départ pour la nomenclature botanique. Cette lacune a été comblée par le Congrès de Gênes en 1892 et ratifiée par celui de Vienne en 1905.
	20	Nouveau. Cet article introduit le principe que, pour éviter de trop grandes perturbations de nomenclature, certains noms sont *inamovibles*. Les principes, tels que celui de la priorité, ne peuvent plus être invoqués utilement quand leurs conséquences prennent un caractère funeste pour le développement de la science. La synonymie résume l'histoire des noms prescrits. Les exceptions à la priorité admises pour les noms génériques le sont en vertu du principe énoncé à l'art. 5; les Lois de 1867 avaient déjà admis, en vertu de ce même principe, certaines exceptions (voy. par ex. l'ancien art. 22).
18	Rec. II	Les articles des Lois de 1867 qui se rapportent à la nomenclature des groupes supérieurs aux familles ont été envisagés par le Congrès de 1905, comme des recommandations, ne comportant d'ailleurs par rapport au texte primitif que des modifications peu importantes.
19	Rec. II	Même observation que ci-dessus.
20	Rec. III	Même observation que ci-dessus. La rédaction a été modifiée en conformité avec l'art. 10 (ancien art. 8). La désinence *-ineae* pour les sous-ordres est nouvelle.
21	21	Rédaction modifiée en conformité avec l'art. 10 (ancien art. 8).

Articles des Lois de 1867	Articles des Règles de 1905	Observations
22	22	L'art. 22 des Lois de 1867 a été réduit à l'alinéa 3°: les alinéas 1°, 2° et 4° sont supprimés.
23	23	Le Congrès de 1905 a adopté des désinences uniformes (*-oideae, -eae, -inae*) pour les sous-familles, tribus et sous-tribus. Le rang hiérarchique de ces groupes se reconnait maintenant facilement à la désinence de leurs noms.
24	23	
25	24	Les prescriptions relatives aux subdivisions de genre chevauchaient dans les Lois de 1867 sur les art. 25 et 26. La Commission de rédaction a placé dans deux articles distincts ce qui concerne les genres et ce qui concerne leurs subdivisions. L'obligation de l'emploi du singulier et de la majuscule pour les noms génériques ne figurait pas dans les Lois de 1867. Les autres changements concernent des détails de rédaction.
26	25	Voy. les observations ci-dessus.
27	Rec. IV	Tous les art. des Lois de 1867 relatifs aux questions d'orthographe et de construction de noms de genres et de subdivisions de genres ont été transformés en recommandations par le Congrès de 1905. La recommandation IV de 1905 est plus précise que l'art. 27 des Lois de 1867. La commission a introduit ici quelques mots pour éliminer l'adjonction aux lettres latines de signes diacritiques étrangers; cette élimination se trouvait implicitement admise, mais peu clairement, dans le texte voté par le Congrès. A l'alinéa *d*, la commission a intercalé les mots « ou abréviation ». Cette addition est conforme à l'esprit de la recommandation et tient compte de cas tels que M a r t i a et M a r t i u s i a, B r u n s v i a et B r u n s v i g i a etc.
28	Rec. V	L'art. 28, 2° des Lois de 1867 se rapporte aux recommandations pour la publication des noms; il figure maintenant dans la section 4, Rec. XXI; le nouvel alinéa 2° réunit sous une forme plus brève les alinéas 3° et 9° de l'ancien art. 28; l'ancien alinéa 10° relatif aux noms existant en zoologie a été supprimé.
29	Rec. VI	Changement de rédaction insignifiant
30	Rec. VII	Changement de rédaction insignifiant.
31	26	Modifications purement rédactionnelles.
32	Rec. VIII	Tous les art. des Lois de 1867 relatifs aux questions d'orthographe et de construction de noms d'espèces et de

Articles des Lois de 1867	Articles des Règles de 1905	Observations
		subdivisions d'espèces ont été transformés en recommandations par le Congrès de 1905. Il n'y a pas de changement de rédaction introduit dans l'ancien art. 32.
33	Rec. IX	Tout ce qui concerne l'emploi des majuscules et des minuscules est renvoyé à la recommandation suivante.
34	Rec. X	La recommandation est plus précise que l'ancien art. 34.
	Rec. XI	Le contenu de la recommandation XI est nouveau, mais il découle logiquement de la recommandation IV.
	Rec. XII	Recommandation nouvelle. Les Lois de 1867 ne parlaient pas de noms spécifiques dérivant de noms de femmes.
	Rec. XIII	Recommandation nouvelle.
35		Cet article des Lois de 1867 est devenu l'art. 27. Voy. plus loin.
36	Rec. XIV	L'alinéa 5° de l'ancien art. 36 est modifié dans un sens restrictif. La rédaction de l'alinéa *f* (ancien alinéa 6°) est complétée.
	27	Pas de changement.
37		L'article 37 des Lois de 1867 est devenu l'art. 31. Voy. plus loin.
38	28	Les modifications de rédaction ont été effectuées conformément aux art. 11 et 12 des nouvelles règles. La dernière phrase complète le sens du premier alinéa.
	Rec. XV	Recommandation nouvelle.
	29	Cette règle avait été omise dans les Lois de 1867, mais elle découle logiquement de l'art. 27 (ancien art. 34). La commission a ajouté la première phrase de cet article, laquelle découle logiquement de l'art. 27.
	Rec. XVI	Recommandation nouvelle.
39		L'article 39 des Lois de 1867 est devenu la recommandation XVII. Voy. plus loin.
40	30	Rédaction modifiée en conformité avec la recommandation I (ancien art. 14).
	31	Tout ce qui concerne la nomenclature des hybrides et métis a été réuni par le Congrès de 1905 dans un § spécial. La rédaction de cet article est considérablement modifiée.
	32	Nouveau. Les Lois de 1867 ne connaissaient pas les hybrides intergénériques.
	33	Nouveau. Même observation que pour l'art. 32.

12*

Articles des Lois de 1867	Articles des Règles de 1905	Observations
	34	Nouveau. Les Lois de 1867 n'avaient pas prévu la nomenclature des hybrides pléomorphes.
	Rec. XVII	Transformé en recommandation par le Congrès de 1905, l'ancien art. 39 a été modifié dans sa rédaction en conformité avec les art. 31 à 34.
41		L'art. 41 des Lois de 1867 figure à l'art. 39 des nouvelles règles: Les articles de la section 4 (ancienne section 3) qui traitent de la publication des noms et de leur date, présentent dans les Lois de 1867 un groupement des matières qui laisse beaucoup à désirer. Cette division a été refondue par la commission de rédaction, comme suit: 1° En quoi consiste une publication? (art. 35). 2° Quelles conditions un nom ou une combinaison de noms doivent-ils remplir pour être *valablement* publiés? (art. 36, 37 et 38.) 3° Quelle est la date de publication d'un nom? (art. 39). Viennent ensuite les recommandations relatives aux questions de publication.
42	35	Cet article a été notablement modifié et simplifié par le Congrès de 1867: la publication consiste uniquement dans la distribution d'imprimés et d'autographies indélébiles.
	36	Nouveau. L'emploi du latin dans la diagnose originale pour qu'un nom de groupe nouveau soit valablement publié ne devient indispensable qu'à partir du 1er janvier 1908.
43		L'art. 43 des Lois de 1867 a été fusionné avec l'art. 35 des règles de 1905.
44		L'article 44 des Lois de 1867 figure à l'art. 39 des règles de 1905, lequel traite des questions de date.
45		Cet article se rapporte à la section 3 (nomenclature des divers groupes) § 4 (noms d'espèces et de subdivisions d'espèces) et fait double emploi avec l'art. 26 (ancien art. 31): il a été supprimé par la Commission de rédaction.
46	37	L'ancien art. 46 des Lois de 1867 a été considérablement modifié par le Congrès de 1905. La rédaction est beaucoup plus précise. Les noms cités accidentellement dans la synonymie ne sont pas valablement publiés. Il en est de même pour les noms publiés dans des exsiccata sans être accompagnés de diagnoses imprimées. Les planches accompagnées

Articles des Lois de 1867	Articles des Règles de 1905	Observations
		d'analyses ne seront considérées comme équivalant à une description que pour autant qu'elles auront été publiées avant le 1er janvier 1908.
	38	Tout ce qui concerne la publication des noms de genres et de groupes supérieurs aux genres est réuni dans l'art. 38. Mêmes observations que pour l'art. 37.
	39	Cet article qui traite des questions de dates résume les anciens art. 41 et 44 des Lois de 1867. Il a dû être complété en conformité avec le nouvel art. 36.
47	Rec. XVIII	Cette recommandation reproduit l'art. 47, 2° des Lois de 1867 sans changement.
	Rec. XIX	C'est l'art 47, 3°, sans changement. L'alinéa 3° de l'ancien art. 47 figure dans la recommandation XIV, *e* des règles de 1905.
	Rec. XX	Recommandation nouvelle, qui découle logiquement des art. 36 et 39 des règles de 1905.
	Rec. XXI	Cette recommandation correspond à l'art. 28, 2° des Lois de 1867; la portée en a été un peu élargie par le Congrès de 1905.
	Rec. XXII	Cette recommandation correspond à l'ancien art. 47, 1°, avec une mise au point de la rédaction.
	Rec. XXIII	Recommandation nouvelle.
	Rec. XXIV	Recommandation nouvelle.
48	40	Pas de changement, sauf l'addition des mots: «et pour qu'on puisse aisément constater leur date».
49	41	Pas de changement.
50	42	Rédaction modifiée.
51	43	Rédaction modifiée de façon à embrasser tous les cas. La dernière phrase permet de résumer partiellement une synonymie par l'emploi d'une parenthèse. Les mots «à l'intérieur du genre» ont été intercalés par la Commission. L'ancienne rédaction était évidemment fautive: elle aurait obligé à changer par exemple la citation des auteurs de genres toutes les fois que ceux-ci sont déplacés d'une subdivision de famille ou d'une famille dans une autre.
52	Rec. XXV	L'article 52 des Lois de 1867 a été transformé en recommandation par le Congrès de 1905. La dernière phrase est nouvelle. La commission a ajouté l'exemple classique «DC. pour De Candolle».

Articles des Lois de 1867	Articles des Règles de 1905	Observations
53	44	Pas de changement; les mots « à moins que, etc. » ont été ajoutés pour mettre cet article d'accord avec l'art 52, 4° des règles de 1905.
54	45	Pas de changement.
55	46	Pas de changement; les mots « et ce choix, etc. » sont nouveaux et précisent la portée de la règle.
	Rec. XXVI	Recommandation nouvelle.
	Rec. XXVII	Cette recommandation se rattache étroitement à celles qui figurent sous le n° VI (ancien art. 29), dont elle est le complément.
	Rec. XXVIII	Cette recommandation est la conséquence logique de la précédente.
56	47	Modifications de rédaction qui donnent à la règle plus de précision.
57	48	Deux systèmes se partageaient jusqu'en 1905 les suffrages des botanistes en ce qui concerne la nomenclature des groupes déplacés avec ou sans changement de rang. Les uns conservaient ou rétablissaient le nom primitif ou l'épithète originale des groupes toutes les fois que cela pouvait se faire sans qu'il y ait formation de doubles emplois (règle d'Alph. de Candolle); les autres considéraient comme valables le premier nom ou la première combinaison de noms donnés aux groupes dans leur nouvelle position, que la règle d'Alph. de Candolle ait été observée ou non (règle dite de Kew). Ensuite d'un compromis intervenu au Congrès de 1905 entre les représentants des deux écoles, la règle d'Alph. de Candolle sera désormais appliquée aux groupes déplacés sans changement de rang hiérarchique; par contre, la règle dite de Kew sera désormais appliquée aux groupes déplacés avec changement de rang hiérarchique. L'ancien article 57, devenu l'article 48 des règles de 1905, reste donc le même quant aux fond; sa rédaction a été améliorée de façon à en exclure toute ambiguité.
58	49	La rédaction adoptée pour l'art. 49 par le Congrès est dirigée dans un sens tout à fait opposé à celui de l'art. 58 des Lois de 1867, ainsi qu'il vient d'être exposé à propos de l'art. 48 (ancien art. 57).
	Rec. XXIX	Ces recommandations correspondent aux règles contenues dans les articles 58 et 65 des Lois de 1867, mis d'accord avec les prescriptions nouvelles des règles de 1905.

Articles des Lois de 1867	Articles des Règles de 1905	Observations
59	50	La rédaction de l'art. 59 des Lois de 1867 a été complétée; elle résout dans un sens négatif la question très controversée de savoir si un nom qui est tombé dans la synonymie ne peut plus, pour cette raison, être employé dans un sens différent (règle dite: once a homonym, always a synonym). Les recommandations V *b* et XIV *f* prescrivent d'éviter à l'avenir le renouvellement de cas de ce genre.
60	51	Les alinéas 1°, 2° et 5° de l'art. 60 des Lois de 1867 sont maintenus avec d'insignifiants changements de rédaction. L'alinéa 3° est supprimé, le Congrès de 1905 ayant estimé que les inconvénients résultant de noms qui expriment des attributs faux sont plus que balancés par le désavantage d'un changement de nom. L'alinéa 3° est remplacé par une prescription qui annule les noms génériques basés sur une monstruosité. L'alinéa 4° de l'ancien article 60, qui éliminait les noms bilingues, est supprimé et remplacé par une phrase qui élimine les noms basés sur des groupes à éléments incohérents ou inextricables.
61	52	Pas de changement, sauf ceux qui découlent des art. 10 et 12 des règles de 1905.
62	53	Les changements ne concernent que la rédaction.
63		Cet article était ainsi conçu: Lorsqu'un groupe est transporté dans un autre en y conservant le même rang, son nom doit être changé s'il devient un contre-sens ou une cause évidente d'erreur ou de confusion dans la nouvelle position qui lui est attribuée». La Commission de rédaction n'a pas maintenu dans le texte des règles cette prescription qui est devenue inutile. D'un côté, l'art. 51, 4° ordonne déjà l'abandon d'un nom lorsqu'il devient une source permanente de confusions ou d'erreurs. De l'autre, le Congrès a décidé, contrairement aux Lois de 1867, qu'il n'y a pas lieu de rejeter un nom lorsque ce dernier exprime un caractère ou un attribut positivement faux dans la totalité d'un groupe ou seulement dans la majorité des éléments qui le composent. L'ancien art. 60, 3° des Lois de 1867 (concordant avec l'art. 63) a donc été supprimé en vertu de l'art. 16, lequel affirme ce principe qu'un nom «n'a pas pour but d'énoncer des caractères ou l'histoire d'un groupe, mais de donner un moyen de s'entendre lorsqu'on veut en parler.»

Articles des Lois de 1867	Articles des Règles de 1905	Observations
64		L'art. 64 des Lois de 1867 est devenu l'art. 56 des règles de 1905. Voy. plus loin.
	54	Cet article indique trois cas de rejet de noms génériques non prévus par les Lois de 1867. Le congrès de 1905 a encore admis le rejet de noms génériques qui ne sont pas au singulier et au nominatif. La Commission de rédaction a mentionné le premier point à l'art. 24; il paraît superflu de mentionner le second du moment que l'on exclut la nomenclature prélinnéenne.
	55	Cet article indique deux cas de rejet de noms spécifiques non prévus par les Lois de 1867.
65		Cet article est devenu inutile ensuite des changements apportés par le Congrès de 1905 à l'art 49 (ancien art. 58). Son contenu figure dans la recommandation XXIX, 1°.
	56	C'est l'ancien art. 64 des Lois de 1867; les seuls changements concernent la numérotation des articles cités.
66	57	La rédaction adoptée par le Congrès de 1905 s'écarte peu de celle des Lois de 1867; elle repousse les changements qui ont été proposés pour les noms ne différant que par la désinence.
	Rec. XXX	Cette recommandation est empruntée à l'ancien art. 66 des Lois de 1867.
	Rec. XXXI	La Commission de rédaction a ajouté cette recommandation qui est conforme à l'art. 51, 4° et empêche de tirer de l'art 57 des conséquences exagérées.
	58	Nouveau. Cette prescription comble une lacune des Lois de 1867.
67 68	Rec. XXXII Rec. XXXIII	La section 7 des Lois de 1867, qui traite des noms de plantes dans les langues modernes, ne rentre pas à proprement parler dans un recueil de règles de nomenclature scientifique. Mais comme ces recommandations sont souvent méconnues et cependant importantes, elles ont été maintenues dans une annexe.
	Rec. XXXII Rec. XXXVII	Comme les précédentes, ces recommandations ne rentrent pas directement dans un recueil de nomenclature systématique, elles y sont cependant utilement annexées parce que leur application de plus en plus stricte contribuera aux progrès de la science.

2. Règles internationales pour la Nomenclature botanique principalement des plantes vasculaires.

Chapitre I. Considérations générales et principes dirigeants.

Article 1. L'histoire naturelle ne peut faire de progrès sans un système régulier de nomenclature, qui soit reconnu et employé par l'immense majorité des naturalistes de tous les pays.

Art. 2. Les prescriptions qui permettent d'établir le système régulier de la nomenclature botanique se divisent en *principes*, en *règles* et en *recommandations*. Les principes (art. 1—9, 10—14 et 15—18) servent de base aux règles et aux recommandations. Les règles (art. 19—58), destinées à mettre de l'ordre dans la nomenclature que le passé nous a léguée comme à préparer celle de l'avenir, ont toujours un caractère rétroactif: les noms ou les formes de nomenclature contraires à une règle ne peuvent être conservés. Les recommandations portent sur des points secondaires et sont destinées à amener à l'avenir plus d'uniformité et de clarté dans la nomenclature: les noms ou les formes de nomenclature contraires à une recommandation ne constituent pas un modèle à imiter, mais ne peuvent être rejetés.

Art. 3. Les règles de la nomenclature ne peuvent être ni arbitraires ni imposées. Elles doivent être simples et basées sur des motifs assez clairs et assez forts pour que chacun les comprenne et soit disposé à les accepter.

Art. 4. Dans toutes les parties de la nomenclature, le principe essentiel est: 1° de viser à la fixité des noms; 2° d'éviter ou de repousser l'emploi de formes et de noms pouvant produire des erreurs, des équivoques, ou jeter de la confusion dans la science.

Après cela, ce qu'il y a de plus important est d'éviter toute création inutile de noms.

Les autres considérations, telles que la correction grammaticale absolue, la régularité ou l'euphonie des noms, un usage plus ou moins répandu, les égards pour des personnes, etc., malgré leur importance incontestable, sont relativement accessoires.

Art. 5. Aucun usage contraire aux règles ne peut être maintenu s'il entraîne des confusions ou des erreurs. Lorsqu'un usage n'a pas d'inconvénient grave de cette nature, il peut motiver des exceptions qu'il faut cependant se garder d'étendre ou d'imiter. Enfin, à défaut de règle, ou si les conséquences des règles sont douteuses, un usage établi fait loi.

Art. 6. Les principes et les formes de la nomenclature doivent être aussi semblables que possible en botanique et en zoologie; cependant la nomenclature botanique est entièrement indépendante de la nomenclature zoologique.

Art. 7. Les noms scientifiques sont en langue latine pour tous les groupes. Quand on les tire d'une autre langue, ils prennent des désinences latines, à moins d'exceptions consacrées par l'usage. Si on les traduit dans une langue moderne, on cherche à leur conserver le plus possible une ressemblance avec les noms originaux latins.

Art. 8. La nomenclature comprend deux catégories de noms: 1° Des noms, ou plutôt des termes, qui expriment la nature des groupes compris les uns dans les autres; 2° des noms particuliers à chacun des groupes de plantes que l'observation a fait connaître.

Art. 9. Les règles et recommandations de la nomenclature botanique s'appliquent à toutes les classes du règne végétal, sous réserve des dispositions spéciales aux plantes fossiles et aux plantes non vasculaires[1].

Chapitre II. Sur la manière de désigner la nature et la subordination des groupes qui composent le règne végétal.

Art. 10. Tout individu végétal appartient à une espèce *(species)*, toute espèce à un genre *(genus)*, tout genre à une famille *(familia)*, toute famille à un ordre *(ordo)*, tout ordre à une classe *(classis)*, toute classe à une division *(divisio)*.

Art. 11. On reconnaît aussi dans plusieurs espèces des variétés *(varietas)* et des formes *(forma)*, dans certaines espèces cultivées, des modifications plus nombreuses encore; dans plusieurs genres des sections *(sectio)*, dans plusieurs familles des tribus *(tribus)*.

Art. 12. Enfin, comme la complication des faits conduit souvent à distinguer des groupes intermédiaires plus nombreux, on peut créer par le moyen de la syllabe sous (sub), mise avant un nom de groupe, des subdivisions de ce groupe, de telle manière que sous-famille *(subfamilia)* exprime un groupe entre une famille et une tribu, une sous-tribu *(subtribus)*, un groupe entre une tribu et un genre, etc. L'ensemble des groupes subordonnés peut ainsi s'élever, pour les plantes spontanées seulement, jusqu'à vingt et un degrés dans l'ordre suivant:

Regnum vegetabile. Divisio. Subdivisio. Classis. Subclassis. Ordo. Subordo. Familia. Subfamilia. Tribus. Subtribus. Genus. Subgenus. Sectio. Subsectio. Species. Subspecies. Varietas. Subvarietas. Forma. Individuum.

Si cette liste de groupes ne suffit pas, on peut encore l'augmenter par l'intercalation de groupes supplémentaires, à condition que ceux-ci ne provoquent ni confusion ni erreur.

1) Ces dispositions spéciales ont été réservées pour le Congrès de 1910; elles peuvent consister: 1° en des règles portant sur des points particuliers en rapport avec la nature des fossiles ou des plantes inférieures; 2° en des listes complémentaires de *nomina conservanda* pour toutes les divisions végétales autres que les Phanérogames.

Exemple: *Series* et *Subseries* sont des groupes que l'on peut intercaler entre la sous-section et l'espèce.

Art. 13. La définition de chacun de ces noms de groupes varie, jusqu'à un certain point, suivant les opinions individuelles et l'état de la science, mais leur ordre relatif, sanctionné par l'usage, ne peut être interverti. Toute classification contenant des interversions n'est pas admissible.

Exemples d'interversions inadmissibles: une forme divisée en variétés, une espèce contenant des genres, un genre contenant des familles ou des tribus.

Art. 14. La fécondation d'une espèce par une autre espèce, crée un hybride (*hybrida*), celle d'une modification soit subdivision d'espèce par une autre modification de la même espèce, crée un métis (*mistus*).

Recommandations.

I. Le classement des espèces dans un genre ou dans une subdivision de genre se fait au moyen de signes typographiques, de lettres ou de chiffres. Les hybrides se classent après l'une des espèces dont ils proviennent, avec le signe $\times$ mis avant le nom générique.

Le classement des sous-espèces dans l'espèce se fait par des lettres ou par des chiffres; celui des variétés, par la série des lettres grecques, α, β, γ, etc. Les groupes inférieurs aux variétés et les métis sont indiqués par des lettres, des chiffres ou des signes typographiques, à la volonté de chaque auteur.

Les modifications des plantes cultivées doivent être rattachées, autant que possible, aux espèces spontanées dont elles dérivent.

Chapitre III. Sur la manière de désigner chaque groupe ou association de végétaux en particulier.

Section 1. Principes généraux; priorité.

Art. 15. Chaque groupe naturel de végétaux[1]) ne peut porter dans la science qu'une seule désignation valable, savoir la plus ancienne, à la condition qu'elle soit conforme aux règles de la nomenclature et qu'elle réponde aux conditions posées dans les art. 19 et 20, voyez sect. 2.

Art. 16. La désignation d'un groupe, par un ou plusieurs noms, n'a pas pour but d'énoncer des caractères ou l'histoire de ce groupe, mais de donner un moyen de s'entendre lorsqu'on veut en parler.

Art. 17. Nul ne doit changer un nom ou une combinaison de noms sans des motifs graves, fondés sur une connaissance plus approfondie des faits, ou sur la nécessité d'abandonner une nomenclature contraire aux règles.

Art. 18. La forme, le nombre et l'arrangement des noms dépendent de la nature de chaque groupe, selon les règles qui suivent.

Section 2. Point de départ de la nomenclature; limitation du principe de priorité.

Art. 19. La nomenclature botanique commence avec Linné, Species plantarum ed. 1 (ann. 1753), pour tous les groupes de plantes vasculaires. On est convenu de

1) Voy. l'observation faite à l'article 9.

rattacher les genres dont les noms figurent dans ce dernier ouvrage aux descriptions qui en sont données dans le Genera plantarum, ed. 5. (ann. 1754).

Art. 20. Toutefois, pour éviter que la nomenclature des genres ne subisse par l'application stricte des règles de la nomenclature, et en particulier du principe de priorité à partir de 1753, un bouleversement sans avantages, les règles prévoient une liste de noms qui doivent être conservés en tous cas. Ces noms sont de préférence ceux dont l'emploi est devenu général dans les cinquante ans qui ont suivi leur publication, ou qui ont été utilisés dans des monographies et dans de grands ouvrages floristiques jusqu'en 1890. La liste de ces noms figure en appendice des règles de nomenclature.

Section 3. Nomenclature des divers groupes.

§ 1. *Noms de groupes supérieurs aux familles.*

Recommandations. On s'inspirera dans la nomenclature des groupes supérieurs aux familles des prescriptions suivantes destinées à introduire à la fois de la clarté et une certaine uniformité:

II. Les noms de divisions et de sous-divisions, de classes et sous-classes se tirent d'un des principaux caractères. Ils s'expriment au moyen de mots d'origine grecque ou latine, et en donnant aux groupes de même nature une certaine harmonie de forme et de désinence.

Exemples: *Angiospermae*, *Gymnospermae*; *Monocotyledoneae*, *Dicotyledoneae*; *Pteridophyta*; *Coniferae*. Dans les Cryptogames, les noms anciens de familles, tels que *Fungi*, *Lichenes*, *Algae*, peuvent être employés comme noms de groupes supérieurs aux familles.

III. Les ordres sont désignés de préférence par le nom d'une de leurs principales familles, avec la désinence *-ales*. Les sous-ordres sont désignés d'une manière analogue, avec la désinence *-ineae*. Toutefois d'autres modes de terminaison peuvent être conservés pour ces noms, s'ils ne provoquent ni confusions, ni erreurs.

Exemples de noms d'ordre: *Polygonales* (de *Polygonaceae*), *Urticales* (de *Urticaceae*), *Glumiflorae*, *Centrospermae*, *Parietales*, *Tubiflorae*, *Microspermae*, *Contortae*. Exemples de noms de sous-ordres: *Bromeliineae* (de *Bromeliaceae*), *Malvineae* (de *Malvaceae*), *Tricoccae*, *Enantioblastae*.

§ 2. *Noms de familles et sous-familles, de tribus et sous-tribus.*

Art. 21. Les familles (*familiae*) sont désignées par le nom d'un de leurs genres ou anciens noms génériques avec la désinence *-aceae*.

Exemples: *Rosaceae* (de *Rosa*), *Salicaceae* (de *Salix*), *Caryophyllaceae* (du *Dianthus Caryophyllus*), etc.

Art. 22. Toutefois les noms suivants, consacrés par un long usage, font exception à la règle: *Palmae*, *Gramineae*, *Cruciferae*, *Leguminosae*, *Guttiferae*, *Umbelliferae*, *Labiatae*, *Compositae*.

Art. 23. Les noms de sous-familles (*subfamiliae*) sont tirés du nom d'un des genres qui se trouvent dans le groupe, avec la désinence *-oideae*. Il en est de même pour les tribus (*tribus*), avec la désinence *-eae*, et pour les sous-tribus (*subtribus*), avec la désinence *-inae*.

Exemples de sous-familles: *Asphodeloideae* (de *Asphodelus*), *Rumicoideae* (de *Rumex*), tribus: *Asclepiadeae* (de *Asclepias*), *Phyllantheae* (de *Phyllanthus*); sous-tribus: *Metastelmatinae* (de *Metastelma*), *Madiinae* (de *Madia*).

§ 3. *Noms de genres et de divisions de genres.*

Art. 24. Les genres reçoivent des noms, substantifs (ou adjectifs employés substantivement) singuliers et s'écrivant avec une majuscule, qui sont pour chacun d'eux comme nos noms propres de famille. Ces noms peuvent être tirés d'une source quelconque et même composés d'une manière absolument arbitraire.

Exemples: *Rosa, Convolvulus, Hedysarum, Bartramia, Liquidambar, Gloriosa, Impatiens, Manihot.*

Art. 25. Les sous-genres et sections reçoivent aussi des noms, ordinairement substantifs et semblables aux noms des genres. Les noms que l'on donne aux sous-sections et autres subdivisions inférieures des genres sont de préférence des adjectifs pluriels s'écrivant avec une majuscule, ou bien ils sont remplacés par un numéro d'ordre ou une lettre.

Exemples. — Substantifs: *Fraxinaster, Trifoliastrum, Adenoscilla, Eukermannia, Archieracium, Micromelilotus, Pseudinga, Heterodraba, Gymnocimum, Neoplantago, Stachyotypus.* Adjectifs: *Pleiostylae, Fimbriati, Bibracteolata, Pachycladae.*

Recommandations.

IV. Lorsqu'un nom de genre, sous-genre ou section est tiré d'un nom d'homme, on le constitue de la manière suivante:

a) Quand le nom se termine par une voyelle, on ajoute la lettre *-a* (ainsi *Glaziova* d'après Glaziou; *Bureava*, d'après Bureau), sauf quand le nom a déjà la désinence *a*, auquel cas le mot se termine par *-aea* (ex.: *Collaea*, d'après Colla).

b) Quand le nom se termine par une consonne, on ajoute les lettres *-ia* (ainsi *Magnusia*, d'après Magnus; *Ramondia*, d'après Ramond), sauf quand il s'agit de la désinence *-er*, auquel cas le mot se termine par *-era* (ex.: *Kernera*, d'après Kerner).

c) Les syllabes qui ne sont pas modifiées par ces désinences conservent leur orthographe exacte, même avec les consonnes k et w ou avec les groupements de voyelles qui n'étaient pas usités dans le latin classique. Les lettres étrangères au latin des botanistes seront transcrites, les signes diacritiques abandonnés. Les ä, ö, ü, des langues germaniques, deviennent des ae, oe, ue, les é, è et ê de la langue française deviennent en général des e.

d) Les noms peuvent être accompagnés d'un préfixe, d'un suffixe, ou modifiés par anagramme ou abréviation. Dans ces cas, ils ont toujours la valeur de mots différents du nom primitif. Ex: *Durvillea* et *Urvillea*, *Lapeyrousea* et *Peyrousea*, *Englera*, *Englerastrum* et *Englerella*, *Bouchea* et *Ubochea*, *Graderia* et *Gerardia*, *Martia* et *Martiusia*.

V. Les botanistes qui ont à publier des noms de genre font preuve de discernement et de goût, s'ils ont égard aux recommandations suivantes:

a) Ne pas faire des noms très longs ou difficiles à prononcer.

b) Ne jamais renouveler un nom déjà employé et tombé dans la synonymie (homonyme).

c) Ne pas dédier des genres à des personnes absolument étrangères à la botanique, ou du moins aux sciences naturelles, ni à des personnes tout à fait inconnues.

d) Ne tirer des noms de langues barbares, que si ces noms se trouvent fréquemment cités dans les livres des voyageurs et présentent une forme agréable qui s'adapte aisément à la langue latine et aux langues des pays civilisés.

e) Rappeler, si possible, par la composition ou la désinence du nom, les affinités ou les analogies du genre.

f) Eviter les noms adjectifs employés substantivement.

g) Ne pas donner à un genre un nom dont la forme est plutôt celle d'un sous-genre ou d'une section (*Eusideroxylon*, par exemple, nom formé pour un genre de Lauracées, mais qui, étant valable, ne peut être changé).

h) Ne pas créer des noms formés par la combinaison de deux langues.

VI. Les botanistes qui construisent des noms de sous-genres ou de sections feront bien d'avoir égard aux recommandations qui précèdent et en outre à celles-ci:

a) Prendre volontiers pour la principale division d'un genre, un nom qui le rapelle par quelque modification ou addition (*Eu-* mis au commencement du nom, quand il est d'origine grecque: *-astrum*, *-ella*, à la fin du nom, quand il est latin, ou telle autre modification conforme à la grammaire et aux usages de la langue latine).

b) Eviter dans un genre de nommer un sous-genre ou une section par le nom du genre terminé par *-oides*, ou *-opsis*; mais au contraire rechercher cette désinence pour une section qui ressemblerait à un autre genre, en ajoutant alors *-oides* ou *-opsis* au nom de cet autre genre, s'il est d'origine grecque, pour former le nom de la section.

c) Eviter de prendre comme nom de sous-genre ou section un nom qui existe déjà comme tel dans un autre genre, ou qui est le nom d'un genre admis.

VII. Lorsqu'on désire énoncer un nom de sous-genre ou section conjointement avec le nom de genre et le nom d'espèce, le nom de la subdivision de genre se place entre les deux autres en parenthèse. Ex.: *Astragalus (Cycloglottis) contortuplicatus*.

§ 4. *Noms d'espèces et de subdivisions d'espèces.*

Art. 26. Chaque espèce, même celles qui composent à elles seules un genre, est désignée par le nom du genre auquel elle appartient suivi d'un nom (ou épithète) dit spécifique, le plus ordinairement de la nature des adjectifs (combinaison de deux noms, binôme, nom binaire).

Exemples: *Dianthus monspessulanus*, *Papaver Rhoeas*, *Fumaria Gussonei*, *Uromyces Fabae*, *Geranium Robertianum*, *Embelia Sarasinorum*, *Adiantum Capillus Veneris*. — Linné a parfois introduit des symboles dans les noms spécifiques. L'article 26 implique la transcription de ces symboles, ex.: *Scandix Pecten-Veneris* (= *Scandix Pecten* ♀); *Veronica Anagallis-aquatica* (= *Veronica Anagallis* ▽).

Recommandations.

VIII. Le nom spécifique doit, en général, indiquer quelque chose de l'apparence, des caractères, de l'origine, de l'histoire ou des propriétés de l'espèce. S'il est tiré d'un nom d'homme, c'est ordinairement pour rappeler le nom de celui qui l'a découverte ou décrite, ou qui s'en est occupé d'une manière quelconque.

IX. Les noms d'hommes et de femmes, comme les noms de pays et de localités employés comme noms spécifiques, peuvent être des substantifs employés au génitif *(Clusii, saharae)* ou des adjectifs *(Clusianus, dahuricus)*. Il est préférable d'éviter, à l'avenir, l'emploi du génitif et de l'adjectif d'un même nom, pour désigner deux espèces différentes du même genre, par ex.: *Lysimachia Hemsleyana* Maxim. (1891) et *L. Hemsleyi* Franch. (1895).

X. Tous les noms spécifiques s'écrivent avec des minuscules sauf ceux qui dérivent de noms d'hommes ou de femmes (substantifs ou adjectifs) ou de ceux qui sont empruntés à des noms de genre (substantifs ou adjectifs). Ex.: *Ficus indica*, *Circaea lutetiana*, *Brassica Napus*, *Lythrum Hyssopifolia*, *Aster novi-belgii*, *Malva Tournefortiana*, *Phyteuma Halleri*.

XI. Dans le cas où un nom spécifique est tiré d'un nom d'homme, on le constitue de la manière suivante:

a) Quand le nom se termine par une voyelle, on ajoute la lettre *i* (ainsi *Glaziovi*, de Glaziou; *Bureaui*, d'après Bureau), sauf quand le nom a la désinence *a*, auquel cas le mot se termine par *-ae* (ainsi *Balansae*, de Balansa).

b) Quand le nom se termine par une consonne, on ajoute les lettres *-ii* (ainsi *Magnusii*, de Magnus; *Ramondii*, d'après Ramond), sauf quand il s'agit de la désinence *-er*, auquel cas le mot se termine par *-eri* (ex.: *Kerneri*, d'après Kerner).

c) Les syllabes qui ne sont pas modifiées par ces désinences conservent leur orthographe exacte, même avec les consonnes k et w ou avec les groupements de voyelles qui n'étaient pas usités dans le latin classique. Les lettres étrangères au latin des botanistes seront transcrites, les signes diacritiques abandonnés. Les ä, ö, ü, des langues germaniques deviennent des ae, oe, ue, les é, è et ê de la langue française deviennent en général des e.

d. Quand les noms spécifiques tirés d'un nom propre ont une forme adjective, on les constitue d'une façon analogue (*Geranium Robertianum*, *Carex Hallerana*, *Ranunculus Boreanus*, *etc.*)

XII. Il en est de même pour les noms de femmes. Ceux-ci s'écrivent au féminin lorsqu'ils ont une forme substantive. Ex.: *Cypripedium Hookerae*, *Rosa Beatricis*, *Scabiosa Olgae*, *Omphalodes Luciliae*.

XIII. Dans la formation de noms spécifiques composés de deux ou plusieurs racines et tirés du latin ou du grec, la voyelle placée entre les deux racines devient voyelle de liaison, en latin *i*, en grec *o*; on écrira donc *menthifolia*, *salviifolia*, et non pas *menthaefolia*, *salviaefolia*. Quand la seconde racine commence par une voyelle et que l'euphonie l'exige, on doit éliminer la voyelle de liaison (*calliantha*, *lepidantha*). Le maintien de la liaison en *ae* n'est légitime que lorsque l'étymologie l'exige (*caricaeformis* de *Carica*, peut être maintenu à côté de *caricıformis* provenant de *Carex*).

XIV. En construisant des noms spécifiques, les botanistes font bien d'avoir égard, en outre, aux recommandations suivantes:

a) Eviter les noms très longs et d'une prononciation difficile.

b) Eviter les noms qui expriment un caractère commun à toutes ou presque toutes les espèces du genre.

c) Eviter les noms tirés de localités peu connues, ou très restreintes, à moins que l'habitation de l'espèce ne soit tout à fait locale.

d) Eviter, dans le même genre, les noms trop semblables, ceux surtout qui ne diffèrent que par les dernières lettres.

e) N'adopter les noms inédits qui se trouvent dans les notes des voyageurs ou dans les herbiers, en les attribuant à ces derniers, que si ceux-ci en ont approuvé la publication.

f) Eviter les noms qui ont été employés auparavant dans le genre, ou dans quelque genre voisin, et qui sont tombés dans la synonymie (homonymes).

g) Ne pas nommer une espèce d'après quelqu'un qui ne l'a ni découverte, ni décrite, ni figurée, ni étudiée en aucune manière.

h) Eviter les noms spécifiques composés de deux mots.

i) Eviter les noms qui forment pléonasme avec le sens du nom du genre.

Art. 27. **Deux espèces du même genre ne peuvent avoir le même nom spécifique, mais le même nom spécifique peut être donné dans plusieurs genres.**

Exemple: *Arabis spathulata* DC. et *Lepidium spathulatum* Phil. sont deux noms de Crucifères valables; mais *Arabis spathulata* Nutt. in Torr. et Gray ne peut être maintenu à cause de l'*Arabis spathulata* DC., nom donné antérieurement à une autre espèce valable du genre *Arabis*.

Art. 28. **Les noms des sous-espèces et variétés se forment comme les noms spécifiques et s'ajoutent à eux dans leur ordre, en commençant par ceux du degré supérieur de division. Il en est de même pour les sous-variétés, les formes et autres modifications légères ou passagères de plantes spontanées, qui reçoivent soit un nom, soit des numéros ou des lettres qui facilitent leur classement. L'emploi d'une nomenclature binaire pour les subdivisions d'espèces n'est pas admissible.**

Exemples: *Andropogon ternatus* subsp. *macrothrix* (et non *Andropogon macrothrix* ou *Andropogon ternatus* subsp. *A. macrothrix*); *Herniaria hirsuta* var. *diandra* (et non *Herniaria diandra* ou *Herniaria hirsuta* var. *H. diandra*); forma *nanus*, forma *maculatum*.

Recommandation.

XV. Les recommandations faites pour les noms spécifiques s'appliquent également aux noms de subdivisions d'espèces. Ceux-ci s'accordent toujours avec le nom générique, lorsqu'ils ont une forme adjective (*Thymus Serpyllum* var. *angustifolius*, *Ranunculus acris* subsp. *Friesianus*).

Art. 29. Deux sous-espèces de la même espèce ne peuvent porter le même nom. Un nom de variété ne peut être employé qu'une seule fois à l'intérieur d'une espèce donnée, même lorsqu'il s'agit de variétés classées dans des sous-espèces distinctes. Il en est de même pour les sous-variétés et les formes.

En revanche, le même nom peut être employé pour des subdivisions d'espèces différentes, de même que les subdivisions d'une espèce peuvent porter le même nom que d'autres espèces.

Exemples. — Nomenclature admissible pour des subdivisions d'espèce: *Rosa Jundzillii* var. *leioclada* et *Rosa glutinosa* var. *leioclada*; *Viola tricolor* var. *hirta*, malgré l'existence antérieure d'une espèce différente appelée *Viola hirta*. Nomenclature incorrecte: *Erysimum hieraciifolium* subsp. *strictum* var. *longisiliquum* et *E. hieraciifolium* subsp. *pannonicum* var. *longisiliquum* (cette forme de nomenclature donne deux variétés portant le même nom dans la même espèce).

Recommandation.

XVI. Il est recommandé d'user le moins possible de la faculté accordée dans la seconde partie de l'article 29. On évitera ainsi de donner lieu à des confusions ou à des méprises, et on réduira aussi au minimum les changements de noms dans le cas où des subdivisions d'espèces viendraient à être élevées au rang d'espèces ou vice versa

Art. 30. Dans les plantes cultivées, les formes et métis reçoivent des noms de fantaisie, en langue vulgaire, aussi différents que possible des noms latins d'espèce ou de variétés. Quand on peut les rattacher à une espèce, à une sous-espèce ou une variété botanique, on l'indique par la succession des noms.

Exemple: *Pelargonium zonale* Mistress-Pollock.

§ 5. *Noms d'hybrides et de métis.*

Art. 31. Les hybrides entre espèces d'un même genre, ou présumés tels, sont désignés par une formule et, toutes les fois que cela paraît utile ou nécessaire, par un nom.

La formule s'écrit au moyen des noms ou épithètes spécifiques des deux parents, se suivant dans l'ordre alphabétique, et réunis par le signe ×. Quand l'hybride a une origine expérimentale indubitable, la formule peut être précisée par l'addition des signes ♂ et ♀.

Le nom, soumis aux mêmes règles que les noms des espèces, se distingue de ces derniers par l'absence du numéro d'ordre et par le signe × précédant le nom d'un genre.

Exemples: × *Salix capreola* = *Salix aurita* × *caprea*; *Digitalis lutea* ♀ × *purpurea* ♂; *Digitalis lutea* ♂ × *purpurea* ♀.

Art. 32. Les hybrides intergénériques (entre espèces de genres différents), ou présumés tels, sont aussi désignés par une formule, et, quand cela paraît utile ou nécessaire, par un nom.

La formule s'écrit au moyen des noms des deux parents, se suivant dans l'ordre alphabétique.

L'hybride est rattaché à celui des deux genres qui précède l'autre dans l'ordre alphabétique. Le nom est précédé du signe ×.

Exemples: × *Ammophila baltica* = *Ammophila arenaria* × *Calamagrostis epigeios*.

Art. 33. Les hybrides ternaires, ou d'ordre supérieur, se désignent comme les hybrides ordinaires par une formule et, éventuellement, par un nom.

Exemples: × *Salix Straehleri* = *S. aurita* × *cinerea* × *repens* ou *S.* (*aurita* × *repens*) × *cinerea*.

Art. 34. Lorsqu'il y a lieu de distinguer les diverses formes d'un hybride (hybrides pléomorphes, combinaisons entre les diverses formes d'espèces collectives, etc.), les subdivisions se classent à l'intérieur de l'hybride comme les subdivisions d'espèces à l'intérieur de l'espèce.

Exemples: × *Mentha villosa β Lamarckii* (= *M. longifolia* × *rotundifolia*). Les formules peuvent indiquer la prépondérance des caractères de l'un ou de l'autre parent, sous les formes suivantes: *Mentha longifolia* > × *rotundifolia*, *M. longifolia* × < *rotundifolia*, *Cirsium supercanum* × *rivulare*, etc., etc. Elles peuvent aussi indiquer la participation d'une variété particulière. Ex.: *Salix caprea* × *daphnoides* var. *pulchra*.

Recommandation.

XVII. Les métis, ou présumés tels, peuvent être désignés par un nom et une formule. Les noms des métis sont intercalés à l'intérieur de l'espèce parmi les subdivisions de celles-ci et précédés du signe ×. Dans la formule, les noms des parents se suivent dans l'ordre alphabétique

Section 4. De la publication des noms et de la date de chaque nom ou combinaison de noms.

Art. 35. La publication résulte de la vente ou de la distribution dans le public, d'imprimés ou d'autographies indélébiles.

Une communication de noms nouveaux dans une séance publique, des noms mis dans des collections ou dans des jardins ouverts au public, ne constituent pas une publication.

Exemples. — Publication non imprimée, effective: Le *Salvia oxyodon* Webb et Heldr. a été publié en juillet 1850 dans un catalogue autographié et mis en vente (Webb et Heldreich *Catalogus plantarum hispanicarum, etc. ab A. Blanco lectarum*, Parisiis, Jul. 1850, in-folio). — Publication non effective, faite dans une séance publique: Cusson a annoncé la création du genre *Physospermum* dans un mémoire lu à la Société des sciences de Montpellier en 1773, puis en 1782 ou 1783 à la Société de médecine de Paris, mais il n'a été valablement publié qu'en 1787 dans les *Mémoires de la Soc. roy. de médecine de Paris*, vol. V, 1re partie. La publication valable du genre *Physospermum* se rapporte donc à l'année 1787.

Art. 36. A partir du 1er janvier 1908, les noms des groupes nouveaux ne sont considérés comme valablement publiés que lorsqu'ils sont accompagnés d'une diagnose latine.

Art. 37. Une espèce, ou une subdivision d'espèce, annoncée dans un ouvrage avec un nom spécifique ou de variété complet, mais sans diagnose, ni renvoi à une description antérieure faite sous un autre nom, n'est pas valablement publiée. Une citation dans la synonymie ou la mention accidentelle d'un nom, ne suffit pas pour que ce nom soit considéré comme valablement publié. De même, la mention d'un nom sur une étiquette d'exsiccata, sans diagnose imprimée ou autographiée, ne constitue pas une publication valable.

Les planches accompagnées d'analyses équivalent à une description. Cette tolérance prendra fin pour les planches publiées à partir du 1er janvier 1908.

Exemples. — Publications valables. *Onobrychis eubrychidea* Boiss. *Fl. or.* II, 516 (ann. 1872) publié avec une description; *Panax nossibiensis* Drake in Grandidier *Hist. phys. nat. et polit. de Madagascar*, vol. XXXV, t. V, III, 5e part. pl. 406, ann. 1896, publié sous la forme d'une planche avec analyses; *Cynanchum nivale* Nym. *Syll. fl. eur.* 108 (ann. 1854–1855), publié avec renvoi au *Vincetoxicum nivale* Boiss. et Heldr. décrit antérieurement; *Hieracium Flahaultianum* Arv.-Touv. et Gaut., publié dans un exsiccata accompagné d'une diagnose imprimée (*Hieraciotheca gallica* nº 935–942, ann. 1903). — Publications non valables: *Sciadophyllum heterotrichum* Decn. et Planch. in *Rev. Hortic.*, ser. IV, III, 107 (ann. 1854), publié sans description ni renvoi à une description antérieure faite sous un autre nom. *Ornithogalum undulatum* Hort. Berol. ex Kunth *Enum. pl.* IV, 348 (ann. 1843), cité comme synonyme du *Myogalum Boucheanum* Kunth l. c. (nom adopté par l'auteur) n'est pas valablement publié; transportée dans le genre *Ornithogalum*, cette espèce doit s'appeler *Ornithogalum Boucheanum* Aschers. in *Österr. bot. Zeitschr.* XVI, 191 (ann. 1866). *Erythrina micropteryx* Poepp. cité comme synonyme du *Micropteryx Poeppigiana* Walp. in *Linnaea* XXIII, 740 (ann. 1850) n'est pas valablement publié; l'espèce en question, placée dans le genre *Erythrina*, doit s'appeler *Erythrina Poeppigiana* O. F. Cook in *Un. St. Dep. Agr.*, Bull. nº 25 p. 57 (ann. 1901). *Nepeta Sieheana* Hausskn., nom qui figure sans diagnose dans un exsiccata (W. Siehe, Bot. Reise nach Cilicien nº 521, ann. 1896), n'est pas valablement publié.

Art. 38. Un genre, ou tout autre groupe supérieur à l'espèce, nommé ou annoncé sans être caractérisé conformément à l'art. 37 ne peut être considéré comme valablement publié (*nomen nudum*). L'indication pure et simple d'espèces comme appartenant à un genre nouveau, ou de genres comme appartenant à un groupe supérieur, ne suffit pas pour que ce genre ou ce groupe soit considéré comme caractérisé et valablement publié. On est cependant convenu de faire exception pour les noms génériques mentionnés par Linné dans le Species plantarum ed. 1, 1753, noms que l'on rattache aux descriptions contenues dans le Genera plantarum ed. 5, 1754 (Voy. art. 19).

Exemples. — Publications valables: *Carphalea* Juss. *Gen. pl.* 198 (ann. 1789), publié avec une description; *Thuspeinanta* Dur. *Ind. gen. Phaner.* p. X (ann. 1888), publié avec un renvoi au genre *Tapeinanthus* Boiss. décrit antérieurement; *Stipa* L. *Sp. pl.* ed. 1, 78, ann. 1753, est valable parce qu'il est accompagné d'une description dans le *Genera plantarum* ed 5, nº 84, ann. 1754. — Publications non valables: *Egeria* Néraud (*Bot. Voy. Freycinet*, p. 28, ann. 1826), publié sans diagnose ni renvoi à une description antérieure faite sous un autre nom; *Acosmus* Desv. mentionné incidemment comme synonyme du genre *Aspicarpa* Rich. par De Candolle (*Prodr.* I, 583, ann. 1824); *Zatarhendi* Forsk. *Fl. aeg.-arab.* p. CXV, ann. 1775, basé sur la seule énumération de 3 espèces du genre *Ocimum*, sans indication de caractères.

Art. 39. La date d'un nom ou d'une combinaison de noms est celle de leur publication effective, c'est-à-dire d'une publication irrévocable. Jusqu'à preuve contraire, c'est la date mise sur l'ouvrage renfermant le nom ou la combinaison de noms qui fait foi. A partir du 1er janvier 1908, la date de publication de la diagnose latine entre seule en ligne de compte dans les questions de priorité.

Exemples. — Le *Mentha foliicoma* Opiz est une plante distribuée par son auteur dès 1832, mais c'est un nom qui date de 1882 (publié par Déséglise *Menth. Op.* III, in *Bull. soc. étud. scient. Angers*, ann. 1881–1882, p. 210); *Mentha bracteolata* Op. *Seznam*, p. 65, ann. 1852, sans description, est un nom qui n'a été valablement publié avec description qu'en 1882 (Déséglise l. c. p. 211). — On a quelque raison de soupçonner que le volume I des *Familles des plantes* d'Adanson a été publié en 1762, mais dans l'incertitude, c'est la date 1763 figurant sur le titre qui fait foi. — Diverses parties du *Species plantarum* de Willdenow ont été publiées comme suit: vol. I en 1798, vol. II, 2 en 1800, vol. III, 1 en 1801, vol. III, 2 en 1803, vol. III, 3 en 1804, vol. IV, 2 en 1806, au lieu des années 1797, 1799, 1800, 1800, 1800, 1805 qui figurent sur les titres de ces volumes; ce sont les premières dates qui font foi. — Par contre le volume III du *Prodromus florae hispanicae* de Willkomm et Lange, dont le titre porte la date 1880, a été publié en 4 fois, savoir p. 1–240 en 1874, p. 241 à 512 en 1877, p. 513—736 en 1878, p. 737 à fin en 1880. Ce sont les dates des livraisons qui font foi.

Recommandations. — Les botanistes feront bien, en publiant, d'avoir égard aux recommandations suivantes:

XVIII. Ne pas publier un nom sans indiquer clairement si c'est un nom de famille ou de tribu, de genre ou de section, d'espèce ou de variété, en un mot sans indiquer une opinion sur la nature du groupe auquel ils donnent le nom.

XIX. Eviter de publier ou de mentionner dans leurs publications des noms inédits qu'ils n'acceptent pas, surtout si les personnes qui ont fait ces noms n'en ont pas autorisé formellement la publication (voir Rec. XIV *e*).

XX. Lorsqu'on publie des noms nouveaux dans des ouvrages rédigés dans une langue moderne (flores, catalogues etc.), faire paraître simultanément les diagnoses latines qui rendent ces noms valables au point de vue de la nomenclature scientifique.

XXI. Donner l'étymologie des nouveaux noms génériques et aussi des noms spécifiques, lorsque le sens de ceux-ci n'est pas de prime abord évident.

XXII. Indiquer exactement la date de la publication de leurs ouvrages et celle de la mise en vente ou de la distribution de plantes nommées et numérotées, lorsque celles-ci sont accompagnées de diagnoses imprimées. Lorsqu'il s'agit d'ouvrages qui ont paru par fractions, la dernière feuille publiée d'un volume devrait renfermer des indications sur les dates exactes auxquelles ont été publiés les divers fascicules ou parties du volume, ainsi que sur le nombre des pages de chacun d'eux.

XXIII. Exiger que les éditeurs des travaux publiés dans des périodiques indiquent sur les tirés à part la date de la publication (année et mois) et aussi la désignation du périodique dont le travail est extrait.

XXIV. Les tirés à part devraient toujours porter la pagination du périodique dont ils sont tirés, et à volonté, en plus, une pagination particulière.

Section 5. **De la précision à donner aux noms par la citation du botaniste qui les a publiés le premier.**

Art. 40. Pour être exact et complet dans l'indication du nom ou des noms d'un groupe quelconque, et pour qu'on puisse aisément constater leur date, il faut citer l'auteur qui a publié le premier le nom ou la combinaison de noms dont il s'agit.

Exemples: *Simarubaceae* Lindley, *Simaruba* Aublet, *Simaruba laevis* Grisebach, *Simaruba amara* Aublet var. *opaca* Engler.

Art. 41. Un changement de caractères constitutifs ou de circonscription dans un groupe n'autorise pas à citer un autre auteur que celui ayant publié le premier le nom ou la combinaison de noms.

Quand les changements ont été considérables, on ajoute à la citation de l'auteur primitif: *mutatis charact.*, ou *pro parte*, ou *excl. gen.*, *excl. sp.*, *excl. var.*, ou telle autre indication abrégée, selon la nature des changements survenus et du groupe dont il s'agit.

Exemples: *Phyllanthus* L. em. (emendavit) Müll. Arg.; *Myosotis* L. pro parte, R. Br., *Globularia cordifolia* L. excl. var. β.; etc.

13*

Art. 42. Lorsqu'un nom inédit a été publié en l'attribuant à son auteur, les personnes qui le mentionnent plus tard doivent ajouter le nom de celui qui a publié. Le même procédé doit être suivi pour les noms d'origine horticole lorsqu'ils sont accompagnés de la mention Hort. .

Exemples: *Capparis lasiantha* R. Br. ex DC. (ou apud DC.); *Streptanthus heterophyllus* Nutt. in Torr. et Gray; *Gesnera Donklarii* Hort. ex Hook. *Bot. mag.* tab. 5070.

Art. 43. Lorsque, à l'intérieur du genre, un nom existant est appliqué à un groupe qui est transporté dans un autre en y conservant le même rang, ou à un groupe qui devient d'ordre supérieur ou inférieur à ce qu'il était auparavant, le changement opéré équivaut à la création d'un nouveau groupe et l'auteur à citer est celui qui a fait le changement. L'auteur primitif ne peut être cité qu'en parenthèse.

Exemples. — Le *Cheiranthus tristis* L. transporté dans le genre *Matthiola* est devenu le *Matthiola tristis* R. Br., ou *Matthiola tristis* (L.) R. Br. — Le *Medicago polymorpha* L. var. *orbicularis* L. élevé au rang d'espèce est devenu le *Medicago orbicularis* All. ou *Medicago orbicularis* (L.) All.

Recommandations.

XXV. Les noms d'auteurs mis après les noms de plantes s'indiquent par abréviations, à moins qu'ils ne soient très courts.

A cet effet on retranche d'abord les particules ou lettres préliminaires qui ne font pas strictement partie du nom, puis on indique les premières lettres, sans en omettre aucune. Si un nom d'une seule syllabe est assez compliqué pour qu'il vaille la peine de l'abréger, on indique les premières consonnes (Br. pour Brown); si le nom a deux ou plusieurs syllabes, on indique la première syllabe, plus la première lettre de la syllabe suivante, ou les deux premières quand elles sont des consonnes (Juss. pour de Jussieu; Rich. pour Richard).

Lorsqu'on est forcé d'abréger moins, pour éviter une confusion entre les noms qui commencent par les mêmes syllabes, on suit le même système, en donnant, par exemple, deux syllabes avec la ou les premières consonnes de la troisième, ou bien l'on indique une des dernières consonnes caractéristiques du nom (Bertol. pour Bertoloni, afin de distinguer de Bertero; Michx pour Michaux, afin de distinguer de Micheli). Les noms de baptême ou les désignations accessoires, propres à distinguer deux botanistes du même nom, s'abrègent de la même manière (Adr. Juss. pour Adrien de Jussieu, Gaertn. fil. ou Gaertn. f. pour Gaertner filius).

Lorsque l'usage est bien établi d'abréger un nom d'une autre manière, le mieux est de s'y conformer (L. pour Linné, DC. pour De Candolle, St-Hil. pour de Saint-Hilaire).

Dans les publications destinées au public en général, et dans les titres, il est préférable de ne pas abréger.

Section 6. Des noms à conserver lorsqu'un groupe est divisé, remanié, transporté, élevé ou abaissé, ou quand deux groupes de même ordre sont réunis.

Art. 44. Un changement de caractères, ou une revision qui entraîne l'exclusion de certains éléments d'un groupe ou des additions de nouveaux éléments, n'autorisent pas à changer le nom ou les noms du groupe, à moins qu'il ne s'agisse d'un cas prévu à l'art. 51.

Exemples. — Le genre *Myosotis* a été autrement compris par R. Brown que par Linné, mais le nom n'a pas été et ne doit pas être changé. — Divers auteurs ont réuni au *Centaurea Jacea* L. une ou deux espèces que Linné en avait séparées: le groupe ainsi constitué devrait s'appeler *Centaurea Jacea* L. sensu ampl. ou *Centaurea Jacea* L. em. Visiani, em. Godron, etc.; la création d'un nom nouveau tel que *Centaurea vulgaris* Godr. est superflue.

Art. 45. Lorsqu'un genre est divisé en deux ou plusieurs, le nom doit être conservé et il est donné à l'une des divisions principales. Si le genre contenait une section ou autre division qui, d'après son nom ou ses espèces, était le type ou l'origine du groupe, le nom est réservé pour cette partie. S'il n'existe pas de section ou subdivision pareille, mais qu'une des fractions détachées soit beaucoup plus nombreuse en espèces que les autres, c'est à elle que le nom doit être réservé.

Exemples. Le genre *Helianthemum* L. comprenait pour Dunal (in DC. *Prodr.* I. 266—284, ann. 1824) 112 espèces bien connues distribuées dans 9 sections; plusieurs de ces sections ont été depuis cette époque élevées au rang de genres (*Fumana* Spach, *Tuberaria* Spach), mais le nom *Helianthemum* a été conservé aux divisions groupées autour de la section *Euhelianthemum*. — Le genre *Convolvulus* L. em. Jacq. a été divisé en deux par R. Brown en 1810 (*Prodr. fl. Nov. Holl.* p. 482 bis 484); l'auteur a appelé *Calystegia* un des genres dérivés qui ne comptait à cette époque que 4 espèces, et a réservé le nom de *Convolvulus* pour l'autre genre dérivé qui comptait à cette époque un nombre beaucoup plus grand d'espèces. — De même Salisbury (in *Trans. Linn. Soc.* VI, 317, ann. 1802), séparant l'*Erica vulgaris* L. du genre *Erica*, sous le nom de *Calluna*, a conservé le nom d'*Erica* pour la grande masse des espèces restantes.

Art. 46. Dans le cas de réunion de deux ou plusieurs groupes de même nature, le nom le plus ancien subsiste. Si les noms sont de même date, l'auteur choisit et ce choix ne peut plus être modifié par les auteurs subséquents.

Exemples. — Hooker f. et Thomson (*Fl. Ind.* p. 67, ann. 1855) ont réuni les genres *Wormia* Rottb. et *Capellia* Bl.; ils ont appelé *Wormia* le genre ainsi formé, parce que ce dernier nom date de 1783, tandis que *Capellia* date de 1825. — Lorsqu'on réunit en un seul les deux genres *Cardamine* et *Dentaria*, admis simultanément par Linné (*Sp. pl.* éd. 1, p. 653 et 654, ann. 1753; *Gen. pl.* ed. 5, n. 726 et 727), le genre collectif qui en résulte doit s'appeler *Cardamine*, parce que ce nom a été choisi par Crantz (*Class. Crucif.* p. 126, ann. 1769) et que Crantz a le premier effectué cette réunion.

Recommandations.

XXVI. Les auteurs qui ont à choisir entre deux noms génériques tiendront compte des recommandations suivantes:

1° Entre deux noms de même date, préférer celui qui le premier a été accompagné d'une description d'espèce.

2° Entre deux noms de même date, et tous deux accompagnés de descriptions d'espèces, préférer celui qui, au moment où l'auteur fait son choix, renferme le plus grand nombre d'espèces.

3° En cas d'égalité à ces divers points de vue, préférer le nom le plus correct et le mieux approprié.

XXVII. Dans le cas où plusieurs genres sont réunis à titre de sous-genres ou de sections sous un nom collectif, celle des subdivisions qui a été la plus anciennement distinguée ou décrite peut conserver son nom (ex.: *Anarrhinum* sect. *Anarrhinum*; *Hemigenia* sect. *Hemigenia*), ou être précédée d'un préfixe (*Anthriscus* sect. *Eu-Anthriscus*), ou suivie d'un suffixe (*Stachys* sect. *Stachyotypus*). Ces préfixes ou suffixes tombent lorsqu'on rend à ces subdivisions leur rang générique.

XXVIII. Dans le cas où plusieurs espèces sont réunies à titre de sous-espèces ou de variétés sous un nom collectif, celle des subdivisions qui a été le plus anciennement distinguée ou décrite peut conserver son nom (ex.: *Saxifraga aspera* subsp. *aspera*), ou être précédée d'un préfixe (*Alchemilla alpina* subsp. *eu-alpina*), ou désignée par quelque autre dénomination consacrée par l'usage (*normalis, genuinus, typicus, originarius, verus, veridicus*, etc.). Ces préfixes ou ces termes tombent lorsqu'on rend à ces subdivisions leur rang spécifique.

Art. 47. Lorsqu'on divise une espèce ou une subdivision d'espèce en deux ou plusieurs groupes de même nature, si l'une des formes a été plus anciennement distinguée ou décrite, le nom lui est conservé.

Exemple. Le groupe du *Genista horrida* DC. *Fl. franç.* IV, 500, a été divisé par Spach (in *Ann. sc. nat.* sér. 3, II, 253, ann. 1844) en trois espèces: *G. horrida* DC., *G. Boissieri* Spach et *G. Webbii* Spach; le nom de *G. horrida* a été et doit être réservé à la forme la plus anciennement décrite et figurée par Vahl et Gilibert. — On a séparé du *Primula denticulata* Sm. *Exot. Bot.* II, 109, tab. 114, plusieurs espèces (*Primula cashmiriana* Munro, *P. erosa* Wall.), mais le nom *P. denticulata* a été et doit être conservé pour la forme que Smith a décrite et figurée sous ce nom.

Art. 48. Lorsqu'une subdivision de genre ou une espèce est portée dans un autre genre, lorsqu'une subdivision d'espèce est portée au même titre dans une autre espèce, le nom primitif de la subdivision de genre, l'épithète spécifique princeps ou la dénomination originale de la division d'espèce doit être conservée ou doit être rétablie, à moins que, dans la nouvelle position, il n'existe un des obstacles indiqués aux articles de la section 7.

Exemples. Le sous-genre *Alfredia* Less. (*Syn.* p. 6, ann. 1832) du genre *Rhaponticum* placé dans le genre *Carduus* y conserve son nom: *Carduus* sect. *Alfredia* Benth. et Hook. fil.; la section *Vaccaria* DC. du genre *Saponaria*, placée dans le genre *Gypsophila*, y conserve son nom: *Gypsophila* sect. *Vaccaria* Gren. et Godr. — Le *Lotus siliquosus* L. *Syst.* ed. 10, p. 1178 (ann. 1759) transporté dans le genre *Tetragonolobus*, doit s'appeler *Tetragonolobus siliquosus* Roth *Tent. fl. germ.* I, 323 (ann. 1788), et non pas *Tetragonolobus Scandalida* Scop. *Fl. carn.* ed. 2, II, 87 (ann. 1772). — Le *Betula incana* L. f. *Suppl.* p. 417 (ann. 1781) transporté dans le genre *Alnus*, doit s'appeler *Alnus incana* Willd. *Sp.* IV, 335 (ann. 1805) et non pas *Alnus lanuginosa* Gilib. *Exerc. phytol.* II, 402 (ann. 1792). — Le *Satyrium nigrum* L. *Sp.* ed. 1, 944 (ann. 1753), placé dans le genre *Nigritella*, doit s'appeler *Nigritella nigra* Reichb. f. *Ic. fl. germ. et helv.* XIV, 102 (ann. 1851) et non pas *Nigritella angustifolia* Rich. in *Mém. Mus. Par.* IV, 56 (ann. 1818). — La variété γ *micranthum* Gren. et Godr. (*Fl. France* I, 171, ann. 1848) de l'*Helianthemum italicum* Pers., transportée au même titre dans l'*H. penicillatum* Thib., y conserve son nom: *H. penicillatum* var. *a micranthum* Grosser (in Engler *Pflanzenreich*, Heft 14, p. 115, ann. 1903). — La variété *subcarnosa* Hook. fil. (*Bot. Antarct. Voy.* I, 5, ann. 1847) du *Cardamine hirsuta* L., transportée au même titre dans le *C. glacialis* DC., y conserve son nom: *C. glacialis* var. *subcarnosa* O. E. Schulz (in Engler *Bot. Jahrb.* XXXII, 512, ann. 1903); la citation d'un synonyme plus ancien (*Cardamine propinqua* Carmichael in *Trans. Linn. Soc.* XII, 507, ann. 1818) n'a aucune influence sur le choix du nom de la variété (voy. art. 49). — Dans tous ces cas, les combinaisons de noms plus anciennes, mais incorrectes, doivent céder le pas aux combinaisons plus récentes dans lesquelles la règle a été observée.

Art. 49. Lorsqu'une tribu devient famille, qu'un sous-genre ou une section devient genre, qu'une subdivision d'espèce devient espèce, ou que des changements ont lieu dans le sens inverse, et d'une façon générale lorsqu'un groupe change de rang hiérarchique, on doit considérer comme valable le premier nom (ou la première combinaison de noms) reçu par le groupe dans sa nouvelle position, si il est conforme aux règles et à moins qu'il n'existe un des obstacles indiqués aux articles de la section 7.

Exemples. La section *Campanopsis* R. Br. (*Prodr. fl. Nov. Holl.* p. 561, ann. 1810) du genre *Campanula*, transformée pour la première fois en genre par Schrader, doit s'appeler *Wahlenbergia* Schrad. *Cat. hort. Gott.* ann. 1814, et non pas *Campanopsis* O. Kuntze *Rev. gen.* II, p. 373 (ann. 1891). — Le *Magnolia virginiana* L. var. *foetida* L. *Sp.*, ed. 1, p. 536 (ann. 1753) élevé au rang d'espèce, doit s'appeler *Magnolia grandiflora* L. *Syst. Nat.* ed. 10, p. 1082 (ann. 1759) et non pas *Magnolia foetida* Sarg. in *Gard. and For.* II, 615 (ann. 1889). — Le *Mentha spicata* L. var. *viridis* L. *Sp.* ed. 1, p. 576 (ann. 1753) élevé au rang d'espèce par Hudson, doit s'appeler *Mentha spicata* Huds. *Fl. angl.* ed. 1, p. 221 (ann. 1762) et non pas *Mentha viridis* L. *Sp.* ed. 2, p. 804 (ann. 1763). — Le *Lythrum intermedium* Ledeb. *Ind. hort. Dorp.* ann. 1822), envisagé comme une variété du *L. Salicaria* L.

doit s'appeler *L. Salicaria* var. *gracilior* Turcz. (in *Bull. Soc. nat. Moscou* XVII, 235, ann. 1844), et non pas *L. Salicaria* var. *intermedium* Koehne (in Engl. *Bot. Jahrb.* I, 327, ann. 1881). Dans tous ces cas, les noms créés en vertu de l'ancienne règle d'Alph. de Candolle doivent céder le pas aux noms et aux combinaisons de noms plus anciennes.

Recommandations. — Les auteurs qui ont à effectuer les déplacements visés à l'art. 49 tiendront compte des recommandations suivantes destinées à éviter qu'un groupe ne change de nom en changeant de rang hiérarchique:

XXXI. 1° Lorsqu'une sous-tribu devient tribu, qu'une tribu devient sous-famille, qu'une sous-famille devient famille, etc., ou que des changements ont lieu dans l'ordre inverse, ne pas changer la racine du nom, mais seulement la désinence (*-inae*, *-eae*, *-oideae*, *-aceae*, *-ineae*, *-ales*, etc.), à moins que, dans la nouvelle position, il n'existe un des obstacles indiqués aux articles de la section 7, ou que la nouvelle désignation ne soit une cause d'erreur, ou pour tout autre motif grave.

2° Lorsqu'une section ou un sous-genre devient un genre, ou que des changements ont lieu dans l'ordre inverse, conserver les noms anciens, pourvu qu'il n'en résulte pas deux genres du même nom dans le règne végétal, ou deux subdivisions du même nom dans le même genre, ou qu'il n'existe un des obstacles indiqués aux articles de la section 7.

3° Lorsqu'une subdivision d'espèce devient espèce ou que des changements ont lieu en sens inverse, laisser subsister les épithètes primitives des groupes, pourvu qu'il n'en résulte pas deux espèces du même nom dans le même genre, ou deux subdivisions du même nom dans la même espèce, ou qu'il n'existe un des obstacles indiqués à la section 7.

Section 7. Des noms à rejeter, changer ou modifier.

Art. 50. Nul n'est autorisé à rejeter, changer ou modifier un nom (ni une combinaison de noms) sous prétexte qu'il est mal choisi, qu'il n'est pas agréable, qu'un autre est meilleur ou plus connu, ni à cause de l'existence d'un homonyme plus ancien et universellement considéré comme non valable, ni pour tout autre motif contestable ou de peu de valeur. (Voy. aussi l'art. 57.)

Exemples. — Cette règle a été violée lorsqu'on a changé *Staphylea* en *Staphylis*, *Tamus* en *Thamnos*, *Mentha* en *Minthe*, *Tillaea* en *Tillia*, *Vincetoxicum* en *Alexitoxicum*; ou *Orobanche Rapum* en *O. sarothamnophyta*, *O. Columbariae* en *O. columbarihaerens*, *O. Artemisiae* en *O. artemisiepiphyta*. Toutes ces modifications contraires à l'art. 50 doivent être rejetées. — Le nom *Diplomorpha* Meissn. in *Regensb. Denkschr.* III, 289 (ann. 1841) ne doit pas être substitué au nom générique *Wickstroemia* Endl. *Prodr. fl. Norfolk.*, p. 47 (ann. 1833) à cause des homonymes antérieurs *Wi(c)kstroemia* Schrad. *Gött. gel. Anz.*, p. 710 (ann. 1821) et *Wi(c)kstroemia* Spreng. in *Vet. Akad. Handl. Stockh.*, ann. 1821, p. 161, t. 3, car le premier est un simple synonyme du genre *Laplacea* Kunth (1821) et le second d'une subdivision du genre *Eupatorium* L. (ann. 1753).

Recommandations. — Voy. au sujet des homonymes les recommandations V *b* et XIV *f* qui prescrivent d'éviter à l'avenir les cas de ce genre.

Art. 51. Chacun doit se refuser à admettre un nom dans les cas suivants:

1° Quand ce nom est appliqué dans le règne végétal à un groupe nommé antérieurement d'un nom valable.

2° Quand il forme double emploi dans les noms de classes, d'ordres, de familles ou de genres, ou dans les noms des subdivisions ou espèces du même genre, ou dans les noms des subdivisions de la même espèce.

3° Quand il est basé sur une monstruosité.

4° Quand le groupe qu'il désigne embrasse des éléments tout à fait incohérents, ou qu'il devient une source permanente de confusion ou d'erreurs.

5° Quand il est contraire aux règles des sections 4 et 6.

Exemples. 1° *Carelia* Adans. (ann. 1763) est un nom qui a été appliqué par son auteur à un genre qui avait déjà reçu antérieurement un nom valable (*Ageratum* L., ann. 1753) (*synonyme*); de même, *Trichilia alata* N. E. Brown (in *Kew Bull.*, ann. 1896, p. 160) est un nom que l'on ne peut conserver, parce que synonyme du *T. pterophylla* C. DC. (in *Bull. Herb. Boiss.* III, 581, ann. 1894). 2° *Tapeinanthus*, nom donné par Boissier à un genre de Labiées, a été changé par Th. Durand en *Thuspeinanta*, pour éviter un double emploi avec le genre *Tapeinanthus* Herb., plus anciennement décrit parmi les Amaryllidacées (*homonyme*); de même, l'*Astragalus rhizanthus* Boiss. (*Diagn. Pl. Or.*, sér. 1, II, 83, ann. 1843) a été débaptisé en *A. cariensis* Boiss. parce qu'il existait un homonyme antérieur valable (*Astragalus rhizanthus* Royle *Illustr. Bot. Himal.* p. 199, ann. 1833–1840). — 3° Le genre *Uropedium* Lindley a été basé sur une monstruosité aujourd'hui rapportée au *Phragmopedilum caudatum* Rolfe. 4° Le genre *Schrebera* L. emprunte ses caractères aux genres *Cuscuta* et *Myrica* (parasite et hôte) et doit être annulé; *Lemairea* De Vr. est un groupe composé d'éléments empruntés à plusieurs familles différentes et dont le nom doit être annulé. Linné a décrit sous le nom de *Rosa villosa* une plante qui a été rapportée à plusieurs espèces différentes et dont l'interprétation certaine paraît impossible; pour éviter la confusion qui résulte de l'emploi du nom *Rosa villosa*, il est préférable dans ce cas, comme dans d'autres analogues, d'abandonner complètement ce nom. 5° Voy. les exemples cités aux articles 48 et 49.

Art. 52. Un nom d'ordre, sous-ordre, famille ou sous-famille, tribu ou sous-tribu, doit être changé lorsqu'il est tiré d'un genre qu'on reconnaît ne pas faire partie du groupe en question.

Exemples. S'il venait à être démontré que le genre *Portulaca* ne fait pas partie de la famille des Portulacacées, le nom *Portulacaceae* donné à cette famille devrait être changé. Nees (in Hooker and Arnott *Bot. Beechey's Voy.* p. 237, ann. 1836), a donné le nom de *Tristegineae* à une tribu de Graminées d'après le genre *Tristegis* Nees (un synonyme du genre *Melinis* Beauv.). Mais le genre *Melinis* (*Tristegis*) ayant été exclu de cette tribu par M. Stapf (in *Fl. cap.* VII, 313) et par M. Hackel (in *Oesterr. bot. Zeitschr.* LI, 464), ces auteurs ont adopté le nom *Arundinelleae*, tiré du genre *Arundinella*.

Art. 53. Lorsqu'un sous-genre, une section ou une sous-section passe au même titre dans un autre genre, le nom doit être changé s'il existe déjà dans le genre un groupe valable de même ordre sous ce nom.

Lorsqu'une espèce est portée d'un genre dans un autre, son épithète spécifique doit être changée si elle existe déjà pour une des espèces valables du genre. De même lorsqu'une sous-espèce, variété ou autre subdivision d'espèce est portée dans une autre espèce, le nom en doit être changé s'il existe déjà dans l'espèce pour une modification valable du même ordre.

Exemples. Le *Spartium biflorum* Desf. (ann. 1798–1800) transporté par Spach en 1849 dans le genre *Cytisus* n'a pu être appelé *Cytisus biflorus*, mais a reçu le nom de *Cytisus Fontanesii* à cause de l'existence du *Cytisus biflorus* L'Hérit. (ann. 1789), espèce valable pour l'auteur. — Le plus ancien synonyme du *Calochortus Nuttallii* Torr. et Gray (in *Pacific Rail. Rep.* II, 124, ann. 1855–1856) est le *Fritillaria alba* Nutt. (*Gen. Amer.* I, 222, ann. 1818); mais on ne peut restituer à cette espèce son épithète spécifique primitive (ainsi que cela a été fait dans le *Notizbl. des k. bot. Gart. und Mus. Berl.* II, 319, ann. 1899), parce qu'il existe déjà une espèce valable dans le genre sous le nom de *Calochortus albus* (Dougl. in Maund *Botanist* t. 98, ann. 1839).

Art. 54. Les noms de genre doivent en outre être rejetés dans les cas particuliers qui suivent:

1° Quand ils sont formés d'un terme technique emprunté à la morphologie, à moins qu'ils n'aient été introduits avec des noms d'espèces.

2° Lorsqu'ils proviennent d'une nomenclature spécifique uninominale.

3° Lorsqu'ils sont composés de deux mots, à moins que ces deux mots n'aient été dès le début fusionnés en un seul ou reliés par un tiret.

Exemples. — 1° Des noms génériques tels que *Lignum*, *Radix*, *Spina*, etc., ne seraient pas admissibles aujourd'hui; en revanche on ne rejetterait pas un nom générique tel que *Tuber* lorsqu'il a été publié avec des noms spécifiques (*Tuber cibarium*, etc.). 2° Ehrhart (*Phytophylacium*, ann. 1780 et *Beiträg.* IV, 145—150) a employé une nomenclature uninominale pour des espèces connues à cette époque sous des noms binaires (*Phaeocephalum*, *Leptostachys*, etc.). Ces noms, semblables aux noms génériques, ne doivent pas être confondus avec eux et sont à rejeter, à moins que, plus tard, un auteur ne leur ait donné la valeur d'un nom générique (par ex. *Baeothryon*, expression uninominale d'Ehrhart, a été appliqué à un genre caractérisé par A. Dietrich *Spec. pl.* II, 89, ann. 1833). — 3° Ex. *Quisqualis*, *Sebastiano-Schaueria*, *Neves-Armondia* sont des noms qui doivent être conservés.

Art. 55. Les noms (soit épithètes) spécifiques doivent aussi être rejetés dans les cas particuliers qui suivent:

1° Quand ils sont des adjectifs ordinaux ayant servi à une énumération.

2° Quand ils répètent purement et simplement le nom générique.

Exemples. 1° *Boletus vicesimus sextus*, *Agaricus octogesimus nonus*. — 2° *Linaria Linaria*, *Raphanistrum Raphanistrum*, etc.

Art. 56. Dans les cas prévus aux articles 51 à 55, le nom à rejeter ou à changer est remplacé par le plus ancien nom valable existant pour le groupe dont il s'agit, et à défaut de nom valable ancien un nom nouveau doit être créé.

Exemples: Voyez les exemples cités aux art. 51 et 53.

Art. 57. La graphie originale d'un nom doit être conservée, excepté dans le cas d'une erreur typographique ou orthographique. Quand la différence qui existe entre deux noms, en particulier deux noms génériques, porte sur la désinence, ne fût-ce que par une seule lettre, ces deux noms seront regardés comme différents.

Exemples de noms différents: *Rubia* et *Rubus*, *Monochaete* et *Monochaetum*, *Peponia* et *Peponium*, *Iria* et *Iris*.

Recommandations.

XXX. On doit user de la faculté des corrections orthographiques avec réserve, particulièrement si le changement doit porter sur la première syllabe, surtout sur la première lettre du nom.

XXXI. Beaucoup de noms ne diffèrent que par une seule lettre sans qu'il y ait risque de confusion (ex. *Durvillea* et *Urvillea*). Dans les cas où une presque identité risquerait de produire des erreurs (ex. *Astrostemma* et *Asterostemma* dans la même famille des Asclépiadacées, *Pleuripetalum* et *Pleuropetalum* dans celle des Orchidacées), on conservera seulement l'un des noms (le plus ancien) en appliquant l'art. 51, 4°.

Chapitre IV. Modification des règles de la nomenclature botanique.

Art. 58. Les règles de la nomenclature botanique ne peuvent être modifiées que par des auteurs compétents dans un Congrès international convoqué en temps voulu dans ce but.

Annexe. Recommandations diverses.

XXXII. Les botanistes emploient dans les langues modernes les noms scientifiques latins ou ceux qui en dérivent immédiatement, de préférence aux noms d'une autre nature ou d'une autre origine. Ils évitent de se servir de ces derniers noms, à moins qu'ils ne soient très clairs et très usuels.

XXXIII. Tout ami des sciences doit s'opposer à l'introduction dans une langue moderne de noms de plantes qui n'y existent pas, à moins qu'ils ne soient dérivés des noms botaniques latins, au moyen de quelque légère modification.

XXXIV. Le système métrique est seul employé en botanique pour l'évaluation des poids et mesures. Le pied, le pouce, la ligne, la livre, l'once, etc., devraient être rigoureusement bannis du langage scientifique.

Les altitudes, les profondeurs, les vitesses et toute mesure généralement quelconque sont exprimées en mètres. Les brasses, les nœuds, les milles marins, etc., devraient disparaître du langage scientifique.

XXXV. On cotera les très petites dimensions en μ (μ métrique, micromillimètres, microns ou millièmes de millimètres), et non point en fractions de millimètres ou de lignes, etc., les fractions encombrées de zéros et de virgules pouvant plus facilement donner lieu à des erreurs.

XXXVI. Les auteurs sont invités à indiquer d'une façon claire et précise l'échelle des figures qu'ils publient.

XXXVII. Les températures s'expriment en degrés du thermomètre centigrade de Celsius.

3. International rules for Botanical Nomenclature chifley of Vascular Plants.

—

Chapter I. General considerations and leading principles.

Art. 1. Natural history can make no progress without a regular system of nomenclature, which is recognized and used by the great majority of naturalists in all countries.

Art. 2. The prescriptions which govern the exact system of botanical nomenclature are divided into *principles, rules* and *recommendations.* The principles (art. 1—9, 10—14 and 15—18) are the foundation of the rules and recommendations. The rules (art. 10—58), destined to put in order the nomenclature which the past has bequeathed to us, and to form the basis for the future, are always retroactive: names or forms of nomenclature which are contrary to a rule cannot be maintained. Recommendations bear on secondary points, their object being to ensure for the future a greater uniformity and clearness in nomenclature: names or forms of nomenclature contrary to a recommendation are not a model to copy, but cannot be rejected.

Art. 3. The rules of nomenclature should neither be arbitrary nor imposed by authority. They must be simple and founded on considerations clear and forcible enough for everyone to comprehend and be disposed to accept.

Art. 4. The essential points in nomenclature are: 1. to aim at fixity of names; 2. to avoid or to reject the use of forms and names which may cause error or ambiguity or throw science into confusion.

Next in importance is the avoidance of all useless creation of names.

Other considerations, such as absolute grammatical correctness, regularity or euphony of names, more or less prevailing custom, respect for persons, etc., notwithstanding their undeniable importance are relatively accessory.

Art. 5. No custom contrary to rule can be upheld if it leads to confusion or error. When a custom offers no serious inconvenience of this kind, it may be a ground for exceptions which we must however abstain from extending or copying. Finally in the absence of rule, or where the consequences of rules are doubtful, established custom becomes law.

Art. 6. The principles and forms of nomenclature should be as similar as possible in botany and in zoology; but botanical nomenclature is entirely independent of zoological nomenclature.

Art. 7. Scientific names are in latin for all groups. When taken from another language, a latin termination is given them, except in cases sanctioned by custom. If translated into a modern language, it is desirable that they should preserve as great a resemblance as possible to the original latin names.

Art. 8. Nomenclature comprises two categories of names: 1. Names, or rather terms, which express the nature of the groups comprehended one within the other. 2. Names peculiar to each of the groups of plants that observation has made known.

Art. 9. The rules and recommendations of botanical nomenclature apply to all classes of the plant kingdom, reserving special arrangements for fossil plants and non-vascular plants [1]).

Chapter II. **On the manner of designating the nature and the subordination of the groups which constitute the plant kingdom.**

Art. 10. Every individual plant belongs to a species (*species*), every species to a genus (*genus*), every genus to a family (*familia*) every family to an order (*ordo*), every order to a class (*classis*), every class to a division (*divisio*).

Art. 11. In many species we distinguish varieties (*varietas*) and forms (*forma*); and in some cultivated species, modifications still more numerous; in many genera sections (*sectio*), in many families tribes (*tribus*).

Art. 12. Finally if circumstances require us to distinguish a greater number of intermediate groups, it is easy, by putting the syllable *sub* before the name of a group, to form subdivisions of that group. In this way subfamily (*subfamilia*) designates a group between a family and a tribe, subtribe (*subtribus*) a group between a tribe and a genus, etc. The arrangement of subordinate groups may thus be carried, for wild plants only, to twenty-one degrees, in the following order: Regnum vegetabile. Divisio. Subdivisio. Classis. Subclassis. Ordo. Subordo. Familia. Subfamilia. Tribus. Subtribus. Genus. Subgenus. Sectio. Subsectio. Species. Subspecies. Varietas. Subvarietas. Forma. Individuum.

If this list of groups is insufficient it can be augmented by the intercalation of supplementary groups, so long as these do not introduce confusion or error.

Example: *Series* and *Subseries* are groups which can be intercalated between subsection and species.

Art. 13. The definition of each of these names of groups varies, up to a certain point, according to individual opinion and the state of the science, but their relative order, sanctioned by custom must not be altered. No classification is admissible which contains such alterations.

Examples of inadmissible alterations are, a form divided into varieties, a species containing genera, a genus containing families or tribes.

1) These special arrangements have been reserved for the Congress of 1910. They comprise: 1. rules bearing on special points in relation to the nature of fossils or the lower plants; 2. lists of *nomina conservanda* for all divisions of plants other than Phanerogams.

Art. 14. The fertilization of one species by another, gives rise to a hybrid (*hybrida*); that of a modification or subdivision of a species by another modification of the same species gives rise to a half-breed (*mistus*, *mule* of florists).

Recommendations.

I. The arrangement of species in a genus or in a subdivision of a genus is made by means of typographic signs, letters or numerals. Hybrids are arranged after one of the parent species, with the sign × placed before the generic name.

The arrangement of subspecies under a species is made by letters or numerals; that of varieties by the series of greek letters α, β, γ, etc. Groups below varieties and also half-breeds are indicated by letters, numerals or typographic signs at the author's will.

Modifications of cultivated plants should be associated, as far as possible, with the species from which they are derived.

Chapter III. On the manner of designating each group or association of plants.

Section 1. General principles; priority.

Art. 15. Each natural group of plants[1]) can bear in science only one valid designation, namely the oldest, provided that it is in conformity with the rules of Nomenclature and the conditions laid down in articles 19 and 20 of section 2.

Art. 16. The designation of a group by one or several names is not for the purpose of describing the characters or the history of the group, but that we may be understood when we wish to speak of it.

Art. 17. No one should change a name or a combination of names without serious motives, based on a more profound knowledge of facts, or on the necessity of giving up a nomenclature that is contrary to rules.

Art. 18. The form, number and arrangement of names depend on the nature of each group, according to the following rules.

Section 2. Point of departure for nomenclature; limitation of principle of priority.

Art. 19. Botanical nomenclature begins with the *Species Plantarum* of Linnaeus, ed. 1. (1753) for all groups of vascular plants. It is agreed to associate genera, the names of which appear in this work, with the descriptions given of them in the *Genera Plantarum* ed. 5. (1754).

Art. 20. However, to avoid disadvantageous changes in the nomenclature of genera by the strict application of the rules of Nomenclature, and especially of the principle of priority in starting from 1753, the rules provide a list of names which must be retained in all cases. These names are by preference those which have come into general use in the fifty years following their publication, or which have been used in monographs and important floristic (floristiques) works up to the year 1890. The list of these names forms an appendix to the rules of Nomenclature.

1) See observation to article 9.

Section 3. **Nomenclature of the different kinds of groups.**

§ 1. *Names of groups above the family.*

Recommendations. The following suggestions as to the nomenclature of groups of higher rank than the family will tend to clearness and uniformity.

II. Names of divisions and subdivisions, of classes and subclasses are taken from one of their chief characters. They are expressed by words of greek or latin origin, some similarity of form and termination being given to those that designate groups of the same nature.

Examples: *Angiospermae, Gymnospermae; Monocotyledoneae, Dicotyledoneae; Pteridophyta; Coniferae.* Among Cryptogams old family names such as *Fungi, Lichenes, Algae,* may be used for names of groups above the rank of family.

III. Orders are designated preferably by the name of one of their principal families, with the ending *-ales.* Suborders are designated in a similar manner, with the ending *-ineae.* But other terminations may be retained for these names, provided that they do not lead to confusion or error.

Examples of names of orders: *Polygonales* (from *Polygonaceae*), *Urticales* (from *Urticaceae*), *Glumiflorae, Centrospermae, Parietales, Tubiflorae, Microspermae, Contortae.* Examples of names of suborders: *Bromeliineae* (from *Bromeliaceae*), *Malvineae* (from *Malvaceae*), *Tricoccae, Enantioblastae.*

§ 2. *Names of families and subfamilies, tribes and subtribes.*

Art. 21. Families (*familiae*) are designated by the name of one of their genera or ancient generic names with the ending *-aceae.*

Examples: *Rosaceae* (from *Rosa*), *Salicaceae* (from *Salix*), *Caryophyllaceae* (from *Dianthus Caryophyllus*), etc.

Art. 22. The following names, owing to long usage, are an exception to the rule: *Palmae, Gramineae, Cruciferae, Leguminosae, Guttiferae, Umbelliferae, Labiatae, Compositae.*

Art. 23. Names of subfamilies (*subfamiliae*) are taken from the name of one of the genera in the group, with the ending *-oideae.* The same holds for the tribes (*tribus*) with the ending *-eae,* and for the subtribes (*subtribus*) with the ending *-inae.*

Examples of subfamilies: *Asphodeloideae* (from *Asphodelus*), *Rumicoideae* (from *Rumex*); tribes: *Asclepiadeae* (from *Asclepias*), *Phyllantheae* (from *Phyllanthus*); subtribes: *Metastelmatinae* (from *Metastelma*), *Madiinae* (from *Madia*).

§ 3. *Names of genera and divisions of genera.*

Art 24. Genera receive names, substantives (or adjectives used as substantives) in the singular number and written with a capital letter, which may be compared with our own family names. These names may be taken from any source whatever and may even be composed in an absolutely arbitrary manner.

Examples: *Rosa, Convolvulus, Hedysarum, Bartramia, Liquidambar, Gloriosa, Impatiens, Manihot.*

Art. 25. Subgenera and sections also receive names, usually substantives and resembling the names of genera. Names of subsections and other lower subdivisions of genera are preferably adjectives in the plural number and written with a capital letter, or their place may be taken by an ordinal number or a letter

Examples. — Substantives: *Fraxinaster, Trifoliastrum, Adenoscilla, Euhermannia, Archieracium, Micromelilotus, Pseudinga, Heterodraba, Gymnocimum, Neoplantago, Stachyotypus.* Adjectives: *Pleiostylae, Fimbriati, Bibracteolata, Pachycladae.*

Recommendations.

IV. When the name of a genus, subgenus or section is taken from the name of a person, it is formed in the following manner:

a) When the name ends in a vowel, the letter *a* is added (for example *Glaziova* after Glaziou; *Bureaua* after Bureau), except when the name already ends in *a*, in which case *ea* is added (e. g. *Collaea* after Colla).

b) When the name ends in a consonant, the letters *ia* are added (thus *Magnusia* after Magnus; *Ramondia* after Ramond), except when the name ends in *er*, in which case *a* is added (e. g. *Kernera* after Kerner).

c) The spelling of the syllables unaffected by these finals is retained, even whith the consonants *k* and *w* or with groupings of vowels which were not used in classic latin. Letters which are unknown to botanical latin must be transcribed, diacritic signs are suppressed. The german ä, ö, ü become ae, oe, ue, the French é, è and ê become generally e.

d) Names may be accompanied by a prefix, or a suffix, or modified by anagram or abbreviation. In these cases they count as different words from the original name. E. g. *Durvillea* and *Urvillea, Lapeyrousea* and *Peyrousea, Englera, Englerastrum* and *Englerella, Bouchea* and *Ubochea, Gerardia* and *Graderia, Martia* and *Martiusia.*

V. Botanists who are publishing generic names show judgement and taste by attending to the following recommendations:

a) Not to make names very long or difficult to pronounce.

b) Not to use again a name which has already been used and has lapsed into synonymy (homonym).

c) Not to dedicate genera to persons who are in all respects strangers to botany, or at least to natural science, nor to persons quite unknown.

d) Not to take names from barbarous tongues, unless those names are frequently quoted in books of travel, and have an agreeable form that is readily adapted to the latin tongue and to the tongues of civilized countries.

e) To recall, if possible, by the formation or ending of the name, the affinities or the analogies of the genus.

f) To avoid adjectives used as nouns.

g) Not to give a genus a name whose form is rather that of a subgenus or section (e. g. *Eusideroxylon*, a name given to a genus of Lauraceae, which, however, being valid, cannot be changed).

h) Not to make names by the combination of two languages (*nomina hybrida*).

VI. Botanists constructing names for subgenera or sections, will do well to attend to the preceding recommendations and also to the following:

a) Give, where possible, to the principal division of a genus, a name which, by some modification or addition, calls the genus to mind (for instance, *Eu* placed at the beginning of the name, when it is of greek origin; *-astrum, -ella* at the end of the name, when latin, or any other modification consistent with the grammar and usages of the latin language).

b) Avoid calling a subgenus or a section by the name of the genus to which it belongs, with the final *-oides* or *-opsis;* on the contrary reserve this ending for a section which resembles another genus, by adding in that case *-oides* or *-opsis* to the name of that other genus, if it is of greek origin, to form the name of the section.

c) Avoid taking as the name of a subgenus or section a name which is already in use as such in another genus, or which is the name of an admitted genus.

VII. When it is required to express a subgeneric or sectional name together with the name of the genus and the name of the species, the name of the section is put between the others in a parenthesis. E. g. *Astragalus (Cycloglottis) contortuplicatus.*

§ 4. *Names of species and of subdivisions of species.*

Art. 26. All species, even those that singly constitute a genus, are designated by the name of the genus to which they belong followed by a name (or epithet) termed specific, usually of the nature of an adjective (forming a combination of two names, a binomial, or binary name).

Examples: *Dianthus monspessulanus, Papaver Rhoeas, Fumaria Gussonei, Uromyces Fabae, Geranium Robertianum, Embelia Sarasinorum, Adiantum Capillus-Veneris.* Linnaeus has sometimes introduced symbols in specific names; these must according to art. 26 be transcribed. Ex.: *Scandix Pecten-Veneris* (= *Scandix Pecten* ♀); *Veronica Anagallis-aquatica* (= *Veronica Anagallis* ▽).

Recommendations.

VIII. The specific name should, in general, give some indication of the appearance, the characters, the origin, the history or the properties of the species. If taken from the name of a person, it usually recalls the name of the one who discovered or described it, or was in some way concerned with it.

IX. Names of men and women and also names of countries and localities used as specific names, may be substantives in the genitive (*Clusii, saharae*) or adjectives (*Clusianus, dahuricus*). It will be well, in the future, to avoid the use of the genitive and the adjectival form of the same name to designate two different species of the same genus [for example *Lysimachia Hemsleyana* Maxim. (1891) and *L. Hemsleyi* Franch. (1895)].

X. Specific names begin with a small letter except those which are taken from names of persons (substantives or adjectives) or those which are taken from generic names (substantives or adjectives).

Examples: *Ficus indica, Circaea lutetiana, Brassica Napus, Lythrum Hyssopifolia, Aster novi-belgii, Malva Tournefortiana, Phyteuma Halleri.*

XI. When a specific name is taken from the name of a man, it is formed in the following way:

a) When the name ends in a vowel, the letter *i* is added (thus *Glazioui* from Glaziou; *Bureaui* from Bureau), except when the name ends in *a*, when *e* is added (thus *Balansae* from Balansa).

b) When the name ends in a consonant, the letters *ii* are added (thus *Magnusii* from Magnus; *Ramondii* from Ramond), except when the word ends in *er* when *i* is added (ex. *Kerneri*, from Kerner).

c) Syllables which are not modified by these endings retain their original spelling, even in the case of the consonants k and w or groupings of vowels which are not used in classic latin. Letters foreign to the latin of botanists should be transcribed, and diacritic signs suppressed. The german ä, ö, ü, become ae, oe, ue, the french é, è and ê become, in general, e.

d) When specific names taken from the name of a person have an adjectival form a similar plan is adopted (*Geranium Robertianum, Carex Halleriana, Ranunculus Boreanus*, etc.)

XII. The same applies to the names of women. These are written in the feminine when they have a substantival form.

Example: *Cypripedium Hookerae, Rosa Beatricis, Scabiosa Olgae, Omphalodes Luciliae.*

XIII. In the formation of specific names composed of two or several roots and taken from latin or greek, the vowel placed between the two roots becomes a connecting vowel, in latin *i*, in greek *o*; thus we write *menthifolia, salviifolia*, not *menthaefolia, salviaefolia.* When the second root begins with a vowel and euphony demands, the connecting vowel is eliminated (e. g. *calliantha, lepidantha*). The connecting *ae* is legitimate only when etymology demands (e. g. *caricaeformis* from *Carica*, may be retained along with *cariciformis* from *Carex*).

XIV. In forming specific names, botanists will do well to note the following recommendations:

a) Avoid very long names and those which are difficult to pronounce.

b) Avoid names which express a character common to all or nearly all the species of a genus.

c) Avoid names taken from little known or very restricted localities, unless the species be very local.

d) Avoid, in the same genus, names which are very much alike, especially those which differ only in their last letters.

e) Adopt unpublished names found in travellers' notes and herbaria, attributing them to the authors concerned, only when those concerned have approved the publication.

f) Avoid names which have been used before in the genus, or in any closely allied genus, and which have lapsed into synonymy (homonyms).

g) Do not name a species after a person who has neither discovered, nor described, nor figured, nor in any way studied it.

h) Avoid specific names formed of two words.

i) Avoid names which have the same meaning as the generic name.

Art. 27. Two species of the same genus cannot bear the same specific name, but the same specific name may be given in several genera.

Example: *Arabis spathulata* DC. and *Lepidium spathulatum* Phil. are valid as two names of Crucifers; but *Arabis spathulata* Nutt. in Torr. and Gray cannot be maintained, on account of the existence of *Arabis spathulata* DC., a name previously given to another valid species of *Arabis*.

Art. 28. Names of subspecies and varieties are formed like specific names and follow them in order, beginning with those of the highest rank. The same holds for subvarieties, forms, and slight or transient modifications of wild plants which receive a name or numbers or letters to facilitate their arrangement. Use of a binary nomenclature for subdivisions of species is not admissible.

Examples: *Andropogon ternatus* subsp. *macrothrix* (not *Andropogon macrothrix* or *Andropogon ternatus* subsp. *A. macrothrix*); *Herniaria hirsuta* var. *diandra* (not *Herniaria diandra* or *Herniaria hirsuta* var. *H. diandra*); forma *nanus*, forma *maculatum*.

Recommendation.

XV. Recommendations made for specific names apply equally to names of subdivisions of species. These agree with the generic name when they have an adjectival form (*Thymus Serpyllum* var. *angustifolius*, *Ranunculus acris* subsp. *Friesianus*).

Art. 29. Two subspecies of the same species cannot have the same name. A given name can only be used once for a variety of a given species, even when dealing with varieties which are classed under different subspecies. The same holds for subvarieties and forms.

On the other hand the same name may be employed for subdivisions of different species, and the subdivisions of any one species may bear the same name as other species.

Examples. — The following are admissible: *Rosa Jundzillii* var. *leioclada* and *Rosa glutinosa* var. *leioclada*; *Viola tricolor* var. *hirta*, in spite of the existence already of a different species named *Viola hirta*. The following are incorrect: *Erysimum hieraciifolium* subsp. *strictum* var. *longisiliquum* and *E. hieraciifolium* subsp. *pannonicum* var. *longisiliquum* — a form of nomenclature which allows two varieties bearing the same name in the same species.

Recommendation.

XVI. Botanists are recommended to use as little as possible the privilege granted in the second part of article 29, in order to avoid confusion and mistakes and also to reduce to a minimum the necessary changes of name when the subdivisions of species are raised to specific rank or vice versa.

Art. 30. Forms and half-breeds among cultivated plants should receive fancy names, in common language, as different as possible from the latin names of the species or varieties. When they can be traced back to a species, a subspecies or a botanical variety this is indicated by a succession of names.

Example: *Pelargonium zonale* Mrs. Pollock.

§ 5. *Names of hybrids and half-breeds (mules).*

Art. 31. Hybrids between species of the same genus, or presumably so, are designated by a formula and, whenever it seems useful or necessary, by a name.

The formula consists of the names or specific epithets of the two parents in alphabetical order and connected by the sign ×. When the hybrid is of known experimental origin the formula may be made more precise by the addition of the signs ♀, ♂.

The name, which is subject to the same rules as names of species, is distinguished from the latter by absence of an ordinal number and by the sign × before the name.

Examples: × *Salix capreola* *Salix aurita* × *caprea*; *Digitalis lutea* ♀ × *purpurea* ♂; *Digitalis lutea* ♂ × *purpurea* ♀.

Art. 32. Intergeneric hybrids (between species of different genera) or presumably such, are also designated by a formula, and, when it seems useful or necesary, by a name.

The formula consists of the names of the two parents, in alphabetical order.

The hybrid is associated with the one of the two genera which precedes the other in alphabetical order. The name is preceded by the sign ×.

Examples: × *Ammophila baltica* *Ammophila arenaria* × *Calamagrostis epigeios*

Art. 33. Ternary hybrids, or those of a higher order, are designated like ordinary hybrids by a formula and a name.

Examples: × *Salix Strachleri* *S. aurita* × *cinerea* × *repens* or *S.* (*aurita* × *repens*) × *cinerea*.

Art. 34. When there is reason to distinguish the different forms of a hybrid (pleomorphic hybrids, combinations between different forms of collective species etc.) the subdivisions are classed under the hybrid like the subdivisions of species under a species.

Examples: × *Mentha villsa β Lamarckii* (*M. longifolia* × *rotundifolia*). The preponderance of the characters of one or other parent may be indicated in the formulas in the following manner: *Mentha longifolia* *rotundifolia*, *M. longifolia* × · *rotundifolia*, *Crsum supercanum* × *rivulare*, etc. etc. The participation of a particular variety may also be indicated. Example: *Salix caprea* × *daphnoides* var. *pulchra*.

Recommendation.

XVII. Half-breeds, or pesumably such, may be designated by a name and a formula. Names of half-breeds are intercalated among the subdivisions of a species preceded by the sign ×. In the formula the names of the parents are in alphabetical order.

Section 4. The publication of names and the date of each name or combination of names.

Art. 35. Publication is effected by the sale or public distribution of printed matter or indelible autographs.

Communication of new names at a public meeting, or the placing of names in collections or gardens open to the public, do not constitute publication.

Examples. — Effective publication without printed matter: *Salvia oxyodon* Webb and Heldr. was published in July 1850 in an autograph catalogue and put on sale (Webb and Heldreich, *Catalogus plantarum hispanicarum, etc. ab A. Blanco lectarum*, Parisiis, Jul. 1850 in folio). — Non-effective publication at a public meeting: Cusson announced his establishment of the genus *Physospermum* in a memoir read at the Société des Sciences de Montpellier in 1773, and later in 1782 or 1783 at the Société de Médecine de Paris, but its effective publication dates from 1787, in the *Mémoires de la Soc. Roy. de Médecine de Paris*, vol. V, 1re partie.

Art. 36. On and after January 1, 1908, the publication of names of new groups will be valid only when they are accompanied by a latin diagnosis.

Art. 37. A species or a subdivision of a species, announced in a work, with a complete specific or varietal name, but without diagnosis or reference to a former description under another name, is not valid. Citation in synonymy or incidental mention of a name is not effective publication, and the same applies to the mention of name on a ticket issued with a dried plant without printed or autographed diagnosis.

Plates accompanied with analyses are equivalent to a description: but this applies only to plates published before January 1, 1908.

Examples. — The following are valid publications: *Onobrychis eubrychidea* Boiss. *Fl. or.* II, 546 (1872) published with description; *Panax nossibiensis* Drake in Grandidier *Hist. Phys. Nat. et Polit. de Madagascar*, Vol. XXXV, t. V, III, 5e part., Pl. 406 (1896), published in the form of a plate with analyses; *Cynanchum nivale* Nym. *Syll. fl. Eur.* 108 (1854—1855) published with a reference to *Vincetoxicum nivale* Boiss. et Heldr. previously described. *Hieracium Flahaultianum* Arv.-Touv. et Gaut., published in an exsiccata accompanied by a printed diagnosis (*Hieraciotheca gallica*, nos. 935—942, 1903). — The following are not valid: *Sciadophyllum heterotrichum* Decaisne et Planch. in *Rev. Hortic.*, ser. IV, III, 107 (1854), published without description or reference to a previous description under another name; *Ornithogalum undulatum* Hort. Berol. ex Kunth *Enum. pl.* IV, 348 (1843), quoted as a synonym of *Myogalum Boucheanum* Kunth l. c., the name adopted by the author, is not a valid publication; when transferred to *Ornithogalum*, this species must be called *Ornithogalum Boucheanum* Aschers. in *Österr. Bot. Zeitschr.* XVI, 192 (1866); *Erythrina micropteryx* Poepp. quoted as a synonym of *Micropteryx Poeppigiana* Walp. in *Linnaea* XXIII, 740 (1850) is not a valid publication: the species in question, when placed in the genus *Erythrina* must be called *Erythrina Poeppigiana* O. F. Cook in *U. S. Dep. Agr.* Bull. no 25, p. 57 (1901); *Nepeta Sieheana* Hausskn. which appears without diagnosis in an exsiccata (W. Siehe, Bot. Reise nach Cicilien, no 521, 1896), is not valid.

Art. 38. A genus or any other group of higher rank than a species, named or announced without being characterised conformably to article 37 cannot be regarded as effectively published (*nomen nudum*). The mere indication of species as belonging to a new genus or of genera as belonging to a higher group, does not allow us to accept the genus or group in question as characterised and effectively published. An exception is made in the case of the generic names mentioned by Linnaeus in the *Species Plantarum* ed. 1., 1753, names which we associate with the descriptions in the *Genera Plantarum* ed. 5., 1754 (See article 19).

14*

Examples. The following are valid publications: *Carphalea* Juss. *Gen. Pl.* 198 (1789), published with a description; *Thuspeinanta* Dur. *Ind. Gen. Phaner.*, p. X (1888), published with a reference to the genus *Tapeinanthus* Boiss. previously described; *Stipa* L. *Sp. Pl.* ed. 1, 78 (1753), valid because accompanied by a description in the *Genera Plantarum* ed. 5, nº 84 (1754). The following are not valid: *Egeria* Neraud (*Bot. Voy. Freycinet*, p. 28 (1826), published without diagnosis or reference to a description previously made under another name; *Acosmus* Desv. mentioned incidentally as a synonym of the genus *Aspicarpa* Rich. by De Candolle (*Prodr.* 1, 583 [1824]); *Zatarhendi* Forsk. *Fl. Aeg. Arab.*, p. CXV (1775), based only on the enumeration of 3 species of the genus *Ocimum* without indication of characters.

Art. 39. The date of a name or of a combination of names is that of their effective publication. In the absence of proof to the contrary, the date placed on the work containing the name or combination of names is regarded as correct. On and after January 1st, 1908, the date of publication of the latin diagnosis only can be taken into account in questions of priority.

Examples. — *Mentha foliicoma* Opiz was distributed by its author in 1832, but the name dates from 1882 (published by Déséglise *Menth. Op.* in *Bull. soc. étud. scient. Angers*, 1881–1882, p. 210); *Mentha bracteolata* Op. *Seznam*, p. 65 (1852) without description, takes effect only from 1882, when it was published with a description (Déséglise l. c., p. 211). There is some reason for supposing that the first volume of Adanson's *Familles des Plantes* was published in 1762, but in absence of certainty the date 1763 on the title-page is assumed to be correct. The different parts of Willdenow's *Species Plantarum* were published as follows: vol. I, 1798; vol. II, 2, 1800; vol. III, 1, 1801; vol. III, 2, 1803; vol. III, 3, 1804; vol. IV, 2, 1806; and not in the years 1797, 1799, 1800, 1800, 1800 and 1805 respectively, as would appear from the title-page of the volumes: it is the earlier series of dates which takes effect. — The third volume of the *Prodromus florae hispanicae* of Willkomm & Lange, the title-page of which bears the date 1880, was published in four parts, pp. 1–240 in 1874, pp. 241–512 in 1877, pp. 513—736 in 1878, p. 737 to the end in 1880, and it is these dates which take effect.

Recommendations. Botanists will do well, in publishing, to conform to the following recommendations:

XVIII. Not to publish a name without clearly indicating whether it is the name of a family or a tribe, a genus or a section, a species or a variety; briefly, without expressing an opinion on the nature of the group to which they give the name.

XXI. To avoid publishing or mentioning in their publications unpublished names which they do not accept, especially if the persons responsible for these names have not formally authorised their publication (see Rec. XIV, *c*).

XX. When publishing new names in works written in a modern language (floras, catalogues etc.) to publish simultaneously the latin diagnoses which will make the names valid from the point of view of scientific nomenclature.

XXI. To give the etymology of new generic names and also of specific names when the meaning of the latter is not obvious.

XXII. To indicate precisely the date of publication of their works and that of the placing on sale or the distribution of named and numbered plants when these are accompanied by printed diagnoses. In the case of a work appearing in parts, the last published sheet of a volume should indicate the precise dates at which the different fascicles or parts of the volume were published, as well as the number of pages in each.

XXIII. When works are published in periodicals to require the editor to indicate on the separate copies the date (year and month) of publication and also the title of the periodical from which the work is extracted.

XXIV. Separate copies should always bear the pagination of the periodical of which they form a part; if desired they may also bear a special pagination.

Section 5. On the precision to be given to names by the citation of the author who first published them.

Art. 40. For the indication of the name or names of a group to be accurate and complete, and in order that the date may be readily verified, it is necessary to quote the author who first published the name or combination of names in question.

Examples: *Simarubaceae* Lindley, *Simaruba* Aublet, *Simaruba laevis* Grisebach, *Simaruba amara* Aublet var. *opaca* Engler.

Art. 41. An alteration of the constituent characters or of the circumscription of a group does not warrant the quotation of another author than the one who first published the name or combination of names.

When the changes have been considerable, the words: *mutatis charact.*, or *pro parte*, or *excl. gen.*, *excl. sp.*, *excl. var.*, or some other abridged indication, are added after the citation of the original author, according to the nature of the changes that have been made, and of the group in question.

Examples: *Phyllanthus* L. em.(emendavit) Müll. Arg.; *Myosotis* L. pro parte, R. Br.; *Globularia cordifolia* L. excl. var. *β.*; etc.

Art. 42. When a manuscript name has been published and referred to its author, the name of the person who published it should be appended to the citation. The same rule should be followed for names of garden origin when they are cited as „Hort".

Examples: *Capparis lasiantha* R. Br. ex or apud DC.; *Streptanthus heterophyllus* Nutt. in Torr. et Gray; *Gesnera Donklarii* Hort. ex or apud Hook. *Bot. Mag.* tab. 5070.

Art. 43. When, in a genus, a name is applied to a group which is moved into another group where it retains the same rank, or to a group which becomes of higher or lower rank than before, the change is equivalent to the creation of a new group and the author who has effected the change is the one to be quoted. The original author can be cited only in parenthesis.

Examples. – *Cheiranthus tristis* L. when moved into the genus *Matthiola* becomes *Matthiola tristis* R. Br., or *Matthiola tristis* (L.) R. Br. – *Medicago polymorpha* L. var. *orbicularis* L. when raised to the rank of a species becomes *Medicago orbicularis* All. or *Medicago orbicularis* (L.) All.

Recommendations.

XXV. Authors' names put after names of plants are abbreviated, unless they are very short.

For this purpose preliminary particles or letters that do not, strictly speaking, form part of the name, are suppressed, and the first letters are given without any omission. If a name of one syllable is long enough to make it worth while to abridge it, the first consonants only are given (Br. for Brown); if the name has two or more syllables, the first syllable and the first letter of the following one are taken, or the two first when both are consonants (Juss. for Jussieu; Rich. for Richard). When it is necessary to give more of a name to avoid confusion between names beginning with the same syllables, the same system is to be followed. For instance two syllables are given together with the one or two first consonants of the third; or one of the last characteristic consonants of the name is added (Bertol. for Bertoloni, to distinguish from Bertero; Michx for Michaux, to distinguish from Micheli). Christian names or accessory designations, serving to distinguish two botanists of the same name, are abridged in the same way (Adr. Juss. for Adrien de Jussieu, Gaertn. fil. or Gaertn. f. for Gaertner filius).

When it is a well established custom to abridge a name in another manner, it is best to conform to it (L. for Linnaeus, DC. for De Candolle, St.-Hil. for Saint-Hilaire).

In publications destined for the general public and in titles it is preferable not to abridge.

Section 6. On names that are to be retained when a group is divided, remodelled, transferred, or moved from one rank to another, or when two groups of the same rank are united.

Art. 44. A change of characters, or a revision which involves the exclusion of certain elements of a group or the addition of new elements, does not warrant a change in the name or names of a group, except in cases provided for in article 51.

Examples. The genus *Myosotis* as revised by R. Brown differs from the original genus of Linnaeus, but the name has not been changed, nor is any change allowable. Various authors have united with *Centaurea Jacea* L. one or two species which Linnaeus had kept distinct; the group thus constituted must be called *Centaurea Jacea* L. (sensu ampl.) or *Centaurea Jacea* L. (em. Visiani, em. Godron, etc.); the creation of a new name such as *Centaurea vulgaris* Godr. is superfluous.

Art. 45. When a genus is divided into two or more genera, the name must be kept and given to one of the principal divisions. If the genus contains a section or some other division which, judging by its name or its species, is the type or the origin of the group, the name is reserved for that part of it. If there is no such section or subdivision, but one of the parts detached contains a great many more species than the others, the name is reserved for that part of it.

Examples. The genus *Helianthemum* contained, according to Dunal (in DC. *Prodr.* I. 266—284 [1824]), 112 well-known species distributed in nine sections; several of these sections have since been raised to generic rank (*Fumana* Spach, *Tuberaria* Spach) but the name *Helianthemum* has been kept for the divisions grouped round the section *Euhelianthemum*. The genus *Convolvulus* L. em. Jacq. was divided into two by Robert Brown in 1810 (*Prodr. fl. Nov. Holl.*, p. 482 484), who gave the name *Calystegia* to one of the genera which at that time contained only four species, and reserved the name *Convolvulus* for the other genus which contained a much larger number of species. — In the same way Salisbury (in *Trans. Linn. Soc.* VI, 317 [1802]), in separating *Erica vulgaris* L. from the genus *Erica*, under the name *Calluna*, kept the name *Erica* for the large number of species left.

Art. 46. When two or more groups of the same nature are united, the name of the oldest is retained. If the names are of the same date, the author chooses, and his choice cannot be modified by subsequent authors.

Examples. Hooker f. and Thomson (*Fl. Ind.* p. 67 [1855]) united the genera *Wormia* Rottb. and *Capellia* Bl.: they gave the name *Wormia* to the genus thus formed because the last name dates from 1783 while *Capellia* dates from 1825. In case of union of the two genera *Cardamine* and *Dentaria*, which were founded at the same time by Linnaeus (*Sp. Pl.* ed. 1, p. 653 and 654 [1753]; *Gen. Pl.* ed. 5, n. 726, 727) the collective genus must be called *Cardamine* because that name was chosen by Crantz (*Class. Crucif.*, p. 126 [1769]), who was the first to suggest the union.

Recommendations.

XXVI. Authors who have to choose between two generic names should note the following recommendations:

1. Of two names of the same date to prefer the one which was first accompanied by the description of a species.

2. Of two names of the same date, both accompanied by descriptions of species, to prefer the one, which, when the author made his choice, included the larger number of species.

3. In cases of equality from these various points of view to prefer the more correct and appropriate name.

XXVII. When several genera are united as subgenera or sections under one generic name, that subdivision which was first distinguished or described may retain its name (ex.: *Anarrhinum* sect. *Anarrhinum*; *Hemigenia* sect. *Hemigenia*), or be preceded by a prefix (*Anthriscus* sect. *Eu-Anthriscus*) or followed by a suffix (*Stachys* sect. *Stachyotypus*). These prefixes or suffixes lapse when the subdivisions are raised to generic rank.

XXVIII. When several species are united as subspecies or varieties under a collective name, that subdivision which was first distinguished or described may retain its name (ex.: *Saxifraga aspera* subsp. *aspera*) or bear a prefix (*Alchemilla alpina* subsp. *eualpina*) or be designated by some customary title (*normalis, genuinus, typicus, originarius, verus, veridicus* etc.). These prefixes or terms lapse when the subdivisions are raised to specific rank.

Art. 47. When a species or subdivision of a species is divided into two or more groups of the same nature, if one of the two forms was distinguished or described earlier than the other, the name is retained for that form.

Examples. — *Genista horrida* DC. *Fl. Franc.* IV. 500 was divided by Spach (in *Ann. Sci. Nat.* ser. 3, II., 253 [1844]) into three species: *G. horrida* DC., *G. Boissieri* Spach and *G. Webbii* Spach; the name *G. horrida* was rightly kept for the earliest described form, that described and figured by Vahl and Gilibert. — Several species (*Primula cashmiriana* Munro, *P. erosa* Wall.) have been separated from *Primula denticulata* Sm. (*Exot. Bot.* II, 109, tab. 114), but the name *P. denticulata* has been rightly kept for the form which Smith described and figured under this name.

Art. 48. When a subgenus or section or species is moved into another genus, when a variety or other division of a species is moved into another species, retaining there the same rank, the original name of the subgenus or section, the first specific epithet, or the original name of the division of the species must be retained or must be re-established, unless, in the new position there exists one of the obstacles indicated in the articles of section 7.

Examples. — The subgenus *Alfredia* Less. (*Syn.* p. 6, 1832) of the genus *Rhaponticum* keeps its name when placed in the genus *Carduus*: *Carduus* sect. *Alfredia* Benth. et Hook. fil.; the section *Vaccaria* DC. of the genus *Saponaria* keeps its name when placed in the genus *Gypsophila*: *Gypsophila* sect. *Vaccaria* Gren. et Godr. — *Lotus siliquosus* L. *Syst.* ed. 10. p. 1178 (1759) when transferred to the genus *Tetragonolobus* must be called *Tetragonolobus siliquosus* Roth *Tent. Fl. germ.* I. 323 (1788) and not *Tetragonolobus Scandalida* Scop. *Fl. Carn.* ed. 2, II, 87 (1772). — *Betula incana* L. *Suppl.* p. 417 (1781) when transferred to the genus *Alnus* must be called *Alnus incana* Willd. *Sp. Pl.* IV, 335 (1805), not *Alnus lanuginosa* Gilib. *Exerc. Phytol.* II, 402 (1792). — *Satyrium nigrum* L. *Sp. Pl.* ed. 1, 911 (1753), when placed in the genus *Nigritella* must be called *Nigritella nigra* Reichb. f. *Ic. Fl. Germ. et Helv.* XIV, 102 (1851), not *Nigritella angustifolia* Rich. in *Mem. Mus. Par.* IV, 56 (1818). The variety *γ micranthum* Gren. et Godr. (Fl. France, I, 171 [1847]) of *Helianthemum italicum* Pers., when transferred as a variety to *H. penicillatum* Thib. retains its name: *H. penicillatum* var. *α micranthum* Grosser (in Engl. *Pflanzenreich*, Heft 14, p. 115 [1903]). — The variety *subcarnosa* Hook. fil. (*Bot. Antarct. Voy.* I, 5 [1847]) of *Cardamine hirsuta* L., when transferred as a variety to *C. glacialis* DC., retains its name: *C. glacialis* var. *subcarnosa* O. E. Schulz (in Engl. *Bot. Jahrb.* XXXII, 542 [1903]); the citation of an earlier synonym (*Cardamine propinqua* Carmichael in *Trans. Linn. Soc.* XII, 507 [1818]) has no influence on the choice of the name of the variety (see art. 49). In all these cases, older but incorrect combinations must give place to more recent combinations in which the rule has been observed.

Art. 49. When a tribe becomes a family, a subgenus or a section becomes a genus, a subdivision of a species becomes a species, or the reverse of these changes takes place, and speaking generally when a group changes its rank, the earliest name (or combination of names) received by the group in its new position must be regarded as valid, if it is in conformity with the rules, unless there exist any of the obstacles indicated in the articles of section 7.

Examples. — The section *Campanopsis* R. Br. *Prodr. Fl. Nov. Holl.*, p. 561 (1810) of the genus *Campanula*, was first raised to generic rank by Schrader, and must be called *Wahlenbergia* Schrad. *Cat. hort. Goett.* (1814), not *Campanopsis* O. Kuntze *Rev. Gen.* II, p. 378 (1891). *Magnolia virginiana* L. var. *foetida* L. *Sp. pl.* ed. 1, p. 536 (1753), raised to specific rank, must be called *Magnolia grandiflora* L. *Syst. Nat.* ed. 10, p. 1082 (1759) not *Magnolia foetida* Sarg. in *Gard. and For.* II, 615 (1889). — *Mentha spicata* L. var. *viridis* L. *Sp. Pl.*, ed 1, p. 576 (1753) was raised to the rank of a species by Hudson, and must be called *Mentha spicata* Huds. *Fl. angl.* ed. 1, p. 221 (1762) not *Mentha viridis* L. *Sp. Pl.*, ed. 2, p. 804 (1763). *Lythrum intermedium* Ledeb. (*Ind. Hort Dorp.* [1822]), regarded as a variety of *L. Salicaria* L., must be called *L. Salicaria* var. *glabrius* Turcz. (in *Bull. Soc. Nat. Moscou*, XVII, 235 [1844]), not *L. Salicaria* var. *intermedium* Koehne (in Engl. *Bot Jahrb.* I, 327 [1881]). In all these cases names which are in accordance with the old law of Alphonse de Candolle must give place to older names and combinations.

Recommendations. Authors who make the changes discussed in article 49 should note the following recommendations in order to avoid a change of name in case of a change of rank:

XXIX. 1°. When a sub-tribe becomes a tribe, when a tribe becomes a subfamily, when a subfamily becomes a family, etc., or when the inverse changes occur, do not alter the root of a name but only the termination (*-inae*, *-eae*, *-oideae*, *-aceae*, *-ineae*, *-ales*, etc.), unless, in the new position, one of the obstacles indicated in the articles of section 7, supervenes, or the new designation becomes a source of error, or there is some other serious reason against it.

2°. When a section or a subgenus becomes a genus, or the inverse changes take place, retain the old names, unless this results in two genera of plants having the same name, or the existence of two subdivisions of the same name in the same genus, or one of the obstacles indicated in the articles of section 7 supervenes.

3°. When a subdivision of a species becomes a species or the inverse change occurs, retain the original epithets, unless this results in two species bearing the same name in the same genus, or two subdivisions bearing the same name in the same species, or unless any of the obstacles indicated in section 7 supervenes.

Section 7. On names that are to be rejected, changed or modified.

Art. 50. No one is authorised to reject, change or modify a name (or combination of names) because it is badly chosen, or disagreeable, or another is preferable or better known, or because of the existence of an earlier homonym which is universally regarded as non-valid, or for any other motive either contestable or of little import. (See also art. 57.)

Examples. This rule was broken by the change of *Staphylea* to *Staphylis*, *Tamus* to *Thamnos*, *Mentha* to *Minthe*, *Tillaea* to *Tillia*, *Vincetoxicum* to *Alexitoxicon*; and by the change of *Orobanche Rapum* to *O. sarothamnophyta*, *O. Columbariae* to *O. columbarihaerens*, *O. Artemisiae* to *O. artemisiepiphyta*. All these modifications (which are contrary to Art. 50) must be rejected. The name *Diplomorpha* Meissn. in *Regensb. Denkschr.* III, 289 (1841) must not be substituted for the generic name *Wickstroemia Endl. Prodr. fl. Norfolk.*, p. 47 (1833) because of the earlier homonyms *Wi(c)kstroemia* Schrad. *Goett. gel. Anz.*, p. 710 (1821) and *Wi(c)kstroemia* Spreng. in *Vet. Akad. Handl. Stockh.* 1821, p. 167, t. 3, for the former is merely a synonym of the genus *Laplacea* Kunth (1821) and the latter of a subdivision of the genus *Eupatorium* L. (1753).

Recommendations. See on the subject of homonyms recommendations V*b* and XIV*f* which suggest that cases of this kind should be avoided for the future.

Art. 51. Every one should refuse to admit a name in the following cases:

1. When the name is applied in the plant kingdom to a group which has an earlier valid name.

2. When it duplicates the name of a class, order, family or genus, or a subdivision or species of the same genus, or a subdivision of the same species.

3. When it is based on a monstrosity.

4. When the group which it designates embraces elements altogether incoherent, or when it becomes a permanent source of confusion or error.

5. When it is contrary to the rules of sections 4 and 6.

Examples. 1°. *Carelia* Adans. (1763) is a name which was applied by its author to a genus which had already received a valid name (*Ageratum* L. [1753]) (*synonym*); similarly *Trichilia alata* N. E. Brown (in *Kew Bull.* [1896] p. 160) is a name which cannot be maintained because it is a synonym of *T. pterophylla* C. DC. (in *Bull. Herb. Boiss.* II, 581 [1894]). — 2°. *Tapeinanthus*, a name given by Boissier to a genus of Labiatae was replaced by *Thuspeinanta* by Th. Durand, because of the existence of an earlier and valid genus, *Tapeinanthus* Herb. among the Amaryllidaceae (*homonym*). Similarly *Astragalus rhizanthus* Boiss. (*Diagn. Pl. Or.* ser. 1, II, 83 [1843]) was renamed *A. cariensis* Boiss. because of the existence of an earlier valid homonym, *Astragalus rhizanthus* Royle *Illustr. Bot. Himal.* p. 200 (1835). — 4°. The genus *Uropedium* Lindl. was based on a monstrosity which is now referred to *Phragmopedilum caudatum* Rolfe. — 5°. The genus *Schrebera* L. derives its characters from the two genera *Cuscuta* and *Myrica* (parasite and host) and must be dropped; and the same applies to *Lemurea* De Vr. which is made up of elements taken from different families. Linnaeus described under the name of *Rosa villosa* a plant which has been referred to several different species and of which certain identification seems impossible; to avoid the confusion which results from the use of the name *Rosa villosa*, it is preferable in this case, as in other analogous cases, to abandon the name altogether.

Art. 52. The name of an order, suborder, family or subfamily, tribe or subtribe, must be changed when it is taken from a genus which, by general consent, does not belong to the group in question.

Examples. — If it were to be shown that the genus *Portulaca* does not belong to the family *Portulacaceae*, the name *Portulacaceae* would have to be changed. — Nees (in Hooker and Arnott, *Bot. Beechey's Voy.* p. 237 [1836]) gave the name *Tristegineae* to a tribe of Gramineae, after the genus *Tristegis* Nees (a synonym of the genus *Melinis* Beauv.). But *Melinis* (*Tristegis*) having been excluded from this tribe by Stapf (in *Fl. Cap.* VII, 313) and by Hackel (in *Oesterr. bot. Zeitschr.* LI, 464), these authors have adopted the name *Arundinelleae* from the genus *Arundinella*.

Art. 53. When a subgenus, a section or a subsection, passes as such into another genus, the name must be changed if there is already, in that genus, a valid group of the same rank, under the same name.

When a species is moved from one genus into another, its specific epithet must be changed if it is already borne by a valid species of that genus. Similarly when a subspecies, a variety, or some other subdivision of a species is placed under another species, its name must be changed if borne already by a valid form of like rank in that species.

Examples. — *Spartium biflorum* Desf. (1798—1800) when transferred by Spach in 1849 into the genus *Cytisus* could not be called *Cytisus biflorus*, but was renamed *Cytisus Fontanesii*, because of the previous existence of a valid species *Cytisus biflorus* L'Hérit. (1789). The earliest synonym of *Calochortus Nuttallii* Torr. et Gray (in *Pacific Rail. Rep.* II, 124 [1855—1856]) is *Fritillaria alba*

Nutt (*Gen. Amer.* I. 222 [1818]) but we cannot restore the original epithet of this species, although this has been done in the *Notizbl. des K. bot. Gartens und Mus. Berl.* II. 318 (1899), because there exists already a valid species in the genus with the name *Calochortus albus* Dougl. in Maund *Botanist* t. 98 (1839).

Art. 54. Names of genera must be rejected in the following special cases:

1. When they are formed from a technical term borrowed from morphology, unless they are accompanied by specific names.

2. When they express uninominal nomenclature.

3. When they are formed of two words, unless these two words were from the first united or joined by a hyphen.

Examples. 1°. Generic names such as *Lignum, Radix, Spina*, etc. would not now be admissible; on the other hand a generic name like *Tuber* should not be rejected when it has been published with specific names (*Tuber cibarium* etc.). 2°. Ehrhart (*Phytophylacium* [1780] and *Beiträg.* IV. 145–150) made use of a uninominal nomenclature for species known at that time under binary names (*Phaeocephalum, Leptostachys*, etc.). These names, which resemble generic names, must not be confused with such and are to be rejected, unless a subsequent author has given them the value of a generic name: for example *Baeothryon*, a uninominal expression of Ehrhart's, has been applied to a genus characterised by A. Dietrich *Spec. Pl.* II. 89 (1833). — 3°. Names like *Quisqualis* (a single word from the first), *Sebastiano-Schaueria* and *Neves-Armondia* will stand.

Art. 55. Specific names must also be rejected in the following special cases:

1°. When they are ordinals serving for purpose of enumeration.

2°. When they merely repeat the generic name.

Examples. 1°. *Boletus vicesimus sextus, Agaricus octogesimus nonus.* 2° *Linaria Linaria, Raphanistrum Raphanistrum* etc.

Art. 56. In the cases foreseen in articles 51 to 56, the name to be rejected or changed is replaced by the oldest valid name in the group in question, and in default of such a one a new name must be made.

Examples: See the examples cited under articles 51 and 53.

Art. 57. The original spelling of a name must be retained, except in case of a typographic or orthographic error. When the difference between two names, especially two generic names, lies in the termination, these names are to be regarded as distinct even though differing by one letter only.

Examples: *Rubia* and *Rubus*, *Monochaete* and *Monochaetum*, *Peponia* and *Peponium*, *Iria* and *Iris*.

Recommendations.

XXX. The liberty of making orthographic corrections must be used with reserve, especially if the change affects the first syllable, and above all the first letter of a name.

XXXI. Many names differ by a single letter without risk of confusion (ex. *Durvillea* and *Urvillea*). In cases where a close approach to identity is a source of error (ex. *Astrostemma* and *Asterostemma* in one and the same family, *Asclepiadaceae*, *Pleuripetalum* and *Pleuropetalum* in *Orchidaceae*) only one, the older, of the names should be kept, in accordance with article 51, 4°.

Chapter IV. Modification of the rules of botanical nomenclature.

Art. 58. The rules of botanical nomenclature can only be modified by competent persons at an international Congress convened for the express purpose.

Appendix. Various recommendations.

XXXII. Botanists should use in modern languages latin scientific names or those immediately derived from them, preferably to names of another kind or origin. They should avoid the use of the latter unless these are very clear and in common use.

XXXIII. Every friend of science should oppose the introduction into a modern language of names of plants which are not already there, unless they are derived from latin botanical names by means of some slight alteration.

XXXIV. The metric system only is used in botany for reckoning weights and measures. The foot, inch, line, pound, ounce etc. should be rigorously excluded from scientific language.

Altitude, depth, rapidity etc. are measured in metres. Fathoms, knots, miles etc. are expressions which should disappear from scientific language.

XXXV. Very minute dimensions are reckoned in μ (micromillimetres, microns, or thousandths of a millimetre) and not in fractions of a millimetre or line, etc.; fractions encumbered with ciphers and commas are more likely to give rise to mistakes.

XXXVI. Authors are asked to indicate clearly and precisely the scale of the figures which they publish.

XXXVII. Temperatures are expressed in degrees of the centigrade thermometer of Celsius

4. Internationale Regeln der Botanischen Nomenclatur, mit besonderer Berücksichtigung der Gefäßpflanzen.

Kapitel I. Allgemeine Gesichtspunkte und leitende Grundsätze.

Art. 1. Ein regelmäßiges, von der großen Mehrzahl der Naturforscher aller Länder anerkanntes und befolgtes System der Nomenclatur ist eine notwendige Vorbedingung für den Fortschritt der Naturwissenschaft.

Art. 2. Die Vorschriften, aus denen sich das regelmäßige System der botanischen Nomenclatur aufbauen läßt, gliedern sich in Grundsätze (Prinzipien), Regeln und Empfehlungen. Die Grundsätze (Art. 1–9, 15–18) stellen die leitenden Gesichtspunkte dar, die bei der Aufstellung von Regeln und Empfehlungen maßgebend sind. Den Regeln (Art. 19–58) fällt die Aufgabe zu, einerseits Ordnung in die aus aus der Vergangenheit überkommene Nomenclatur zu bringen, anderseits der Nomenclatur der Zukunft den Weg zu weisen: sie haben stets rückwirkende Kraft, d. h. Namen und Formen der Nomenclatur, die einer Regel widersprechen, können nicht beibehalten werden. Die Empfehlungen beziehen sich auf Punkte sekundärer Natur, ihre Aufgabe ist es, der Nomenclatur für die Zukunft mehr Gleichförmigkeit und Klarheit zu verleihen: Namen und Formen der Nomenclatur, die einer Empfehlung widersprechen, kann man nicht als nachahmenswerte Vorbilder ansehen, sie können jedoch nicht verworfen werden.

Art. 3. Die Regeln der Nomenclatur dürfen weder willkürlich noch aufgedrungen sein. Sie sollen einfach sein und müssen auf so klaren und triftigen Gründen beruhen, daß ein jeder sie begreift und geneigt ist, sie anzunehmen.

Art. 4. Die wichtigsten Grundsätze für alle Gebiete der Nomenclatur sind die folgenden: 1. Es ist nach Beständigkeit in den Benennungen zu trachten; 2. Ausdrucksformen und Namen, die zu irrtümlichen Auffassungen oder falschen Deutungen Veranlassung geben können oder geeignet sind, Verwirrung in der Wissenschaft zu stiften, müssen vermieden oder verworfen werden.

Einer der wichtigsten Grundsätze ist ferner das Vermeiden jeder unnützen Aufstellung von Namen. Sonstige Gesichtspunkte, wie grammatikalische Richtigkeit, Regelmäßigkeit oder Wohlklang der Namen, mehr oder weniger allgemein verbreiteter Gebrauch, Rücksicht auf Personen usw., sind trotz ihrer unbestreitbaren Wichtigkeit doch von verhältnismäßig nebensächlicher Bedeutung.

Art. 5. Kein mit den Regeln unvereinbarer Gebrauch darf beibehalten werden, wenn er Verwirrung und Irrtümer nach sich zieht. Führt jedoch ein Gebrauch nicht derartige schwerere Nachteile mit sich, so ist er ausnahmsweise gestattet, man hüte sich aber, ihn zu verallgemeinern und nachzuahmen. Wo endlich Regeln fehlen, oder wo die Folgerungen aus den Regeln zweifelhaft sind, ist der herkömmliche Gebrauch als Regel anzusehen.

Art. 6. Die Grundsätze und Ausdrucksformen der Nomenclatur sollen für Botanik und Zoologie möglichst ähnliche sein; indessen ist die botanische Nomenclatur von der zoologischen völlig unabhängig.

Art. 7. Man bezeichnet in der Wissenschaft die Gruppen mit Namen in lateinischer Sprache, und zwar gilt dies für alle Rangstufen. Entnimmt man solche Namen einer anderen Sprache, so erhalten sie lateinische Endungen, falls nicht schon durch den Gebrauch Ausnahmen üblich geworden. Wenn man die Namen der Wissenschaft in eine lebende Sprache überführt, so sucht man eine möglichst große Ähnlichkeit mit den ursprünglichen lateinischen Namen zu wahren.

Art. 8. Man unterscheidet in der Nomenclatur zwei Kategorien von Namen. Die erste Kategorie besteht aus Namen (oder vielmehr Kunstausdrücken, Terminis), durch die man das gegenseitige Verhältnis der Gruppen zueinander gemäß ihrer natürlichen Rangordnung auszudrücken sucht (systematische Einheiten). Die zweite Kategorie umfaßt diejenigen Namen, die wir zur Bezeichnung jeder einzelnen der in der Natur beobachteten Gruppen der Pflanzenwelt verwenden.

Art. 9. Die Regeln und Empfehlungen der botanischen Nomenclatur beziehen sich auf alle Abteilungen des Pflanzenreiches; besondere Bestimmungen sind für die Fossilien und die nicht mit Gefäßen versehenen Pflanzen („Zellkryptogamen") vorbehalten[1].

Kapitel II. Bezeichnungsweise der Pflanzengruppen nach ihrem Wesen und ihrer gegenseitigen Stufenfolge.

Art. 10. Jedes pflanzliche Einzelwesen (*Individuum*) gehört zu einer Art (*species*), jede Art zu einer Gattung (*genus*), jede Gattung zu einer Familie (*familia*), jede Familie zu einer Ordnung (*ordo*), jede Ordnung zu einer Klasse (*classis*), jede Klasse zu einer Abteilung (*divisio*).

Art. 11. Man unterscheidet außerdem bei zahlreichen Arten Varietäten (*varietas*) und Formen (*forma*), bei manchen kultivierten Arten sogar noch viel mehr Abänderungen; Gattungen werden häufig noch in Sectionen (*sectio*), Familien in Tribus (*tribus*) gegliedert.

Art. 12. Bei verwickelteren Verhältnissen ist man oft in der Lage, noch mehr Zwischengruppen unterscheiden zu müssen; dann kann man durch Vorsetzen

1) Darüber wird der Kongress des Jahres 1910 zu entscheiden haben; die besonderen Bestimmungen können bestehen: 1. in Regeln, die gewisse Fragen betreffen, die nur bei den niederen Pflanzen oder den Fossilien in Betracht kommen; 2. in Listen von beizubehaltenden Namen (*nomina conservanda*); eine solche Liste liegt bereits für die Phanerogamen vor, Listen gleicher Art können aber auch noch für alle übrigen Abteilungen ausgearbeitet werden.

des Wörtchens Unter- (*sub*) vor den Gruppennamen Unterabteilungen dieser Gruppe bilden, so daß z. B. Unterfamilie (*subfamilia*) eine Gruppe zwischen Familie und Tribus bezeichnet, Untertribus (*subtribus*) eine solche zwischen Tribus und Gattung.

Die Gesamtheit der einander untergeordneten Gruppen kann demnach allein für wildwachsende Pflanzen bis 21 verschiedene Stufen ergeben, die sich in folgender Weise aneinander schließen:

Regnum vegetabile. Divisio. Subdivisio. Classis. Subclassis. Ordo. Subordo. Familia. Subfamilia. Tribus. Subtribus. Genus. Subgenus. Sectio. Subsectio. Species. Subspecies. Varietas. Subvarietas. Forma. Individuum.

Genügt diese Liste noch nicht, so kann man sie durch Einschaltung von Gruppen erweitern, nur dürfen diese weder zu Verwirrung noch zu Irrtümern Anlaß geben.

Beispiel: Die Gruppen Reihe (*series*) und Unterreihe (*subseries*) können noch zwischen Untersection (*subsectio*) und Art (*species*) eingeschaltet werden.

Art. 13. Die Begrenzung einer jeden dieser Gruppen hängt bis zu einem gewissen Grade von persönlichen Ansichten und dem Stande der Wissenschaft ab, indessen darf ihre gegenseitige, durch den Gebrauch festgelegte Reihenfolge nicht umgedreht werden: jede Gruppierung, in der Umkehrungen vorkommen, ist unzulässig.

Beispiele für unzulässige Umkehrungen: Eine Form eingeteilt in Varietäten; eine Art, die Gattungen umfaßt; eine Gattung, die in Familien oder Tribus gegliedert ist.

Art. 14. Aus der Befruchtung einer Art mit einer anderen Art geht ein Bastard (*hybrida*) hervor; aus der Befruchtung einer Abänderung oder Unterabteilung der Art mit einer Abänderung derselben Art geht ein Blendling oder Varietätsmischling (*mistus*, franz. *métis*) hervor.

Empfehlungen.

I. Bei der Anordnung der Arten innerhalb einer Gattung oder einer Unterabteilung der Gattung bedient man sich typographischer Zeichen, der Buchstaben oder der Zahlen. Die Bastarde werden hinter einer der Arten aufgeführt, denen sie entstammen, und man setzt bei ihnen das Zeichen × vor den Gattungsnamen.

Bei der Anordnung der Unterarten innerhalb der Art bedient man sich der Buchstaben oder der Zahlen; bei der Anordnung der Varietäten gebraucht man das griechische Alphabet (α, β, γ usw.). Die Gruppen unterhalb der Varietäten und die Blendlinge werden nach Gutdünken mit Buchstaben, Zahlen oder typographischen Zeichen aufgeführt.

Die Abänderungen der Kulturpflanzen sind, soweit dies möglich, den wilden Arten anzugliedern, denen sie entstammen.

Kapitel III. Bezeichnungsweise der verschiedenen systematischen Gruppen.

Section 1. Allgemeine Grundsätze; Priorität.

Art. 15. Für jede Pflanzengruppe kennt die Wissenschaft nur einen gültigen Namen, und zwar ist dies in jedem Falle der älteste; nur muß er den Regeln der Nomenclatur entsprechen und unterliegt außerdem den in Art. 19 und 20 ausgesprochenen Bedingungen (vergl. Section 2).

Art. 16. Wenn man eine Gruppe mit einem Namen belegt, der übrigens aus einem oder mehreren Wörtern bestehen kann, so will man dabei durchaus nicht in erster Linie etwas über die Merkmale oder die Geschichte dieser Gruppe aussagen, sondern der Name soll nur ein Verständigungsmittel sein für den Fall, daß von der Gruppe die Rede ist.

Art. 17. Niemand darf einen Namen oder eine Kombination von Namen ändern, wenn er nicht dafür die triftigsten, auf eingehende Sachkenntnis gestützten Gründe hat, oder sich genötigt sieht, eine regelwidrige Benennung abzuschaffen.

Art. 18. Die Form, die Zahl und die Anordnung der Namen hängen von dem Wesen einer jeden Gruppe ab, gemäß nachstehenden Regeln.

Section 2. **Ausgangspunkt der Nomenclatur; Einschränkung des Grundsatzes von der Priorität.**

Art. 19. Der Ausgangspunkt für die Nomenclatur aller Gruppen der Gefäßpflanzen ist die erste Ausgabe von Linné's Species plantarum vom Jahre 1753. Nach allgemeiner Übereinkunft bezieht man die im obengenannten Werke vorkommenden Gattungsnamen auf die dazugehörigen Beschreibungen in der 5. Ausgabe von Linné's Genera plantarum vom Jahre 1754.

Art. 20. Um jedoch zu verhindern, daß die Nomenclatur der Gattungen eine bei strenger Anwendung der Nomenclaturregeln und des Prioritätsprinzips unausbleibliche, aber wenig vorteilhafte Umwälzung erleide, wird den Regeln eine Liste der unter allen Umständen beizubehaltenden Gattungsnamen als Anhang beigegeben. Diese Namen sind vorzugsweise solche, die während eines Zeitraumes von 50 Jahren nach ihrer Veröffentlichung im allgemeinen Gebrauche gewesen sind oder die in Monographien und größeren floristischen Werken bis zum Jahre 1890 Aufnahme gefunden haben.

Section 3. **Nomenclatur der einzelnen Gruppen.**

§ 1. Nomenclatur der Gruppen oberhalb der Familien.

Empfehlungen. Bei der Benennung der den Familien übergeordneten Gruppen beachte man im Interesse der Klarheit und einer gewissen Gleichförmigkeit folgende Vorschriften:

II. Die Namen der Abteilungen (*divisio*) und der Unterabteilungen (*subdivisio*), der Klassen (*classis*) und Unterklassen (*subclassis*) werden von einem der wesentlichsten Merkmale abgeleitet. Man bedient sich bei ihrer Bildung Wörter griechischen oder lateinischen Ursprungs und läßt bei Gruppen gleichen Ranges eine gewisse Übereinstimmung in Form und Endung walten.

Beispiele: *Angiospermae*, *Gymnospermae*; *Monocotyledoneae*, *Dicotyledoneae*; *Pteridophyta*; *Coniferae*.

Bei den Cryptogamen kann man die alten Familiennamen *Fungi*, *Lichenes*, *Algae* für Gruppen oberhalb der Familien verwenden.

III. Die Ordnungen (*ordo*) benennt man vorzugsweise nach dem Namen einer ihrer hauptsächlichsten Familien und läßt sie auf *-ales* auslauten; ähnliches gilt für die Unterordnungen (*subordo*), die die Endung *-ineae* erhalten. Indessen kann man sich auch anderer Endungen zur Bildung dieser Namen bedienen, falls nicht daraus Verwechselungen oder Irrtümer erwachsen können.

Beispiele: Für Ordnungen: *Polygonales* (von *Polygonaceae*), *Urticales* (von *Urticaceae*), *Glumiflorae*, *Tubiflorae*, *Microspermae*, *Centrospermae*, *Parietales*, *Contortae*. Für Unterordnungen: *Bromeliineae* (von *Bromeliaceae*), *Malvineae* (von *Malvaceae*), *Tricoccae*, *Enantioblastae*.

§ 2. Nomenclatur der Familien und Unterfamilien, Tribus und Untertribus.

Art. 21. Die Familien (*familiae*) benennt man nach dem Namen einer ihrer Gattungen oder nach einem der betreffenden Familie zugehörigen alten Gattungsnamen; sie erhalten die Endung *aceae*.

Beispiele: *Rosaceae* (von *Rosa*), *Salicaceae* (von *Salix*), *Caryophyllaceae* (von *Dianthus Caryophyllus*) usw.

Art. 22. Folgende durch langjährigen Gebrauch berechtigte Ausnahmen sind zulässig: *Palmae*, *Gramineae*, *Cruciferae*, *Leguminosae*, *Guttiferae*, *Umbelliferae*, *Labiatae*, *Compositae*.

Art. 23. Die Namen der Unterfamilien (*subfamiliae*) werden abgeleitet von dem Namen einer der zur betreffenden Unterfamilie gehörigen Gattungen; sie erhalten die Endung *-oideae*. Entsprechendes gilt für die Tribus (*tribus*), die auf *-eae* endigen, und die Untertribus (*subtribus*), die auf *-inae* auslauten.

Beispiele. — Für Unterfamilien: *Asphodeloideae* (von *Asphodelus*), *Rumicoideae* (von *Rumex*); für Tribus: *Asclepiadeae* (von *Asclepias*), *Phyllantheae* (von *Phyllanthus*). Für Untertribus: *Metastelmatinae* (von *Metastelma*), *Madiinae* (von *Madia*).

§ 3. Nomenclatur der Gattungen und ihrer Unterabteilungen.

Art. 24. Die Gattungsnamen sind Substantiva (oder substantivisch gebrauchte Adjectiva) und werden mit großem Anfangsbuchstaben geschrieben; sie sind unseren Familiennamen zu vergleichen und Eigennamen wie diese. Diese Namen können einen ganz beliebigen Ursprung haben, sie können sogar ganz willkürlich gebildet sein.

Beispiele: *Rosa*, *Convolvulus*, *Hedysarum*, *Bartramia*, *Liquidambar*, *Gloriosa*, *Impatiens*, *Manihot*.

Art. 25. Die Namen der Untergattungen und Sectionen sind gewöhnlich Substantiva und ähneln den Gattungsnamen. Die gleiche Bezeichnungsweise kann man auch auf die Untersectionen und die noch unterhalb dieser stehenden Stufen ausdehnen, jedoch werden diese meist mit Eigenschaftswörtern bezeichnet, die in der Mehrzahl stehen und mit großem Anfangsbuchstaben geschrieben werden, oder man ersetzt die Namen durch eine Ordnungszahl oder einen Buchstaben.

Beispiele. — Substantivische Namen: *Fraxinaster*, *Trifoliastrum*, *Adenoscilla*, *Euhermannia*, *Archieracium*, *Micromelilotus*, *Pseudinga*, *Heterodraba*, *Gymnocimum*, *Neoplantago*.

Adjectivische Namen: *Pleiostylae*, *Fimbriati*, *Ebracteolata*, *Pachycladae*.

Empfehlungen.

IV. Leitet man den Namen einer Gattung, Untergattung oder Section von einem Personennamen ab, so verfahre man auf folgende Weise:

a) Geht der Personenname auf einen Vokal aus, so wird der Buchstabe *-a* angehängt (z. B. *Glaziova*, nach Glaziou; *Bureava*, nach Bureau); hat jedoch der Personenname bereits die Endung *a*, so wird der Endvokal in die Endung *-aea* umgewandelt (Beispiel: *Collaea*, nach *Colla*).

b) Geht der Personenname auf einen Konsonanten aus, so wird die Endung *-ia* angehängt (z. B. *Magnusia*, nach Magnus; *Ramondia*, nach Ramond); geht jedoch der Personenname auf *-er* aus, so hängt man *-a* an (z. B. *Kernera*, nach Kerner).

c) Die Silben, die durch diese Endungen keine Veränderung erleiden, bewahren genau ihre Rechtschreibung bei, ja es bleiben sogar die Konsonanten k und w wie auch Vokalzusammenstellungen erhalten, die im klassischen Latein nicht gebräuchlich waren. Buchstaben, die dem Latein der Botaniker fremd sind, werden in die geeignete Form überführt; diakritische Zeichen fallen fort. Die ä, ö, ü der germanischen Sprachen werden in ae, oe, ue, die é, è, ê der französischen Sprache im allgemeinen in e umgewandelt.

d) Die Namen können ein Praefix oder Suffix erhalten, auch kann man Umstellungen der Buchstaben oder Abkürzungen vornehmen. In solchen Fällen gelten sie als Namen, die von dem ursprünglichen verschieden sind.

Beispiele: *Durvillea* und *Urvillea*; *Lapeyrousea* und *Peyrousea*; *Englera*, *Englerastrum*, *Englerella*; *Bouchea* und *Ubochea*; *Gerardia* und *Graderia*; *Martia* und *Martiusia*.

V. Wer Gattungsnamen zu veröffentlichen hat, halte sich an folgende Vorschriften:

a) Man vermeide allzulange und schwer auszusprechende Namen.

b) Niemals verwende man einen Namen, der schon einmal gebraucht, aber dann in die Synonymie verwiesen worden ist. (Man vermeide also die Bildung von Homonymen.)

c) Man vermeide es, Gattungen ganz unbekannten Personen oder solchen zu widmen, die der Botanik oder doch den Naturwissenschaften völlig fern stehen.

d) Man entnehme nur dann einen Namen der Sprache einer unzivilisierten Nation, wenn er sich in den Reisewerken öfter angeführt findet, wohlklingend ist und sich leicht dem Lateinischen und den Sprachen der zivilisierten Nationen anpassen läßt.

e) Man deute, wenn möglich, durch Zusammensetzung und Endung des Namens die verwandtschaftliche Stellung der Gattung oder ihre Ähnlichkeit mit irgend einer andern an.

f) Man vermeide die Verwendung substantivisch gebrauchter Adjectiva.

g) Man gebe nie einer Gattung einen Namen, dessen Form vielmehr auf eine Untergattung oder Section schließen läßt (z. B. *Eusideroxylon*; dieser Name wurde für eine gültige Gattung der *Lauraceae* verwendet und darf nicht verworfen werden).

h) Man bilde nicht einen Namen aus Bestandteilen zweier verschiedenen Sprachen (*nomina hybrida*; man vermeide also die Bildung von sogenannten hybriden Namen).

VI. Wer Untergattungs- oder Sectionsnamen zu bilden hat, beachte obige Vorschriften und außerdem noch folgende:

a) Für die hauptsächlichste Unterabteilung einer Gattung wähle man vorzugsweise den Namen so, daß er mit einer Abänderung oder einem Zusatze den Gattungsnamen wiederholt (man erreicht dies z. B. durch Voranstellung der Silbe *Eu-* vor einen Gattungsnamen griechischen Ursprungs, durch Anhängen der Silben *-astrum* oder *-ella* an lateinische Namen, oder durch irgendwelche andere Abänderungen, wie sie der Grammatik und dem Gebrauche der lateinischen Sprache entsprechen).

b) Man vermeide es, einen Untergattungs- oder Sectionsnamen innerhalb einer bestimmten Gattung in der Weise zu bilden, daß man die Endung *-oides* oder *-opsis* an den Namen dieser Gattung anhängt, verwende vielmehr diese Endungen bei Untergattungen oder Sectionen, die einer anderen Gattung in gewissen Zügen ähnlich sind; man hängt sie dann dem Namen dieser Gattung an, falls er griechischen Ursprungs ist.

c) Man verwende für eine Untergattung oder Section nie einen Namen, der bereits als Untergattungs- oder Sectionsname innerhalb einer anderen Gattung vorkommt, und ebensowenig bediene man sich zur Bezeichnung einer Untergattung oder Section eines Namens, der schon für eine gültige Gattung vergeben ist.

VII. Will man zugleich mit dem Namen der Gattung und Art auch den der Untergattung oder Section angeben, so kommt letzterer in Klammern zwischen Gattungs- und Artname zu stehen: z. B. *Astragalus* (*Cycloglottis*) *contortuplicatus*.

§ 4. Nomenclatur der Arten und ihrer Unterabteilungen.

Art. 26. Die Art (und das gilt auch für solche Arten, die schon für sich selbst eine [sogenannte monotypische] Gattung bilden) wird bezeichnet mit dem Namen der Gattung, zu der sie gehört, und einem darauffolgenden, gewöhnlich adjektivischen specifischen Namen (epitheton specificum, specifisches Epitheton, Artname im engeren Sinne).

Es ergibt sich demnach als Bezeichnung für eine Art eine Kombination zweier Namen (Binom, binärer Name).

Beispiele: *Dianthus monspessulanus*, *Papaver Rhoeas*, *Fumaria Gussonei*, *Uromyces Fabae*, *Geranium Robertianum*, *Embelia Sarasinorum*, *Adiantum Capillus Veneris*. Linné verwandte bisweilen Symbole bei den specifischen Namen; Art 26 verlangt die Überführung der Symbole in Wörter, z. B. *Scandix Pecten Veneris* (= *Scandix Pecten* ♀), *Veronica Anagallis-aquatica* (= *Veronica Anagallis* ▽).

Empfehlungen.

VIII. Der specifische Name soll im allgemeinen etwas über das Aussehen, die Merkmale, die Herkunft, die Geschichte oder die Eigenschaften der Art aussagen. Wird er von einem Personennamen abgeleitet, so geschieht dies gewöhnlich, um an den Namen dessen zu erinnern, der die Art entdeckt oder beschrieben, oder der sich sonst irgendwie mit ihr beschäftigt hat.

IX. Verwendet man Namen von Personen männlichen oder weiblichen Geschlechts, Namen von Ländern oder Örtlichkeiten zur Bildung der specifischen Namen, so erhalten diese die Form eines Substantivs im Genitiv (*Clusii*, *saharae*) oder adjectivische Form (*Clusianus*, *dahuricus*). Künftig vermeide man es, zur Bezeichnung zweier verschiedenen Arten der gleichen Gattung sowohl den Genitiv eines Namens wie das von demselben Namen abgeleitete Adjectiv zu gebrauchen (z. B. hätte vermieden werden sollen die Aufstellung des Namens *Lysimachia Hemsleyi* Franch. in Journ. de bot. IX [1895] 461 (= *L. Franchetii* Knuth), da es bereits eine *Lysimachia Hemsleyana* Maxim. in Hook. Icon. pl. XX [1891] t. 1980 gab).

X. Alle specifischen Namen schreibt man mit kleinen Anfangsbuchstaben; davon sind ausgenommen alle von Personennamen abgeleiteten Namen (substantivische wie adjectivische), sowie diejenigen specifischen Namen, die substantivische oder adjectivische Gattungsnamen darstellen.

Beispiele: *Ficus indica*, *Circaea lutetiana*, *Brassica Napus*, *Lythrum Hyssopifolia*, *Aster novi-belgii*, *Malva Tournefortiana*, *Phyteuma Halleri*.

XI. Bei der Ableitung eines specifischen Namens von einem Personennamen verfährt man auf folgende Weise:

a) Geht der Name auf einen Vokal aus, so wird der Buchstabe *i* angehängt (z. B. *Glaziovii*, von Glaziou; *Bureaui*, von Bureau); jedoch wird bei Namen, die auf *a* auslauten, meistens die Endung *ae* gebildet (*Balansae*, von Balansa).

b) Geht der Name auf einen Konsonanten aus, so wird die Endung *-ii* angehängt (z. B. *Magnusii*, von Magnus; *Ramondii*, von Ramond); geht jedoch der Name auf *-er* aus, so hängt man *i* an (z. B. *Kerneri*, nach Kerner).

c) Die Silben, die durch diese Endungen keine Veränderungen erleiden, behalten genau ihre Rechtschreibung bei, ja es bleiben sogar die Konsonanten k und w wie auch Vokalzusammenstellungen erhalten, die im klassischen Latein nicht gebräuchlich waren. Buchstaben, die dem Latein der Botaniker fremd sind, werden in die geeignete Form überführt, diacritische Zeichen bleiben fort. Die ä, ö, ü der germanischen Sprachen werden in ae, oe, ue, die é, è, ê der französischen Sprache im allgemeinen in e umgewandelt.

d) Die von Eigennamen abgeleiteten adjectivischen Namen unterliegen entsprechenden Vorschriften (*Geranium Robertianum*, *Carex Hallerana*, *Ranunculus* [illegible] etc.).

XII. Entsprechendes gilt für die von Frauennamen abgeleiteten specifischen Namen; substantivische Namen dieser Art erhalten die Endung des Femininum.

Beispiele: *Cypripedium Hookerae*, *Rosa Beatricis*, *Scabiosa Olgae*, *Omphalodes Luciliae*.

XIII. Bildet man nach dem Lateinischen oder Griechischen aus zwei oder mehr Wurzeln zusammengesetzte Namen, so dient im Lateinischen *i*, im Griechischen *o* als Bindevokal; demnach heißt es *menthifolia*, *salviifolia*, nicht menthaefolia, salviaefolia. Beginnt das zweite der in die Zusammensetzung eintretenden Wörter mit einem Vokal, so kann man des Wohlklanges wegen den Bindevokal auslassen (*calliantha*, *lepidantha*). *ae* als Bindevokal ist nur in Fällen zulässig, wo die Etymologie klarer erkennbar sein soll (*caricaeformis*, von *Carica*, mag neben *cariciformis*, von *Carex*, bestehen).

XIV. Bei der Bildung der Artnamen beachte man außerdem noch folgende Vorschriften:

a) Allzulange, schwer auszusprechende Namen vermeide man.

b) Man vermeide Namen, die ein allen oder fast allen Arten der Gattung gemeinsames Merkmal enthalten.

c) Man vermeide es, Namen von einer wenig bekannten Örtlichkeit oder einer solchen beschränkter Ausdehnung zu entlehnen, falls nicht das Verbreitungsgebiet der Art ein durchaus lokales ist.

d) Man vermeide es, innerhalb derselben Gattung allzu ähnliche Namen zu verwenden, und dies gilt besonders für solche, die sich nur durch ihre letzten Buchstaben unterscheiden.

e) Unveröffentlichte Namen, die sich in den Notizen der Reisenden oder auf Herbarzetteln finden, verwende man nur dann, wenn die Reisenden selbst ihre Veröffentlichung gutheißen.

f) Man vermeide Namen, die bereits einmal vorher innerhalb der gleichen Gattung oder in einer verwandten Gattung Verwendung fanden und in die Synonymie verwiesen wurden (*Homonyme*).

g) Man sollte nicht eine Art nach jemand benennen, der sie weder entdeckt, noch beschrieben, noch abgebildet, noch sich irgendwie damit beschäftigt hat.

h) Man vermeide Artnamen, die aus zwei getrennten Wörtern bestehen.

i) Man vermeide Artnamen, die mit dem Sinne des Gattungsnamens einen Pleonasmus bilden.

Art. 27. **Zwei verschiedene Arten derselben Gattung dürfen nicht den gleichen specifischen Namen haben, aber derselbe specifische Name darf in mehreren Gattungen verwendet werden.**

Beispiele: *Arabis spathulata* DC. und *Lepidium spathulatum* Phil. sind beides gültige Namen für zwei verschiedene Cruciferen; der Name *Arabis spathulata* Nutt. in Torr. et Gray kann nicht aufrecht erhalten werden, denn derselbe Name war bereits früher einer anderen gültigen Art der Gattung *Arabis* gegeben worden (*Arabis spathulata* DC.).

Art. 28. **Die Namen der Unterarten und Varietäten werden wie die specifischen Namen gebildet und folgen letzteren nach ihrer natürlichen Rangfolge, wobei die Namen höheren Grades den Anfang bilden. Dasselbe gilt für die Untervarietäten, Formen und übrigen bei wilden Pflanzen vorkommenden, geringfügigen oder vorübergehenden Abänderungen, die zur leichteren Übersicht mit einem Namen, oder auch mit einer Zahl oder einem Buchstaben bezeichnet werden. Der Gebrauch binärer Nomenclatur für die Unterabteilungen der Arten ist unzulässig.**

Beispiele: *Andropogon ternatus* subsp. *macrothrix* (nicht *Andropogon macrothrix* oder *Andropogon ternatus* subsp. *A. macrothrix*); *Herniaria hirsuta* var. *diandra* (nicht *Herniaria diandra* oder *Herniaria hirsuta* var. *H. diandra*); forma *nanus*, forma *maculatum*.

Empfehlung.

XV. Die Vorschriften für die Bildung specifischer Namen gelten auch für die Namen der Unterabteilungen der Arten. Diese richten sich, wenn sie Adjectiva sind, im Geschlecht stets nach dem Gattungsnamen (*Thymus Serpyllum* var. *angustifolius*, *Ranunculus acris* subsp. *Friesianus*).

Art. 29. **Zwei verschiedene Unterarten derselben Art dürfen nicht den gleichen Namen führen. Ein bestimmter Varietätname darf nur einmal innerhalb einer und derselben Art verwendet werden, selbst wenn es sich um Varietäten handelt, die verschiedenen Unterarten untergeordnet sind. Das gleiche gilt für Untervarietäten und Formen. Es darf dagegen der gleiche Name für Unterabteilungen verschiedener Arten Verwendung finden; Unterabteilungen einer Art dürfen denselben Namen führen wie andere Arten.**

Beispiele. Folgende Namen für Unterabteilungen von Arten sind nebeneinander zulässig: *Rosa Jundzillii* var. *leioclada* und *Rosa glutinosa* var. *leioclada*; *Viola tricolor* var. *hirta* ist zulässig, trotzdem es eine eigene verschiedene ältere Art *Viola hirta* gibt. Inkorrekt ist folgende Nomenclatur

15*

Erysimum hieraciifolium subsp. *strictum* var. *longisiliquum* und daneben *Erysimum hieraciifolium* subsp. *pannonicum* var. *longisiliquum*. (In diesem Falle haben zwei Varietäten innerhalb derselben Art den gleichen Namen.)

Empfehlung.

XVI. Es ist empfehlenswert, von der im zweiten Absatze des Art. 29 ausgesprochenen Erlaubnis so wenig als möglich Gebrauch zu machen. Man vermeidet auf diese Weise Irrtümer und Mißverständnisse und beschränkt auf ein möglichst geringes Maß die Namensänderungen, die sich ergeben würden, falls Unterabteilungen der Arten zu Arten erhoben werden würden oder umgekehrt.

Art. 30. Den Formen und Blendlingen (métis) der Kulturpflanzen gibt man frei erfundene, der lebenden Sprache entstammende, und von den lateinischen Bezeichnungen der Arten und Varietäten möglichst abweichende Namen. Kann man sie auf eine eigentliche Art, Unterart oder Varietät zurückführen, so deutet man dies in der Anordnung der Namen an.

Beispiel: *Pelargonium zonale* Mistreß-Pollock.

§ 5. Nomenclatur der Bastarde und Blendlinge.

Art. 31. Bastarde zwischen Arten derselben Gattung (oder Pflanzen, die man für solche Bastarde erachtet), werden mit einer Formel bezeichnet; allemal, wo dies nützlich oder notwendig erscheint, können sie außerdem noch einen Namen erhalten.

Die Formel besteht aus dem Gattungsnamen und den durch das Zeichen × verbundenen und in alphabetischer Folge angeordneten specifischen Namen beider Eltern. Ist der Ursprung des Bastards auf experimentellem Wege sichergestellt, so kann die Formel noch ergänzt werden durch Beifügung der Zeichen ♂ und ♀ bei den specifischen Namen.

Die Namen für Bastarde unterscheiden sich von den Artnamen, deren Regeln sie im übrigen unterliegen, durch das Fehlen einer Ordnungsnummer und durch ein dem Gattungsnamen vorgesetztes × Zeichen.

Beispiele: × *Salix capreola* = *Salix aurita* × *caprea*; *Digitalis lutea* ♀ × *purpurea* ♂; *Digitalis lutea* ♂ × *purpurea* ♀.

Art. 32. Bastarde zwischen Arten verschiedener Gattungen (intergenerische Bastarde), oder Pflanzen, die man als solche ansprechen kann, werden ebenfalls mit einer Formel bezeichnet; außerdem können sie noch einen Namen erhalten, wenn dies als nützlich oder notwendig erachtet wird.

Die Formel besteht aus den in alphabetischer Folge angeordneten Namen der Eltern. Der Bastard wird derjenigen der beiden Gattungen angeschlossen, deren Namen im Alphabet voransteht. Dem Bastardnamen geht das Zeichen × voran.

Beispiele: × *Ammophila baltica* = *Ammophila arenaria* × *Calamagrostis epigeios*.

Art. 33. Bastarde dritten oder noch höheren Grades werden wie die gewöhnlichen Bastarde mit einer Formel bezeichnet; etwaigenfalls können sie daneben noch einen Namen erhalten.

Beispiele: × *Salix Straehleri* = *S. aurita* × *cinerea* × *repens*, oder *S.* (*aurita* × *repens*) × *cinerea*.

Art. 34. Hat man verschiedene Formen eines Bastards zu unterscheiden (vielgestaltige [pleomorphe] Bastarde, Kombinationen zwischen verschiedenen Formen von Sammelarten), so ordnet man die Unterabteilungen innerhalb des Bastards eben so an wie die Unterabteilungen der Art innerhalb der Art.

Beispiele: × *Mentha villosa β Lamarckii* (*M. longifolia* *rotundifolia*). Man kann durch die Formel das Überwiegen des einen oder anderen der beiden Eltern andeuten, und zwar in folgender Weise: *Mentha longifolia* > × *rotundifolia*, *Cirsium supercanum* × *rivulare* usw. Man kann in der Formel auch angeben, daß eine bestimmte Varietät an der Bildung des Bastards teil hat: z. B. *Salix caprea* × *daphnoides* var. *pulchra*.

Empfehlung.

XVII. Varietätsmischlinge (auch Blendlinge genannt [métis], oder Pflanzen, die man dafür hält) können durch einen Namen und eine Formel bezeichnet werden. Den Namen der Mischlinge geht das Zeichen × voran; sie werden innerhalb der Art bei deren Unterabteilungen eingeschaltet. In der Formel stehen die Eltern in alphabetischer Folge.

Section 4. Veröffentlichung der Namen und deren Datum.

Art. 35. Eine Veröffentlichung (Publikation) besteht in dem öffentlichen Verkaufe oder der Verteilung von Druckschriften oder Autographien in unauslöschbaren Schriftzeichen.

Werden neue Namen in einer öffentlichen Sitzung bloß mitgeteilt, oder in Sammlungen oder öffentlichen Gärten aufgestellt, so entspricht dies noch nicht den Bedingungen einer eigentlichen Veröffentlichung.

Beispiele. — *Salvia oxyodon* Webb et Heldr. wurde Juli 1850 in einem autographierten und dem öffentlichen Verkauf übergebenen Katalog veröffentlicht (Webb et Heldreich, Catalogus plantarum hispanicarum etc. ab A. Blanco lectarum, Parisiis, Jul. 1850, in folio). Es ist dies als wirkliche Veröffentlichung zu betrachten, die freilich in diesem Falle nicht durch den Druck erfolgte. Dagegen wurde im folgenden Falle ein Name nur öffentlich mitgeteilt, ohne daß zunächst eine eigentliche Publikation erfolgte: Cusson besprach die Aufstellung der Gattung *Physospermum* in einer Mitteilung, die im Jahre 1773 vor der Société des sciences de Montpellier gelesen wurde, darauf dieselbe 1782 oder 1783 noch einmal vor der Société de médecine zu Paris. Die eigentliche Veröffentlichung durch den Druck fand jedoch erst im Jahre 1787 statt, in den Mémoires de Soc. roy. de médecine de Paris vol. V. 1. part.

Art. 36. Vom 1. Januar 1908 an wird ein Name für eine neu aufgestellte Gruppe nur dann als gültig veröffentlicht angesehen, wenn ihm eine Diagnose in lateinischer Sprache beigegeben ist.

Art. 37. Wird eine Art oder eine Unterabteilung einer Art in einem Werk mit vollständigem specifischen Namen oder Varietätnamen aufgeführt, ohne daß dem Namen eine Diagnose oder ein Hinweis auf eine früher unter anderem Namen veröffentlichte Beschreibung beigegeben ist, so hat ihre Veröffentlichung keine Gültigkeit. Weder die Aufführung in der Synonymie noch die nur gelegentliche Erwähnung eines Namens genügen, um ihm den Anspruch auf gültige Veröffentlichung zu verleihen. Ebensowenig ist die Erwähnung eines Namens auf einem Exsiccatenzettel, ohne gedruckte oder autographierte Diagnose, eine gültige Veröffentlichung.

Tafeln, denen Analysen beigegeben sind, werden einer Beschreibung gleich erachtet. Diese Bestimmung tritt am 1. Januar 1908 außer Kraft, und die nach diesem Datum veröffentlichten Tafeln werden nicht mehr als gültig zugelassen, selbst wenn ihnen Analysen beigegeben sind.

Beispiele. Folgende Veröffentlichungen gelten: *Onobrychis eubrychidea* Boiss. Fl. or. II, 546 (ann. 1872), mit Beschreibung veröffentlicht; *Panax nossibiensis* Drake in Grandidier, Hist. phys. nat. et polit. de Madagascar, vol. XXXV, t. V, III, 5. part pl. 406 (ann. 1896), veröffentlicht in Form einer von Analysen begleiteten Tafel; *Cynanchum nivale* Nym. Syll. fl. eur. 108 (ann. 1854–1855), veröffentlicht mit Hinweis auf das früher beschriebene *Vincetoxicum nivale* Boiss. et Heldr.; *Hieracium Flahaultianum* Arv.-Touv. et Gaut., veröffentlicht in einem Exsiccaten-Werke und mit einer gedruckten Diagnose versehen (*Hieraciotheca gallica* n. 935–942, ann. 1903). — Folgende Veröffentlichungen sind dagegen ungültig: *Sciadophyllum heterotrichum* Decne. et Planch. in Rev. hortic. 4. ser. III, 107 (ann. 1854), ohne Beschreibung wie auch ohne Hinweis auf eine früher unter anderem Namen erfolgte Beschreibung veröffentlicht; der Name ist ein „nomen nudum"; *Ornithogalum undulatum* Hort. Berol. ex Kunth, Enum. pl. IV, 348 (ann. 1843) findet sich angegeben als Synonym von *Myogalum Boucheanum* Kunth, l. c., der Name kann nicht als gültig veröffentlicht angesehen werden, und bei Übertragung des *Myogalum Boucheanum* Kunth in die Gattung *Ornithogalum* muß die Art den Namen *Ornithogalum Boucheanum* Aschers. in Österr. bot. Zeitschr. XVI, p. 191 (ann. 1866) erhalten. — In der Synonymie von *Micropteryx Poeppigiana* Walp. (in Linnaea XXIII, 740, ann. 1850) findet sich der Name *Erythrina micropteryx* Poepp. angeführt; wird Walpers' Art zu *Erythrina* gestellt, so muß sie heißen *Erythrina Poeppigiana* O. F. Cook in U. St. Dep. Agric. Bull. n. 25, p. 57 (ann. 1901). — Der Name *Nepeta Sieheana* Hausskn. findet sich ohne Diagnose auf einem Exsiccaten-Zettel (W. Siehe, Bot. Reise nach Cilicien n. 521, ann. 1896), und das ist keine gültige Veröffentlichung.

Art. 38. Eine Gattung oder irgend eine andere Gruppe oberhalb der Art, die nur namhaft gemacht wurde, ohne daß sie gemäß den in Art. 37 ausgesprochenen Bestimmungen gekennzeichnet wurde, kann nicht als gültig veröffentlicht angesehen werden (nomen nudum). Eine neue Gattung oder eine Gruppe oberhalb der Gattung ist nicht in ausreichender Weise gekennzeichnet durch die Angabe, daß diese oder jene Arten, bezw. diese oder jene Gattungen zu ihr gehören, und eine solche Veröffentlichung ist nicht gültig. Indessen nimmt man nach allgemeinem Übereinkommen von dieser Bestimmung die Gattungsnamen aus, die Linné in der ersten Ausgabe seiner Species plantarum 1753 erwähnt: man bezieht sie auf die entsprechenden Beschreibungen in der 5. Ausgabe der Genera plantarum 1754. (Vergl. Art. 19).

Beispiele. Folgende Veröffentlichungen gelten: *Carphalea* Juss. Gen. pl. 198 (ann. 1789), mit Beschreibung veröffentlicht; *Thuspeinanta* Dur. Ind. gen. Phaner. p. 10 (ann. 1888), mit Hinweis auf die früher beschriebene Gattung *Tapeinanthus* Boiss. veröffentlicht; *Stipa* L. Sp. pl. ed. 1, 78 (ann. 1753) ist gültig, weil dazu die Beschreibung in Genera plantarum ed. V, p. 34 (ann 1754) gehört. — Folgende Veröffentlichungen gelten nicht: *Egeria* Néraud (Bot. Voy. Freycinet p. 28, ann. 1826) ist ein Name, der ohne Diagnose und ohne Hinweis auf eine früher unter anderem Namen erfolgte Beschreibung veröffentlicht wurde (nomen nudum); der Name *Acosmus* Desv. wurde gelegentlich als Synonym von *Aspicarpa* Rich. bei De Candolle (Prodr. I, 583, ann. 1824) angeführt; *Zatarhendi* Forsk. Fl. aeg. arab. p. CXV, ann. 1775, wurde auf drei Arten von *Ocimum* begründet, die nur aufgezählt wurden, Merkmale sind nicht angegeben.

Art. 39. Ein Name oder eine Kombination von Namen datiert von der wirklichen, d. h. unwiderruflichen Veröffentlichung an. Maßgebend ist das Publikationsdatum des Werkes, in dem der Name oder die Kombination von Namen enthalten ist, falls sich nicht gegen dieses ausreichende Gründe geltend machen lassen.

Vom 1. Januar 1908 an gilt in Prioritätsfragen allein das Publikationsdatum der lateinischen Diagnose.

Beispiele. Die Art *Mentha foliicoma* Opiz wurde vom Autor bereits im Jahre 1832 verteilt, jedoch datiert der Name erst vom Jahre 1882, denn erst in diesem Jahre veröffentlichte ihn Déséglise (Menth. Op. III, in Bull. Soc. étud. scient. Angers, 1881–1882, p. 210); die Art *Mentha bracteolata*

Opiz, Seznam, p. 65 (ann. 1852) entbehrt an genannter Stelle der Beschreibung; mit Beschreibung wurde sie erst im Jahre 1882 publiciert (Déséglise, l. c. p. 211). Manche Gründe sprechen dafür, daß der 1. Band von Adanson's Familles des plantes bereits 1762 erschienen ist, da dies jedoch ungewiß, so gilt das Jahr 1763 als Publikationsjahr, denn dieses steht auf dem Titel. — Die einzelnen Teile von Willdenow's Species pl. wurden, wie folgt, publiciert: Vol. I. 1798, Vol. II. 2. 1800, Vol. III. 1. 1801, Vol. III. 2. 1803, Vol. III. 3. 1804, Vol. IV. 2. 1806; auf den entsprechenden Titelblättern findet man die Jahre 1797, 1799, 1800, 1800, 1805; maßgebend sind die zuerst genannten Zahlen. Der III. Band von Willkomm und Lange's Prodromus florae hispanicae trägt auf dem Titel die Jahreszahl 1880, ist jedoch in vier Lieferungen erschienen, und zwar so: p. 1—240: 1874; 241—512: 1877; 513—736: 1878; 737 bis Schluß: 1880; maßgebend sind die Lieferungsdaten.

Empfehlungen. Beim Veröffentlichen von Namen beachte man folgende Vorschriften:

XVIII. Man veröffentliche nie einen Namen, ohne genau und deutlich anzugeben, ob man darunter eine Familie oder eine Tribus, eine Gattung oder eine Section, eine Art oder eine Varietät versteht, kurz man versäume es nie, sich über die Natur der Gruppe zu äußern, der man den Namen gibt.

XIX. Man vermeide bei Publikationen solche nicht veröffentlichte Namen mit anzuführen, die man selbst nicht anerkennt, namentlich, wenn diejenigen, die diese Namen gebildet haben, nicht ausdrücklich die Publikation derselben gutgeheißen haben. (Siehe Empfehlung XIVe.)

XX. Bei der Veröffentlichung neuer Namen in Werken, die in einer lebenden Sprache verfaßt sind (Floren, Katalogen etc.) füge man lateinische Diagnosen bei, denn erst diese verleihen den Namen Geltung in der wissenschaftlichen Nomenclatur (Art. 39).

XXI. Man gebe die Etymologie der Gattungsnamen an und auch die der Artnamen, wenn deren Ableitung und Bedeutung nicht sofort in die Augen fallen.

XXII. Bei selbständig erscheinenden Werken ist das Publikationsdatum genau anzugeben; sind numerierten und mit Bestimmungen versehenen Pflanzensammlungen Diagnosen beigegeben, so ist das Datum des Verkaufs oder der Verteilung zu vermerken. Handelt es sich um abteilungs- oder lieferungsweise erscheinende Werke, so sollten auf dem letzten Bogen jedes Bandes genau die Publikationsdaten der einzelnen Teile oder Lieferungen desselben verzeichnet sein, nebst Angabe der Seitenzahlen, die zu jedem Teile oder jeder Lieferung gehören.

XXIII. Wer Arbeiten in Zeitschriften veröffentlicht, sollte darauf dringen, daß auf den Sonderabdrücken (Separaten) das Publikationsdatum (Jahr und Monat, eventl. auch der Tag) und außerdem der Titel der Zeitschrift, in der die Arbeit erschienen ist, vermerkt werden.

XXIV. Die Sonderabdrücke (Separata) sollten stets die Paginierung der Zeitschrift tragen, der sie entnommen sind; daneben kann auf besonderen Wunsch noch eine selbständige Paginierung gegeben werden.

Section 5. Vorschriften über das Citieren der Autoren.

Art. 40. Um beim Anführen des Namens oder der Namen einer Gruppe richtig und vollständig zu verfahren, und um das Publikationsdatum derselben leicht feststellen zu können, muß auch der Name des Autors angegeben (citiert) werden, der zuerst den betreffenden Namen oder die betreffende Kombination von Namen veröffentlicht hat.

Beispiele: *Simarubaceae* Lindley, *Simaruba* Aublet, *Simaruba laevis* Grisebach, *Simaruba amara* Aublet var. *opaca* Engler.

Art. 41. Eine Änderung in den wesentlichen Merkmalen oder in der Umgrenzung einer Gruppe berechtigt nicht, einen anderen Autor zu citieren als denjenigen, der zuerst den Namen oder die Kombination von Namen veröffentlicht hat.

Liegen erhebliche Änderungen vor, so fügt man dem Namen des ursprünglichen Autors eine Erläuterung in abgekürzter Form hinzu, wie etwa *mutatis charact.* oder *pro parte* oder *excl. gen.*, *excl. sp.*, *excl. var.* oder ähnliches dergleichen, je nach der Art der Änderungen, die vorgenommen wurden, und je nach der Gruppe, um die es sich handelt.

Beispiele: *Phyllanthus* L. em. (= emendavit) Muell. Arg.; *Myosotis* L. pro parte, R. Br.; *Globularia cordifolia* L. excl. var. β, usw.

Art. 42. Wenn ein bis dahin unveröffentlichter Name mit Nennung des Autors, der ihn geschaffen, von einem anderen Autor veröffentlicht worden ist, so soll man später bei Erwähnung des Namens auch den Namen desjenigen Autors mit anführen, der ihn veröffentlicht hat. Ebenso soll man verfahren, wenn es sich um Namen gärtnerischen Ursprungs handelt, die mit der Angabe „Hort." versehen sind.

Beispiele: *Capparis lasiantha* R. Br. ex DC. (oder apud DC.), *Streptanthus heterophyllus* Nutt. in Torr. et Gray, *Gesnera Donklarii* Hort. ex Hook. Bot. Mag., t. 5070.

Art. 43. Wenn eine Gruppe unterhalb der Gattung unter Beibehaltung ihrer Rangstufe in eine andere Gruppe übergeführt oder in eine höhere oder niedrigere Rangstufe versetzt wird, und wenn sie in diesen Fällen ihren Namen beibehält, so ist die Umstellung gleichbedeutend mit der Aufstellung einer neuen Gruppe, und dann ist als Autor bei dem Namen der Gruppe derjenige anzugeben, der die Umstellung vorgenommen hat. Der ursprüngliche Autor kann in Klammern beigefügt werden.

Beispiele. Wird *Cheiranthus tristis* L. in die Gattung *Matthiola* übergeführt, so heißt die Pflanze *Matthiola tristis* R. Br., oder *Matthiola tristis* (L.) R. Br. Wird *Medicago polymorpha* L. var. *orbicularis* L. zur Art erhoben, so ergibt sich der Name *Medicago orbicularis* All., oder *Medicago orbicularis* (L.) All.

Empfehlungen.

XXV. Die Autornamen nach den Pflanzennamen werden, wenn sie nicht ganz kurz sind, in abgekürzter Form angegeben.

Zu diesem Zwecke werden zunächst die Partikel und etwaige andere nicht eigentlich zum Namen gehörende Buchstaben weggelassen, sodann gibt man die ersten Buchstaben an, ohne irgend einen auszulassen. Ist ein einsilbiger Name so kompliziert, daß es sich lohnt, ihn abzukürzen, so gibt man nur die ersten Konsonanten an (Br., für Brown); bei zwei- oder mehrsilbigen Namen gibt man die erste Silbe an und außerdem den ersten Buchstaben der folgenden Silbe, oder auch deren beide ersten Buchstaben, falls es Konsonanten sind (Juss. für Jussieu; Rich. für Richard). Ist man genötigt, weniger abzukürzen, um eine Verwechselung zwischen Namen zu verhüten, die mit denselben Silben beginnen, so verfährt man ebenso, und gibt z. B. die beiden ersten Silben nebst dem oder den beiden ersten Konsonanten der dritten Silbe an, oder man kann auch einen der letzten charakteristischen Konsonanten des Namens beifügen (Bertol. für Bertoloni, zum Unterschiede von Bertero, Michx für Michaux, zum Unterschiede von Micheli). Die Vornamen oder andere accessorische Bezeichnungen, durch die Botaniker gleichen Namens unterschieden werden, kürzt man in entsprechender Weise ab (Adr. Juss. für Adrien de Jussieu; Gaertn. fil. oder Gaertn. f. für Gaertner filius).

Ist es allgemein üblich geworden, einen Namen anders abzukürzen, so folgt man am besten dem Gebrauche (L. für Linné, DC. für De Candolle, St.-Hil. für de Saint-Hilaire).

In den für das größere Publikum bestimmten Arbeiten sowie bei Titelangaben wird besser nicht abgekürzt.

Section 6. **Vorschriften über die Beibehaltung eines Namens für den Fall, daß eine Gruppe zerlegt, umgearbeitet, umgestellt, in ihrem Range erhöht oder erniedrigt wird, oder wenn zwei Gruppen gleichen Ranges vereinigt werden.**

Art. 44. Eine Änderung in den Merkmalen, oder eine Umarbeitung einer Gruppe, die zum Ausschluß gewisser Bestandteile oder zur Aufnahme neuer führt, berechtigt nicht dazu, den Namen oder die Namen der Gruppe zu ändern, falls nicht einer der im Art. 51 behandelten Fälle zu berücksichtigen ist.

Beispiele. – Die Gattung *Myosotis* wurde von R. Brown anders gefaßt als von Linné, ihr Name wurde jedoch deshalb nicht geändert und darf auch nicht geändert werden. — Manche Autoren haben mit *Centaurea Jacea* L. eine oder zwei Arten vereinigt, die Linné davon abgetrennt hatte; die Gruppe, die so zustande kam, hat die Bezeichnung *Centaurea Jacea* L. sensu ampl. oder *Centaurea Jacea* L. em. Visiani, em. Godron, zu führen; die Aufstellung eines neuen Namens (*Centaurea vulgaris* Godr.) ist überflüssig.

Art. 45. Wird eine Gattung in zwei oder mehrere zerlegt, so muß ihr Name erhalten bleiben, und er wird dann einer der hauptsächlichsten Teilgattungen beigelegt. Enthält die Gattung eine Section oder eine andere Unterabteilung, die nach ihrem Namen oder den ihr zugehörenden Arten den Typus oder den ursprünglichen Bestandteil der Gruppe darstellt, so wird der Name für diesen Teil beibehalten. Sind dagegen keine Sectionen oder dergleichen Unterabteilungen vorhanden, und ist einer der abgetrennten Teile bedeutend artenreicher als die andern, so verbleibt diesem der Name.

Beispiele. – Die Gattung *Helianthemum* umfaßte bei Dunal (in DC. Prodr. I, 266–284, ann. 1824) 112 wohlbekannte Arten in 9 Sectionen; mehrere dieser Sectionen wurden später zu Gattungen erhoben (*Fumana* Spach, *Tuberaria* Spach), der Name *Helianthemum* wurde jedoch beibehalten für die Abteilungen, die sich um die Section *Euhelianthemum* scharen. — Die Gattung *Convolvulus* L. em. Jacq. wurde von R. Brown im Jahre 1810 (Prodr. fl. N. Holl., p. 482–484) in zwei zerteilt; er gab den Namen *Calystegia* der einen der beiden abgeleiteten Gattungen, die zu seiner Zeit nur 4 Arten zählte, und behielt den Namen *Convolvulus* für die andere, damals bedeutend artenreichere Gattung bei. Als Salisbury (in Trans. Linn. Soc. VI. 317, ann. 1802) die Art *Erica vulgaris* L. als Vertreter einer eigenen Gattung *Calluna* aus der Gattung *Erica* ausschied, behielt er den Namen *Erica* für die große Masse der übrigen Arten bei.

Art. 46. Im Falle der Vereinigung zweier oder mehrerer gleichartigen Gruppen wird der älteste Name beibehalten. Die Auswahl zwischen Namen gleichen Datums trifft der Autor, der die Vereinigung vornimmt, und ihm haben sich die folgenden Autoren anzuschließen.

Beispiele. — Hooker f. und Thomson (Fl. ind. p. 67, ann. 1855) vereinigten die Gattungen *Wormia* Rottb. und *Capellia* Bl.; die Gattung, die sie dabei erhielten, nannten sie *Wormia*, weil dieser Name vom Jahre 1783 datiert, während *Capellia* erst 1825 veröffentlicht wurde. — Vereinigt man die beiden Gattungen *Cardamine* und *Dentaria*, die bei Linné (Sp. pl. ed. 1, p. 653, 654, ann. 1753; Gen. pl. ed. V., n. 726 et 727) selbständig nebeneinander bestehen, so muß die resultierende Gattung *Cardamine* heißen; denn diesen Namen wählte Crantz (Class. Crucif. p. 126, ann. 1769), und er war der erste, der die Vereinigung der beiden Gattungen vornahm.

Empfehlungen.

XXVI. Wer die Wahl zu treffen hat zwischen zwei Gattungsnamen, halte sich an folgende Vorschriften:

[1] Von zwei Namen gleichen Datums ist derjenige vorzuziehen, der zuerst mit einer Artbeschreibung versehen war.

2. Sind beiden Namen gleichen Datums Artbeschreibungen beigefügt, so ist der Name vorzuziehen, der zur Zeit, da man die Wahl trifft, die größere Zahl von Arten umschließt.

3. Verhalten sich beide Namen in den angegebenen Beziehungen ganz gleich, so ziehe man den korrekteren und geeigneteren Namen vor.

XXVII. Werden mehrere Gattungen mit dem Range von Untergattungen oder Sectionen unter einem gemeinsamen Namen vereinigt, so kann diejenige der Unterabteilungen, die zuerst unterschieden oder beschrieben worden ist, ihren Namen auch in der neuen Stellung beibehalten (z. B. *Antirrhinum* sect. *Antirrhinum*; *Hemigenia* sect. *Hemigenia*), oder es kann ihrem Namen ein Präfix vorgesetzt (*Anthriscus* sect. *Eu-Anthriscus*) oder ein Suffix angehängt werden (*Stachys* sect. *Stachyotypus*). Erhalten diese Unterabteilungen wieder den Rang von Gattungen, so fallen die Präfixe oder Suffixe ab.

XXVIII. Werden mehrere Arten mit dem Range von Unterarten oder Varietäten unter einem gemeinsamen Namen vereinigt, so kann diejenige der Unterabteilungen, die zuerst unterschieden oder beschrieben worden ist, ihren Namen auch in der neuen Stellung beibehalten (z. B. *Saxifraga aspera* subsp. *aspera*), oder es kann ihrem Namen ein Präfix vorgesetzt werden (*Alchemilla alpina* subsp. *eualpina*), oder sie kann in irgend einer andern herkömmlichen Weise bezeichnet werden (*normalis*, *genuinus*, *typicus*, *originarius*, *verus*, *veridicus*, usw.). Diese Präfixe oder Bezeichnungen fallen fort, sobald diese Unterabteilungen wieder zu Arten erhoben werden.

Art. 47. Zerlegt man eine Art oder eine Unterabteilung einer Art in zwei oder mehrere gleichartige Gruppen, so bleibt der Name für diejenige Form beibehalten, die zuerst unterschieden oder beschrieben worden ist.

Beispiele. Die Gruppe der *Genista horrida* DC. Fl. franç. IV, 500, wurde von Spach (in Ann. sc. nat. 3. sér. II, 253, ann. 1844) in 3 Arten zerlegt: *G. horrida* DC., *G. Boissieri* Spach u. *G. Webbii* Spach; der Name *G. horrida* wurde beibehalten für die älteste Form, die von Vahl und Gilibert beschrieben und abgebildet worden ist. — Von *Primula denticulata* Sm. (Exot. Bot. II, 109, tab. 114) wurden mehrere Arten abgetrennt (*Primula cashmiriana* Munro, *P. erosa* Wall.), der Name *Primula denticulata* wurde jedoch beibehalten für die von Smith unter diesem Namen beschriebene und abgebildete Form.

Art. 48. Wird eine Unterabteilung einer Gattung oder eine Art in eine andere Gattung gestellt, wird eine Unterabteilung einer Art unter Beibehaltung ihrer Rangstufe in eine andere Art gestellt, so muß der ursprüngliche Name der Gattungs-Unterabteilung, das erste specifische Epitheton oder die ursprüngliche Bezeichnung der Unterabteilung der Art beibehalten oder wieder eingesetzt werden, falls nicht in der neuen Stellung einer der in den Artikeln der Section 7 behandelten Fälle in Betracht kommt und die Aufnahme des Namens verbietet.

Beispiele. Wird die Untergattung *Alfredia* Less. (Syn. p. 6, ann. 1832) der Gattung *Rhaponticum* in die Gattung *Carduus* übergeführt, so behält sie ihren Namen bei: *Carduus* sect. *Alfredia* Benth. et Hook. f.; wird die Section *Vaccaria* DC. der Gattung *Saponaria* zu *Gypsophila* gestellt, so bleibt ihr Name erhalten: *Gypsophila* sect. *Vaccaria* Gren. et Godr. — Wird *Lotus siliquosus* L. Syst. ed. 10, p. 1178 (ann. 1759) zu *Tetragonolobus* gestellt, so muß die Art *Tetragonolobus siliquosus* Roth, Tent. fl. germ. I, 323 (ann. 1788) heißen, und nicht *Tetragonolobus scandalida* Scop. Fl. carn. ed. 2, II, 87 (ann. 1772). — Wenn *Betula incana* L. f. Suppl. p. 417 (ann. 1781) zur Gattung *Alnus* gestellt wird, so muß die Art *Alnus incana* Willd. Sp. IV, 335 (ann. 1805) heißen, und nicht *Alnus lanuginosa* Gilib. Exerc. phytol. II, 402 (ann. 1792). — Wird *Satyrium nigrum* L. Sp. ed. 1, 914 (ann. 1753) zur Gattung *Nigritella* gestellt, so heißt die Art *Nigritella nigra* Reichb. f. Ic. fl. germ. et helv. XIV, 102 (ann. 1851), nicht *Nigritella angustifolia* Rich. in Mém. Mus. Par. IV, 56 (ann. 1818). Wird die Varietät *Helianthemum italicum γ. micranthum* Gren. et Godr. Fl. France I (1848) 171 in die Art *H. penicillatum* Thib. übergeführt, so behält sie ihren Namen bei: *H. penicillatum* Thib. var. *micranthum* (Gren. et Godr.) Großer in Pflanzenreich Heft 14 (1903) 115. Wird die Varietät *Cardamine hirsuta* L. var. *subcarnosa* Hook. f. Bot. Antarct. Voy. 1, 5 (ann. 1847) in die Art *C. glacialis* (Forst.) DC. gestellt, so behält sie ihren Namen bei: *C. glacialis* (Forst.) DC. var. *subcarnosa* (Hook. f.) O. E. Schulz in Englers Bot. Jahrb. XXXII (1903) 342; das Vorhandensein eines älteren specifischen Synonyms für diese Varietät, *C. propinqua* Carmichael in Trans. Linn. Soc. XII, 507 (1818), ist ohne Einfluß auf die Wahl des Varietätnamens. (Siehe Art. 49.)

In all diesen Fällen sind die ältesten, aber inkorrekten Namenkombinationen zu verwerfen; es gelten die jüngeren Kombinationen, bei denen die Regel beachtet wurde.

Art. 49. Wird eine Tribus zur Familie, eine Untergattung oder Section zur Gattung, eine Unterabteilung der Art zur Art erhoben, oder finden die umgekehrten Änderungen statt, allgemein ausgedrückt: ändert eine Gruppe ihre Rangstufe, so ist derjenige Name (oder diejenige Kombination von Namen) als gültig anzusehen, den die Gruppe zuerst in ihrer neuen Stellung erhielt, vorausgesetzt, daß er den Regeln entspricht und daß seiner Aufnahme nicht einer der in den Artikeln der Section 7 behandelten Fälle entgegensteht.

Beispiele. — Innerhalb der Gattung *Campanula* stellte R. Brown die Section *Campanopsis* auf (R. Br. Prodr. fl. Nov. Holl. p. 561, ann. 1810); die von Schrader aufgestellte Gattung *Wahlenbergia* Schrad. Cat. Hort. gott. ann. 1814 gründet sich auf Arten jener Section, und Schraders Name muß beibehalten werden, der von O. Kuntze aufgestellte Gattungsname *Campanopsis* O. Ktze. Rev. gen. II. p. 378 (ann. 1891) ist dagegen zu verwerfen. — Wird *Magnolia virginiana* L. var. *foetida* L. Spec. pl. ed. 1, p. 536 (ann. 1753) zur Art erhoben, so muß sie heißen *Magnolia grandiflora* L. Syst. nat. ed. 10, p. 1082 (ann. 1759), nicht *Magnolia foetida* Sargent in Gard. and Forest II, p. 615 (ann. 1889).

Die von Hudson zur Art erhobene *Mentha spicata* L. var. *viridis* L. Sp. ed. 1, p. 576 (ann. 1753) hat als Art den Namen zu führen, den ihr Hudson gab, *Mentha spicata* Huds. Fl. angl. ed. 1, p. 221 (ann. 1762); der Name *Mentha viridis* L. Sp. ed. 2, p. 804 (ann. 1763) kann für sie nicht beibehalten werden. — Wird *Lythrum intermedium* Ledeb. (Ind. hort. Dorp. ann. 1822) als Varietät von *L. Salicaria* L. angesehen, so heißt es *L. Salicaria* var. *gracilius* Turcz. (in Bull. Soc. nat. Moscou XVII, 235, ann. 1844), nicht *L. Salicaria* var. *intermedium* Koehne (in Engl. Bot. Jahrb. I, 327, ann. 1881).

In all diesen Fällen sind die auf Grund der früheren De Candolleschen Regel geschaffenen Namen zu verwerfen; es treten für sie die älteren Namen oder Kombinationen von Namen ein.

Empfehlungen. Wer Stellungsänderungen wie die in Art. 49 behandelten vorzunehmen hat, beachte folgende Vorschriften, die eine Namensänderung bei Änderung der Rangstufe vermeiden lassen.

XXIX. 1. Wird eine Untertribus zur Tribus, eine Tribus zur Unterfamilie, eine Unterfamilie zur Familie usw. erhoben, oder handelt es sich um die umgekehrten Änderungen, so behalte man den ursprünglichen Namen seinem wesentlichen Bestandteile nach bei, und ändere nur dessen Endung (*-inae, -eae, -oideae, -aceae, -ineae, -ales* usw.), falls nicht in der neuen Stellung einer der in den Artikeln der Section 7 behandelten Fälle in Betracht kommt, oder der neue Name zu Irrtümern Anlaß bietet, oder sonst irgend triftiger Grund gegen ihn spricht.

2. Wird eine Section oder Untergattung zur Gattung erhoben, oder umgekehrt, so behalte man den ursprünglichen Namen bei, falls sich nicht dabei zwei Gattungen gleichen Namens im Pflanzenreich, oder zwei Unterabteilungen gleichen Namens innerhalb derselben Gattung ergeben, oder falls nicht einer der in den Artikeln der Section 7 behandelten Fälle die Aufnahme des Namens verbietet.

3. Wird eine Unterabteilung einer Art zur Art erhoben oder umgekehrt, so behalte man die ursprünglichen Epitheta bei, falls sich nicht dabei zwei Arten gleichen Namens innerhalb der-

selben Gattung oder zwei Unterabteilungen gleichen Namens innerhalb derselben Art ergeben, oder falls nicht einer der in den Artikeln der Section 7 behandelten Fälle die Aufnahme des Namens verbietet.

Section 7. Vorschriften über das Verwerfen, Ersetzen oder Abändern der Namen.

Art. 50. Niemand ist berechtigt, einen Namen (oder eine Kombination von Namen) zu verwerfen, abzuändern oder durch einen andern (oder eine andere) zu ersetzen auf den Vorwand hin, daß er schlecht gewählt sei, daß er nicht angenehm sei, daß ein anderer besser oder bekannter sei, noch wegen des Vorhandenseins eines älteren, allgemein als ungültig angesehenen Homonyms, noch aus irgend einem anderen anfechtbaren oder unwichtigen Grunde. (Siehe auch Art. 57.)

Beispiele. — Diese Regel wurde nicht beachtet, als man *Staphylea* in *Staphylis*, *Tamus* in *Thamnos*, *Mentha* in *Minthe*, *Tillaea* in *Tillia*, *Vincetoxicum* in *Alexitoxicon* umwandeln wollte; ferner wurde sie übergangen, als man einsetzen wollte, *Orobanche sarothamnophyta* für *Orobanche Rapum*, *O. columbarihaerens* für *O. Columbariae*, *O. artemisiepiphyta* für *O. Artemisiae*. Alle diese Änderungen müssen nach Art. 50 verworfen werden. — Der Gattungsname *Wickstroemia* Endl. Prodr. fl. norfolk. p. 47 (ann. 1833) hat zwei ältere Homonyme: *Wi(c)kstroemia* Schrad. Goett. gel. Anz. p. 710 (ann. 1821) und *Wi(c)kstroemia* Spreng. in Vet. Akad. Handl. Stockholm 1821, p. 167 t. 3; dies ist kein Grund, für *Wickstroemia* Endl. den Namen *Diplomorpha* Meißn. in Regensb. Denkschr. III, 289 (ann. 1841) einzusetzen, denn beide Homonyme sind längst in die Synonymie verwiesen, *Wikstroemia* Schrad. ist ein Synonym von *Laplacea* Kunth (1821), *Wikstroemia* Spreng. Synonym einer Unterabteilung der Gattung *Eupatorium* L. (ann. 1753).

Empfehlungen. Bezüglich der Aufnahme von Homonymen siehe die Empf. V *b* u. XIV *f*; danach soll man für die Zukunft solchen Fällen wie dem ebengenannten vorbeugen.

Art. 51. In folgenden Fällen sollte niemand einen Namen anerkennen:

1. Wenn der Name einer Gruppe im Pflanzenreich gegeben wird, für die bereits ein älterer gültiger Name vorhanden ist.

2. Wenn er unter den Namen der Klassen, Ordnungen, Familien oder Gattungen, oder unter den Namen der Unterabteilungen oder der Arten derselben Gattung, oder unter den Namen der Unterabteilungen derselben Art bereits vertreten ist.

3. Wenn er auf eine Monstrosität begründet wurde.

4. Wenn die Gruppe, die er bezeichnet, ganz unzusammenhängende Bestandteile umfaßt, oder wenn er dauernd zu Verwirrung und Irrtümern Anlaß bietet.

5. Wenn er den Regeln der Sectionen 4 und 6 nicht entspricht.

Beispiele. — 1. Der Name *Carelia* Adans. (ann. 1763) ist zu verwerfen, denn die gleiche Gattung hatte bereits vorher den gültigen Namen *Ageratum* L. (ann. 1753) erhalten. *Carelia* ist Synonym von *Ageratum*. — *Trichilia alata* N. E. Brown in Kew Bull. (1896) 160 ist Synonym von *Tr. pterophylla* C. DC. in Bull. Herb. Boiss. II (1894) 581 und daher zu verwerfen.

2. Boissier gab einer Labiaten-Gattung den Namen *Tapeinanthus*; dieser Name ist ein Homonym der älteren gültigen Amaryllidaceen-Gattung *Tapeinanthus* Herb., und konnte daher nicht beibehalten werden; deshalb taufte Th. Durand die Labiaten-Gattung in *Thuspeinanta* um. — *Astragalus rhizanthus* Boiss. (Diagn. pl. sér. 1. II. 83, ann. 1843) wurde in *A. cariensis* Boiss. umgetauft, da es bereits ein älteres gültiges Homonym gab (*Astragalus rhizanthus* Royle, Illustr. Bot. Himal. p. 199, ann. 1833–1840).

3. Die Gattung *Uropedium* Lindley wurde auf eine Monstrosität begründet, die man jetzt zu *Phragmopedilum caudatum* Rolfe stellt.

4. Die Gattung *Schrebera* L. beruht auf einer Vereinigung der Merkmale von *Myrica* und *Cuscuta* (Wirtspflanze und Parasit), und ist daher für null und nichtig zu erklären; *Lemairea* De Vr. ist ebenfalls zu tilgen, da der Name Bestandteile verschiedener Familien umfaßt. — Linné beschrieb unter dem Namen *Rosa villosa* eine Pflanze, die zu mehreren verschiedenen Arten gerechnet wurde und deren sichere Deutung völlig ausgeschlossen zu sein scheint; in diesem Falle, wie in manchen ähnlichen ist es besser, den Namen völlig fallen zu lassen, da seine Anwendung nur Verwirrung stiften kann.

5. Vergl. die Beispiele zu Art. 48 und 49.

Art. 52. Der Name einer Ordnung, Unterordnung, Familie, Unterfamilie, Tribus, Untertribus ist durch einen anderen zu ersetzen, wenn er von einer Gattung abgeleitet ist, von der nachgewiesen wird, daß sie nicht zur betreffenden Gruppe gehört.

Beispiele. — Ließe sich etwa nachweisen, daß die Gattung *Portulaca* nicht zur Familie der *Portulacaceae* gehört, so müßte die Familie, die bisher den Namen *Portulacaceae* führte, einen anderen Namen erhalten. — Nees (in Hooker and Arnott Bot. Beecheys Voy., p. 237, ann. 1836) benannte eine Tribus der Gräser nach dem Namen der Gattung *Tristegis* Nees: *Tristegineae*; *Tristegis* ist ein Synonym von *Melinis*. Die Gattung *Melinis* (*Tristegis*) wurde nun von Stapf (in Fl. cap. VII, 313) und Hackel (in Österr. bot. Zeitschr. LI, 164) aus dieser Tribus ausgeschlossen, daher nannten diese Autoren die Tribus jetzt *Arundinelleae* (nach der Gattung *Arundinella*).

Art. 53. Wird eine Untergattung, Section oder Untersection unter Beibehaltung ihrer Rangstufe in eine andere Gattung versetzt, so muß ihr Name durch einen anderen ersetzt werden, wenn er bereits innerhalb der Gattung für eine gültige Gruppe gleichen Ranges vergeben ist.

Wird eine Art von einer Gattung in eine andere übertragen, so muß ihr specifisches Epitheton durch ein anderes ersetzt werden, wenn es bereits für eine gültige Art der Gattung vergeben ist. In gleicher Weise muß bei Übertragung einer Unterart, Varietät oder anderen Unterabteilung der Art in eine andere Art der Name geändert werden, wenn er bereits für eine gültige Unterabteilung gleichen Ranges innerhalb der Art vergeben ist.

Beispiele. — Spach stellte 1849 die Art *Spartium biflorum* Desf. (ann. 1798—1800) in die Gattung *Cytisus*, den Namen *Cytisus biflorus* durfte die Art nicht erhalten, da es bereits in der Gattung eine Art dieses Namens *Cytisus biflorus* L'Hér. (ann. 1785) gab, die Spach als gültig ansah; er gab daher jener neu hinzugekommenen Art ein anderes Epitheton und nannte sie *Cytisus Fontanesii* Spach. — Als ältestes Synonym für *Calochortus Nuttallii* Torr. et Gray (in Pacific Rail. Rep. II, 124, ann. 1855—56) wird *Fritillaria alba* Nutt. (Gen. Amer. I, 222, ann. 1818) angeführt: man darf jedoch dieser Art nicht das älteste specifische Epitheton beilegen (wie es in Notizbl. Bot. Gart. Mus. Berlin II, 319, ann. 1899, geschehen ist), da es bereits innerhalb der Gattung *Calochortus* eine gültige Art des Namens *C. albus* (Dougl. in Maund, Botanist t. 98, ann. 1839) gibt.

Art. 54. Gattungsnamen sind außerdem in folgenden besonderen Fällen zu verwerfen:

1. Wenn sie einen der Morphologie entlehnten Kunstausdruck darstellen, sofern sie nicht zusammen mit Artnamen eingeführt sind.

2. Wenn sie einer uninominalen Nomenclatur entstammen.

3. Wenn sie aus zwei getrennten Wörtern bestehen, sofern nicht diese beiden von Anfang an in ein einziges Wort verschmolzen oder durch einen Bindestrich vereinigt worden sind.

Beispiele. 1. Gattungsnamen wie *Lignum, Radix, Spina* usw. würden heutigen Tages nicht zulässig sein, hingegen würde man z. B. den Gattungsnamen *Tuber* nicht verwerfen, da er in Verbindung mit Artnamen veröffentlicht worden ist. (*Tuber cibarium* usw.)

2. Ehrhart (Phytophylacium, ann. 1780 et Beiträge IV, 145–150) hat einmal eine uninominale Nomenclatur an Stelle der Binome zur Bezeichnung der Arten einführen wollen (*Phaeocephalum, Leptostachys* usw.). Diese Namen ähneln Gattungsnamen, sind jedoch mit ihnen nicht zu verwechseln und müssen verworfen werden, sofern nicht ein späterer Autor sie etwa zur Bezeichnung echter Gattungen verwandt und als solche charakterisiert hat (z. B. *Baeothryon* A. Dietr. Spec. pl. II [1833] 89).

3. Namen wie *Quisqualis, Sebastiano-Schaueria, Neves-Armondia* sind beizubehalten.

Art. 55. Artnamen (specifische Epitheta) sind außerdem noch in folgenden besonderen Fällen zu verwerfen:

1. Wenn sie Ordnungszahlwörter sind, die nur den Zweck einer Aufzählung verfolgen.

2. Wenn sie eine einfache Wiederholung des Gattungsnamens darstellen.

Beispiele. 1. *Boletus vicesimus sextus, Agaricus octogesimus nonus.* — 2. *Linaria Linaria, Raphanistrum Raphanistrum* usw.

Art. 56. In den in Art. 51–55 behandelten Fällen ist der zu verwerfende Name durch den nächst ältesten gültigen Namen der betreffenden Gruppe zu ersetzen, oder es ist, falls ein solcher fehlt, ein neuer Name für die Gruppe zu bilden.

Beispiele: Vergl. die Beispiele zu 51 und 53.

Art. 57. Die ursprüngliche Schreibweise eines Namens ist beizubehalten, falls es sich nicht um einen typographischen oder orthographischen Irrtum handelt. Weichen zwei Namen, insbesondere zwei Gattungsnamen, nur in der Endung voneinander ab, so müssen sie als verschiedene Namen gelten, selbst wenn nur ein einziger Buchstabe den Unterschied bedingt.

Beispiele: *Rubia* und *Rubus*, *Monochaete* und *Monochaetum*, *Peponia* und *Peponium*, *Iria* und *Iris*, *Adenia* und *Adenium* gelten als verschiedene, nebeneinander berechtigte Namen.

Empfehlungen.

XXX. Man hüte sich vor orthographischen Korrekturen, insbesondere wenn etwa die erste Silbe oder gar der erste Buchstabe des Namens zu ändern sein sollte.

XXXI. Viele Namen weichen voneinander nur durch einen einzigen Buchstaben ab, ohne daß die Gefahr einer Verwechselung vorliegt (z. B. *Durvillea* und *Urvillea*). Sollten Irrtümer hervorgehen können aus der Beibehaltung gleichlautender oder nahezu gleichlautender Namen nebeneinander (z. B. *Astrostemma* und *Asterostemma* in der Familie der *Asclepiadaceae*, *Pleuripetalum* und *Pleuropetalum* bei den *Orchidaceae*), so behält man unter Berufung auf Art. 51, 4° nur den einen der Namen (den ältesten) bei.

Kapitel IV. Änderungen der Regeln der botanischen Nomenclatur.

Art. 58. Änderungen an den Regeln der botanischen Nomenclatur sind ausschließlich einem internationalen botanischen Kongresse vorbehalten, der zu bestimmter Zeit und zu diesem besonderen Zwecke zusammentritt, und auf dem sachkundige Vertreter der botanischen Wissenschaft über die einschlägigen Fragen entscheiden.

Anhang. **Empfehlungen verschiedener Art.**

XXXII. Die Botaniker sollten bei Veröffentlichungen in einer lebenden Sprache sich vorzugsweise der wissenschaftlichen lateinischen Namen oder solcher bedienen, die unmittelbar von diesen abgeleitet sind. Namen anderer Art und anderen Ursprungs sollten sie vermeiden, falls es sich nicht etwa um ganz unzweideutige und allgemein gebräuchliche Namen handelt.

XXXIII. Jeder Freund der Wissenschaft sollte zu verhindern suchen, daß Pflanzennamen in eine lebende Sprache eingeführt werden, die dieser nicht eigen sind, wenn es sich nicht um Namen handelt, die von den lateinischen botanischen Namen vermittelst leichter Abänderungen abgeleitet sind.

XXXIV. Für Maß- und Gewichtsangaben bediene man sich in der Botanik stets nur des metrischen Systems. Die alten Maße, wie Fuß, Linie, Zoll, Pfund, Unze usw. sollten streng aus der Sprache der Wissenschaft verbannt sein.

Höhen- und Tiefenangaben, Angaben über Schnelligkeit, überhaupt alle Ausmessungen im allgemeinen werden im metrischen System ausgedrückt. Die alten Maße, wie Faden, Knoten, Seemeilen usw. sollten aus der Sprache der Wissenschaft verschwinden.

XXXV. Ganz kleine Abmessungen gebe man in *μ* an (Mikromillimetern, Mikronen oder 1000tel Teilen des Millimeters), und nicht in Bruchteilen des Millimeters oder der Linie, da Dezimal-Zahlen leicht zu Irrtümern Veranlassung geben können.

XXXVI. Wer Figuren veröffentlicht, sollte stets die entsprechenden Vergrößerungszahlen genau und deutlich beifügen.

XXXVII. Die Temperatur wird in Graden des Celsiusschen 100teiligen Thermometers angegeben.

5. Index nominum genericorum utique conservandorum secundum articulum vicesimum regularum nomenclaturae botanicae internationalium.

Phanerogamae (Siphonogamae).

No.[1]	Fam.	Nomina conservanda	Nomina rejicienda
7	Cycad.	Zamia L., Spec. pl. ed. 2. (1763) 1659.	Palmafilix Adans., Fam. II. (1763) 21.
13	Tax.	Podocarpus L'Hér. ex Pers., Synops. II. (1807) 580.	Nageia Gaertn., Fruct. I. (1788) 191 t. 39.
15		Phyllocladus L. C. Rich., Conif. (1826) 129 t. 3.	Podocarpus Labill., Nov. Holl. pl. spec. II. (1806) 71 t. 221.
20	Pinac.	Agathis Salisb. in Trans. Linn. Soc. VIII. (1807) 311.	Dammara [Rumph. Herb. amb. II. (1741) 174 t. 57] Lam., Encycl. II. (1786–88) 259.
31		Cunninghamia R. Br. in: L. C. Richard, Conif. (1826) 149 t. 18.	Belis Salisb. in: Trans. Linn. Soc. VIII (1807) 315.
32		Sequoia Endl., Synops. Conif. (1847) 197.	Steinhauera Presl in: Sternberg, Fl. Vorwelt II. (1838) 202 t. 49 et 57; Post et O. K. Lexic. (1903) 533.
60	Potam.	Cymodocea Ch. Koenig in: Koenig et Sims, Ann. of Bot. II. (1805) 96 t. 7.	Phucagrostis major Cavolini, Phucagr. anthes. (1792) 13 t. 1 (Phycagrostis O. Ktze.).
127	Gram.	Rottboellia L. f., Nov. gramin. gen. (1779) 19.	Manisuris L., Mant. II. (1771) 164 non Swartz 1788 (n. 128).
143		Tragus [Hall., Hist. stirp. Helvet. II. (1768) 203]. Scop., Introd. (1777) 73.	Nazia Adans., Fam. II. (1763) 31.
150		Zoisia („Zoysia") Willd. in: Neue Schrift. Ges. naturf. Fr. Berlin III. (1801) 440.	Osterdamia Neck., Elem. III. (1791) 218.
194		Leersia Swartz, Prodr. veg. Ind. occ. (1788) 21.	Homalocenchrus Mieg in: Acta helvet. phys. math. etc. IV. (1760) 307.
204		Ehrharta Thunb. in: Vet. Akad. Handl. Stockholm. (1779) 216 t. 8.	Trochera L. C. Rich. in: Journ. de phys. XIII. (1779) 225 t. 3.
206		Hierochloe [J. G. Gmel., Fl. sibir. I. (1717) 100] R. Br., Prodr. (1810) 208.	Savastana Schrank, Baier. Fl. I. (1789) 100 et 337.
			Torresia Ruiz et Pav., Fl. peruv. et chil. prodr. (1794) 125.
			Disarrenum Labill., Nov. Holl. pl. spec. II. (1806) 82 t. 232.

1) De hoc numero cf. De Dalla Torre et Harms, Gen. Siphonogam. Fasc. I–VII.

No.	Fam.	Nomina conservanda	Nomina rejicienda
221	Gram.	Crypsis Ait., Hort. kew. I. (1789) 48.	Pallasia Scop., Introd. (1777) 72 non Houtt
228	—	Coleanthus Seidl in: Roemer et Schultes, Syst. II. (1817) 11 et 276.	Schmidtia Tratt., Fl. österr. Kaiserst. I. (1811) 12 t. 12.
269		Corynephorus Beauv., Agrost. (1812) 90.	Weingaertneria Bernh., Verz. Pfl. Erfurt. (1800) 23 et 51.
282		Cynodon L. C. Rich. in: Persoon, Synops. I. (1805) 85.	Capriola Adans., Fam. II. (1763) 31. Dactilon Vill., Hist. pl. Dauphiné II. (1789) 69. Fibichia Koel., Descr. gram. (1802) 308.
286		Ctenium Panz. in: Denkschr. Akad. München 1813. (1814) 288 t. 13.	Campulosus Desv. in: Nouv. Bull. Soc. philom. II. (1810) 189.
308	–	Buchloe Engelm. in: Trans. Acad. St. Louis I. (1859) 132.	Bulbilis Raf. in: Journ. de phys. LXXXIX. (1819) 226. Calanthera Nutt. ex Hooker, Kew Journ. VIII. (1856) 12. Casiostega Rupr. ex Bentham, Pl. Hartweg. (1857) 317.
320		Echinaria Desf., Fl. atlant. II. (1798–1800) 385.	Panicastrella Moench. Meth. (1794) 205.
356		Diarrhena Beauv., Agrost. (1812) 142.	Corycarpus („Korycarpus“) Zea in: Acta matrit. (1806). Diarina Raf. in: Med. Repos. New York V. (1808) 352.
358		Zeugites [P. Br., Hist. Jamaica. (1756) 341] Schreb., Gen. II. (1791) 810.	Senites Adans., Fam. II. (1763) 39.
374		Lamarckia Moench, Meth. (1794) 201.	Achyrodes Boehm. in: Ludwig, Defin. gen. pl. (1760) 420.
383		Glyceria R. Br., Prodr. (1810) 179.	Panicularia Fabr., Enum. pl. Hort. helmstad. ed. 2. (1763) 373.
452	Cyper.	Lipocarpha R. Br. in: Tuckey, Congo. (1818) 459.	Hypaelyptum Vahl, Enum. II. (1806) 283.
454		Ascolepis Nees ex Steudel, Synops. pl. Cyper. (1855) 105.	Platylepis Kunth, Enum. pl. II. (1837) 269.
465		Ficinia Schrad. in: Comment. goetting. VII. (1832) 143.	Melancranis Vahl, Enum. II. (1806) 239. Hypolepis Beauv. in: Lestiboudois, Essai fam. Cypér. (1819) 33.
471		Fimbristylis Vahl, Enum. II. (1806) 285.	Iria L. C. Rich. in: Persoon, Synops. I. (1805) 65. Iriha O. Ktze., Rev. gen. II. (1891) 751.
492		Rhynchospora Vahl, Enum. II. (1806) 229.	Triodon L. C. Rich. in: Persoon, Synops. I. (1805) 60.
575	Palm.	Arenga Labill. in: Mém. Instit. France IV. (1803) 209.	Saguerus [Rumph., Herb. amb. I. (1741) t. 13] Adans., Fam. II. (1763) 24; Blume, Rumphia II. (1843) 124.
594		Chamaedorea Willd., Spec. pl. IV. (1806) 638 et 800.	Nunnezharia Ruiz et Pav., Fl. peruv. et chil. prodr. (1794) 147.

No.	Fam.	Nomina conservanda	Nomina rejicienda
670	Palm.	Desmoncus Mart., Hist. nat. Palm. II. (1823–50; 1824?) 84.	Atitara [Marcgr. ex Barrère, Essai hist. nat. France équin. (1741) 20] Juss. in: Dict. sc. nat. III. (1801) 277[1].
708	Arac.	Symplocarpus Salisb. ex Nuttall, Gen. Amer. I. (1818) 105.	Spathyema Raf. in: Med. Repos. New York V. (1808) 352.
739		Philodendron Schott in: Wien. Zeitschr. f. Kunst etc. III. (1829) 780.	Baursea Hoffmgg., Verz. Pflz. (1824) 12 Reichb., Consp. (1828) 44.
748		Zantedeschia Spreng., Syst. III. (1826) 765.	Aroides Heist. ex Fabricius, Enum. pl Hort. helmstad. ed. 2. (1763) 42. Richardia Kunth in: Mém. Mus. Paris IV. (1818) 137 t. 20
779		Helicodiceros Schott in: Oesterr. bot. Wochenbl. III. (1853) 369.	Megotigea Raf., Fl. Tellur. III. (1836) 64.
784		Biarum Schott in: Schott et Endlicher, Melet. (1832) 17.	Homaida („Homaid") Adans., Fam. II. (1763) 470.
815	Rest.	Hypolaena R. Br., Prodr. (1810) 251.	Calorophus Labill., Nov. Holl. pl. spec. II. (1806) 78.
816		Hypodiscus Nees in: Lindley, Nat. Syst. ed. 2. (1836) 450.	Lepidanthus Nees in: Linnaea V. (1830) 665.
830	Erioc.	Paepalanthus Mart. in: Nova Acta Acad. nat. cur. XVII. 1. (1835) 13.	Dupatya Vell., Fl. flumin. (1825) 35.
861	Brom.	Aechmea Ruiz et Pav., Fl. peruv. et chil. prodr. (1794) 47.	Hoiriri Adans., Fam. II (1763) 67 et 587
878		Pitcairnia L'Hérit., Sert. angl. (1789) 7.	Hepetis Swartz, Prodr. veg. Ind. occ. (1788) 56.
891		Vriesea Lindl., Bot. Reg. (1843) t. 10.	Hexalepis Raf., Fl. Tellur. IV. (1836) 24.
904	Comm.	Cyanotis D. Don, Prodr. fl. nepal. (1825) 45.	Tonningia Neck., Elem. III. (1790) 165. Zygomenes Salisb. in: Trans. Hortic. Soc. I (1812) 271.
909		Dichorisandra Mikan, Del. fl. et faun. brasil. (1820) t. 3.	Stickmannia Neck., Elem. III. (1790) 171.
910		Tinantia Scheidw. in: Otto et Dietrich, Allg. Gartenzeitg. VII. (1839) 365.	Pogomesia Raf., Fl. Tellur. III. (1836) 67.
921		Eichhornia Kunth, Enum. pl. IV. (1843) 129.	Piaropus Raf., Fl. Tellur. II. (1836) 81.
924		Heteranthera Ruiz et Pav., Fl. peruv. et chil. prodr. (1794) 4.	Phrynium Loefl., Iter hisp. (1758) 178, non Willd. 1797 (n. 1368).
937	Junc.	Luzula DC. in: Lamarck et De Candolle, Fl. franc. ed. 3. III. (1805) 158.	Juncoides [Moehr. ex] Adans., Fam. II. (1763) 47.
944	Lil.	Narthecium Juss., Gen. (1789) 47.	Abama Adans., Fam. II. (1763) 47.
955		Amianthium A. Gray in: Ann. Lyc. New York IV. (1837) 121	Chrosperma Raf., Neogenyt. (1825) 3.
987		Simethis Kunth, Enum. pl. IV. (1843) 618.	Pubilaria Raf., Fl. Tellur. II. (1836) 27.

1) Nomen Marcgravei pro genere Palmarum interdum recentiore tempore adhibitum. Apud cl. Jussieu l. c. minime nomen est genericum sensu hodierno: auctor ipse de positione plantae a cl. Marcgrave descriptae incertus fuit.

No.	Fam.	Nomina conservanda	Nomina rejicienda
992	Lil.	Thysanotus R. Br., Prodr. (1810) 282.	Chlamysporum Salisb., Parad. londin. (1808) t. 103.
1006	.	**Schoenolirion Durand in: Journ. Acad. Nat. Sc. Philadelphia 2. Ser. III. (1855) 103.**	Amblostima Raf., Fl. Tellur. II. (1836) 26. Oxytria Raf., ibid. 26.
1007		Chlorogalum Kunth, Enum. pl. IV. (1843) 681.	Laothoe Raf., Fl. Tellur. III. (1836) 53.
1018		Hosta Tratt., Arch. Gewächskunde I. (1812) 55.	Saussurea Salisb. in: Trans. Linn. Soc. VIII. (1807) 11.
1029		**Haworthia Duval, Pl. succul. hort. alencon. (1809) 7.**	Catevala Medik., Theodora (1786) 67.
1046		Agapanthus L'Hérit., Sert. angl. (1788) 17.	Tulbaghia Heist., Descr. nov. gen. Brunsvig. (1753) p. X. Abumon Adans., Fam. II. (1763) 54. Mauhlia Dahl, Obs. bot. syst. Linné (1787) 25.
1053		**Brodiaea Smith in: Trans. Linn. Soc. X. (1811) 2 t. 1.**	Hookera Salisb., Parad. londin. (1808) t. 98.
1087		Camassia Lindl., Bot. Reg. XVIII. (1832) t. 1486.	Quamasia Raf. in: Amer. Monthly Magaz. II. (1818) 265. Cyanotris Raf., ibid. III. (1818) 356.
1088		Eucomis L'Hérit., Sert. angl. (1788) 17.	Basilaea Juss. ex Lamarck, Encycl. I (1783) 382.
1108		Cordyline Comm. ex Juss., Gen. (1789) 41.	Terminalis Rumph., Herb. amb. IV. (1744) 79 et VII. (1755) 40; O. Ktze., Rev. gen. II. (1891) 716.
1110		Sansevieria Thunb., Prodr. pl. capens. (1794) 65.	Acyntha Medik., Theodora. (1786) 76.
1111		Astelia Banks et Sol. ex R. Brown, Prodr. (1810) 291.	Funckia Willd., Magaz. Ges. naturf. Fr. Berlin II. (1808) 19.
1118		Smilacina Desf. in: Ann. Mus. Paris IX. (1807) 51.	Vagnera Adans., Fam. II. (1763) 496 (Wagnera O. Ktze.). Tovaria Neck., Elem. II (1790) 190. Polygonastrum Moench, Meth. (1794) 637.
1119		Majanthemum Web. in: Wiggers, Prim. fl. holsat. (1780) 14.	Unifolium [Moehr., Hort. priv. (1736) 101] Adans., Fam. II. (1763) 54. Valentinia Heist. ex Fabricius, Enum. pl. Hort. helmstad. ed. 2. (1763) 37
1129		Reineckea Kunth in: Abh. Akad. Berlin 1842. (1844) 29.	Sanseviella Reichb., Consp. (1828) 44.
1146		Luzuriaga Ruiz et Pav., Fl. peruv. et chil. III. (1802) 65.	Enargea Banks ex Gaertner, Fruct. I. (1788) 283. Callixene Juss., Gen. (1789) 41.
1161	Haem.	Lachnanthes Ell., Sketch Bot. South Carol. I. (1816) 47.	Heritiera J. F. Gmel., Syst. II. (1791) 113. Gyrotheca Salisb. in: Trans. Hortic. Soc. I. (1812) 329.

16*

No.	Fam.	Nomina conservanda	Nomina rejicienda
1175	Amaryll.	Nerine Herb. in: Bot. Magaz. (1820) t. 2124.	Imhofia Heist., Descr. nov. gen. Brunsvig. (1753) p. XX.
1211		Urceolina Reichb., Consp. (1828) 61.	Leperiza Herb., App. Bot. Reg. (1821) 11. (Lepirhiza O. Ktze.) Urceolaria Herb, ibid. 28.
1261	Irid.	Romulea Maratti, Diss. Romul. (1772) 13.	Ilmu Adans., Fam. II. (1763) 497.
1283		Libertia Spreng., Syst. I. (1825) 127.	Tekel Adans., Fam. II. (1763) 497.
1284		Bobartia Salisb. in: Trans. Hortic. Soc. I. (1812) 313.	Hecaste Soland. ex Schumacher in: Skrift. naturk. Selsk. III. (1793) 10.
1285		Belamcanda Adans., Fam. II. (1763) 60.	Gemmingia Heist. in: Fabricius, Enum. pl. Hort. helmstad. ed. 2. (1763) 27.
1289		Patersonia R. Br., Prodr. (1810) 303.	Genosiris Labill., Nov. Holl. pl. spec. I. (1804) 13.
1292		Eleutherine Herb. in: Bot. Reg. (1843) t. 57.	Galatea Salisb. in: Trans. Hortic. Soc. I. (1812) 310.
1321	Mus.	Heliconia L., Mant. II. (1771) 147.	Bihai Adans., Fam. II. (1763) 67.
1360	Zingib.	Tapeinochilus Miq. in: Ann. Mus. lugd. batav. IV. (1868) 101.	Tubutubu Rumph., Herb. amb. auctuar. (1755) 52 t. 22.
1368	Marant.	Phrynium Willd., Spec. pl. I. (1797) 17.	Phyllodes Lour., Fl. cochinch. (1790) 13.
1440	Orchid.	Platanthera L. C. Rich. in: Mém. Mus. Paris IV. (1818) 48.	Lysias Salisb. in: Trans. Hortic. Soc. I. (1812) 288.
1468		Nervilia Comm. ex Gaudichaud in: Bot. Voy. Freycinet. (1826) 422.	Stellorkis Thou. in: Nouv. Bull. Soc. philom. Paris I. (1809) 317, Hist. pl. Orchid. (1822) t. 24.
1490		Spiranthes L. C. Rich. in: Mém. Mus. Paris IV. (1818) 50.	Gyrostachis Pers., Synops. II. (1807) 511. Ibidium Salisb. in: Trans. Hort. Soc. I. (1812) 291.
1491		Listera R. Br. in: Aiton, Hort. kew. ed. 2. V. (1813) 201.	Diphryllum Raf. in: Med. Repos. New York V. (1808) 356.
1495		Neottia Swartz in: Vet. Akad. Nya Handl. XXI. (1800) 224.	Nidus Riv., Icon. pl. fl. irreg. hexapet. (1760) t. 7.
1516		Platylepis A. Rich. in: Mém. Soc. hist. nat. Paris IV. (1828) 34.	Erporkis Thou. in: Nouv. Bull. Soc. philom. Paris I. (1809) 317, Hist. pl. Orchid. (1822) (Herporchis O. Ktze.)
1534		Calopogon R. Br. in: Aiton, Hort. kew. ed. 2. V. (1813) 204.	Cathea Salisb. in: Trans. Hortic. Soc. I. (1812) 300.
1556		Liparis L. C. Rich. in: Mém. Mus. Paris IV. (1818) 43.	Leptorkis Thou. in: Nouv. Bull. Soc. philom. Paris I. (1809) 319, Hist. pl. Orchid. (1822).
1558		Oberonia Lindl. Gen. and Spec. Orchid. Pl. (1830) 15.	Iridorkis Thou. in: Nouv. Bull. Soc. philom. Paris I. (1809) 319. Iridorchis Thou., Hist. pl. Orchid. (1822).
1565		Polystachya Hook., Exot. Fl. (1825) t. 103.	Dendrorkis Thou. in: Nouv. Bull. Soc. philom. Paris I. (1809) 318. Dendrorchis Thou., Hist. pl. Orchid. (1822).
1587		Stelis Swartz in: Schrader, Journ. II. (1799) 239 et in: Vet. Akad. Nya Handl. XXI. (1800) 248.	Humboldtia Ruiz et Pav., Fl. peruv. et chil. prodr. (1794) 121, non Vahl 1794 (n. 3518).

No.	Fam.	Nomina conservanda	Nomina rejicienda
1631	Orchid.	Calanthe R. Br. in: Bot. Reg. (1821) sub t. 573.	Alismorkis Thou. in: Nouv. Bull. Soc. philom. Paris I. (1809) 318. Alismorchis Thou., Hist. pl. Orchid. (1822).
1648		Eulophia R. Br. in: Bot. Reg. (1823) t. 686.	Graphorkis Thou. in: Nouv. Bull. Soc. philom. Paris I. (1809) 318. Graphorchis Thou., Hist. pl. Orchid. (1822).
1694		Dendrobium Swartz in: Nova Acta upsal. VI. (1799) 82 et in: Vet. Akad. Nya Handl. XXI. (1800) 244.	Callista Lour., Fl. cochinch. (1790) 519. Ceraia Lour., ibid. 518.
1697		Eria Lindl., Bot. Reg. (1825, VIII) t. 904.	Pinalia Buch. Ham. ex D. Don, Prodr. fl. nepal. (1825, II) 31.
1705		Bulbophyllum Thou., Hist. pl. Orchid. (1822). Tabl. des espèc. III.	Phyllorkis Thou. in: Nouv. Bull. Soc. philom. Paris I. (1809) 319. Phyllorchis Thou. (1822).
1822	—	Saccolabium Blume, Bijdr. (1825) 292.	Gastrochilus D. Don, Prodr. fl. nepal. (1825) 32.
1834	—	Oeonia Lindl., Bot. Reg. (1824) t. 817.	Epidorkis Thou. in: Nouv. Bull. Soc. philom. Paris I. (1809) 318. Epidorchis Thou. (1822).
1882	Jugland.	Carya Nutt., Gen. Amer. II. (1818) 220.	Scoria Raf. in: Med. Repos. New York V. (1808) 352. Hicorius Raf. in: Fl. ludov. (1817) 109. Hicoria Raf., Alsogr. amer. (1838) 65.
1901	Ulm.	Zelkova Spach in: Ann. sc. nat. 2. sér. XV. (1841) 356.	Abelicea Reichb., Consp. (1828) 84.
1917	Morac.	Trophis [P. Br., Hist. Jamaica (1756) 357] L., Syst. ed. 10. (1759) 1289.	Bucephalon L., Spec. pl. ed. 1. (1753) 1190.
1918		Maclura Nutt., Gen. Amer. II. (1818) 233.	Toxylon Raf. in: Amer. Monthly Magaz. (1817) 118, (1818) 188. Joxylon Raf., ibid. (1818) 195.
1956		Antiaris Leschen. in: Ann. Mus. Paris XVI. (1810) 478.	Ipo Pers., Synops. (1807) 566.
1957		Brosimum Swartz, Prodr. veg. Ind. occ. (1788) 12.	Alicastrum P. Br., Hist. Jamaica. (1756) 372; Adans., Fam. II. (1763) 510. Piratinera Aubl., Hist. pl. Gui. franç. II. (1775) 888.
1971		Cecropia L. in: Loefling, Iter hisp. (1758) 272.	Coilotapalus P. Br., Hist. Jamaica. (1756) 111.
1980	Urtic.	Laportea Gaudich. in: Bot. Voy. Freycinet (1826) 498.	Urticastrum Fabr., Enum. pl. Hort. helmstad. (1759) 201; O. Ktze., Rev. gen. II. (1891) 634.
1984		Pilea Lindl., Collect. bot. (1821) t. 4.	Adicea Raf., Analyse de la nature. (1815) 179.
2023	Prot.	Persoonia Smith in: Trans. Linn. Soc. IV. (1798) 215.	Linkia Cav., Icon. IV. (1797) 61 t. 389.

No.	Fam.	Nomina conservanda	Nomina rejicienda
2026	Prot.	Isopogon R. Br. ex Knight, Proteae (1809) 93 et in: Trans. Linn. Soc. X (1810) 71.	Atylus Salisb., Paradis. londin. (1807) t. 67 pp.
2028		Sorocephalus R. Br. in: Trans. Linn. Soc. X. (1810) 139.	Soranthe Salisb. in: Knight, Proteae (1809) 71.
2035		Protea R. Br. in: Trans. Linn. Soc. X. (1810) 71.	Leucadendron L., Spec. pl. ed. 1. (1753) 91 pp. Lepidocarpus Adans., Fam. II (1763) 284. Gaguedi Bruce, Trav. V. (1790) 52. ? Vionaea Neck., Elem. I. (1790) 107. Erodendrum Salisb., Parad. (1807) t. 67. Pleuranthe Salisb. in: Knight, Proteae. (1809) 49.
2036		Leucospermum R. Br. in: Trans. Linn. Soc. X. (1810) 95.	Leucadendron L., Spec. pl. ed. 1. (1753) 91 pp. Leucadendrum Salisb., Parad. londin. (1807) t. 67.
2037		Leucadendron Berg. in: Vet. Akad. Handl. Stockholm XVII. (1766) 325 pp.; R. Br. in: Trans. Linn. Soc. X. (1810) 50.	Protea L., Gen. ed. 2. (1742) 38; Spec. pl. ed. 1. (1753) 94; ed. 5. (1754) 11.
2062		Telopea R. Br. in: Trans. Linn. Soc. X. (1810) 197.	Hylogyne Salisb. in: Knight, Proteae. (1809) 126.
2063	--	Lomatia R. Br. in: Trans. Linn. Soc. X. (1810) 199.	Tricondylus Salisb. in: Knight, Proteae. (1809) 121.
2064		Knightia R. Br. in: Trans. Linn. Soc. X. (1810) 193.	Rymandra Salisb. in: Knight, Proteae. (1809) 124.
2066		Stenocarpus R. Br. in: Trans. Linn. Soc. X. (1810) 201.	Cybele Salisb. in: Knight, Proteae (1809) 123.
2069		Dryandra R. Br. in: Trans. Linn. Soc. X. (1810) 211 t. 3.	Josephia Salisb. in: Knight, Proteae. (1809) 110.
2091	Loranth.	Arceuthobium Marsch.-Bieb., Fl. taur. cauc. Suppl. (1819) 629.	Razoumowskia Hoffm., Hort. Mosq. (1808) n. 1. f. 1.
2097	Santal.	Exocarpus Labill., Voy. I. (1798) 155 t. 14.	Xylophyllos Rumph., Herb. amb. VII. (1755) 19 t. 12; O. Ktze., Rev. gen. II. (1891) 589. Xylophylla L., Mant. II. (1771) 147 pp.
2103		Scleropyrum Arn. in: Magaz. Zool. and Bot. II. (1838) 549.	Heydia Dennst., Schlness. Hort. malab. (1818) 30.
2109		Buckleya Torr. in: Amer. Journ. Sc. XLV. (1843) 170.	Nestronia Raf., New Fl. Amer. III. (1836) 12.
2124	Opil.	Cansjera Juss., Gen. (1789) 448.	Tsjerucaniram Adans., Fam. II. (1763) 80.
2163	Balanoph.	Helosis L. C. Rich. in: Mém. Mus. Paris VIII. (1822) 416 t. 20.	Caldasia Mutis ex Caldas in: Semanario Nuev. Gran. II. (1810) 26.
2180	Raffles.	Cytinus L., Gen. ed. 6. (1764) 567.	Hypocistis Adans., Fam. II. (1763) 76.
2194	Polygon.	Emex Neck., Elem. II. (1790) 214.	Vibo Medik., Phil. Bot. I. (1789) 178.
2202	-	Fagopyrum [Tourn. ex] Moench, Meth. (1794) 290.	Helxine L., Spec. pl. ed. 1. (1753) 363 pp. (sect. Polygoni).

No.	Fam.	Nomina conservanda	Nomina rejicienda
2261	Chenop.	Suaeda Forsk., Fl. aegypt. arab. (1775) 69 t. 18.	Dondia Adans., Fam. II. (1763) 261. Lerchea [Hall., Hort. goetting. (1743) 21] Rueling, Ordin. pl. (1774) 45.
2297	Amarant.	Chamissoa H. B. K., Nov. gen. et. spec. II. (1817) 158 t. 125.	Kokera Adans., Fam. II. (1763) 269.
2317		Aerva Forsk., Fl. aegypt. arab. (1775) 170.	Ouret Adans., Fam. II. (1763) 268. Uretia O. Ktze., Rev. gen. II. (1891) 544.
2339		Iresine [P. Br., Hist. Jamaica (1756) 358] L., Syst. ed. 10. (1759) 1291.	Cruzeta Loefl., Iter hisp. (1758) 203.
2348	Nyctag.	Allionia L., Syst. ed. 10. (1759) 890.	Wedelia Loefl., Iter hisp. (1758) 180, non Jacq. 1760 (n. 9192).
2407	Portulac.	Calandrinia H. B. K., Nov. gen. et spec. VI. (1823) 77 t. 526.	Cosmia Domb. ex Jussieu, Gen. (1789) 312. Baitaria Ruiz et Pav., Fl. peruv. et chil. prodr. (1794) 63 t. 36.
2450	Caryophyll.	Spergularia J. et C. Presl, Fl. cech. (1819) 94.	Buda Adans., Fam. II. (1763) 507. Tissa Adans., ibid. 507.
2477	—	Siphonychia Torr. et A. Gray, Fl. North Amer. I. (1838) 173.	Buinalis Raf., New Fl. Amer. IV. (1836) 40.
2528	Ranunc.	Eranthis Salisb. in: Trans. Linn. Soc. VIII. (1807) 303.	Cammarum Hill, British Herbal. (1756) 47 t. 7. Helleboroides Adans., Fam. II. (1763) 458.
2570	Menisp.	Cocculus DC., Syst. I. (1818) 515.	Cebatha Forsk., Fl. aegypt. arab. (1775) 172. Leaeba Forsk., ibid. 172. Epibaterium Forsk., Char. gen. (1776) 107. Nephroia Lour., Fl. cochinch. (1790) 565. Baumgartia Moench, Meth. (1794) 650. Androphylax Wendl., Bot. Beob. (1798) 37. Wendlandia Willd., Spec. II. (1799) 275.
2663	Calycanth.	Calycanthus L., Syst. ed. 10. (1759) 1066.	Beurreria Ehret, Pl. et papil. rar. (1755) t. 13. Butneria Duhamel, Arb. II. (1755) 113 t. 45, non Loefl. 1758 Buettneria (n. 5062). Basteria Mill., Gard. Dict. ed. 7. (1759).
2680	Anon.	Duguetia A. St.-Hil., Fl. Brasil. merid. I. (1825) 35 t. 7.	Aberemoa Aubl., Hist. pl. Gui. franç. I. (1775) t. 245.
2717	—	Xylopia L., Syst. ed. 10. (1759) 1250.	Xylopicrum P. Br., Hist. Jamaica (1756) 250.
2750	Myrist.	Myristica [L., Gen. ed. 2. (1742) 524] Rottb. in: Act. Univ. Hafn. (1778) 281; L. f., Suppl. (1781) 40.	Comacum Adans., Fam. II. (1763) 345. Aruana Burm. f., Ind. alt. (1769) (Sign G. verso).
2775	Monim.	Laurelia Juss. in: Ann. Mus. Paris XIV. (1809) 134.	Pavonia Ruiz et Pav., Fl. peruv. et chil. prodr. (1794) 127 t. 28.

No.	Fam.	Nomina conservanda	Nomina rejicienda
2793	Laur.	Ensideroxylon Teysm. et Binn. in: Tijdschr. Nederl. Indie XXV. (1863) 292.	Salgada Blanco, Fl. Filip. ed. 2. (1845) 221.
2798		Litsea Lam., Encycl. III. (1789) 574.	Malapoenna Adans., Fam. II. (1763) 447. Glabraria L., Mant. II. (1771) 156. Tomex Thunb., Nov. gen. pl. III. (1783) 65.
2856	Papav.	Dicentra Bernh. in: Linnaea VIII. (1833) 457, 468.	Capnorchis Borckh. in: Roemer, Arch. I. 2. (1797) 46. Bikukulla Adans., Fam. II. (1763) 23. Diclytra Borckh. in: Roemer, Arch. I. 2. (1797) 46. Dielytra Cham. et Schlechtd. in: Linnaea I. (1826) 556. Dactylicapnos Wall., Tent. fl. napal. (1826) 51.
2858		Corydalis Medik., Phil. Bot. I. (1789) 96; Vent., Choix (1803) 19.	Capnoides Adans., Fam. II. (1763) 431. Cisticapnos Adans., ibid. 431. Neckeria Scop., Introd. (1777) 313. Pseudofumaria Medik., Phil. Bot. I. (1789) 110.
2986	Crucif.	Capsella Medik., Pflanzengatt. (1792) 85.	Bursa [Siegesb.] Weber in: Wiggers, Prim. fl. holsat. (1780) 47. Marsypocarpus Neck., Elem. III. (1790) 91.
2989 (s. Draba)		Erophila DC., Syst. II. (1821) 356.	Gansblum Adans., Fam. II. (1763) 420.
3032		Malcolmia R. Br. in: Aiton, Hort. kew. ed. 2. IV. (1812) 121.	Wilckia Scop., Introd. (1777) 317.
3038		Euclidium R. Br. in: Aiton, Hort. kew. ed. 2. IV. (1812) 74.	Soria Adans., Fam. II. (1763) 421. Hierochontis Medik., Pflanzengatt. (1792) 51.
3087	Cappar.	Gynandropsis DC., Prodr. I. (1824) 237.	Pedicellaria Schrank in: Roemer et Usteri, Magaz. III. (1790) 10.
3103		Steriphoma Spreng., Syst. IV. cur. post. (1827) 130.	Hermupoa Loefl., Iter hisp. (1758) 307.
3122	Resed.	Caylusea A. St. Hil., 2. Mém. Resedac. (1837) 29.	Hexastylis Raf., Fl. Tellur. III. (1836) 73. Stylexia Raf., ibid. IV. (1836) 121.
3126		Oligomeris Cambess. in: Jacquemont, Voy. dans l'Inde Bot. (1841—44) 23 t. 25.	Dipetalia Raf., Fl. Tellur. III. (1836) 73. Ellimia Nutt. ex Torrey et Gray, Fl. North Amer. I. (1838) 125.
3187	Saxifrag.	Suksdorfia A. Gray in: Proc. Amer. Acad. XV. (1880) 41.	Hemieva Raf., Fl. Tellur. II. (1836) 70.
3196		Tolmiea Torr. et A. Gray, Fl. North Amer. I. (1840) 582.	Leptaxis Raf., Fl. Tellur II. (1836) 75.
3276	Cunon.	Weinmannia L., Syst. ed. 10. (1759) 1005.	Windmannia P. Br., Hist. Jamaica (1756) 212; Adans., Fam. II. (1763) 343.
3286	Bruniac.	Lonchostoma Wikstr. in: Vet. Acad. Handl. Stockholm (1818) 350 t. 10.	Ptyxostoma Vahl in: Skrivt. naturh. Selsk. Kjoebenhavn VI. (1810) 95.

No.	Fam.	Nomina conservanda	Nomina rejicienda
3316	Rosac.	Physocarpus Maxim. in: Acta Horti petropol. VI. (1879) 219. (Physocarpa Raf., New Fl. Amer. III. (1836) 73).	Opulaster Medik., Beitr. Pflz. Anat. (1799) 109.
3323		Sorbaria A. Br. ex Ascherson, Fl. Prov. Brandenburg I. (1864) 177.	Basilima Raf., New Fl. Amer. III. (1836) 75. Schizonotus Lindl. in: Wallich, Numer. List. (1829) n. 703.
3332		Holodiscus Maxim. in: Acta Horti petropol. VI. (1879) 253.	Schizonotus Raf., New Fl. III. (1836) 75.
3339		Rhaphiolepis Lindl. in: Bot. Reg. (1820) t. 486.	Opa Lour., Fl. cochinch. (1790) 308.
3444	Legum.	Calliandra Benth. in: Hooker, Journ. of Bot. II. (1840) 138.	Anneslia Salisb., Parad. londin. (1807) t. 64.
3450		Desmanthus Willd., Spec. pl. IV. 2. (1806). 1044.	Acuan Medik., Theodora (1786) 62.
3490		Copaifera L., Spec. pl. ed. 2. (1762) 557.	Copaiva Jacq., Enum. pl. Carib. (1760) 4. (Copaiba auct.)
3495		Crudia Schreb., Gen. I. (1789) 282.	Apalatoa Aubl., Hist. pl. Gui. franç. I. (1775) 382. Touchiroa Aubl., ibid. 384. Waldschmidtia Scop., Introd. (1777) 100.
3506		Schotia Jacq., Collect. I. (1786) 93.	Theodora Medik., Theodora (1786) 16.
3517	Legum.	Macrolobium Schreb., Gen. I. (1789) 30.	Vouapa Aubl., Hist. pl. Gui. franç. I. (1775) 25. Outea Aubl., ibid. 28. Kruegeria Scop., Introd. (1777) 314.
3518		Humboldtia Vahl, Symb. bot. III. (1794) 106.	Batschia Vahl, Symb. bot. III (1794) 39.
3524		Brownea Jacq., Enum. pl. Carib. (1760) 6.	Hermesias Loefl., Iter hisp. (1758) 278.
3553	—	Pterolobium R. Br. in: Salt, Abyss. (1814) App. 64.	Cantuffa J. F. Gmel., Syst. II. (1791) 677.
3561		Peltophorum Walp., Rep. I. (1842) 811.	Baryxylum Lour., Fl. cochinch. (1790) 266.
3574	—	Swartzia Schreb., Gen. II. (1791) 518.	Tounatea Aubl., Hist. pl. Gui. franç. I. (1775) 549. Possira Aubl., ibid. II. 934. Hoelzelia Neck., Elem. III. (1790) 62.
3584	-	Myroxylon L. f., Suppl. (1781) 34.	Toluifera L., Spec. pl. ed. I. (1753) 384.
3597		Ormosia Jack in: Trans. Linn. Soc. X. (1811) 360.	Toulichiba Adans., Fam. II. (1763) 326.
3621	—	Podalyria Lam., Illustr. II. (1793) 454 t. 327 f. 3, 4.	Aphora Neck., Elem. III. (1790) 50.
3624		Oxylobium Andrews, Bot. Repos. (1809) t. 492.	Callistachys Vent., Jard. Malmaison (1803) t. 115.
3673	—	Argyrolobium Eckl. et Zeyh., Enum. (1836) 184.	Tephrothamnus Sweet, Hort. brit. ed. 2. (1830) 126. Lotophyllus Link, Handb. II. (1831) 156. Chasmone E. Mey., Comment. pl. Afr. austr. (1835) 71.

No.	Fam	Nomina conservanda	Nomina rejicienda
3693	Legum.	Hymenocarpos Savi, Fl. pisana II. (1798) 205.	Circinus Medik., Phil. Bot. I. (1789) 208.
3694		Securigera DC. in: Lamarck et De Candolle, Fl. franç. ed. 3. IV. (1805) 609.	Securidaca [Tourn. ex] Mill., Gard. Dict. ed. 6. (1752). Bonaveria Scop. Introd. (1777) 310. Securina Medik., Vorles. II. (1787) 368.
3699		Tetragonolobus Scop., Fl. carn. ed. 2. II. (1772) 87.	Scandalida Adans., Fam. II. (1763) 326.
3708		Eysenhardtia H. B. K., Nov. gen. et spec. VI. (1823) 489 t. 592.	Viborquia Ortega, Nov. pl. descr. decad. (1798) 66. t. 9. (Wiborgia O. Ktze., Rev. gen. I. (1891) 213.)
3710		Petalostemon Michx., Fl. bor. amer. II. (1803) 48 t. 37.	Kuhnistera Lam., Encycl. III. (1789) 370.
3718		Tephrosia Pers., Synops. II. (1807) 328.	Cracca L., Fl. zeyl. (1747) 139; Spec. pl. ed. 1. (1753) 752, non Benth. 1853 (n. 3745). Colinil Adans., Fam. II. (1763) 327. Needhamia Scop., Introd. (1777) 310.
3722		Wistaria Nutt., Gen. Am. II (1818) 115.	Kraunhia Raf. in: Med. Repos. New York V. (1808) 352. Diplonyx Raf., ibid. 108. Thyrsanthus Ell. in: Journ. Acad. Philadelphia I. (1817) 371.
3753		Clianthus Banks et Soland. ex G. Don, Gen. Hist. II. (1832) 468.	Donia G. Don, Gen. Hist. II. (1832) 467.
3767		Oxytropis DC., Astragal. (1802) 24 et 66.	Spiesia Neck., Elem. III. (1790) 13.
3792		Ormocarpum Beauv., Fl. d'Oware I. (1804) 95 t. 58.	Diphaca Lour., Fl. cochinch. (1790) 453.
3796		Smithia Ait., Hort. kew. III. (1789) 496 t. 13.	Damapana Adans., Fam. II. (1763) 323.
3800		Adesmia DC. in: Ann. sc. nat. IV (1825) 94.	Patagonium Schrank in: Denkschr. Akad. München (1808) 93.
3807		Desmodium Desv., Journ. de bot. I. (1813) 122 t. 5.	Meibomia Adans., Fam. II. (1763) 509. Pleurolobus J. St. Hil. in: Nouv. Bull. Soc. philom. III. (1812) 192.
3810		Alysicarpus Neck., Elem. III (1790) 15.	Fabricia Scop., Introd. (1777) 307.
3821		Dalbergia L. f., Suppl. (1781) 52.	Amerimnon P. Br., Hist. Jamaica (1756) 288. Ecastaphyllum P. Br., ibid. 299. ? Acouroa Aubl., Hist. pl. Gui. franç. (1775) 753.
3831		Lonchocarpus H. B. K., Nov. gen. et spec. VI. (1823) 383.	Clompanus Aubl., Hist. pl. Gui. franç. II. (1775) 773. Robinia Aubl., ibid. 768.
3836		Pongamia Vent., Jard. Malmaison (1803) 28.	Galedupa Lam., Encycl. II. (1786) 594. (quoad descr.)

No.	Fam.	Nomina conservanda	Nomina rejicienda
3837	Legum.	**Muellera** L. f., Suppl. (1781) 53.	**Coublandia** Aubl., Hist. pl. Gui. franç. II. (1775) 937 t. 356.
3838		**Derris** Lour., Fl. cochinch. (1790) 432.	**Salken** Adans., Fam. II. (1763) 322. **Solori** Adans., ibid. 327 [1]). **Deguelia** Aubl., Hist. pl. Gui. franç. (1775) 750 t. 300. **Cylizoma** Neck., Elem. III. (1790) 33.
3839		**Piscidia** L., Syst. ed. 10. (1759) 1155.	**Ichthyomethia** P. Br., Hist. Jamaica (1756) 276; O. Ktze., Rev. gen. I. (1891) 191. **Piscipula** Loefl., Iter hisp. (1758) 275.
3841		**Andira** Lam., Encycl. I. (1783) 171.	**Vouacapoua** Aubl., Hist. pl. Gui. franç. Suppl. (1775) 9 t. 373. (**Vuacapua** O. Ktze.)
3845		**Dipteryx** Schreb., Gen. II. (1791) 485.	**Coumarouna** Aubl., Hist. pl. Gui. franç. I. (1775) 740 t. 296. **Taralea** Aubl., ibid. 745 t. 298. **Heinzia** Scop., Introd. (1777) 301. **Bolducia** Neck., Elem. III. (1790) 32.
3858		**Centrosema** Benth. in: Ann. Wien. Mus. II. (1838) 117.	**Bradburya** Raf., Fl. ludov. (1817) 104 **Vexillaria** Hoffmgg., Verz. Pflz. (1824) 119.
3860		**Amphicarpaea** Ell. in: Journ. Acad. Philadelphia I. (1818) 372.	**Falcata** J. F. Gmel., Syst. II. (1791) 1131. **Savia** Raf. in: Med. Repos. New York V (1808) 352.
3868		**Kennedya** Vent., Jard. Malmaison II. (1804) 104.	**Caulinia** Moench., Meth. Suppl. (1802) 47.
3876		**Butea** Koenig ex Roxburgh, Pl. Coromandel I. (1795) 22 t. 21.	**Plaso** Adans., Fam. II. (1763) 325.
3877		**Mucuna** Adans., Fam. II. (1763) 325.	**Zoophthalmum** P. Br., Hist. Jamaica (1756) 295 t. 31. **Stizolobium** P. Br., Hist. Jamaica (1756) 290.
3897		**Rhynchosia** Lour., Fl. cochinch. (1790) 460.	**Dolicholus** Medik. in: Vorles. churpf. phys. Ges. II. (1787) 354.
3908		**Pachyrrhizus** Rich. ex De Candolle, Mém. Légum. (1825) 379.	**Cacara** [Rumph. ex] Thou. in: Dict. sc. nat. V. (1805) 35.
3914	—	**Psophocarpus** Neck., Elem. III. (1790) 45.	**Botor** Adans., Fam. II. (1763) 326.
3980	Zygoph.	**Balanites** Delile, Fl. d'Egypte (1813) 221 t. 28 f. 1.	**Agialid** Adans., Fam. II. (1763) 508.
4035	Rutac.	**Calodendrum** Thunb., Nov. gen. II. (1782) 41.	**Pallasia** Houtt., Handleid. II. (1775) 382.
4036	—	**Barosma** Willd., Enum. pl. Hort. berol. (1809) 257.	**Parapetalifera** Wendl., Coll. pl. I. (1808) 45.
4037	—	**Agathosma** Willd., Enum. pl. Hort. berol. (1809) 259.	**Hartogia** L., Syst. ed. 10. (1759) 939, non L. f. 1781 (n. 4645). **Bucco** Wendl., Coll. pl. (1808) t. 2.

1) Genera Salken et Solori Adans. prius erronee pro synonymis generis Dalbergiae (n. 3821) habita ad n. 3838 (Derris) pertinent (cf. Prain in: Ann. Bot. Gard. Calcutta X. 1. [1904] 10).

No	Fam	Nomina conservanda	Nomina rejicienda
4038	Rutac.	Adenandra Willd., Enum. pl. Hort. berol. (1809) 256.	Haenkea F. W. Schmidt, Neue u. selt. Pflz. (1793) 19. Glandulifolia Wendl., Coll. (1808) t. 33, 37. Glandulifera Wendl., ibid. 35 t. 10.
4077		Toddalia Juss., Gen. (2. sem. 1789) 371.	Cranzia Schreb., Gen. I. (1. sem. 1789) 143, non Nutt. 1818 Crantzia (n. 6047). (Crantzia O. Ktze.)
4079		Acronychia Forst., Char. gen. (1776) 53 t. 27.	Cunto Adans., Fam. II (1763) 116. Jambolana Adans., ibid. 508 pp.
4096		Atalantia Correa in: Ann. Mus. Paris VI. (1805) 383.	Malnaregam Adans., Fam. II. (1763) 344
4109	Simarub.	Samadera Gaertn., Fruct. II. (1791) 352 t. 159.	Locandi Adans., Fam. II. (1763) 449.
4120		Brucea J. F. Mill., Fasc. (1780) t. 25.	Lussa Rumph., Herb. amb. VII. (1755) 27 t. 15; O. Ktze., Rev. gen. I. (1891) 101.
4121		Ailanthus Desf. in: Mém. Acad. sc. Paris 1786. (1789) 265 t. 8.	Pongelion Adans., Fam. II. (1763) 319.
4131		Picramnia Swartz, Prodr. veg. Ind. occ. (1788) 27.	Tariri Aubl., Hist. pl. Gui. franç. Suppl. (1775) 37. Brasiliastrum Lam., Encycl. I. (1783) 462. ? Pseudobrasilium Adans., Fam. II. (1763) 341.
4137	Burserac.	Protium Burm. f., Fl. ind. (1768) 88.	Tingulonga Rumph., Herb. amb. VII (1755) 54 t. 23 fig. 1; O. Ktze., Rev. gen. I. (1891) 107.
4150		Bursera Jacq. ex L., Spec. pl. ed. 2. (1762) 471.	Elaphrium Jacq., Enum. pl. Carib. (1760) 3.
4151		Commiphora Jacq., Hort. schoenbrunn. II. (1797) 66.	Balsamea Gled. in: Schrift. Ges. naturf. Fr. Berlin III. (1782) 127.
4172	Meliac.	Naregamia Wight et Arn., Prodr. (1834) 116.	Nelanaregam Adans., Fam. II. (1763) 343.
4195		Trichilia [P. Br., Hist. Jamaica. (1756) 278] L., Syst. ed. 10. (1759) 1020.	Halesia Loefl., Iter hisp. (1758) 188, non L. 1759 (n. 6440).
4261	Trigon.	Trigoniastrum Miq., Fl. Ind. bat. Suppl. (1860) 394.	Isopteris Wall., Numer. List (1832) n. 7261.
4297	Euphorb.	Securinega Comm. ex Juss., Gen. (1789) 388.	Acidoton P. Br., Hist. Jamaica (1756) 335; O. Ktze., Rev. gen. II. (1891) 591
4349		Julocroton Mart. in: Flora XX. (1837) P. 2. Beibl. 119.	Cieca Adans., Fam. II. (1763) 355.
4355		Chrozophora Neck., Elem. II. (1790) 337.	Tournesol Adans., Fam. II. (1763) 356. Tournesolia Scop., Introd. (1777) 243.
4454		Codiaeum [Rumph. ex] A. Juss., De Euphorb. gen. tent. (1824) 33.	Phyllaurea Lour., Fl. cochinch. (1790) 575.

No.	Fam.	Nomina conservanda	Nomina rejicienda
4172	Euphorb.	Omphalea L., Syst. ed. 10. (1759) 1264.	Omphalandria P. Br., Hist. Jamaica (1756) 335; O. Ktze., Rev. gen. II. (1891) 609
4563	Anac.	Lannea A. Rich. in: Guillemin et Perrottet, Fl. Senegamb. tent. I. (1832) 153 t. 42.	Calesiam Adans., Fam. II. (1763) 446. Odina Roxb., Hort. bengal. (1814) 29; Fl. ind. II. (1832) 293. Haberlia Dennst., Schluess. Hort. malab. (1818) 30.
4600		Nothopegia Blume, Mus. bot. lugd. batav. I. (1850) 203.	Glycycarpus Dalz. in: Journ. As. Soc. Bombay III. (1849) 69.
4604		Holigarna Buch.-Ham. ex Roxburgh, Hort. bengal. (1814) 22; Roxb., Pl. Coromandel III. (1819) 79 t. 282.	Katoutsjeroe Adans., Fam. II. (1763) 534. (Catutsjeron O. Ktze.) Hadestaphylum Dennst., Schluess. Hort. malabar. (1818) 30.
4615	Aquif.	Nemopanthus Raf. in: Amer. Monthly Magaž. (1819) 357.	Ilicioides Dumont de Courset, Le bot. cultiv. IV. (1802) 127.
4709	Icacin.	Pyrenacantha Wight in: Hooker, Bot. Misc. II. (1831) 107.	Cavanilla Thunb., Nov. gen. pl. (1792) 105.
4767	Sapind.	Schleichera Willd., Spec. pl. IV. (1805) 1096.	Cussambium [Rumph. ex] Lam., Encycl. II. (1786) 230. Koon Gaertn., Fruct. II. (1791) 486.
4874	Rhamnac.	Scutia Comm. ex Brongniart in: Ann. sc. nat. X. (1827) 362.	Adolia Lam., Encycl. I. (1783) 44.
4882		Colubrina L. C. Rich. ex Brongniart in: Ann. sc. nat. X. (1827) 368 t. 15 f. 3.	Marcorella Neck., Elem. II. (1790) 122. Tubanthera Comm. ex DC., Prodr. II. (1825) 30.
4905		Helinus E. Mey. ex Endlicher, Gen. (1840) 1102.	Mystacinus Raf., Sylva Tellur. (1838) 30.
4938	Tiliac.	Berrya Roxb., Hort. bengal. (1814) 42; Pl. Coromandel III. (1819) 60 t. 264.	Espera Willd. in: Neue Schrift. Ges. naturforsch. Fr. Berlin III. (1801) 449.
4995	Malvac.	Malvastrum A. Gray in: Mem. Amer. Acad. New Ser. IV. (1849) 21.	Malveopsis C. Presl, Bot. Bemerk. (1844) 18[1]).
5007		Pavonia Cav., Diss. II. (1786) App. 2; III. (1787) 132 t. 45.	Lass Adans., Fam. II. (1763) 400. (Lassa O. Ktze.) Malache B. Vogel in: Trew, Pl. select. (1772) 50 t. 90. Prestonia Scop., Introd. (1777) 281.
5053	Stercul.	Dombeya Cav., Diss. II. (1786) App. 2.; III. (1787) 121 t. 38, 41. (non L'Hér. (1784)).	Assonia Cav., Diss. II. (1786) App. 2.; III. (1787) 120 t. 42.
5080		Pterospermum Schreb., Gen. II. (1791) 461.	Velaga Adans., Fam. II. (1763) 398.
5091	—	Cola Schott et Endl., Melet. (1832) 33.	Bichea Stokes, Bot. Mat. med. II. (1812) 564. Edwardia Raf., Specch. I. (1814) 158. Lunanea DC., Prodr. II. (1825) 92

1) Cf. O. Ktze. Rev. gen. III. 2. (1898) 20 et Baker f. in: Journ. of Bot. XXXII. (1894) 186.

No.	Fam.	Nomina conservanda	Nomina rejicienda
5113	Ochnac.	Ouratea Aubl., Hist. pl. Gui. franç. I. (1775) 397 t. 152.	Jabotapita Adans., Fam. II. (1763) 364.
5148	Theac.	Gordonia Ellis in: Phil. Trans. LX. (1770) 518 t. 11.	Lasianthus Adans., Fam. II. (1763) 398.
5153		Ternstroemia Mutis ex L. f., Suppl. (1781) 39.	Mokof Adans., Fam. II. (1763) 50. (Mokofa O. Ktze.) Taonabo Aubl., Hist. pl. Gui. franç. (1775) 569. Dupinia Scop., Introd. (1777) 195. Hoferia Scop., ibid. 194.
5171	Guttif.	Vismia Vand., Fl. lusit. et brasil. spec. (1788) 51 t. 3 f. 24.	Caopia Adans., Fam. II. (1763) 448. Caspia Scop., Introd. (1777) 276.
5250	Cochlosp.	Cochlospermum Kunth, Malvac. (1822) 6.	Maximiliana Mart. in: Flora II. (1819) 451, non Mart. 1824? Palm. g. (n. 600).
5254	Canell.	Canella [P. Br., Hist. Jamaica (1756) 275] Swartz in: Trans. Linn. Soc. I. (1791) 96.	Winterana L., Syst. ed. 10. (1759) 1045.
5259	Violac.	Amphirrhox Spreng., Syst. IV. cur. post. (1827) 51.	Spathularia A. St. Hil., Hist. pl. remarq. Brésil et Paraguay (1824) 317 t. 18 (non Pers. 1797). Braddleya Vell., Fl. flumin. icon. II (1827) t. 140. (Bradleya O. Ktze.)
5271		Hybanthus Jacq., Enum. pl. Carib. (1760) 2.	Calceolaria Loefl., Iter hisp. (1758) 183, non L. 1771 (n. 7471).
5320	Flacourt.	Xylosma Forst. f., Prodr. (1786) 72.	Myroxylon Forst., Char. gen. (1776) 125, non L. f. 1781 (n. 3581).
5338		Laetia Loefl., Iter hisp. (1758) 190.	Thamnia P. Br., Hist. Jamaica (1756) 245. Guidonia P. Br., ibid. 249.
5341		Ryania Vahl, Eclogae I. (1796) 51 t. 9.	Patrisia L. C. Rich. in: Act. Soc. hist. nat. Paris I. (1792) 110.
5400	Ancistrocl.	Ancistrocladus Wall., Numer. List. (1829) n. 1052.	Wormia Vahl in: Skrift. Nat. Selsk. Kjoebenhavn VI. (1810) 104.
5411	Cactac.	Mamillaria Haw., Synops. pl. succ. (1812) 177.	Cactus [L., Gen. ed. 1. (1737) 139] L., Spec. pl. ed. 1. (1753) 466.
5416		Rhipsalis Gaertn., Fruct. I. (1788) 137 t. 28.	Hariota Adans., Fam. II. (1763) 243.
5430	Thymel.	Aquilaria Lam., Encycl. II. (1786) 610.	Agallochum Lam., Encycl. I. (1783) 48.
5436		Struthiola L., Mant. (1767) 4.	Belvala Adans., Fam. II. (1763) 285.
5446		Wikstroemia Endl., Prodr. fl. norfolk. (1833) 47.	Capura L., Mant. II. (1771) 149.
5467		Pimelea Banks et Sol. ex Gaertner, Fruct. I. (1788) 186.	Banksia Forst., Char. gen. (1776) 7 t. 4, non L. f. 1781 (n. 2068).
5471	Elaeagn.	Shepherdia Nutt., Gen. Amer. II. (1818) 240.	Lepargyrea Raf. in: Amer. Monthly Magaz. (1818) 176.
5497	Sonnerat.	Sonneratia L. f., Suppl. (1781) 38.	Blatti Adans., Fam. II. (1763) 88. Pagapate Sonner., Voy. Nouv. Guinée (1776) 16.

No.	Fam.	Nomina conservanda	Nomina rejicienda
5505	Lecyth.	Careya Roxb., Hort. bengal. (1814) 52.	Cumbia Buch.-Ham., Mysore III. (1807) 187 et in: Trans. Linn. Soc. XV (1827) 97.
5506		Barringtonia Forst., Char. gen. (1776) 75.	Huttum Adans., Fam. II. (1763) 88.
5510		Gustavia L., Pl. surinam. (1775) 18.	Japarandiba Adans., Fam. II. (1763) 448.
5525	Rhizoph.	Carallia Roxb. ex R. Brown in: Flinders, Voy. Bot. II. (1814) App. III, 549.	Karekandel Adans., Fam. II. (1763) 88 Diatoma Lour., Fl. cochinch. (1790) 296. Barraldeia Thou., Gen. nov. madag. (1806) 24.
5528		Weihea Spreng., Syst. II. (1825) 559.	Richaeia Thou., Gen. nov. madag. (1806) 25.
5575	Myrt.	Calyptranthes Swartz, Prodr. veg. Ind. occ. (1788) 79.	Chytraculia P. Br., Hist. Jamaica (1756) 239; O. Ktze., Rev. gen. I. (1891) 238. Chytralia Adans., Fam. II. (1763) 80.
5600		Agonis Lindl., Swan River App. (1839) 10.	Billottia R. Br. in: Journ. Roy. Geogr. Soc. I. (1832) 19.
5603		Melaleuca L., Mant. I. (1767) 14.	Cajuputi Adans., Fam. II. (1763) 84.
5625		Verticordia DC. in: Dict. class. hist. nat. XI. (1826) 400.	Diplachne R. Br. ex Desfontaines in: Mém. Mus. Paris V. (1819) 272.
5659	Melast.	Dissotis Benth. in: Hooker, Niger Fl. (1849) 346.	Hedusa Raf., Sylva Tellur. (1838) 101. (Hedysa O. Ktze.)
5665		Monochaetum Naud. in: Ann. sc. nat. 3. sér. IV. (1845) 48 t. 2.	Ephynes Raf., Sylva Tellur. (1838) 101.
5729		Sonerila Roxb., Hort. bengal. (1814) 5; Fl. ind. I. (1832) 176.	Cassebeeria Dennst., Schluess. Hort. malabar. (1818) 35.
5759		Miconia Ruiz et Pav., Fl. peruv. et chil. prodr. (1794) 60.	Tamonea Aubl., Hist. pl. Gui. franç. I. (1775) 440, non Aubl. ibid. 659 [n. 7142][1]). Leonicenia Scop., Introd. (1777) 212. Lieutantia Buchoz, Pl. nouv. découv. (1779) t. 7. Zulatia Neck., Elem. II. (1790) 147.
5956	Umbell.	Bifora Hoffm., Gen. Umbellif. ed. 2. (1816) 191.	Anidrum Neck., Elem. I. (1790) 188.
5998		Trinia Hoffm., Gen. Umbellif. (1814) 92.	Apinella Neck., Elem. I. (1790) 191.
6045		Cryptotaenia DC., Mém. fam. Ombellif. (1829) 42.	Deringa Adans., Fam. II. (1763) 498. Alacospermum Neck., Elem. II. (1790) 167.
6018		Falcaria Host, Fl. austr. I. (1827) 381.	Prionitis Adans., Fam. II. (1763) 499. Critamus Besser, Enum. pl. Volhyn. (1822) 93.
6064		Kundmannia Scop., Introd. (1777) 116.	Arduina Adans., Fam. II. (1763) 499.

1) De nomine Tamonea cf. Jackson in: Journ. of Bot. XXXIX. (1901) 36.

No.	Fam.	Nomina conservanda	Nomina rejicienda
6154	Cornac.	Alangium Lam., Encycl. I. (1783) 174.	Angolam Adans., Fam. II. (1763) 85. Kara-Angolam Adans., ibid 84. (Karangolum O. Ktze.) Angolamia Scop., Introd. (1777) 107.
6189	Eric.	Loiseleuria Desv., Journ. de bot. III. (1810) 35.	Chamaecistus Oeder, Fl. dan. (1761) t. 9.
6191		Rhodothamnus Reichb. in: Moessler, Handb. ed. 2. I. (1827) 688.	Adodendrum Neck., Elem. I. (1790) 214.
6195	—	Daboecia D. Don in: Edinburgh New Phil. Journ. XVII. (1834) 160.	Boretta Neck., Elem. II. (1790) 212.
6215	—	Gaylussacia H. B. K., Nov. gen. et spec. III. (1818) 275.	Adnaria Raf., Fl. ludov. (1817) 56.
6232		Cavendishia Lindl., Bot. Reg. (1836) sub t. 1791.	Chupalon Adans., Fam. II. (1763) 164.
6251	Epacr.	Lebetanthus Endl., Gen. Suppl. I. (1841) 1411.	Allodape Endl., Gen. (1839) 749.
6285	Myrsin.	Ardisia Swartz, Prodr. (1788) 48.	Katoutheka Adans., Fam. II. (1763) 159. ? Vedela Adans., ibid. 502. Icacorea Aubl., Hist. pl. Gui. franç. II. Suppl. (1775) 1. Bladhia Thunb., Nov. gen. pl. I. (1781) 6.
6288		Heberdenia Banks ex A. De Candolle in: Ann. sc. nat. 2. sér. XVI. (1841) 79.	Anguillaria Gaertn., Fruct. I. (1788) 372, non R. Br. 1810 (n. 971).
6301		Cybianthus Mart., Nov. gen. et spec. III. (1829) 87.	Peckia Vell., Fl. flumin. (1825) 51.
6304		Wallenia Swartz, Prodr. veg. Ind. occ. (1788) 31.	Petesioides Jacq., Select. stirp. amer. hist. (1763) 17.
6310		Embelia Burm. f., Fl. ind. (1768) 62.	Ghesaembilla Adans., Fam. II (1763) 449. Pattara Adans., ibid. 447.
6370	Sapot.	Argania Roem. et Schult., Syst. IV. (1819) 46.	Verlangia Neck., Elem. II. (1790) 125.
6374		Bumelia Swartz, Prodr. veg. Ind. occ. (1788) 49.	? Robertia Scop., Introd. (1777) 154.
6428	Oleac.	Linociera Swartz in: Schreber, Gen. II. (1791) 784.	Mayepea Aubl., Hist. pl. Gui. franç. I. (1775) 81. (Majepea O. Ktze.) Thouinia L. f., Suppl. (1781) 89. Freyeria Scop., Introd. (1777) 208. Ceranthus Schreb., Gen. I. (1789) 14.
6483	Gentian.	Belmontia E. Mey., Comment. pl. Afr. austr. (1837) 183.	Parasia Raf., Fl. Tellur. III (1836) 78.
6484		Enicostemma Blume, Bijdr. (1826) 848.	Hippion Spreng., Syst. I. (1825) 505.
6500		Orphium E. Mey., Comment. pl. Afr. austr. (1837) 181.	Valeranda Neck., Elem. II (1790) 33.
6513		Halenia Borkh. in: Roemer, Arch. I. 1. (1796) 25.	Tetragonanthus S. G. Gmel., Fl. sibir. IV (1769) 113.

No.	Fam.	Nomina conservanda	Nomina rejicienda
6544	Gentian.	Villarsia Vent., Choix (1803) t. 9 pp.	Renealmia Houtt., Handl. VIII. (1777) 335, non L. f. 1781 (n. 1331).
6559	Apoc.	Carissa L., Mant. I. (1767) 7.	Arduina Mill., Fig. Pl. Gard. Dict. (1760) t. 300; L., Mant. I. (1767) 7. Carandas Adans., Fam. II. (1763) 171.
6562		Landolphia Beauv., Fl. d'Oware I (1806) 54.	Pacouria Aubl., Hist. pl. Gui. franç. I. (1775) 268 t. 105. Alstonia Scop., Introd. (1777) 198. Vahea Lam., Illustr. (1792) t. 69.
6588		Aspidosperma Mart. et Zucc., Nov. gen. et spec. I. (1824) 57 t. 34–36.	Macaglia Rich. ex Vahl in: Skrivt. naturh. Selsk. Kjoebenhavn VI. (1810) 107.
6616	—	Alyxia Banks ex R. Brown, Prodr. (1810) 469.	Gynopogon Forst., Char. gen. (1776) 35 t. 18.
6677	—	Chonemorpha G. Don, Gen. Hist. IV. (1838) 76.	Belluttakaka Adans., Fam. II. (1763) 172.
6683	—	Ichnocarpus R. Br. in: Mem. Werner. Soc. I. (1809) 61.	Quirivelia Poir., Encycl. VI. (1804) 42.
6857	Asclep.	Oxypetalum R. Br. in: Mem. Werner. Soc. I. (1809) 41.	Gothofreda Vent., Choix (1803) t. 60.
6994	Convolv.	Calystegia R. Br., Prodr. (1810) 483.	Volvulus Medik. in: Staatswiss. Vorles. churpf. phys. oekon. Ges. I. (1791) 202.
7023	Hydro-phyll.	Ellisia L., Spec. pl. ed. 2. (1763) 1662.	Macrocalyx Trew in: Acta Acad. nat. cur. II. (1761) 332.
7029	—	Hesperochiron S. Wats., Bot. King's Exped. (1871) 281.	Capnorea Raf., Fl. Tellur. III. (1836) 74.
7037	—	Hydrolea L., Spec. pl. ed. 2. (1763) 328.	Nama L., Spec. pl. ed. 1. (1753) 226, non L. 1759 (n. 7033).
7056	Borrag.	Trichodesma R. Br., Prodr. (1810) 496.	Pollichia Medik., Bot. Beob. (1783) 247. Borraginoides Moench, Meth. (1794) 515.
7082		Amsinckia Lehm., Delect. sem. Hort. hamburg. (1831) 7.	Benthamia Lindl., Nat. Syst. (1830) 241.
7102		Mertensia Roth, Catal. bot. I. (1797) 34.	Pneumaria Hill, Veg. Syst. VII. (1764) 40.
7148	Verben.	Bouchea Cham. in: Linnaea VII. (1832) 252.	Denisaea Neck., Elem. I. (1790) 306. (Deniseia O. Ktze., Denisia O. Ktze.)
7151		Stachytarpheta Vahl, Enum. I. (1805) 205.	Sherardia Adans., Fam. II. (1763) 198. Valerianoides Medik., Phil. Bot. I. (1789) 177. Vermicularia Moench, Meth. Suppl. (1802) 150.
7156		Amasonia L. f., Suppl. (1781) 48.	Taligalea Aubl., Hist. pl. Gui. franç. II. (1775) 625.
7181		Tectona L. f., Suppl. (1781) 20.	Theka Adans., Fam. II. (1763) 465.
7299	Labiat.	Sphacele Benth. in: Bot. Reg. (1829) t. 1289.	Alguelaguen Adans., Fam. II. (1763) 505. (Alguelagum O. Ktze.) Phytoxis Molina, Sagg. Chile ed. 2. (1810) 145.

No.	Fam.	Nomina conservanda	Nomina rejicienda
7317	Labiat.	Pycnanthemum L. C. Rich. in: Michx., Fl. bor. amer. II. (1803) 7.	Furera Adans., Fam. II. (1763) 193. Koellia Moench, Meth. (1794) 407.
7342		Hyptis Jacq., Collect. I. (1786) 101.	Mesosphaerum P. Br., Hist. Jamaica (1756) 217; O. Ktze., Rev. gen. II. (1891) 524. Condea Adans., Fam. II. (1763) 504.
7350	–	Plectranthus L'Hérit., Stirp. nov. (1785 vel 1788?) 84 verso.	Germanea Lam., Encycl. II. (1786 vel. 1787?) 690. (Germainia O. Ktze.)
7377	Solan.	Nicandra Adans., Fam. II. (1763) 219.	Pentagonia Heist. ex Fabricius, Enum. pl. Hort. helmstad. (1759) 181; Hiern, Catal. Afr. Pl. Welwitsch III. (1898) 752. Physaloides Boehm. in: Ludwig, Defin. gen. pl. (1760) 42; O. Ktze., Rev. gen. II. (1891) 452.
7382		Jochroma Benth. in: Bot. Reg. (1845) t. 20.	Diplukion Raf., Sylva Tellur. (1838) 53. Valteta Raf., ibid. 53.
7388		Hebecladus Miers in: Hooker, London Journ. of Bot. IV. (1845) 321.	Ulticona Raf., Sylva Tellur. (1838) 55. ? Kukolis Raf., ibid. 55.
7398		Athenaea Sendtn. in: Fl. brasil. X. (1846) 133.	Deprea Raf., Sylva Tellur. (1838) 57.
7400		Withania Pauquy, Diss. de Belladonna (1824) 14.	Physaloides Moench, Meth. (1794) 473.
7485	Scrophul.	Anarrhinum Desf., Fl. atlant. II. (1800) 51.	Simbuleta Forsk., Fl. aegypt. arab. (1775) 115.
7517		Manulea L., Mant. I. (1767) 12.	Nemia Berg., Descr. pl. cap. (1767) 160.
7518		Chaenostoma Benth. in: Hooker, Compan. Bot. Magaz. I. (1835) 374.	Palmstruckia Retz. f., Obs. bot. pugill. (1810) 15.
7532		Limnophila R. Br., Prodr. (1810) 442.	Ambulia Lam., Encycl. I. (1783) 128. Diceros Lour., Fl. cochinch. (1790) 381. Hydropityon Gaertn. f., Fruct. III. (1805) 19.
7534		Stemodia L., Syst. ed. 10. (1759) 1118.	Stemodiacra P. Br., Hist. Jamaica (1756) 261; O. Ktze., Rev. gen. II. (1891) 465.
7546	–	Bacopa Aubl., Hist. pl. Gui. franç. I. (1775) 128 t. 49.	Moniera P. Br., Hist. Jamaica (1756) 269; Adans., Fam. II. (1763) 212. Brami Adans., ibid. 208.
7549		Micranthemum L. C. Rich. in: Michx., Fl. bor. amer. I. (1803) 10 t. 2.	Globifera J. F. Gmel., Syst. II. (1791) 32.
7559		Artanema D. Don in: Sweet, Brit. Flow. Gard. 2. Ser. III. (1835) t. 234.	Bahel Adans., Fam. II. (1763) 210.
7602		Seymeria Pursh, Fl. Amer. sept. II. (1814) 736.	Afzelia J. F. Gmel., Syst. II. (1791) 927, non Smith 1798 (n. 3509)
7632		Cordylanthus Nutt. ex Bentham in: De Candolle, Prodr. X. (1846) 597.	Adenostegia Benth. in: Lindley, Nat. Syst. ed. 2. (1836) 445.

No.	Fam.	Nomina conservanda	Nomina rejicienda
7649	Scrophul.	Rhynchocorys Griseb., Spicil. fl. rumel. I. (1844) 12.	Elephas Adans., Fam. II. (1763) 211. Probosciphora Neck., Elem. I. (1790) 336.
7760	Bignon.	Colea Boj., Hort. maurit. (1837) 220.	Tripinna Lour., Fl. cochinch. (1790) 391. Tripinnaria Pers., Synops. II. (1807) 173. Uloma Raf., Fl. Tellur. II. (1836) 62.
7766	—	Tourrettia Fougeroux in: Mém. Acad. Paris 1784 (1787) 205 t. 1.	Dombeya L'Hér., Stirp. nov. (1784) 33 t. 17, non Cav. 1786 (n. 5053).
7792	Oro-banch.	Epiphegus Nutt., Gen. Amer. II. (Mai 1818) 60.	Leptamnium Raf. in: Amer. Monthly Magaz. II. (Febr. 1818) 267.
7810	Gesner.	Didymocarpus Wall. in: Edinburgh Philos. Journ. I. (1819) 378.	Roettlera Vahl, Enum. I. (1805) 87.
7860	—	Alloplectus Mart., Nov. gen. et spec. III. (1829) 53.	Crantzia Scop., Introd. (1777) 173, non Nutt. 1818 (n. 6047). Vireya Raf., Specchio I. (1814) 194. Lophia Desv. in: Hamilton, Prodr. pl. Ind. occ. (1825) 47.
7900	Lentib.	Polypompholyx Lehm., Pugill. VIII. (1844) 48.	Cosmiza Raf., Fl. Tellur. IV. (1836) 110.
7908	Acanth.	Elytraria L. C. Rich. in: Michx., Fl. bor. amer. I. (1803) 8.	Tubiflora J. F. Gmel., Syst. II. (1791) 27.
7932	—	Phaulopsis Willd., Spec. pl. III (1800) 342.	Micranthus Wendl., Bot. Beob. (1798) 38, non Eckl. 1827 (n. 1313).
8031	—	Dicliptera Juss. in: Ann. Mus. Paris IX. (1807) 267.	Diapedium Koenig in: Koenig et Sims, Ann. of Bot. II. (1806) 189
8042	—	Schaueria Nees, Index sem. Hort. ratisb. (1838); Linnaea XIII. (1839) Litt. 119.	Flavicoma Raf., Fl. Tellur. IV. (1836) 63.
8086		Anisotes Nees in: De Candolle, Prodr. XI. (1847) 424.	Calasias Raf., Fl. Tellur. IV. (1836) 64.
8097		Jacobinia Moric., Pl. nouv. Amér. (1846) 156.	Ethesia Raf., Fl. Tellur. IV. (1836) 63.
8126	Rub.	Bikkia Reinw. in: Blume, Bijdr. (1826) 1017.	Cormigonus Raf. in: Ann. gén. sc. phys. VI. (1820) 83.
8140		Lucya DC., Prodr. IV. (1830) 434.	Clavenna Neck., Elem. II. (1790) 115. Dunalia Spreng., Pugill. (1815) 25.
8227	–	Mitragyna Korth., Obs. Naucl. ind. (1839) 19.	Mamboga Blanco, Fl. Filip. ed. 1. (1837) 140.
8228	—	Uncaria Schreb., Gen. I. (1789) 125.	Ourouparia Aubl., Hist. pl. Gui. franç. I. (1775) 177. (Uruparia O. Ktze.)
8241	-	Schradera Vahl, Eclog. amer. I. (1796) 35 t. 5.	Urceolaria Willd. in: Cothenius, Disp. veg. (1790) 10.
8316	--	Duroia L. f., Suppl. (1781) 30.	Pubeta L., Pl. surinam. (1775) 16.
8396		Psychotria L., Syst. ed. 10. (1759) 929.	Myrstiphyllum P. Br., Hist. Jamaica (1756) 252. Psychotrophum P. Br., ibid. 160.

17*

No.	Fam.	Nomina conservanda	Nomina rejicienda
8411	Rub.	Cephaelis Swartz, Prodr. veg. Ind. occ. (1788) 15.	Carapichea Aubl., Hist. pl. Gui. franç. (1775) 167. Evea Aubl., ibid. 103. Tapogomea Aubl., ibid. 357. Chesnea Scop., Introd. (1777) 119.
8430		Paederia L., Mant. I. (1767) 7 et 52.	Hondbessen Adans., Fam. II. (1763) 158. (Hondbession O. Ktze.) Dannconta Adans., ibid. 146.
8530	Valerian.	Fedia Moench, Meth. (1794) 186.	Mitrophora Neck., Elem. I. (1790) 123.
8535		Patrinia Juss. in: Ann. Mus. X. (1807) 311.	Fedia Adans., Fam. II. (1763) 152, non Moench 1794 (n. 8530). Mouffetta Neck., Elem. I. (1790) 121.
8596	Cucurb.	Ecballium A. Rich. in: Dict. class. hist. nat. VI. (1824) 19.	Elaterium [Ludw., Def. gen. (1737) 26] Moench, Meth. (1794) 503.
8627	--	Cayaponia Silva Manso, Enum. subst. brazil. (1836 vel 1837?) 31.	Arkezostis Raf., New Fl. Amer. IV. (1836) 100.
8629		Echinocystis Torr. et Gray, Fl. N. Amer. I. (1840) 542.	Micrampelis Raf. in: Med. Repos. New York V. (1808) 350.
8636		Sechium [P. Br., Hist. Jamaica (1756) 355] Juss. Gen. (1789) 391.	Chocho Adans., Fam. II. (1763) 500. Chayota Jacq., Select. stirp. amer. hist. ed. pict. (1780) t. 245.
8668	Campan.	Wahlenbergia Schrad., Catal. hort. goetting. (1814).	Cervicina Del., Fl. Egypte (1813) 150.
8680		Sphenoclea Gaertn., Fruct. I. (1788) 113.	Pongati Adans., Hist. nat. Sénégal (1756), ed. angl. (1759) 152. (Pongatium Juss.)
8706		Downingia Torr. in: Pacif. Rail. Rep. IV. (1856) 116.	Bolelia Raf., Atlant. Journ. (1832) 120. Gynampsis Raf., Fl. Tellur. III. (1836) 5. Wittea Kunth in: Abh. Akad. Berlin 1848. (1850) 32.
8746	Gooden.	Scaevola L., Mant. II. (1771) 145.	Lobelia Adans., Fam. II. (1763) 157.
8751	Comp.	Vernonia Schreb., Gen. II. (1791) 541.	Behen Hill, Veg. Syst. IV. (1762) 11.
8818		Mikania Willd., Spec. pl. III. (1803) 1742.	Willugbaeya Neck., Elem. I. (1790) 82. Carelia Cav. in: Anal. cienc. nat. VI. (1802) 317.
8823		Brickellia Ell., Sketch. II. (1824) 290.	Coleosanthus Cass. in: Bull. Soc. philom. (1817) 67.
8826		Liatris Schreb., Gen. (1791) 542.	Laciniaria Hill, Veg. Syst. IV. (1762) 49. Psilosanthus Neck., Elem. I. (1790) 69.
8844		Chrysopsis Ell., Sketch. II. (1824) 333.	Diplogon Raf. in: Amer. Monthly Magaz. (1818) 268.
8852		Haplopappus Cass. in: Dict. sc. nat. LVI. (1828) 168.	Hoorebeckia Cornelissen in: Musch. Hort. Gand (1817) 120.
8898		Callistephus Cass. in: Dict. sc. nat. XXXVII. (1825) 491.	Callistemma Cass. in: Dict. sc. nat. IV. Suppl. (1817) 45.
8919		Felicia Cass. in: Bull. Soc. philom. (1818) 165.	Detris Adans., Fam. II. (1763) 131.
8939		Blumea DC. in: Guillemin, Arch. bot. II. (1833) 514.	Placus Lour., Fl. cochinch. (1790) 496.

No.	Fam.	Nomina conservanda	Nomina rejicienda
9039	Comp.	Disparago Gaertn., Fruct. II. (1791) 463.	Wigandia Neck., Elem. I. (1790) 95 non H. B. K. 1818 (n. 7035).
9054		Podolepis Labill., Nov. Holl. pl. spec. II. (1806 vel 1807) 56.	Scalia Sims in: Bot. Magaz. (1806) t. 956.
9057		Heterolepis Cass. in: Bull. Soc. philom. (1820) 26.	Heteromorpha Cass. in: Bull. Soc. philom. (1817) 12, non Cham. et Schlechtd. 1826 (n. 5992).
9059		Printzia Cass. in: Dict. sc. nat. XXXVII. (1825) 463.	Lloydia Neck., Elem. I. (1790) 4.
9091	—	Pallenis Cass. in: Dict. sc. nat. XXIII. (1822) 566.	Athalmum Neck., Elem. I. (1790) 20.
9101	—	Lagascea Cav. in: Anal. cienc. nat. VI. (1803) 331.	Nocca Cav., Icon. III. (1794) 12.
9147	—	Franseria Cav., Icon. II. (1793) 78.	Gaertneria Medik., Phil. Bot. I. (1789) 45.
9155	—	Zinnia L., Syst. ed. 10 (1759) 1221.	Crassina Scepin, Sched. acid. veget. (1758) 42. Lepia Hill, Exot. Bot. (1759) t. 29.
9215	—	Actinomeris Nutt., Gen. Amer. II. (1818) 181.	Ridan Adans., Fam. II. (1763) 130.
9222		Guizotia Cass. in: Bull. Soc. philom. (1827) 127.	Werrinuwa Heyne, Tracts on India (1814) 49.
9405		Gynura Cass. in: Dict. sc. nat. XXXIV. (1825) 391.	Crassocephalum Moench, Meth. (1794) 516.
9431	—	Ursinia Gaertn., Fruct. II. (1791) 462.	Spermophylla Neck., Elem. I. (1790) 24.
9434	—	Gazania Gaertn., Fruct. II. (1791) 451.	Meridiana Hill, Veg. Syst. II. (1761) 121. Moehnia Neck., Elem. I. (1790) 9.
9438		Berkheya Ehrh., Beitr. III. (1788) 137.	Crocodiloides Adans., Fam. II. (1763) 127.
9464		Silybum Adans., Fam. II. (1763) 116; Gaertn., Fruct. II. (1791) 378.	Mariana Hill, Veg. Syst. IV. (1762) 19.
9466		Galactites Moench, Meth. (1794) 558.	Lupsia Neck., Elem. I. (1790) 71.
9479		Cnicus Gaertn., Fruct. II. (1791) 385.[1]	Carbenia Adans., Fam. II. (1763) 116.
9490		Stifftia Mikan, Del. Brasil. I. (1820) 1.	Augusta Leandro in: Denkschr. Akad München VII. (1819) 235, non Pohl 1831 (n. 8183).
9529		Chaptalia Vent., Jard. Cels. (1800) t. 61.	Thyrsanthema Neck., Elem. I. (1790) 6.
9560		Krigia Schreb., Gen. (1791) 532.	Adopogon Neck., Elem. I. (1790) 55.
9576		Stephanomeria Nutt. in: Trans. Amer. Phil. Soc. N. Ser. VII. (1841) 427.	Ptiloria Raf. in: Atlant. Journ. (1832) 145.
9592		Taraxacum Wiggers, Prim. fl. holsat. (1780) 56.	Hedypnois Scop., Fl. carn. II. (1772) 99, non Schreb. 1791 (n. 9569).
9601		Pyrrhopappus DC., Prodr. VII. (1838) 144.	Sitilias Raf., New Fl. Amer. IV. (1836) 85.

1) Cnicus L. Spec. pl. ed. I. (1753) 826 amplectitur et Cnicum Gaertneri et Cirsium Adans. em. DC. Genere Gaertneriano recepto genus homonymum Linnaeanum interdum pro nomine usitato „Cirsium" adhibitum [cf. Benth. in Bentham et Hooker f., Gen. II. (1873) 468] rejiciendum est; itaque valet Cirsium Adans. [DC. Prodr. VI. (1837) 634].

6. Index analytique.

IX. Inhaltsübersicht
der Verhandlungen des internationalen botanischen Kongresses in Wien 1905.

Druck von Ant. Kämpfe, Jena.

Verlag von GUSTAV FISCHER in JENA.

Vegetationsbilder.
Von Dr. **G. Karsten**, Prof. an der Universität Bonn, und Dr. **H. Schenck**, Prof. an der Technischen Hochschule Darmstadt.

Unter dem Namen **„Vegetationsbilder"** erscheint hier eine Sammlung von Lichtdrucken, die nach sorgfältig ausgewählten photographischen Vegetationsaufnahmen hergestellt sind. Verschiedenartige Pflanzenformationen und Genossenschaften möglichst aller Teile der Erdoberfläche in ihrer Eigenart zu erfassen, charakteristische Gewächse, welche der Vegetation ihrer Heimat ein besonderes Gepräge verleihen, und wichtige ausländische Kulturpflanzen in guter Darstellung wiederzugeben, ist die Aufgabe, welche die Herausgeber sich gestellt haben.

Der Preis für das Heft von 6 Tafeln ist auf 2,50 Mark festgesetzt worden unter der Voraussetzung, daß alle 8 Hefte einer Reihe bezogen werden. Einzelne Hefte werden mit 4 Mark berechnet.

Die erste Reihe bilden folgende Hefte:

Heft 1.	Tafel 1— 6.	Südbrasilien.	
Heft 2.	„ 7—12.	Malayischer Archipel.	
Heft 3.	„ 13—18.	Trop. Nutzpflanzen.	
Heft 4.	„ 19—24.	Mexikan. Wald und Tropen und Subtropen.	
Heft 5.	Tafel 25—30.	Südwest-Afrika.	
Heft 6.	„ 31—36.	Monokotylenbäume.	
Heft 7.	„ 37—42.	Strandvegetation Brasiliens.	
Heft 8.	„ 43—48.	Mexikan. Cacteen-, Agaven- u. Bromeliaceen-Vegetation.	

Die zweite Reihe bilden folgende Hefte:

Erstes Heft: E. Ule, Epiphyten des Amazonengebietes.
Zweites Heft: G. Karsten, Die Mangrove-Vegetation.
Drittes und viertes Heft: E. Stahl, Mexikanische Nadelhölzer und Mexikanische Xerophyten.
Fünftes bis siebentes Heft: L. Klein, Charakterbilder mitteleuropäischer Waldbäume. I.
Achtes Heft: G. Schweinfurth und Ludwig Diels, Vegetationstypen aus der Kolonie Eritrea.

Von der dritten Reihe erschienen bisher folgende Hefte:

Heft 1. Tafel 1— 6. E. Ule, Blumengärten der Ameisen am Amazonenstrom.
Heft 2. „ 7—12. Ernst A. Bessey, Vegetationsbilder aus Russisch-Turkestan.
Heft 3. „ 13—18. M. Büsgen, Hj. Jensen und W. Busse, Vegetationsbilder aus Ost-Java.
Heft 4. „ 19—24. H. Schenck, Mittelmeerbäume.
Heft 5. „ 25—30. R. von Wettstein, Sokótra.
Heft 6. „ 31—36. Emerich Zederbauer, Vegetationsbilder aus Kleinasien.
Heft 7 u. 8. „ 37—48. Johs. Schmidt, Vegetationstypen von der Insel Koh Chang im Meerbusen von Siam.

Vorlesungen über Pflanzenphysiologie.
Von Dr. **Ludwig Jost**, a. o. Prof. an der Universität Straßburg. Mit 172 Abbildungen. Preis: brosch. 13 Mark, geb. 15 Mark.

Flora, Bd. XCIII, H. 2, 1904:

. . . Die Darstellung ist klar, kritisch und reichhaltig und oft durch historische Rückblicke belebt. Die Jostschen Vorlesungen werden deshalb als eine treffliche Einführung in das Studium der Pflanzenphysiologie begrüßt werden. Auch für Berufsbotaniker ist das Buch wertvoll durch die eingehende Berücksichtigung und Diskussion, welche die neuere pflanzenphysiologische Literatur in ihm gefunden hat. Solche orientierende Darstellungen sind ja um so notwendiger, je mehr die Entwicklung der Botanik es unmöglich macht, in allen ihren Gebieten die Literatur zu verfolgen, besonders aber in der Physiologie, welche die Grundlage für alle anderen Teile der Botanik darstellt.

Willkürliche Entwickelungsveränderungen bei Pflanzen.
Ein Beitrag zur Physiologie der Entwickelung. Von Dr. **Georg Klebs**, Prof. in Halle. Mit 28 Abbildungen im Text. 1903. Preis: 4 Mark.

Botanische Zeitung Nr. 17 vom 1. September 1903, Jahrgang 61:

Unter dem Titel „Willkürliche Entwickelungsänderungen bei Pflanzen" vereinigt Klebs eine Reihe von sieben Aufsätzen, die interessante Versuche und Erwägungen zu verschiedenen Problemen der Entwickelung-Physiologie bringen.

Pathologische Pflanzenanatomie.
In ihren Grundzügen dargestellt. Von Dr. **Ernst Küster**, Dozent für Botanik an der Universität zu Halle a. S. Mit 121 Abbildungen im Text. 1903. Preis: 8 Mark.

Flora 1903, H. 2:

Die pathologische Pflanzenanatomie ist bis jetzt in den anatomischen Lehr- und Handbüchern sehr stiefmütterlich behandelt worden. Es ist ja auch selbstverständlich, daß an eine zusammenhängende Bearbeitung dieser Disziplin erst nach einer gründlichen Durcharbeitung der normalen Anatomie gegangen werden konnte. Nachdem diese vorliegt, war es ein sehr dankenswertes Unternehmen, daß der Verfasser sich entschloß, eine zusammenhängende Darstellung der pathologischen Pflanzenanatomie zu geben, ein Gebiet, auf dem er vielfach selbst tätig gewesen ist. Referent möchte das Buch als ein recht gelungenes bezeichnen. Es gibt eine kritische, knappe und klare Darstellung seines Gegenstandes (welche meiner Ansicht nach noch gewonnen haben würde durch Weglassung der etwas komplizierten, an die Bezeichnungen der menschlichen Pathologie anknüpfende Terminologie). Dabei ist trotz der Menge der verarbeiteten Literatur die Darstellung nirgends eine schleppende oder ermüdende.

Verlag von GUSTAV FISCHER in JENA.

Leuchtende Pflanzen.

Eine physiologische Studie von Prof. Dr. **Hans Molisch**, Direktor des pflanzenphysiologischen Institutes der K. K. deutschen Universität Prag. Mit 2 Tafeln und 14 Textfiguren. 1904. Preis: 6 Mark.

Morphologie und Biologie der Algen.

Von Dr. **Friedrich Oltmanns**, Prof. der Botanik an der Universität Freiburg i. Br. Erster Band. Spezieller Teil. Mit 3 farbigen und 473 schwarzen Abbildungen im Text. Preis: 20 Mark. Zweiter Band. Allgemeiner Teil. 3 Tafeln und 150 Textabbildungen. Preis: 12 Mark.

Botanische Zeitung Nr. 23 vom 1. Dezember 1904, Jahrg. 62:

Eine umfassende Darstellung der Morphologie der Algen war seit langer Zeit ein Bedürfnis. Die Literatur, deren wichtigste Erscheinungen bei jedem Kapitel in einem Anhange folgen, ist sehr vollständig zusammengetragen und durch eine Fülle von Abbildungen, unter denen eine ganze Reihe von Originalen sind, wird der Text erläutert. Die Behandlung des Stoffes ist klar und durchsichtig und das ganze Buch in einem frischen Ton geschrieben. An einigen Stellen, wo ein sehr umfangreiches Material zu verarbeiten war, so bei den Diatomeen, bei der Anatomie der Laminariaceen, bei der Fortpflanzung der Florideen, ist die Anordnung geschickt und übersichtlich.

Der Spaltöffnungsapparat im Lichte der Phylogenie.

Ein Beitrag zur phylogenetischen Pflanzenhistologie von Dr. **Otto Porsch**, Assistent am botanischen Institut der K. K. Universität Wien. Mit 4 Tafeln und 4 Abbildungen im Texte. Preis: 8 Mark.

Die stofflichen Grundlagen der Vererbung im organischen Reich.

Versuch einer gemeinverständlichen Darstellung. Von **Eduard Strasburger**, o. ö. Prof. an der Universität Bonn. Preis: 2 Mark.

Botanische Abhandlungen aus den „Wissenschaftlichen Ergebnissen der Deutschen Tiefsee-Expedition“:

Vergleichende Darstellung der Pflanzengeographie der subantarktischen Inseln insbesondere über Flora und Vegetation von Kerguelen.

Mit Einfügung hinterlassener Schriften A. F. W. Schimpers. Von **H. Schenck**. Mit 11 Tafeln und 33 Textabbildungen

und

Über Flora und Vegetation von St. Paul und Neu-Amsterdam.

Mit Einfügung hinterlassener Berichte A. F. W. Schimpers. Von **H. Schenck**. Mit 5 Tafeln und 14 Textabbildungen. Text und Atlas. Preis für Abnehmer des ganzen Werkes: (Text und Atlas) 40 Mark. Preis im Einzelverkauf: (Text und Atlas) 50 Mark.

Das Phytoplankton des Antarktischen Meeres nach dem Material der Deutschen Tiefsee-Expedition 1898–1899.

Von **G. Karsten**. Mit 19 Tafeln. Text und Atlas. Preis für Abnehmer des ganzen Werkes: (Text und Atlas) 39 Mark 50 Pf. Preis im Einzelverkauf: (Text und Atlas) 50 Mark.

Druck von Ant. Kämpfe in Jena.

Zeitfracht Medien GmbH
Ferdinand-Jühlke-Straße 7
99095 Erfurt, Deutschland
produktsicherheit@kolibri360.de